Origin Title: De Gabo a Mario. La estirpe del *boom*
First published by Editorial Verbum, Spain, 2015
© Ángel Esteban & Ana Gallego Cuiñas, 2015
© Simplified Chinese edition published by SDX Joint Publishing Company Ltd, 2020
By arrangement with Dakai – L'agence and Agencia Literaria
Virginia López-Ballesteros, Madrid, Spain.

De Gabo a Mario
La estirpe del *boom*

从
马尔克斯
到略萨

回溯"文学爆炸"

［西］安赫尔·埃斯特万
　　　安娜·加列戈·奎尼亚斯　著
侯健　译

生活·讀書·新知 三联书店

图书在版编目（CIP）数据

从马尔克斯到略萨：回溯"文学爆炸"／（西）安赫尔·埃斯特万，
（西）安娜·加列戈·奎尼亚斯著；侯健译.—北京：生活·读书·新知三联书店，
2021.3 （2022.1 重印）
　　ISBN 978－7－108－07045－6

　　Ⅰ. ①从… Ⅱ. ①安… ②安… ③侯… Ⅲ. ①拉丁美洲文学－文学研究
Ⅳ. ① I730.65

　　中国版本图书馆 CIP 数据核字（2021）第 005025 号

责任编辑　黄新萍
装帧设计　康　健
责任校对　张　睿
责任印制　董　欢
出版发行　**生活·讀書·新知** 三联书店
　　　　　（北京市东城区美术馆东街 22 号　100010）
网　　址　www.sdxjpc.com
图　　字　01-2019-5750
经　　销　新华书店
印　　刷　北京隆昌伟业印刷有限公司
版　　次　2021 年 3 月北京第 1 版
　　　　　2022 年 1 月北京第 3 次印刷
开　　本　880 毫米 × 1230 毫米　1/32　印张 13
字　　数　300 千字
印　　数　09,001－14,000 册
定　　价　58.00 元
（印装查询：01064002715；邮购查询：01084010542）

目 录

前　言

　　2014年圣周四[1]的晚上，我们来到格拉纳达阿尔罕布拉宫所在的山脚下，观看圣彼得教堂抬基督像游行的庆祝活动。0点时分，本来就很狭窄的悲者之道[2]被数千人堵得水泄不通，几乎听不到任何声音。游行慢慢通过前廊，只有满月和悔罪者手中的蜡烛充当着光源，山顶的阿拉伯宫殿被游行队伍抛在了身后，逐渐没入贝克尔[3]的传说故事所描绘的黑暗之中。两个小时后我们回到家里，在翻看当日要闻时才得知加夫列尔·加西亚·马尔克斯去世了。我们回想起了不久前的那种感觉，尽管人很多，却很静谧，那似乎是大灾难降临前的某种预兆。加博[4]本可以在某个无关紧要的1月11日或是9月7日去世，因为在那两个日子里从没发生过什么大事。但现实情况并非如此：他的离世注定要惊天动地，要让人们都记得他是"文学爆炸"作家群中的第一个诺贝

---

〔1〕　基督教纪念最后晚餐的节日。本书注释除特殊说明外均为译注。
〔2〕　阿尔罕布拉宫门前的一段路，Paseo de los Tristes，意为"悲伤者的道路"。
〔3〕　指西班牙作家古斯塔沃·阿道夫·贝克尔（Gustavo Adolfo Bécquer, 1836—1870），其代表作有《诗韵集》和《传说集》。
〔4〕　对加西亚·马尔克斯的昵称。

尔文学奖得主，还要使人们不要忘记是他在20世纪60年代创造了马孔多的世界，而现实生活中的数百万读者都曾经融入到了那方天地之中，同时他还是把哥伦比亚和拉丁美洲推进到世界文学版图中的那个人。卡洛斯·富恩特斯[1]于2012年去世，科塔萨尔[2]、多诺索[3]、卡布雷拉·因凡特[4]和"文学爆炸"中几乎其他所有的作家都在多年前就已辞世。如今那个不可复制的文学团体中唯一健在的作家就只有马里奥·巴尔加斯·略萨了，他也是该作家群中第二位获得诺贝尔文学奖的人，而且他依然像在文学创作巅峰期时一样不断地出版小说和文论作品。"文学爆炸"逐渐结束，但它带来的影响仍将持续，而且可能还将持续很久，直到另一群同样才华出众的作家聚集到一起。

我们都是无知的人，只不过我们不了解的是不同的东西罢了。因此有的人登上了顶峰，另一些人则只能在山下徘徊。说这句话的人是阿尔伯特·爱因斯坦，他也一样是个"无知"的人，因为他并不知道加博于1927年3月6日出生在阿拉卡塔卡，他的博士论文尽管连一行文字都不到，却改变了整个世界，因为它精炼而深邃（无须用几百页的篇幅去打动睿智的答辩组），极大影响了现代物理学和后世无数的科学家，大概只有牛顿的发现才能与之媲美。也就是说，决定一个人历史地位的是

〔1〕 卡洛斯·富恩特斯（Carlos Fuentes, 1928—2012），墨西哥著名作家，"文学爆炸"代表作家。代表作有《最明净的地区》《阿尔特米奥·克罗斯之死》等。
〔2〕 胡里奥·科塔萨尔（Julio Cortázar, 1914—1984），阿根廷著名作家，"文学爆炸"代表作家。代表作有长篇小说《跳房子》，短篇小说集《动物寓言集》《万火归一》等。
〔3〕 何塞·多诺索（José Donoso, 1924—1996），智利著名作家，"文学爆炸"代表作家。代表作有《淫秽的夜鸟》《没有界限的地方》等。
〔4〕 吉列莫·卡布雷拉·因凡特（Guillermo Cabrera Infante, 1929—2005），古巴著名作家，"文学爆炸"代表作家。代表作有《三只忧伤的老虎》等。

其所知之事。

"无知"的读者们，你将会在这本书里读到的是一群在恰当的时间出现在正确的地点，且幸运地拥有必备知识的人的故事，也正因此他们才成为现在我们看到的样子：世界文学史上的伟大作家。他们使得20世纪六七十年代真正成了属于拉丁美洲的文学黄金时代，拉美文学在那些年里是世界文学中最耀眼的星辰。一切看上去都那么完满，没什么可以完善的了，也没人想要去完善什么。其实取得那种成就绝非易事："文学爆炸"的"导弹"在爆炸之前也曾艰难地穿越暗夜，经历沉浮。没人能忘记马里奥·巴尔加斯·略萨在9岁认识自己的父亲后，在整个青少年时期所遭受的由后者施加的严酷教育，以及对这位士官生[1]喜爱文学态度的否定和不满。也很少有人会忽视加西亚·马尔克斯30多年的漂泊人生——他先是和外公外婆一起生活，因为父母养活不了他；后来为了糊口，他做过多种工作，典当过自己的手稿，还曾被妓院老鸨羞辱过。我们也不能不想到那个一直生活在梦境般家庭氛围之中的9岁的博尔赫斯走进校园，发现世界果真是广袤无垠的，然而在之后却得知自己遗传了父亲家族的疾病，将会早早变成盲人。吉列莫·卡布雷拉·因凡特就算是王子[2]，也是个没鞋子和衣服穿的苦王子，这种情况直到他得以离开希瓦拉[3]才有所改变；贫穷和忧伤也是第一次和出版社打交道时的多诺索的特点，他最终只能自费出版自己的第一本短篇小说集，可就连那些钱也是家人、朋友购买那本书的预付款；说到悲伤，就不能

---

〔1〕 指马里奥·巴尔加斯·略萨。略萨曾进入秘鲁莱昂西奥·普拉多军事学校学习。
〔2〕 吉列莫·卡布雷拉·因凡特姓名中的因凡特（Infante）在西班牙语中也有"王子"之意。
〔3〕 古巴地名，也是卡布雷拉·因凡特的出生地。

3

不提胡里奥·科塔萨尔的童年，他的父亲抛妻弃子，他的母亲为此深受打击，一位医生建议她禁止小科塔萨尔读书，因为那会使他头脑失常。

不过他们所有人，还有许多与"文学爆炸"联系在一起的其他人物，都清楚自己要怎样克服种种困难来实现理想、攀登人生的最高峰。

"文学爆炸"中的那群小伙子知道自己想要怎样的人生，但也清楚为了实现目标必须先努力奋斗。在这本书里我们就将看到，60年代的拉丁美洲，还没人谈论文学，是怎样的一些举动和怎样的一些文学作品彻底改变了西方世界的文化趋势；我们将会回到古巴革命胜利的时刻，看看拉丁美洲和欧洲的诸多知识分子是如何欢欣鼓舞地歌颂革命的；我们会跟随着加博、马里奥[1]和何塞·米格尔·奥维多[2]的指引，走遍加拉加斯、波哥大和利马，看看"文学爆炸"是怎样发生的，我们也会关注马里奥获得诺贝尔文学奖，并在加博的主要文学作品中畅游；从巴黎到伦敦，从波多黎各到美国，从美国到巴塞罗那，我们会不断旅行，融入到那些城市的生活中去，参加一个又一个节日、聚会、文化活动以及在各种媒体上进行的访谈；我们会阅读作家们到目前为止从未公开过的诸多信件，都是他们在"文学爆炸"时期互相书写寄送的；我们会赶赴帕迪利亚事件[3]发生时的古巴，那将是一段漫长的旅程；我们会漫步于1968年的巴黎、墨西哥城和布拉格街头，重温学生运动的高潮时刻和苏联坦克带来的恐怖气氛；

---

〔1〕 对马里奥·巴尔加斯·略萨的昵称。

〔2〕 何塞·米格尔·奥维多（José Miguel Oviedo，1934—2019），秘鲁作家、文学评论家，代表作有《西班牙语美洲文学史》四卷等。

〔3〕 本书第7、8、9章对该事件及其影响有详细的介绍。

我们会在加泰罗尼亚最有名的饭店吃晚饭，当然会有许多友人相伴，我们会一起度过人生中最精彩的几个圣诞节；我们会结识卡洛斯·巴拉尔和卡门·巴塞尔斯[1]，他们将成为我们的编辑和文学代理人，帮助我们获得巨大的收益；我们会在那个时代最棒的杂志上发表作品；我们也会走下舞台，会哭泣，我们之间甚至会出现冲突和严重的分歧。

有时生活会亲吻我们的嘴唇，不过哪怕它并未青睐我们，起码我们还拥有文学：有时有一本书便足矣。尽管不如意之事十之八九，生活时常把我们压得喘不过气来，但好在还有文学，我们可以梦想着有人在街头从我们身边飞过，还有人以一双巧手从旧帽子里揪出一只兔子，在那些幻想中，我们就像放学后从学校奔出的孩子那样幸福，就如塞拉特[2]在歌里唱的一样。文学把我们带到了另一个维度之中，它把我们从失落中解救了出来，指引我们进入爱丽丝的镜中世界，让我们沿着黄砖路前行，使我们加冕为马孔多的国王。如果说"文学爆炸"的作家们最终变成了他们想要成为的样子的话，原因就在于虽然他们不了解相对论，可是他们懂得如何吸引住读者，直到全书的最后一行才松开他们。文学不能超越生活，但确实可以赋予其更丰富的色彩，甚至让它变得更好。这就是我们喜爱阅读的原因，因为阅读能够丰富我们的存在，给予我们来自其他地方或其他人的经验，我们会化身为书中之人，认可他们、批评他们、接受他们、拒绝他们。毫无疑问，文学使我们感到自己更有活力了，文学的一切表征都与此相

---

[1] 卡洛斯·巴拉尔（Carlos Barral）和卡门·巴塞尔斯（Carmen Balsells）都是出版"文学爆炸"作家作品的著名出版人。

[2] 霍安·马努埃尔·塞拉特（Joan Manuel Serrat, 1943— ），西班牙音乐家、演员、作家，此处指他的歌曲《有时生活》（*De vez en cuando la vida*）。

关：书里的故事、难以预料的情节、作家们的创作理念以及他们与其他作家的私人交往。

在西班牙语文学领域，"文学爆炸"的时代无疑是引路牌式的存在。在这本书里，我们试图从各个不同的角度来梳理那段历史。为此，我们做过许多场访谈，既采访作家，也采访他们的朋友和其他与那些天才作家共同经历过那段难忘岁月的人。当然，我们也用到了许多有价值的出版物。不过要说这本书里最有意思的东西，可能还得算是"文学爆炸"作家自己写的或是与他们相关的之前从未发表的新材料：信件、个人陈词、文字材料等，它们使我们能更深入地理解这些作家的作品，同时怀着更大的热情进入那片天地中去，这样，我们会成为更好的读者，会不那么"无知"。从这本书在2009年第一次出版到现在，又出现了很多在之前不为人所知的新材料，它们揭示了更多关于那段时期的细节，都被收藏在了普林斯顿大学珍本图书室里，那里也是我们在本世纪初为撰写本书开始着手进行调研的地方。我们十分欣慰普林斯顿大学敞开了大门，不断有学者从那些珍宝中挖掘新的材料出来，让我们对拉丁美洲文学那段黄金岁月的真实面貌有了更深入的了解。也许一个人不必在意那些他不知晓，但同时也无足轻重的东西，只需要了解他真正需要知道的事情就够了，而生活或是文学一定会不止一次地回馈那些做到了这点的人，赠予他们细腻的美梦，梦中人往往会踮起脚来行走，因为他们不想打破那构建梦境的巫术。不如就尽情享受阅读的快感，了解创作的谜团吧，这样就算我们从幻梦中醒来，也将不再是那个"无知"的自己。

1. 南方也存在

　　20世纪60年代是西方历史和文化领域最值得玩味的一段时期：甲壳虫乐队、滚石乐队、布拉格之春、第二次梵蒂冈大公会议[1]、解放神学、五月风暴[2]、古巴革命、西班牙语美洲叙事文学"文学爆炸"、文化精英的政治进步主义倾向、人类登月、对于更加公平的新政治体系取得成功的希望、越战、美国反种族主义斗争等等。所有这些事件都使得60年代在个体和公众领域体现出了极大的张力感，在其之后乃至今日，仍然没有哪个十年能与之相比。这些事件也给生活在现代社会的人们带来了一系列的疑问，正如鲍勃·迪伦[3]在歌中所唱到的那样："我的朋友，答案在风中飘扬。"随着第二次世界大战的结束，国际社会分裂成

---

〔1〕于1962年10月11日至1965年12月8日举行，大公会议即全体主教会议，第二次梵蒂冈大公会议是基督教历史上规模最大、参加人数最多、发表文件最多且涉及议题最为广泛的一次会议，有重要的国际影响。

〔2〕1968年5月至6月在法国爆发的学生罢课、工人罢工的群众运动。

〔3〕鲍勃·迪伦（Bob Dylan，1941— ），美国音乐家、创作人、作家，2016年诺贝尔文学奖得主。此处歌词出自他的歌曲《答案在风中飘扬》（Blowin' in the wind）。

两大阵营，每个人的身份似乎都被严格固定了，那些年里，就是有人往大西洋冰冷的海水里扔一颗药丸都会引起激烈反应：西方社会变成了一场反叛的盛宴，从北到南，从东到西，欧洲和美洲的海岸边水汽氤氲。在那种集体狂欢的氛围中，面对资本主义西方，东方希望重新为自己正名；还有南方，那个注定经受百年贫穷与破败的南方，也重新走到了世人眼前。马里奥·贝内德蒂[1]写过一首题为"南方也存在"的诗，很好地描绘出了那种不安的情绪：

用钢铁的仪式

用巨大的烟囱

用隐秘的智慧

和塞壬的歌声

再加上王国之匙

北方才是领袖，

但是向下，向下，在这里

饥饿使得人们

只得吞下

他人为之种下的苦果。

带着微渺的希望，

南方也存在。

用他的传教士

---

〔1〕 马里奥·贝内德蒂（Mario Benedetti，1920—2009），乌拉圭著名诗人、小说家、剧作家。

用有毒的气体

用芝加哥的学校

用占有的土地

用他那瘦小骨架之外

套着的华丽服装

他摆出防御姿态

斥巨资保护自己

却成就了侵略的功绩

北方才是领袖。

但是向下，向下，在这里

躲藏着的人们

有男有女

他们知道要抓住什么

推开无用之物

使用该用之物。

怀着古老的信仰

南方也存在。

用法国圆号

和瑞典学院

用美式沙拉

和活络扳手

用他们所有的导弹

和百科全书

再加上所有的桂冠

北方才是领袖

> 但是向下，向下，在这里
>
> 记忆深埋在
>
> 接近根部的地方
>
> 没有回忆被遗忘
>
> 有人永生
>
> 有人热望
>
> 且终将实现
>
> 那看似无望的理想
>
> 让全世界都知道
>
> 南方也存在。

（Esteban y Gallego 2008：1040-1042）

南方也存在，因为从那时起全世界都觉察到了在地球上还有这样一方土地。在公众领域，古巴将南方的概念带到了东方，进而又传到了北方，在文学领域，"文学爆炸"的作家们集结了九位缪斯女神，他们一起向五大洲和五大洋呐喊："我们在这里。"1985 年，那个群体的作家中已有两位获得了诺贝尔文学奖，他们的主要作品的译本甚至在全世界的机场中都被摆在显眼的位置。霍安·马努埃尔·塞拉特发布了一张唱片——里面的歌词均出自贝内德蒂的作品，而那张唱片的名字恰好就是"南方也存在"——驱使着整个拉丁美洲回忆三十年前开始的这场盛事。塞拉特在美洲西班牙文化的摇篮圣多明各进行了唱片的宣传活动，又以那里为起点在整个拉丁美洲做了巡回宣传，那次活动在 1986 年初罗萨里奥和马德普拉塔（阿根廷）的音乐节上达到了高潮，活动的最后一站是堪称贝内德蒂半个故乡的蒙得维的亚，有三万人来到了现场。西班牙电视台还拍摄了一部与唱片名字相同的纪录片，里面用到了许多贝内德蒂的诗句，台本是马努埃尔·巴斯克斯·蒙塔尔万[1]写的，记者费尔南多·加西亚·托拉也参与了影片制作。这部影片记录了塞拉特的唱片在马德里、巴塞罗那和瓦伦西亚进行推介时的诸多重要场景。

南方是怎样开始变成北方的？从文学上看，它始于几个拉美青年创造出了另一种讲故事的方式。他们之中有两个无可争议的领军人物：加博和马里奥，诗人与建筑师[2]，遣词造句的魔法师与构建宇宙的设计师。两人共同的朋友、做起文学评论来异常犀利的卡洛斯·富恩特斯早在1964年就注意到某些根本性的变革正在全世界发生，而从那时起，那些变革中文化领域的主角将会来自那片混血的、初生的、几乎是处女地般的大陆。在注明日期为闰年1964年的2月29日写给马里奥·巴尔加斯·略萨的信中，卡洛斯·富恩特斯这样对他的朋友坦白道：

> 我刚刚读完《城市与狗》，给你写这封信很不容易，我不知道该从哪里开始写起。我感到很嫉妒，嫉妒你写出了这么好的，或者说是大师级的作品，你在一瞬间就把拉丁美洲小说抬升到了一个新的层次，你解决了不止一个我们的叙事文学传统中根深蒂固的

---

〔1〕马努埃尔·巴斯克斯·蒙塔尔万（Manuel Vásquez Montalbán，1939—2003），西班牙作家，擅写侦探小说，代表作有《南方的海》《浴场谋杀案》《奥林匹克阴谋》等。

〔2〕本书作者给两位作家起的代称，诗人指加西亚·马尔克斯，建筑师指巴尔加斯·略萨。下文中作家还称呼卡洛斯·富恩特斯为外交官，称呼胡里奥·科塔萨尔为魔术师。

问题。我在伦敦和科恩[1]聊过，我们一致认为小说的未来在拉丁美洲，那里的一切都等待着被人讲述、等待着被命名，幸运的是，和其他许多地方的情况不同，在那里文学不被商业或政治因素左右，它生自一种需要。如今，在接连读了《光明世纪》《跳房子》《没有人给他写信的上校》和《城市与狗》之后，我更坚定了这种乐观态度：我认为没有其他哪个文化圈在过去的这一年出版过四部同等重量级的小说。在经历了记录式的小说、描写雨林河流的大地小说、革命小说和满是训诫警句的小说之后，我们的叙事文学迎来了令人难忘的进步，我们有了卡彭铁尔[2]，他把文档材料化为了神话，通过神话把美洲的东西变成了世界性的东西。但是我认为，真正让拉丁美洲小说有了个性（或者说作者用个体化视角观察到的鲜活的角色）的是《城市与狗》。我怎么才能把阅读你的这部超凡之作时的激动心情全都表达出来呢？（Princeton C.0641，III，Box 9）[3]

很明显，富恩特斯[4]因为谦虚而没有把自己在同年出版的《阿尔特米奥·克罗斯之死》算在内，而这本小说至今仍被认为是这位墨西哥作家的巅峰之作、"文学爆炸"的代表小说之一。

---

[1] 指约翰·迈克尔·科恩（John Michael Cohen，1903—1989），英国著名文学译者。

[2] 阿莱霍·卡彭铁尔（Alejo Carpentier，1904—1980），古巴著名作家，上文提及的《光明世纪》即其代表作之一，另著有《人间王国》《消失的足迹》等名作，提出了"神奇现实"小说理论。

[3] 这段引文摘自美国普林斯顿大学燧石图书馆（Firestone Library）珍本书室收藏的文件。那里藏有大量作家们未发表过的手稿。数量众多的文件盒按字母或年代顺序摆放在珍本书室内，并根据文档种类进行了归类，收入其中的每位作家都有对应的编号。在本书中，当引用这些文件时，我们会标出它们的编号、种类和文件盒号，以"Princeton"标为普林斯顿大学所藏。——原注

[4] 在下文中，虽然不符合西语国家的习惯，我们仍尽量以中国读者习惯的简化方式称呼拉美作家，如马尔克斯、略萨、富恩特斯、科塔萨尔等，而不写其全名。

除了言辞之中的敬意之外，富恩特斯的判断也无比准确。如今，50多年过去了，再回过头去评价那段时期已经很容易了，可只有像富恩特斯这样敏锐的人才能在那股浪潮刚刚涌起的时候就大胆提出自己的假说。1967年，"文学爆炸"作家们的重要性已经毋庸置疑了，马里奥·贝内德蒂自问道："如今还有什么其他的文学能产出和《消失的足迹》《佩德罗·巴拉莫》《造船厂》《阿尔特米奥·克罗斯之死》《人子》《跳房子》《绿房子》以及《百年孤独》同样水准的作品呢？"（Benedetti 1967：23）所以也就不难理解为何在1968年，像《泰晤士报》文学副刊这种看上去与拉美文学搭不上边的杂志会不容置疑地表示，在那些年里对世界文学发展做出最大贡献的是来自美洲用西班牙语写作的作家。

从政治上看，南方是通过东方来接近北方的，我们在前面就曾提及此点。关键时刻是半个世纪前的1959年1月1日，地点是加勒比海上的一个岛国，几个大胡子游击队员从山区走了出来，在那片之前受美国人控制和剥削的土地上插上了共和国的旗帜。那些革命战士取得的胜利不仅改变了古巴的历史，也改变了第三世界国家在面对资本主义帝国时的态度，我们对此的研究还很不足。很难想象如果卡斯特罗和他的同志们没能在古巴完成革命事业的话，20世纪下半叶的历史会是什么样子，古巴革命的胜利使得革命思想不仅在当地生根发芽，也传播到了世界各个地区，至少在欧洲和非洲建立了诸多重要的共和国。不仅如此，卡斯特罗领导的革命产生的影响既体现在政治领域，也体现在文化领域——知识分子们团结到了一起，很少有例外，古巴人的发展计划深深吸引了他们。因此，60年代文学领域的"文学爆炸"实际上也可以反映出古巴在那些年里的政治和文化生活的变化过程。如果说南方存在的话，很大程度上是因为古巴和卡斯特罗的存在。正是在 60 年代及 70 年代初，也就是帕迪利亚事件发生的时候，古巴模式在南方发挥着掌控性作用。到了 1979 年，依然有人在谈论古巴的革命者们从 1959 年就开始的对拉美文化界的影响。其中一个例证就是胡安乔·阿尔玛斯·马塞洛[1]在 1979 年7 月 25 日写给马里奥·巴尔加斯·略萨的信，当时由马塞洛在加纳利群岛组织的拉丁美洲文学大会刚刚结束。在大会举办期间发生了许多争议性事件，影响最大的当属古巴政府希望控制那场大会并将其政治化，这也是他们一贯的行事方式：

　　　　大会对我而言是一次难忘的经历，在我看来，会议的最初几天就像是场象棋比赛，而且我当时认为输的一方是我们。不过最后我们没输，最终在会场上消失的是*古巴中心主义*。这是很有代表性的：古巴如今已经无法再在拉丁美洲文化领域颐指气使了，而且慢慢地，越来越多新一代作家和知识分子开始对它产生质疑了。加博发了份电报，想替古巴国内发生的类似帕迪利亚的事件开脱。我想你已经看到阿德里亚诺[2]变得像头委内瑞拉野兽了，哈瓦那的那些人要把他搞到什么地方去呢？他讽刺他们，下了许多结论，哪怕不能说无可挑剔，至少也能看出他的态度很决绝。

　　　　瞧瞧会场上的论战，那些平庸又善妒的加纳利作家，尽管他们可能连 20 岁都不到，可却都觉得自己声名远扬了，真让人无奈。你能想象得到，他们心里压抑，于是就搞些荒唐的指控出来。现在我倒是记起来你在利马对我说的那个词了，你说外交官特纳组织的

---

〔1〕　胡安乔·阿尔玛斯·马塞洛（J.J.Marcelo，1946— ），西班牙记者、作家，曾为马里奥·巴尔加斯·略萨撰写传记。

〔2〕　阿德里亚诺·贡萨雷斯·莱昂（Adriano González León，1931—2008），委内瑞拉作家。

接待会"令人不快"。那就是我在大会举办的那几天里的感受，接待会上的人都俗不可耐，那群来参会的人也是一样，他们竟想在加纳利发起对大会的无聊指责。（Princeton C.0641，III，Box 2）

南方也在悲伤，南方也在攻击

20 世纪 60 年代还意味着全世界知识分子在情感上向那些陈旧腐朽的事物逼近。教宗圣若望二十三世在 1961 到 1963 年间接连发表了《慈母与导师》（*Mater et Magistra*）通谕和《和平与世》（*Pacem in terris*）通谕，把教宗利奥十三世于 1891 年发布《新事》（*Rerum Novarum*）通谕带来的影响推向顶峰——通过《新事》通谕，罗马天主教会第一次介入社会问题，甚至涉及资本家对工人和穷人的剥削问题。实际上在拉丁美洲以及地球上的其他许多地区，社会底层人民的悲惨状况以及发达国家对欠发达国家脆弱经济的持续打击都告诉我们，应当追寻一种不同的发展模式。也正是在那十年里，在拉丁美洲建立起了某些新的理论基础，并被付诸实践，目的恰恰是要带来一场变革。无论是 19 世纪初的独立运动，19 世纪末的工人运动，20 世纪初的墨西哥革命，20 世纪 20 年代左翼政党的发展壮大，还是 30 年代的农业改革，抑或是第二次世界大战具有世界影响的战果，都没能改变悲惨的南方国家政治和经济上的基础结构。然而在 20 世纪 60 年代，原本看上去遥不可及的梦想竟变成了触手可及的现实。从马埃斯特腊山上的大胡子游击队员们进入哈瓦那，到智利的阿连德总统惨死，拉丁美洲经历了耀眼的 14 年（1959—1973）。有趣的是，这段时间恰好与拉美文学快速发展并最终令世界文坛瞩目的时间相吻合。

在上述历程中，政治家和文学家们都起到了十分重要的作用，其实后者也在政治领域扮演着重要角色。这种情况在第一世界国家是不存在的。在德国、法国、英国、美国等国家，操纵权力的是政治家，而知识分子仅限于对他人的所作所为提出自己的观点。很少会有优秀的小说家（例如巴尔加斯·略萨在秘鲁）会参加总统大选，也很少有诺贝尔文学奖得主（例如聂鲁达在智利）是某个最终赢得大选的政党的领军人物，还被派驻到某些令人向往的国家的使领馆工作，而某个伟大的叙事文学作家成为国家副主席（如塞尔希奥·拉米雷斯[1]在尼加拉瓜）或是部长（如阿贝尔·普列托[2]在古巴或卡尔德纳尔[3]在尼加拉瓜）则同样罕见。可是在拉丁美洲，行动派和艺术家之间没有什么不可逾越的鸿沟。尤其是在20世纪60年代，政治甚至成了知识分子和艺术家的作品合法性的戈尔迪之结[4]，公众性事件才是他们的作品要关注的东西，因而出现了一种大胆的尝试，人们开始竭力消除艺术和生活之间的界限，作家们守在象牙塔里写作的时光一去不复返了。而萨特则让作家们明白他们也可以为改变世界做出贡献。这位曾对诸多"文学爆炸"时期的拉丁美洲作家（尤其是巴尔加斯·略萨和埃内斯托·萨瓦托[5]）产生过巨大影响的法国作家在

〔1〕塞尔希奥·拉米雷斯（Sergio Ramírez, 1942— ），尼加拉瓜作家、记者、政治家，2017年成为首位获塞万提斯文学奖的中美洲作家，代表作有《天谴》《一千零一次死亡》等。

〔2〕阿贝尔·普列托（Abel Prieto Jiménez, 1950— ），古巴作家、教师、政治家。

〔3〕埃内斯托·卡尔德纳尔（Ernesto Cardenal, 1925—2020），尼加拉瓜天主教教师、诗人、政治家。

〔4〕西方传说中的物品，据说解开戈尔迪之结者会成为亚细亚之王，后多用来比喻难以理清的问题。

〔5〕埃内斯托·萨瓦托（Ernesto Sábato, 1911—2011），阿根廷作家，"文学爆炸"代表作家，代表作有《地道》《英雄与坟墓》《毁灭者阿巴东》等。

为《大地上的受苦者》[1]一书撰写的前言中，把暴力革命比作历史前进的动力，他还认为作家在那场运动中应该起到更积极、更具有决定性的作用。实际上"知识分子"这个称谓本身就带有政治性和革命性。从那个年代开始，知识分子不再只是积极思考并提出想法的人，而是投入到左翼事业中去并最终成为"社会根本性变革的主要代理人"（Gilman 2003：59）。1960年，莫兰[2]说道："写小说的作家是作家，不过如果他写的是阿尔及尔的某场拷打，那么他就是知识分子。"（Morin 1960：35）

在这种背景下，将知识分子的身份认同与政治连接起来的历史事件之一便是古巴革命。当时，有几个法国人问萨特在最需要帮助的人面前应表现出怎样的态度时，这位刚从加勒比海上最大的岛国回来的法国作家回答道："请他们去做古巴人吧！"（Gilman 2003：73）从美洲之家建立起，大部分拉丁美洲作家，以及一大批欧洲知识分子，都和古巴人组织的诸多文化和政治活动紧密联系在一起，而且频繁出入该岛国。1960年，《美洲之家》刊物出版，主编是从马埃斯特腊山中走出的女英雄之一艾蒂·桑塔马里亚[3]，她在美洲之家占有极为重要的地位，这种状况一直持续到她本人在1980年去世。在60年代最早的几期杂志中，在那些谨慎地参与编写委员会以及与刊物合作的作家中，我们看到了许多"文学爆炸"的主将、评论家以及拥护者的身影：胡里奥·科塔萨尔、马里奥·巴尔加斯·略萨、埃内斯托·萨

---

[1] 《大地上的受苦者》（*Les damnés de la terre*），作者为弗朗兹·法农（Frantz Fanon）。

[2] 埃德加·莫兰（Edgar Morin，1921— ），法国当代著名思想家。

[3] 艾蒂·桑塔马里亚（Haydeé Santamaría，1922—1980），古巴革命家、政治家。

瓦托、罗贝托·费尔南德斯·雷塔马尔[1]、罗基·达尔顿[2]、卡洛斯·富恩特斯、安赫尔·拉玛[3]、安东·阿鲁法特[4]、马里奥·贝内德蒂、大卫·比尼亚斯[5]、利桑德罗·奥特罗[6]、胡安·戈伊蒂索洛[7]、埃内斯托·卡尔德纳尔、雷吉斯·德布雷[8]、胡安·卡洛斯·奥内蒂、阿莱霍·卡彭铁尔、何塞·多诺索等人频繁参与该刊物的出版活动，表现出了极大的热情。在古巴发生的事情最积极的一面就是使得人们相信存在着一种在全拉丁美洲可通用的模式，也因此南方和北方从根本上看是完全不同的，这种差异不仅存在于角色上，也体现在他们用以改变世界的理念和行事方式上。

　　古巴雷厉风行的新模式很快就在全球范围引发了反对声浪，因为敌对方意识到了这种模式并非仅可为古巴一国所用，极有可能被推广到整个大陆。事实上，在文化政治领域，美国从一开始就站在了古巴的对立面，它试图迫使切·格瓦拉创立的拉丁社关门歇业，加西亚·马尔克斯曾在 1960 年的几个月里在该社工作，他在美国的这段日子过得绝非风平浪静。同年，文化与自由大会（Congreso por la Libertad y la Cultura）也在古巴人的忧虑心情上添了把火，该机构建立于 1950 年，带有明确的亲美反共性

---

〔1〕 罗贝托·费尔南德斯·雷塔马尔（Roberto Fernández Retamar，1930—2019），古巴诗人、散文家、文学评论家，曾任美洲之家负责人。

〔2〕 罗基·达尔顿（Roque Dalton, 1935—1975），萨尔瓦多诗人、散文家、知识分子。

〔3〕 安赫尔·拉玛（Ángel Rama，1926—1983），乌拉圭作家、学者、著名文学评论家。

〔4〕 安东·阿鲁法特（Antón Arrufat，1935— ），古巴剧作家、小说家、诗人。

〔5〕 大卫·比尼亚斯（David Viñas，1927—2011），阿根廷剧作家、评论家、小说家。

〔6〕 利桑德罗·奥特罗（Lisandro Otero，1932—2008），古巴小说家、记者。

〔7〕 胡安·戈伊蒂索洛（Juan Goytisolo，1931—2017），西班牙诗人、散文家、小说家、知识分子。

〔8〕 雷吉斯·德布雷（Régis Débray，1940— ），法国哲学家、记者、学者、前政府官员。

质。12月中旬，来自拉丁美洲多国的代表在巴黎召开了数次会议，会议的主要议题就是大陆内部知识分子的过度政治化问题，尤其是他们正在不恰当地趋近左翼意识形态，与会者一致认为这一问题在古巴表现得最为明显。会议讨论的结果是呼吁作家们避免过度的热情，同时给他们分析了刚刚取得政权的大胡子游击队员们打的小算盘。在1961年出版的《笔记》(Cuadernos)杂志刊发的《针对古巴的声明》中，撰文者指出：公平、自由和民主的社会永远不会在古巴出现，因为古巴"已经变成了苏联等国的卫星国，而更令人担心的是，他们还想把拉丁美洲其他国家也变成古巴的样子"(Gilman 2003: 106)。

实际上，古巴并非仅是展现思想和态度的中心，甚至还变成了拉丁美洲积极介入政治的作家们的家园。他们中有许多人决定追随切·格瓦拉的步伐，在加勒比海的明珠上定居，融入当地，这些人包括伊丽莎白·布尔戈斯[1]、马里奥·贝内德蒂、哈维尔·埃劳德[2]、恩里克·林[3]、加西亚·马尔克斯、普利尼奥·阿普莱约·门多萨[4]、罗基·达尔顿、雷吉斯·德布雷等。同时，菲德尔·卡斯特罗以马埃斯特腊山游击战幸存战士为中心搭建起了一套体系，慢慢吸收了20年代成立的共产党遗留下来的财富——他们曾在这座岛国播撒下了抗争的种子。

知名共产党员埃迪斯·加西亚·布恰卡 (Edith García

---

〔1〕 伊丽莎白·布尔戈斯 (Elizabeth Burgos, 1941—)，委内瑞拉人类学家，法国哲学家雷吉斯·德布雷的前妻。

〔2〕 哈维尔·埃劳德 (Javier Heraud, 1942—1963)，秘鲁诗人，在武装斗争中牺牲。

〔3〕 恩里克·林 (Enrique Lihn, 1929—1988)，智利诗人、剧作家、小说家。

〔4〕 普利尼奥·阿普莱约·门多萨 (Plinio Apuleyo Mendoza, 1932—)，哥伦比亚作家、记者、外交官。他与加西亚·马尔克斯进行的访谈结集以《番石榴飘香》为书名出版。

Buchaca）就是个很好的例子，她很快就被任命为国家文化委员会主席。她挑起了这个国家最初的几场悲哀的审查风波，针对的是萨巴·卡布雷拉（Sabá Cabrera）和奥兰多·希门内斯（Orlando Jiménez）编导的名为"PM"的纪录片。奥兰多本人2007年8月在马尔贝拉（Marbella）的酒店里给我们讲述了其中一些细节，每年夏天他都会和马里奥·巴尔加斯·略萨以及其他一些知识分子到马尔贝拉度假几周。从许多年前开始，奥兰多就开始了在马德里的电影生涯，可他依然对60年代初自己在古巴经历过的事情记忆犹新。他评论说埃迪斯·加西亚·布恰卡懂得"接近正确的人"，她先是和卡洛斯·拉斐尔·罗德里格斯（Carlos Rafael Rodríguez）结了婚，此人是古巴共产党中央委员会委员，曾多次担任部长之职；后来她又嫁给了历史学家华金·奥尔多吉（Joaquín Ordoqui）。具体来看，正是布恰卡首开文学评论"革命化"之风：针对帝国主义敌人所写的评论性文字必须是毁灭性的，不能流露出一丝仁慈，哪怕对方是公认文学造诣极高的作家，对这类作家的批评要表现在两方面：形式上和意识形态上。不过，如果评论对象是和革命政府保持良好关系的作家，那么评论的腔调就要是和缓、友善、包容的，哪怕那些作家写的东西再烂也是如此。

在同一时期，菲德尔·卡斯特罗进行了题为"致知识分子"的演讲，他在演讲中说出了那个名句："革命之内，一切皆可；革命之外，万事皆休。"这也是对布恰卡思想的官方肯定。因此，我们也就可以理解为何科塔萨尔于60年代初在哈瓦那做的演讲没有满足激进人士的期望了。那次演讲的内容直到很久之后的1970年才被发表在《美洲之家》创刊十周年特刊上，题目是"从几方面看短篇小说"。在文章中，这位阿根廷作家表示，故事的主题没有好坏之分，只有"对主题的好的或坏的处理方式"（Cortázar 1994/2：372）。在那篇宏论接近结尾的部分出现了最具争议性的内容。科塔萨尔提出要写出好故事，仅仅依靠风格还不够，还得去挖掘最深刻的东西；他说，如果相反的话，结果会很糟糕，"因为只有热情是完全不够的，要是写东西的目的只是传递某种信息，而脱离了必要的表达方法、美学技巧，那么作品就一文不值，因为正是那些东西使得交流变得可能"。（Cortázar 1994/2：380）接下来他又说了一个名句，那句话很可能会被文化官僚进行曲解和误读，因为他恰恰就菲德尔一年之前说的那句名言中"之内/之外"的问题进行了一番解读："我是在长时间衡量过写作游戏中的各个因素之后才敢说这番话的，我认为，为革命而写作也好，在革命之内写作也好，或者说革命式地写作也罢，并不像许多人认为的那样，就意味着作家们一定要去写革命本身。"（Cortázar 1994/2：381）科塔萨尔在接下来的文字中做了进一步的说明：

> 许多人陷入了误区，他们把文学和宣教、文学和教育、文学和意识形态教化混淆在了一起，革命作家也有权利去面对复杂得多的读者，这些读者在精神层面渴求的东西要比被大环境左右的作家和评论家所想象的更多，这些人认为读者唯一在乎的就只是个人境况，唯一担心的就只是国家所担心的东西。（Cortázar 1994/2：382）

尽管伟大的作家在文学与革命之间总是会倾向于前者，而革命政治家则恰恰相反，但是拉丁美洲大多数知识分子依然毫无保留地支持那给南方国家带来希望的方略，这些国家在摆脱依附他国的道路上已经走了太久。

南方也在参与（诸多会议）

一场似乎要席卷整个大陆（甚至全球）的革命最重要的表现，就是不断出现在各式各样的会议上：作家、政治家、历史学家、文学理论家、教授和知识分子出席的会议中都能看到革命政府的身影。在那些会议中，与会者激烈地讨论在行动和武器面前话语应有的价值，讨论革命进程中文学的角色问题，（指名道姓地）议论作家们的文学作品中是否体现了当时混乱的政治局势，凡此种种。60 年代初，在全世界不同地区举行了诸多会议，人们在会议中广泛使用了"第三世界国家"的概念，并以此作为政治行为的基础。1960 年，在智利举办了一场美洲作家大会，那是 60 年代举办的第一场类似会议，参会者包括贡萨洛·罗哈斯（Gonzalo Rojas，他是东道主）、埃内斯托·萨瓦托、塞巴斯蒂安·萨拉萨尔·邦迪（Sebastián Salazar Bondy）、艾伦·金斯堡（Allen Ginsberg）等人。他们一致认为作家不应该对身边悲惨的现实熟视无睹，其中也包括大国的剥削问题。那次会议的核心主题包括以下三点：

1）西班牙语美洲对抗大国地方主义；

2）文学话语的社会功能性问题；

3）文学和美洲人民生活之间的关系问题。

发表在《雅典》（*Atenea*）杂志第 380—381 期上的会议开幕词强调说："我们不想把我们的观点强加给任何人；不过我们这个大陆的作家应该去思考如何建立起一种新秩序，我们该做的应当比我们现在和之前读到的东西更多，文学不应该只是文化产品或艺术现象，更应该成为建设我们的美洲的工具。"显然，这里提到的"建设"指的就是在该地区推动政治和社会改革。萨拉萨尔·邦迪，马里奥·巴尔加斯·略萨曾在为他写的悼词中将他定义为介入型知识分子，甚至在那次会议上提问：是否他们停止写诗、直接加入到解放拉美的军事斗争中去才是更有意义的选择。（Gilman 2003：108）

1961 年在一次由几个并不弱小的国家参加的会议上出现了"第三世界主义"的概念。同年，几个月后，在贝尔格莱德举行了一场保持中间立场国家参与的大会。两年后，在坦噶尼喀[1]举行了亚非人民团结大会，那次大会上提出了一项与拉美国家息息相关的倡议，来自五大洲的知识分子提议将 1963 年的 4 月 17 日定为"拉美国家国际团结日"。（Gilman 2003：45）值此机会，在巴西举办了古巴－美洲大陆团结大会，参加大会的知识分子来自拉美所有国家。尼古拉斯·纪廉（Nicolás Guillén）作为新创建的古巴作家与艺术家联合会（UNEAC）主席，成为那次大会的明星人物。

在前一年，在贡萨洛·罗哈斯的再次倡议下，大批拉美作家又一次相聚智利，那次他们讨论的主题是"拉丁美洲人民的形象"，参会者包括巴勃罗·聂鲁达、卡洛斯·富恩特斯、阿莱霍·卡彭铁尔、何塞·米格尔·奥维多、何塞·玛利亚·阿格达斯、何塞·多诺索、罗贝托·费尔南德斯·雷塔马尔、马里奥·贝内德蒂、克拉里贝尔·阿莱格里亚[2]等人。富恩特斯成为会议的主导者，他提出知识分子不仅有权利，而且有义务参与到政治生活中去，尤其是在对抗帝国主义方面，因为那是三个贫穷

---

〔1〕 坦噶尼喀位于非洲东部，是坦桑尼亚的大陆部分。
〔2〕 克拉里贝尔·阿莱格里亚（Claribel Alegría，1924—2018），尼加拉瓜－萨尔瓦多诗人、散文家、小说家、记者。

大陆（亚洲、非洲和南美洲）共同面临的威胁。这位墨西哥作家和聂鲁达都对古巴发生的事情产生了兴趣，他们也尝试说服其他未下决心或是置身事外的作家支持古巴革命政府。因此，要在拉丁美洲使得人们投身到这项事业中来，就必须在这片大陆和那个加勒比海岛国之间架起一座桥梁。这个想法在1965年得到了强化，参加过之前诸多会议的知识分子们又一次齐聚热那亚，参加由"哥伦布中心"（Colombianum）组织的活动，该机构是由绰号"红色神父"的耶稣会士安赫洛·阿尔帕（Angelo Arpa）为纪念克里斯托弗·哥伦布而建立的，哥伦布本就是热那亚人，无意中发现了美洲大陆的存在。"哥伦布中心"致力于研究拉丁美洲、捍卫拉丁美洲的权利，事实上它的工作范围不止于此，甚至可以推广到整个"第三世界"。60年代初，那位意大利修道士就曾组织过电影节、讲座、大型会议等活动。费里尼、罗西里尼、帕索里尼和其他许多非意大利籍的导演都曾参加过他组织的活动，例如布努埃尔，他曾在1962年凭借《泯灭天使》获得过东塞斯特里（Sestri Levante）电影节的奖项。莱奥波尔多·塞亚[1]就对自己和阿尔帕的友谊以及1965年的座谈会记忆犹新：

> "哥伦布中心"组织了大量的活动。1965年该组织又举办了一场与拉美及非洲文化有关的重要会议。那次会议的举办地是该组织位于热那亚的总部。参会的人真是太多了！欧洲和拉美甚至就受邀参会嘉宾名额问题有过争执。那是一场带有共产主义色彩的会议，是由共产主义者组织的，也只有亲共人士可以参加。尽管有过刚才提到的争执，但会议却十分成功。由于规模过大，会议开销超出了组

---

〔1〕 莱奥波尔多·塞亚（Leopoldo Zea，1912—2004），墨西哥哲学家。

织者的预算。后来各方都同意可以先赊账，后还款，只需要阿尔帕神父签个字就好了。可是在会议结束后他们却要求组织方立刻还款。当时阿尔帕神父正在墨西哥组织一场和诺贝尔奖相关的会议，会议主题是反对使用原子弹。他是通过媒体得知该消息的，在意大利有人指责他是强盗，说他一回国就会被抓进监狱。尽管面临这种威胁，他还是回国了，也果真受到了算计。阿尔帕神父在罗马被捕，同时被驱逐出了教会。费德里科·费里尼和神父是朋友，并且他还经常在神父面前做忏悔，就如同自己执导的影片《八部半》中的人物一样。他立刻行动了起来，成功地令教皇保罗六世插手此事，把阿尔帕神父从监狱里营救了出来，并且给他在梵蒂冈安排了一个职务。曾经有与神父关系密切的人这样解释道："阿尔帕神父是个圣徒，他可以和上帝沟通，但却搞不清楚自己身边发生的事情。"后来我在他住处所在的罗马城协和大道（Via della Conciliazione）遇见过他。他给我讲了那个时期的许多事情。有一天他对我说："您的到访是天意，我已经和贝林格[1]聊过了，咱们必须重建'哥伦布中心'。"我不觉得我见到他是天意，后来我也再没去找过他，我知道他还活着。[2]

参加那次大会的有马克思主义者、宗教人士、保守主义者和左翼独立人士，会议得出的结论是：拉丁美洲应作为整体而存在。他们同时认为古巴革命是近些时期发生的最重要的历史事件，应当把反帝国主义斗争上升到道德的高度。这些结论都被记录在了古巴《美洲之家》杂志第 30 期中。借该会议之机还创立了拉美作家协会，目的是将知识分子团结成一个整体，系统性地

〔1〕 贝林格（Enrico Berlinguer，1922—1984），曾任意大利共产党领导人。
〔2〕 Zea，Leopoldo (2003). *El Nuevo Mundo en los retos del nuevo milenio.* http://ensayo. rom.uga.edu/filosofos/mexico/zea/milenio/2—9.htm. ——原注

参与到政治行动中去。

不过比较而言，下面这场活动可能有更加特殊的重要性：1966 年 1 月 3 日至 15 日，在古巴首都哈瓦那举办了亚非拉人民团结大会，人们更习惯称它为"三大陆会议"。来自 70 个国家的近 500 名代表参加了大会，他们有的代表政府，有的代表合法党派或地下党派，甚至还有游击队组织的代表。会议由伊丽莎白·布尔戈斯领导的组织作为发起方，因此选择在哈瓦那召开会议也就不足为奇了。会上成立的亚非拉人民团结组织坚决反对北方各国的新自由主义，将发展中国家和欠发达国家在经济和社会发展领域的合作视为目标；团结那些支持亚非拉美民族团结的集体和个人，推动和平和人权发展。团结组织在之后数年，甚至是最近几十年中仍然时常举行集会。1967 年夏天，团结组织就举行了又一次集会，当时组织的负责人是艾蒂·桑塔马里亚。那是一场争议性十足的会议，因为会议认为革命的唯一可行方式就是武装斗争，从这种意义上看，由于坚持和帝国主义进行斗争，古巴无疑成为了整个拉丁美洲地区，甚至是整个第三世界的先行者。在那段时间，古巴为了纪念"七二六运动"而陷入了集体狂欢状态中，上百位作家、画家、音乐家等齐聚古巴。当时举行了一场欧美画家对谈活动，在巴拉德罗（Varadero）举行了一场音乐会，西尔维奥·罗德里格斯[1]虽然本人并未参加那次活动，却也因为其"新民谣"运动主将的身份而广为人知。当时在古巴岛上，几乎所有人都认同其时的古巴已经成为整个世界最具活力的文化中心。

---

〔1〕 西尔维奥·罗德里格斯（Silvio Rodríguez, 1946— ），古巴唱作歌手，古巴"新民谣"之父。

再晚些时候，在 1968 年举办了重要性无可比拟的哈瓦那文化大会，483 名外国代表参加了会议，其中包括诸多重量级人物，如胡里奥·科塔萨尔、罗贝托·马塔[1]、朱尔斯·费弗[2]、安东尼奥·萨乌拉[3]、布拉斯·德奥特罗[4]、伊夫·拉科斯特[5]、米歇尔·雷里斯[6]、爱德华·皮尼翁[7]、安德烈·皮埃尔·德芒迪亚尔格[8]，维克托·瓦萨雷里[9]、莫里斯·西奈[10]、朱利奥·埃诺迪[11]、阿诺德·威斯克[12]、路易吉·诺诺[13]、詹贾科莫·费尔特里内利[14]、弗朗西斯科·罗西[15]、艾梅·塞泽尔[16]、大卫·阿尔法罗·西盖罗斯[17]、汉斯·马格努斯·恩岑斯伯格[18]、马里奥·贝内德蒂和罗曼·卡门[19]，还得算上大批来自亚洲、非洲和社会主义

---

〔1〕罗贝托·马塔（Roberto Matta, 1911—2002），智利著名画家。

〔2〕朱尔斯·费弗（Jules Feiffer, 1929— ），美国著名漫画家。

〔3〕安东尼奥·萨乌拉（Antonio Saura, 1930—1998），西班牙艺术家、作家。

〔4〕布拉斯·德奥特罗（Blas de Otero, 1916—1979），西班牙诗人。

〔5〕伊夫·拉科斯特（Yves Lacoste, 1929— ），法国地理学家。

〔6〕米歇尔·雷里斯（Michel Leiris, 1901—1990），法国人类学家。

〔7〕爱德华·皮尼翁（Edouard Pignon, 1905—1993），法国画家。

〔8〕安德烈·皮埃尔·德芒迪亚尔格（André Pieyre de Mandiargues, 1909—1991），法国作家。

〔9〕维克托·瓦萨雷里（Victor Vasarely, 1906—1997），匈牙利—法国艺术家。

〔10〕莫里斯·西奈（Maurice Sinet, 1928—2016），法国著名漫画家，"西内"（Siné）为其笔名。

〔11〕朱利奥·埃诺迪（Giulio Einaudi, 1912—1999），意大利书商。

〔12〕阿诺德·威斯克（Arnold Wesker, 1932—2016），英国著名剧作家。

〔13〕路易吉·诺诺（Luigi Nono, 1924—1990），意大利作曲家，意大利共产党员。

〔14〕詹贾科莫·费尔特里内利（Giangiacomo Feltrinelli, 1926—1972），意大利著名出版人。

〔15〕弗朗西斯科·罗西（Francesco Rossi, 1922—2015），意大利导演。

〔16〕艾梅·塞泽尔（Aimée Cesaire, 1913—2008），法国诗人。

〔17〕大卫·阿尔法罗·西盖罗斯（David Alfaro Siqueiros, 1896—1974），墨西哥著名壁画家，墨西哥共产党领导人之一。

〔18〕汉斯·马格努斯·恩岑斯伯格（Hans Magnus Enzensberger, 1929— ），德国作家。

〔19〕罗曼·卡门（Roman Karmen, 1906—1978），苏联导演，摄影师。

国家的知识分子代表。在大会正式开幕前，在哈瓦那西部某疗养地先召开了筹备会议，人们发现在不同的文化领域中存在的分歧和争议比革命成功后的最初几年更大了。就邀请参会者的数量问题，大家产生了激烈的争执：各方都想尽量为自己争取更多的参会席位。在文化领域争权的情况显而易见。不过从联合全世界的知识分子在几十年的时间里共同对抗帝国主义和新殖民主义的角度来看，大会又是卓有成效的。

那次会议充满了大小冲突。会议最大的成功就是使得超现实主义者、托洛茨基主义者、共产主义者、宗教人士、游击战士、和平主义者、共济会成员和弗洛伊德主义者联合到了一起，他们一致认为我们这个时代最主要的冲突就存在于南方国家和北方国家之间，或者说所谓的第三世界国家和以美国为代表的富有的帝国主义国家之间。这些富有创造力和思想性的知识分子推动了一股新的潮流，来对抗传统结构，寻求革新之道。但是苏联对捷克斯洛伐克的入侵给这一同盟蒙上了一层阴影。古巴政府及其领导人在该事件中表现出的态度也加速了同盟的分裂。哈瓦那文化大会取得的成果在短短几个月后就烟消云散了。近期去世的古巴作家利桑德罗·奥特罗将自己的亲身经历记录了下来：

> 那次会议充满了各种小插曲。其中一次使我和拉丁美洲最伟大的画家之一大卫·阿尔法罗·西盖罗斯成了朋友。当时在维达多区（Vedado）有一场文化活动，著名法国画家皮尼翁用壁画装饰了大厅。开幕的那天晚上，众多受邀者挤在楼梯口等待着厅门开启，那时我看到法国－埃及女诗人乔伊斯·蒙丝（Joyce Mansour）正往第

一排挤。在让-皮埃尔·法耶[1]和《原样》(Tel-Quel)杂志团队的建议下，我曾在巴黎向蒙丝发出过私人邀请，因此结识了她。他们对我说她十分富有，而且很舍得在艺术圈花钱，所以大家都很尊敬她。我感觉自己当时脑子不太清楚，在她面前说了许多带有超现实主义风格的胡话，相比较而言，站在她身边的画家马塔就显得镇定多了。

　　蒙丝走到西盖罗斯身后，狠狠地踢了他一脚，还喊道："这是替托洛茨基踢的！"因为这位墨西哥画家曾经参与过针对托洛茨基的暗杀，只不过没有成功。西盖罗斯吓了一跳，呆立了几秒钟。但他毕竟是见过大场面的人，立刻即兴发表演说，指控刚才发生在他身上的袭击事件是帝国主义的阴谋。看热闹的人群爆发出低调而谨慎的笑声，后来活动开始，这件事也就过去了。[2]

　　对于拉丁美洲知识分子而言，那次大会无疑是具有重要历史意义的，因为来自五大洲的重要的文学和艺术界人士齐聚一堂，也因为那次大会涉及了那十年中最热点的话题，还因为古巴在捷克斯洛伐克问题上的态度割裂了知识分子群体，后来发生的帕迪利亚事件则使得这种分裂无法修补。菲德尔·卡斯特罗在大会闭幕式进行了一番精彩的演讲，他说他对在场的知识分子们是百分之百信任的，因为大家全都相信革命斗争依然在开花结果。那时，"文学爆炸"的所有作家都表现出了对古巴的热情。可是这种一致性只持续了很短的时间。后来发生了一些事情：例如帕迪

---

〔1〕　让-皮埃尔·法耶（Jean-Pierre Faye，1925— ），法国哲学家、作家。

〔2〕　本段引文出自：http://laventana.casa.cult.cu/modules.php?name=News&file=print&sid=3222。最初发表于美洲之家的宣传刊物《窗户》(La Ventana)，2006年6月2日刊，原标题为"西盖罗斯身上发生的一件事"。——原注

利亚事件，《新世界》杂志和《前进》杂志之间的冲突，"五月风暴"，吉列莫·卡布雷拉·因凡特、内斯托尔·阿尔门德罗斯[1]、利诺·诺瓦斯·卡尔沃[2]和塞维罗·萨杜伊[3]等人的流亡，在60年代末这些流亡者在各自的流亡国不断对古巴进行着猛烈抨击。所有这些事件使得蜜月期结束了。在整个拉丁美洲范围来看，在政治领域落空的希望，却在文学领域实现了。文学之火已被点燃，而且将永不熄灭。

距"文学爆炸"发生已过去了50余年，有几位运动中的主要作家依然健在，而且仍然在坚持写作（有的写得多，有的写得少，岁月不饶人），后来的作家们也依然摆脱不了"文学爆炸"带来的影响。我们不妨以"文学爆炸"为标杆来定义一下20世纪末的几代作家：1975年后开始冒头的作家被称为"爆炸后一代"（*postboom*），有些在那时还比较年轻的作家开始崭露头角，例如阿尔弗雷多·布里塞·埃切尼克[4]、安东尼奥·斯卡尔梅达[5]、雷纳尔多·阿雷纳斯[6]、阿贝尔·波塞[7]、伊莎贝尔·阿连德[8]、路易斯·塞普尔维达[9]，他们的美学思想和文学视野与他们的父辈不尽相同，没有伟大的意图，不追求全景小说，远离终极性的解释和复杂世界的建构。20世纪末期，又有一批优秀的年轻作家横空出世，让人们仿佛回到了60年代的光荣岁月，这一

---

〔1〕 内斯托尔·阿尔门德罗斯（Néstor Almendros, 1930—1992），西班牙摄影师。

〔2〕 利诺·诺瓦斯·卡尔沃（Lino Novás Calvo, 1903—1983），古巴作家。

〔3〕 塞维罗·萨杜伊（Severo Sarduy, 1937—1993），古巴作家。

〔4〕 阿尔弗雷多·布里塞·埃切尼克（Alfredo Bryce Echenique, 1939— ），秘鲁作家。

〔5〕 安东尼奥·斯卡尔梅达（Antonio Skármeta, 1940— ），智利作家。

〔6〕 雷纳尔多·阿雷纳斯（Reinaldo Arenas, 1943—1990），古巴作家。

〔7〕 阿贝尔·波塞（Abel Posse, 1934— ），阿根廷作家。

〔8〕 伊莎贝尔·阿连德（Isabel Allende, 1942— ），智利作家。

〔9〕 路易斯·塞普尔维达（Luis Sepúlveda, 1949—2020），智利作家。

代作家被称作"回旋爆炸一代"（*boomerang*），也就是说，回归到拉丁美洲"文学爆炸"最初的样子去。属于其中的作家长期占据着西班牙和拉丁美洲畅销书榜单。最后，新世纪最初几年中涌现出的全新一代作家，他们可能比前人更专业，也更具攻击性，他们同时在南方国家和北方国家的文化圈及出版界刮起了旋风，而他们的头上也被冠上了又一个和那场运动相关的名字："孩子辈文学爆炸"（*baby boom*），其中的代表人物包括安德烈斯·纽曼（Andrés Neuman，定居西班牙的阿根廷作家，获得的奖比写出的书还多），圣地亚哥·隆卡格里奥罗[1]（Santiago Roncagliolo，定居巴塞罗那的秘鲁作家，丰泉文学奖得主），温迪·格拉（Wendy Guerra，古巴女作家），罗纳尔多·梅嫩德斯（Ronaldo Menéndez）[2]，伊万·萨因斯（Iván Thays）[3]等。

那么，南方真的存在吗？存在，不过南方也攻击，也坚持，也参与。也许这一切都要归功于 60 年代的那群人，是他们让世人看到了南方。在那群作家之中有两个人，他们就像双头长矛的两个尖端，是划定春天界限之人；他们一个是诗人，一个是建筑师；他们是加博和马里奥。他们做了那么多，又做得如此好。

---

[1] 另有中译名圣地亚哥·龙卡略洛。
[2] 古巴作家。
[3] 秘鲁作家。

2. 春天的界限

"文学爆炸"作家群并非有意要当打开商业市场的开拓者，真实的情况是出现了一系列与之相关的偶然因素，当然也不能把这些作家写出的高质量的文学作品抛在一边，所有这些因素加在一起就促使了西班牙语文学历史上最具震撼效果的事件的发生。一切都始于60年代初，在1967年变得清楚明白、气势恢宏，在那一年中，诗人的《百年孤独》出版，而建筑师则凭借《绿房子》获得了罗慕洛·加列戈斯文学奖。这两个仅比布拉格之春发生的时间略早的事件划定了"文学爆炸"春天的界限，而这仅仅是那场盛事的冰山一角。同年，吉列莫·卡布雷拉·因凡特的《三只忧伤的老虎》出版，而另外两位早已有重要作品问世的大作家也加入了进来："外交官"、公共事务专家、善于做宣传的卡洛斯·富恩特斯和"魔术师"、在四年前已经创造出了玛伽[1]、革新了用塞万提斯的语言进行文学创作的范式的胡里奥·科塔萨尔。科塔萨尔于1963年凭借《跳房子》声名远

[1]《跳房子》的主要角色之一。

播，在那之前他已经出版了三本精彩的短篇小说集，这些作品超现实感十足，极富原创性，1967年，科塔萨尔也走进了"文学爆炸"的作家队伍中来。在"文学爆炸"的第一线作家中我们还不能忘记叙事大师何塞·多诺索，他当然不会错过这趟文学列车。还有当时还很年轻的豪尔赫·爱德华兹[1]，他是上述作家中的几位的好朋友。当然了，还有更多受到"文学爆炸"影响的作家，只不过他们可能没有直接与这些主将建立亲密的友谊。

我们暂且将此按下不表。事实上在60年代初的那几年，许多人对即将发生的事尚无觉察。多诺索在他那部精彩绝伦的《"文学爆炸"亲历记》（*Historia personal del boom*，或者我们可以把书名改成《"文学爆炸"的激情癔病》，这样似乎更能体现多诺索的参与性）中就提到了1962年在智利召开的那场重要的大会，会议组织者是塞万提斯文学奖得主贡萨洛·罗哈斯。多诺索在十年之后这样写道：

> 在那次大会上……几乎没人提及萨瓦托、科塔萨尔、博尔赫斯、奥内蒂、加西亚·马尔克斯、巴尔加斯·略萨（那一年刚刚出版了他的第一部长篇小说）或是鲁尔福的名字。他们在十年前还默默无闻，或者只是边缘作家。那时"文学爆炸"还没开始。（Donoso 1999：46）

那么，那些年轻的分界者，一个的作品富有诗般的语言，另一个的作品拥有完美的结构，他们该做些什么呢？他们在60年

---

[1] 豪尔赫·爱德华兹（Jorge Edwards，1931— ），智利小说家、记者、外交官。

代初的革命岁月中面临的是怎样的环境呢？他们的不安和期望又是什么呢？加博当时是位出色的记者，只有 30 岁出头，在当作家方面并不是很成功，他曾在 1955 年出版过一本小说《枯枝败叶》，还在报纸和杂志上发表了一些卡夫卡式的短篇小说，不过那些短篇小说直到 1974 年才被集结成了销量尚可的集子：《蓝狗的眼睛》。在那几年里，加博一直在写一本小说，最后却写成了两本：《没有人给他写信的上校》和《恶时辰》，都是 60 年代初出版的，此外他还把几篇以马孔多为背景的短篇小说在 1962 年结集出版了，书名是《格兰德大妈的葬礼》。而比加博年轻 9 岁的马里奥在 20 岁之前就和一位年长他许多的姨妈结了婚，他早期写成的几则短篇小说中的一篇获了奖，奖品是到法国首都巴黎的一次旅行。1958 年他来到西班牙，那时的马里奥只有 20 岁出头，他在那里下定决心要把写作当作毕生事业。1959 年马里奥出版了他的第一本书，是本短篇小说集，后来他到巴黎定居，既当记者又当老师，就是为了能在那里生存下去，以最终实现自己的文学抱负。在 1962 年和 1963 年间，他的生活发生了巨变：一本名为《城市与狗》的小说横空出世，在当时受困于恐怖主义、社会现实主义和佛朗哥政权审查的西班牙文坛引发了强烈反响。

当时这两位将成为好朋友的人物仍互不相识，他们的作品之间也没有任何关联性，不过他们已经听过一些关于对方的消息了。马里奥凭借第一本小说就斩获了简明丛书奖和批评奖，这使他声名鹊起。《没有人给他写信的上校》虽然没有引发如《城市与狗》般的轰动效应，但也已经让曾读过哥伦比亚作家早期作品的读者们啧啧称叹了。

加博在行动

诗人胡安·加西亚·庞塞[1]一大早就给加博打来电话，对他说道："那个混蛋海明威一枪把自己崩了。"这句粗野的话一直萦绕在加博的脑海中，"就像是个新时代的开始"。他在之前一天刚到墨西哥，尽管抵墨的第一天充满了血腥味和烟尘味，可加博还是就这样开始了他在阿兹特克人都城的美妙生活，从那之后就再也没彻底离开过这个国家。那是1961年，加博的新生活刚开始，而海明威的人生却结束了，这着实有些让人唏嘘，因为自杀的诺贝尔文学奖得主正是未来弑神的[2]诺贝尔文学奖得主文学道路上最重要的导师之一。哥伦比亚作家声称自己曾在1957年巴黎圣米歇尔大街上见到过海明威本人，当时他的第一反应是从街对面的人行道上大喊"大师——"。而美国作家明白周围都是学生或游客，除了自己以外不太可能别的大师在场，于是转过身，摇着手用西班牙语对加博喊道："再见——朋友。"加博从海明威身上学会了如何在写作时进行"剪裁"，海明威在写作上极其严谨，"他把螺钉都暴露在外面，就像火车车厢那样，因此可能福克纳是影响着我的灵魂的作家，"加博这样说道，"而海明威才是在作家这个职业上对我帮助最大的人。"（Cremades y Esteban 2002：258）

在构思这本书时，我们曾想把全书内容的开始时间放在1967年，原因正如上文提到的那样，1967年是拉美文学的黄金

---

〔1〕 胡安·加西亚·庞塞（Juan García Ponce，1932—2003），墨西哥作家。

〔2〕 作者在此处取巴尔加斯·略萨评论加西亚·马尔克斯的著作《加西亚·马尔克斯：弑神者的历史》的书名来指代这位哥伦比亚作家。本书作者在书写中习惯引用书名、谐音等以增添文本的艺术性，系作者本人的写作习惯。

之年。可是一年前，我们和米歇尔·帕伦西亚－罗斯（Michael Palencia-Roth）在他位于伊利诺伊州（美国）厄巴纳－香槟市的家中对谈时，他却建议我们把该时间提前到加博到达墨西哥的1961年，因为他认为那次住址上的变化对于加博而言不仅意味着一个新的时期的开始——他把注意力从新闻业转移到了文学和电影上来，同时还意味着他后来大获成功的文学生涯的开始，这里说的成功是从60年代中叶开始的，然而没有之前几年的铺垫的话，那种成功可能压根儿就不会出现。米歇尔是我们的好朋友，他不仅让我们住在他家、在研讨会上把我们引荐给其他参会者，而且他可能还是对加博作品最熟悉的人之一，他对加博的长篇和短篇小说如数家珍，都有深入的研究。他甚至在一篇文章里写过诗人和建筑师的关系，那篇文章的题目是"加西亚·马尔克斯和巴尔加斯·略萨的记忆艺术"（*The Art of Memory in García Márquez and Vargas Llosa*）（Palencia 1990：351-367），在那次对谈中他把文章影印了一份送给了我们。此外，他工作了许多年的大学，伊利诺伊大学厄巴纳－香槟分校，是美国最好的大学之一，而该校的图书馆可能是仅次于哈佛大学图书馆的全美第二好的高校图书馆。

60年代的最初几年确实是马尔克斯文学风格形成的关键时间。住在墨西哥城期间，他通过阿尔瓦罗·穆蒂斯[1]结识了诸多墨西哥和来自拉丁美洲其他国家的知识分子，穆蒂斯还引领他进入了一方他早就心向往之却一直苦无机会涉足的领域：电影业。马尔克斯认识了卡洛斯·富恩特斯，他们因为写电影脚本的事而

---

[1] 阿尔瓦罗·穆蒂斯（Álvaro Mutis，1923—2013），哥伦比亚著名小说家、诗人、散文家。

成了好朋友，那个脚本改编的对象是胡安·鲁尔福写的故事《金鸡》。该项目由墨西哥独立电影人卡洛斯·巴尔巴恰诺（Carlos Barbachano）提出，穆蒂斯本人提供了重要支持。加博接受了撰写电影脚本的邀请，可是巴尔巴恰诺看完脚本后却说："写得非常好，但你是用哥伦比亚西语写的，我们得把它翻译成墨西哥西语[1]。"所以他们找来了富恩特斯，两个未来的好友就这样相识了。几个月后，两人的友情又因为改编鲁尔福的名著《佩德罗·巴拉莫》而得到了进一步加强，尽管那次的改编并不成功，两人之间的互相钦慕却再未改变，从"文学爆炸"澎湃发展的年代到二人离世时都是如此。

此外，很有意思的一点是，两人友谊的建立和最初的发展都与胡安·鲁尔福有紧密的联系。鲁尔福可能算得上是"文学爆炸"作家们间接的、隐秘的导师之一，起着类似作用的作家还有博尔赫斯和卡彭铁尔。他们就像是异世界的样本，真正的文学巨兽。他们属于前一代人，在50年代和60年代初取得盛名，当时的拉美文学还拘泥于关注土地问题的自然现实主义和文明/野蛮的二项式问题，而他们用全新的语言革新了上一代的传统。就加博而言，鲁尔福给他带来了巨大的震撼，除了写电影脚本的经历之外，阅读鲁尔福的所有作品本身就是全新的发现。米歇尔·帕伦西亚是在一个秋日午后给我讲的下面的故事，那时节的厄巴纳正处于全年少有的极端大陆性气候，你既不会感到寒冷刺骨，也不会觉得酷热难耐。他说在加博到达墨西哥的头几个月中的一天，阿尔瓦罗·穆蒂斯到他家中拜访他。加博问他墨西哥有哪些

---

〔1〕 两国所用西班牙语并无巨大差异，此处巴尔巴恰诺更多指的是人物的行为和说话方式更像哥伦比亚人。

作家值得一读。穆蒂斯很快就拎着一袋子书回来了，他抽出其中的两册，对加博说："读读这玩意儿吧，你别胡搞了，好好学学人家是怎么写东西的。"（Saldívar 1997：410）加博在一天多一点的时间里把《佩德罗·巴拉莫》和《平原烈火》翻来覆去地读，甚至慢慢把它们背了下来，在那一年里他几乎没再读过其他小说，因为他觉得其他的书写得都不如这两本小书。那次阅读带给加博的震撼可能只有当他读到卡夫卡的《变形记》的第一行时才能媲美，那是在 40 年代末，他还是波哥大大学的学生。

60 年代，在墨西哥，鲁尔福本人甚至曾在加博面前现身过。加博持续不断地结交着电影圈和文学圈的人士：赫米·加西亚·阿斯科特（Jomí García Ascot）、玛利亚·路易莎·艾利奥（María Luisa Elío）（这两位是从加泰罗尼亚流亡到墨西哥的，加博将自己的巨著献给了他们[1]）、路易斯·文森斯（Luis Vicens）、路易斯·布努埃尔[2]、埃莱娜·波尼亚托夫斯卡[3]、胡安·何塞·阿莱奥拉[4]、蒂托·蒙特罗索[5]、何塞·埃米利奥·帕切科[6]、海梅·加西亚·特雷斯（Jaime García Terrés）、电影导演路易斯·阿尔科利萨（Luis Alcoriza）、阿尔贝托·伊萨克（Alberto Isaac）以及奥图罗·利普斯坦（Arturo Ripstein）。很多他在那时结交的导演在后来的数十年中都与他有过合作。在 1963 到 1964

---

〔1〕 指《百年孤独》的献词。

〔2〕 路易斯·布努埃尔（Luis Buñuel，1900—1983），西班牙著名导演。

〔3〕 埃莱娜·波尼亚托夫斯卡（Elena Poniatowska，1932— ），墨西哥女作家，2013 年塞万提斯文学奖得主。

〔4〕 胡安·何塞·阿莱奥拉（Juan José Arreola，1918—2001），墨西哥著名作家。

〔5〕 即奥古斯托·蒙特罗索（Augusto Monterroso，1921—2003），危地马拉著名作家，代表作有《黑羊》等。

〔6〕 何塞·埃米利奥·帕切科（José Emilio Pacheco，1939—2014），墨西哥著名作家，2009 年塞万提斯文学奖得主。

年间，对电影的热爱甚至一度使加博开始思考自己是不是应该放弃文学，转而全身心地投入到第七艺术中去。加博与电影之缘的最好结晶就是对他本人的短篇小说《咱们镇上没有小偷》的改编，那次拍摄成为了朋友们的一次聚会。在关于加博人生和作品的知名纪录片《着魔的写作》（La escritura embrujada）中出现过那部电影中的一些画面，还能看出大家的分工：加西亚·马尔克斯本人在门口收门票钱；电影开始后，路易斯·布努埃尔作为演员出场了，他扮演一个神父，站在高高的讲经台上讲着天启，而胡安·鲁尔福和卡洛斯·蒙西瓦伊斯[1]扮演两个正在玩牌的乡下人。路易斯·文森斯（书商、电影人）扮演堂乌瓦多；何塞·路易斯·奎瓦斯（José Luis Cuevas）和埃米利奥·加西亚·里埃拉（Emilio García Riera，导演之一）专心地打着台球。影片的另一个导演阿尔贝托·伊萨克也是加博的朋友。

故事讲述的是有人偷走了镇上酒吧的台球，小镇陷入了危机，因为那是镇子里的男人们唯一的消遣方式。小偷是镇上的一个年轻人，尽管他的老婆坚持让他把台球还回去，他却一直不愿意这么做，直到居民抓住了一个黑人，说他是小偷，并且把他关进了监狱。让人吃惊的是，加博竟然说服了鲁尔福参加拍摄。他们是几个月前在一位共同朋友的婚礼上结识的，那天恰好是刺杀肯尼迪的凶手奥斯瓦尔德被杀的日子（Saldívar 1997：425）。他们慢慢成了亲密的朋友，在那之后，他们还会经常在各种文学聚会和电影活动中碰面。

可是对第七艺术的爱并不是永恒的。蜜月期大概是1964年，加博写了几个脚本，而且获得了不错的报酬，有些是基于

---

〔1〕 卡洛斯·蒙西瓦伊斯（Carlos Monsiváis，1938—2010），墨西哥作家、评论家。

他之前所写的短篇小说的改编，有的是原创，例如《死亡时间》（*Tiempo de morir*）。然而加博开始感到疲惫了，也逐渐对这项工作失去了热情。那时卡洛斯·富恩特斯很理解加博，他鼓励后者，让他不要担心，因为他们两人之所以做电影，为的只是赚钱来写小说罢了，而单纯写小说永远也不可能让他们变成有钱人。阿尔瓦罗·穆蒂斯也相信加博会继续写小说的。1965年，奇迹出现了。两个事件为"文学爆炸"的春天拉开了帷幕。

首先是和文学代理人卡门·巴塞尔斯的会面。她是"文学爆炸"得以在西班牙和伊比利亚半岛之外大获成功的关键性人物之一。她是典型的加泰罗尼亚人，有着精明的商业头脑，她不仅把加博变成了宝，也同样把马里奥、科塔萨尔、富恩特斯、埃切尼克和其他许多作家都变成了宝。当然了，她把自己也变成了宝。"若君钱包鼓鼓，巴塞即为天堂"，这句俗语完美地体现了加泰罗尼亚的风情。巴塞尔斯从1962年就开始在商业事务方面代理加博了，1965年7月初，卡门来到了墨西哥首都，在那之前她先去了美国，她在那里为加博的四本书签署了一份价值1000美元的合同。卡门认为当面认识自己的这位客户的最好时机已经到了，她希望亲自把这个好消息告诉加博。但是加博既不掩饰也不害臊，直接就对卡门说道："那份合同是狗屎。"（Saldívar 1997：432）不过，卡门的个人魅力很快就起了作用，她在墨西哥度过的三天三夜中，加博安排了无数场聚会，他们还一起在那座无边的城市中漫步了许多次。最后，可能是为了表现自己的专一或宽宏大量，加博一边嘲笑着商人们的活计，一边和卡门签了新的授权合同，允许卡门在接下来的150年时间里代理自己所有的作品，包括所有翻译的版本。那是两人友情的开始，其中充满欢乐，这种欢乐既是经济层面的，也是私人层面的。另一事件众所周知，我们也在《缪斯到来时》(*Cuando llegan las musas*) 中有过记录：

> 他在四年的时间里几乎一个字也没写，1965 年，墨西哥，在一次前往阿卡普尔科旅行的途中，马尔克斯突然停住了车子，对他的妻子梅塞德斯（Mercedes）说道："我知道怎么写了！我要用外婆给我讲鬼故事的腔调来写这个故事，就从爸爸带小男孩去见识冰块的那个下午写起！"他们再也没能到达阿卡普尔科，而是在半路就折返了回去，一回到家，马尔克斯就开始动笔了，他决定全身心地投入到那本书的写作中。全家人省吃俭用，再加上朋友的接济，一共攒了 5000 美元……他对梅塞德斯说在接下来的几个月里不要打扰他。事实上他一共写了 18 个月，在那一年半的时间里，他们家欠下了 10000 美元的债务。（Cremades y Esteban 2002：262）

多诺索说自己是在 1965 年奇琴伊察知识分子大会上认识加博的，大会的主办者和邀请人是卡洛斯·富恩特斯。在东道主 - 外交官于自己家中为众多外国参会者而组织的一场宴会上，有人提醒多诺索，他刚刚读完并且赞赏有加的那本小说的作者也在场。那本书是《没有人给他写信的上校》。多诺索回忆道："正在我把这消息转告给我老婆，让她帮我找找那位作者时，一个留着小黑胡子的先生走了过来，问我是不是贝贝·多诺索[1]，就在我们按拉美的方式拥抱的时候，一个浪劲十足的'舞蛛'款款走过，搞得我俩都走了神。"（Donoso 1999：106）他还强调说那个时期的加博正陷在文学灵感枯竭期中，而且已经长达近十年了。

---

[1] 贝贝是西班牙语名何塞的昵称。

他写的书只在一个很小的圈子里流传，而且很难找到。"我当时觉得加西亚·马尔克斯消沉而忧郁，被文学困境折磨着……他的那段困境期和埃内斯托·萨瓦托所经历的一样，也和胡安·鲁尔福的永恒的困境期一样，都富有传奇色彩。"智利作家继续写道。（Donoso 1999：106）但是那段困难时光在之后不久就结束了，尤其是在那趟不成功的阿卡普尔科之旅后。

从那时起到那部带来春天的小说出版为止，中间的故事将流传百年，伴着的还有这位创作者锁在写书之屋中的孤独。加博和他笔下的角色们共呼吸，他杀死他们，让他们出生，把他们枪决，带着他们从一边到另一边，让他们坐着毯子飞上天空，使他们参加香蕉工人游行，或者把他们塞进一列黄皮火车中。就这样，时间来到了1967年。

马里奥与时间赛跑

巴尔加斯·略萨是"文学爆炸"作家中最年轻的一位，却是其中第一个获得盛名的。他打破了所有的记录：22岁得了第一个奖，23岁出了第一本书（又得了奖），25岁出版了第一本大师级的长篇小说（获得了更多的奖）。他的生活在1962到1963年间发生了天翻地覆的变化，很多人认为那正是"文学爆炸"开始的时间。他住在巴黎，离卢森堡公园很近。很久之前他就确立了当作家的志向，然而他必须先做其他工作来确保自己能生存下去。他在法国电台和法新社工作，还在贝立兹学校教西班牙语课。但是他迫切地希望能尽早结束在法国的这种生活节奏，于是他把新完成的小说手稿寄给了西班牙的赛伊克斯·巴拉尔（Seix Barral）出版社。出版社的编辑之一卡洛斯·巴拉尔读着新收到的稿件，他从弃用稿中抽出了一份，那本小说名为《英雄之地》（*La morada del héroe*）。胡安乔·阿尔玛斯·马塞洛重构了天才被发现的经典场景：

> 他继续读。小说很快就吸引了他的注意力。卡洛斯·巴拉尔沉浸在阅读中，都没留意到天已经慢慢黑了下来。他全神贯注，开始想象自己手中的是一部非凡的叙事文学作品，而出版社的审读员给出的否定报告是一个极其严重的错误。……他很惊讶。他说那天下午的经历就像是文学上的"耶稣显灵"，是一次情感上的发现。他认为自己必须尽快见到作者，必须尽早和作者说上话。当然，他肯定会带这些提议去见他。这本最后定名为《城市与狗》的小说使巴拉尔彻底着了迷，他记下了那位名不见经传的作者的住址。他在巴黎，他住在巴黎，是个秘鲁人。（Armas 2002：34）

于是他决定到巴黎去。巴拉尔极为幽默地描述了他对马里奥的第一印象，"他留着很显眼的小胡子，目光深邃，但同时眼神中又带着些不安"，他认为自己"正站在一个阿根廷探戈舞者面前，而非一位秘鲁作家"。（Armas 2002：34）小说不仅出版了，还获得了出版社颁发的简明丛书奖，后来又得了西班牙批评奖，还在福门托奖的评选中进入了决选环节。所有这些都是在极短的时间内发生的，马里奥就像是在和时间赛跑，一切都发生得毫无预兆。每个作家都希望获得荣耀和成功，突然获得这一切也没什么不好，可是马里奥确实从未想到世界会在一瞬之间发生惊天巨变。我们在数个夏天中在马尔贝拉（他从多年前就开始在7月和8月到那里去度假三周）对马里奥进行了多场访谈，在其中一场访谈中，他亲口承认了这一点。他说自己没有想到第一本小说会引发那样大的轰动，也没想到自己能获得罗慕洛·加列戈斯文学奖，他说自己作家生涯中发生的许多事都在他的计划之外，诺贝尔文学奖也是如此。他说道："可能最好的得奖方式就是你压根儿就没想过会获奖。"

马里奥位于巴黎的住所空间极小，房门前横着两条电线，还插着一面龙旗。房间里最显眼的就是打字机了，它也是家中声音最响的家当。这位前士官生写作时，周围的人就只能听见他敲击键盘的声音。在马里奥家楼下住着的是演员热拉尔·菲利普（Gérard Philipe）的遗孀，她至今依然健在。当年，她每到半夜12点就会用棍棒敲击天花板，因为打字机的声音让她压根儿没法入睡。巴拉尔说马里奥就是在如此狭小的空间中永不疲惫地写作的。巴拉尔一杯又一杯地喝着杜松子酒，而马里奥却不喝酒，他只喝牛奶。两人连续几个小时不停地谈论文学。在他们几次会面期间也曾有其他人来访过，大多是女性，然而对文学的专注压倒了一切。马里奥压根儿不为所动，卡洛斯满怀敬意地回忆道：

> "你好，"巴拉尔听到一个女性声音说道。"你好，"马里奥·巴尔加斯·略萨回了一句。之后他那冷静的嗓音又响了起来："我在工作。"小说家对写作的专注并没有因为这位女性友人的到来而发生改变，她进到房间里，可能（身在暗处的巴拉尔猜测着）在某个靠近作家的椅子上坐了下来。巴拉尔立刻又一次感到了惊讶：巴尔加斯·略萨竟然又开始继续写东西了，他压根儿没有理会那位本可以把他从文学事务中解放出来的女访客。又过了几分钟，他又听到了略萨的声音："你干什么？快把衣服穿上，你会着凉的。"略萨命令着女访客。然后，如同一种永不停止的酷刑般，打字机的声音又"以一种融合了喧哗与寂静的奇异方式"

响了起来。几秒钟后，伴着打字机的声音，响起了一声带有极大怒意的摔门声，这也意味着这次在作家专注创作过程中的意外来访结束了。（Armas 2002：35-36）

巴拉尔很清楚在那些年里还并不存在一个联系紧密的作家团体，没人谈论"文学爆炸"，那批作家之间也没什么私交。在巴拉尔回忆录的第三部分，他总结了那个时期的情况，还回顾了秘鲁作家当时的生活："最初那些年，也就是我刚认识巴尔加斯·略萨那会儿，我对那一代西班牙语美洲小说家还没有什么概念，他们互相也不认识，有些作家的名字甚至连听都没有听过，可是他们慢慢全都露了头，最后接连出现在巴塞罗那出版社的大厅里，或是哈瓦那的革命集会上，又或是巴黎的某家咖啡馆中。……马里奥·巴尔加斯·略萨当时是个浪漫的自我流亡者，他住在图尔农街（Rue de Tournon），在卡拉费尔（Calafell）度过了几个繁忙的夏天，那时他已经开始着魔似的每天写八个小时《绿房子》了。那个 7 月特别炎热，在我临海的故乡，他几乎从来不从那间没窗的房间里出来，他在墙上贴满了各种地图，我知道有些泛黄的地图是亚马孙雨林的。后来他带我去过爱德华兹位于布瓦西埃街（Rue Boissière）的住所，那是个非常优雅的外交官公寓，而当时略萨依然住在卢森堡公园旁角落中的小公寓里，保持着文学苦工式的生活规律。他只会偶尔出门拜访几位文学圈的朋友：卡洛斯·赛普伦（Carlos Seprún）、克劳德·库丰（Claude Couffon）、让·叙佩维埃尔（Jean Supervielle），对他而言也算是正事。他还去拜访胡里奥·科塔萨尔和奥萝拉·贝尔纳德斯（Aurora Bernárdez）夫妇，这两人极少在公众面前露面。不过他还会接待许多秘鲁人、远道而来的人类学家、吹牛狂、打

击乐艺人或是成熟的女诗人，这些人会残忍地把他的时间撕成碎片。"（Barral 2001：574-575）

在最近50年里，所有认识马里奥的人都见识到了他对待工作时间的严格态度。每天下午6点或7点前他不接待客人，而且从不接电话。我本人2001年在他位于伦敦的住所认识他之后也印证了这种说法。后来我们又在波城（Pau）、马尔贝拉以及他在马德里、华盛顿和纽约的家中见过面（巧合的是，他位于马德里的住所恰好位于弗洛拉和特鲁希略街上[1]），每次他都严格遵守工作时间，哪怕是在人人都忙于聚餐和穿着短裤游戏的夏日也是如此。写作永远被巴尔加斯·略萨排在第一位，而排在第二位和第三位的也是写作。工作时间过后，在接待客人的时候，马里奥会让你觉得与你会面是最重要的事情，他每次都表现得既和善又慷慨，这本身就是他个性中重要的组成部分，日常生活中的马里奥就是这样的。阿尔弗雷多·布里塞·埃切尼克曾讲述说60年代在巴黎的时候，有一天他陪马里奥去阅读之趣书店（La joie de lire）买书，其间发生了这样一件事：

> 马里奥的偷书技巧之高真是吓到了我。他把一本又一本书夹在胳膊底下，然后平静地从书店走了出来。走到街道拐角处时我祝贺了他，他喊了一声："怎么了？"然后才回过神来，发现自己没给钱。虽然我一直坚持说我们很穷，能免费读书也是件好事，但他还是回到书店付了钱。"买东西一定要付钱。"他对我说道。（Bryce 1993：311）

---

[1] 弗洛拉·特里斯坦和特鲁希略均曾在巴尔加斯·略萨的小说中作为人物出场过，故有"巧合"一说。

不过要说对 60 年代拉美作家们在巴黎的生活描写得最好的可能还是豪尔赫·爱德华兹，尤其是他写聂鲁达的《再见，诗人》（Adiós, poeta）。他在书里说这位智利诗人 1962 年在巴黎定居后不久就受邀参加广播电台的一档文学类节目，同时参加该期节目录制的还有让－叙佩维埃尔、卡洛斯·赛普伦和一个"脑子有点闭塞，支持左翼思想"的年轻的秘鲁短篇小说作家。（Edwards 1990, 109-110）爱德华兹笔下的马里奥是个"街区里的美男子"，留着小胡子，而发型"像极了博莱罗舞歌者或是墨西哥电影演员"，穿着倒是简单，不是当时知识分子间流行的打扮。不过聊起文学来，这个年轻人就有趣多了，因为他的观点"总是很新颖，还很尖锐，信息量很大，而他叙述的方式则充满激情和创造力"，"他异常崇拜托尔斯泰"以及其他"充满雄心壮志的小说家。他们像泰坦一样，试图从小我中走出来，建立客观、多样、完整的小说世界，这些世界可以与现实世界相对应，只不过它们是虚构的、全景式的"。爱德华兹写道，马里奥很熟悉西班牙语和法语诗歌，而且很多诗他都能背出来，此外他还很喜欢客观性强的叙事文学作品，例如瓦伦西亚作家马托雷尔（Joanot Martorell）写的《骑士蒂朗》（Tirante el Blanco）和巴尔扎克、福楼拜、大仲马、福克纳等人的作品。（Edwards 1990：110-113）

爱德华兹是通过马里奥认识科塔萨尔的，时间也同样是 1962 年，他说科塔萨尔知道的东西比他们两个还要多，"尤其是幻想文学作家，超现实主义的追随者们，或者说那些现代派作家"，此外科塔萨尔还很熟悉那些从某种意义上看"有些边缘化的作家，不管是当代的还是古代的，例如劳伦斯·斯特恩、萨德侯爵（el marqués de Sade）、傅里叶、马塞尔·施沃布（Marcel Schwob）、乔治·巴塔耶（Georges Bataille）、马塞多尼奥·费尔南德斯（Marcedonio Fernández）和何塞·莱萨玛·利马（José Lezama Lima）"。他还提到说这位阿根廷作家"在巴黎和奥克塔维奥·帕斯交了朋友，这让我们肃然起敬了起来，他还承认自己受到了博尔赫斯的很大影响"。几人经常相聚在"一间窄小、阴暗、让人感到压抑的公寓，马里奥和胡莉娅·乌尔基迪[1]（Julia Urquidi）在那里住了不长的时间"。"胡里奥坐在那间小房子里，巨大的、如婴儿般细嫩的双手交叉抱在腿上，他的长相很显年轻，但实际上他比我年长15岁，他发多击颤音'r'时带着股浓浓的法国味儿，有趣的是，听着和阿莱霍·卡彭铁尔的发音很像。他的一边坐着他的母亲，可是我对她只有很模糊的印象了，而另一边则坐着奥萝拉·贝尔纳德斯，他的妻子，这两位女性的在场似乎又从某个层面上突出了科塔萨尔异乎寻常的青春气息。"（Edwards 1990：113-114）

巴尔加斯·略萨甚至曾和他的第一任妻子胡莉娅·乌尔基迪一起在雷内·克莱尔（René Clair）的最后几部电影中的一部中参加过演出，他和胡莉娅在1964年离了婚。马里奥本人对我们说，在他出演过的两部或三部电影中，有一部肯定是克莱尔在1961年执导的《全世界的黄金》（*Todo el oro del mundo*），那部电影的主演是布尔维尔（Bourvil），电影讲述了一个小商人历尽艰辛试图阻止实力雄厚的大公司在他的土地上修建度假村的故事。马里奥没有台词，他需要做的只是穿上剧组人员交给他的大衣，然后等待摄像机拍摄即可。这短暂的从影经历结束后，他又继续投入到了写作事业中。1965年，他和表妹帕特丽

〔1〕巴尔加斯·略萨的姨妈、第一任妻子，小说《胡莉娅姨妈与作家》中胡莉娅姨妈的原型。

西娅·略萨（Patricia Llosa）结婚，帕特丽西娅是马里奥前妻胡莉娅的外甥女。后来帕特丽西娅为马里奥诞下三个孩子。马里奥出版了《绿房子》（*La casa verde*，1966），再次获得西班牙批评奖后又获得了罗慕洛·加列戈斯文学奖（1967），他紧接着出版了《崽儿们》（*Los cachorros*，1967），通过在纽约举办的会议之机（1966）开始了与国际笔会（PEN Club）的联系，后来他又到伦敦大学玛丽女王学院（Queen Mary College）教书，等等。马里奥似乎总是在和时间赛跑，而且每次都充满雄心壮志、勇往直前且都成效满满。《绿房子》出版后带来的轰动效果便如同刮起了一场飓风。如果一定要举个例子来证明这一点，只需要放上胡里奥·科塔萨尔一封长信中的几段即可。科塔萨尔完全被这部小说吸引了，他在 1965 年 8 月 18 日给马里奥寄去了一封信，那时小说还没有正式出版，科塔萨尔读的是小说的最终版手稿。

距离我读完你的小说已经过去一周了，因为我不能在心潮澎湃的状态下给你写信，而那种状态恰恰是《绿房子》带给我的……我想对你说的是，我已经给未来的自己预留好了享受的时刻：你的书正式出版后我要重读它，那时我就不再需要和每次都连续出现的两个 a 作斗争了，你那台打印机该换了（直接从 14 楼扔到街上，你绝对能听到奇特的响声，帕特丽西娅肯定喜欢我这个主意，第二天你下楼去看看，所有的零件都散落在街道上，太妙了，我还没提邻居们的惊诧表情呢，因为在法国绝对—不会—有人—把—打字机—从窗户—扔下楼。）……

好了，马里奥·巴尔加斯·略萨，现在我要把真相告诉你了：刚开始读你的这本小说时我真是害怕得要死。因为我太喜欢《城市与狗》了（其实我还是更喜欢《骗子们》这个书名[1]），所以我很怕你的第二本小说让我觉得不如上一本，而我必须如实告诉你（我跟你说过，我觉得咱俩已经算是熟人了）。读到第十页时我点了根烟，我斜靠在椅子上，恐惧感突然之间烟消云散了，取而代之的是我最早读到阿尔贝托、"美洲豹"、甘博亚[2]时的美妙感觉。读到鲍妮法西娅和嬷嬷们最初几场对话时我已彻底被你精湛的叙事能力征服了，你的这种能力使你显得与众不同，也使你比所有在世的其他拉丁美洲小说家更棒；那种力量，那种小说艺术，那种对材料的掌控力会瞬间吸引所有感情丰富的读者……

我一想到咱们谈论阿莱霍·卡彭铁尔的话就想笑，你那时毫无保留地捍卫他。但是伙计，等到你的这本书出版后，《光明世纪》（*El siglo de las luces*）就会彻底被比下去啦，就像我当时说的一样，它会因为过时而被扔到杂物堆的角落里，以后的人只会把它看作练习风格的习作。你代表美洲，你的作品是真正的美洲之光，讲的是真正的美洲故事，你有能力成为美洲文学的希望。（Princeton C.0641 III，Box 6）

古巴呢？

"文学爆炸"的代表作家们会在一段时期内成为古巴革命事业的捍卫者，就像我们曾经提到过的那样，古巴革命事业在60年代是知识分子中间的黏合剂。可是具体到每个作家的话，大家进入到"左翼革命世界"中的时间和原因各不相同，爱德华兹就

---

[1]《城市与狗》出版前巴尔加斯·略萨曾经设想的书名之一。
[2] 均为《城市与狗》中的角色。

曾对此有过描述。这位智利作家认为那位有着孩童般的外貌和伟大情怀的阿根廷作家是第一个被古巴人民的事业彻底感动的作家，时间大概在 1962 年底或 1963 年初。在我们在巴尔加斯·略萨家中对他进行的第一次访谈中，以及其后的多次访谈中，他多次提到说："科塔萨尔不断发着他那兼具阿根廷和巴黎味道的多击颤音'r'，只不过不再是给我们讲雷蒙·鲁塞尔（Raymond Roussel）的《非洲印象》或是劳伦斯·斯特恩的《项狄传》，而是给我们讲菲德尔·卡斯特罗和古巴革命。他刚刚从古巴回来，那是他第一次去古巴，他在那里发现的不仅是革命初期的喜悦、团结和自发性，同时还发现了，而且不断重新认识了这个世界以及关于拉丁美洲的种种主题。胡里奥·科塔萨尔当年毫不犹豫地离开了布宜诺斯艾利斯，成为巴黎的阿根廷作家，他把这段经历以他自己独有的方式，用复调式的体系在《跳房子》中转述了出来。但是去哈瓦那的旅行改变了他：从那以后，虽然他仍然住在巴黎，可他已经变了，想法完全不一样了。革命古巴之旅使他发现了美洲，他从精神上重新回到了新大陆，找回了他失去的童年。"（Edwards 1990：114-115）

科塔萨尔第一次古巴之旅的原因是他被选为美洲之家奖评奖委员会成员之一，他还在美洲之家做了一场关于短篇小说的讲座，与之相关的文章我们在之前已经有所提及，就是那篇探讨文学和革命关系的文章。实际上在科塔萨尔于 1966 年出版的第四本短篇小说集《万火归一》（*Todos los fuegos el fuego*）中就有一篇名为《会和》的故事，无疑是对古巴革命的一次致敬。那篇故事的创作基础是切·格瓦拉的《革命战争回忆录》（*Pasajes de la guerra revolucionaria*），具体而言是"格拉玛"号登陆的故事，游击队在马埃斯特腊山区的武装斗争由此开始。在故事中，叙述者用的是阿根廷式的表达，主人公切·格瓦拉还有哮喘病，在登陆后和几个同伴一起进入了丛林中，目的是寻找团队领袖路易斯，同时开始在山区搞革命。他把路易斯和莫扎特进行对比，因为后者能把各种变调协调成完美和谐的曲子。路易斯是"以人为音符谱曲的音乐家"，而且他还要继续"谱写那首我们认为不可能写出的曲子，那首与树冠、与将归于其儿女的大地相近相亲的曲子"（Cortázar 1999：61）。几行之后，出现了对菲德尔的致敬，但这种致敬更近似于非理智的奴性：

> 我们得像路易斯一样，我指的不是追随他，而是变得像他一样，把仇恨和复仇义无反顾地抛在脑后，然后像路易斯那样宽宏大量地注视敌人，他的这种态度无数次使我的脑海中（但是我怎么才能告诉别人这一点呢？）浮现出全能的主的形象，他当过被告，也当过证人，但实际却是从不进行审判的法官，他只是把陆地从汪洋之中分离开来，以期在某个山摇地动的清晨，在更洁净的时代来临之时，人的祖国可以在这方土地上建立起来。（Cortázar 1999：61-62）

这种把革命领袖和宗教领袖——具体而言是基督教全能的主——的对比，恰恰是菲德尔本人在弗雷·贝托（Frei Betto）的《菲德尔与宗教》（Fidel y la religión）一书中想表现的，菲德尔曾提到：最开始从马埃斯特腊山区走出来的一共有13名战士（实际不是13人，而是17人），这13人中他是领袖，就像耶稣带着自己的12个门徒一样，所有这些战士都留着大胡子，提醒着人们就是他们在改变世界，就是他们成功地"在某个山摇地动的清晨，在更洁净的时代来临之时"，建立起了"人的祖国"。科塔萨尔算得上是古巴革命政府最坚定的支持者，非常理想主义。

因此在 60 年代，他个人和古巴革命政府的联系不断加强，对后者的无条件支持的程度越来越深，往返古巴岛的次数也越来越多。在这方面有许多事例：他在 1966 年发表在古巴杂志《联合》（*Unión*）上的关于莱萨玛·利马的文章；他支持拉丁美洲自由斗争的公开声明；收入到《最后一回合》（*Último Round*，1968）中的那封写于 1967 年 5 月 10 日的信，那封信关注的焦点是拉丁美洲知识分子的现状，在此之前已在《美洲之家》上发表，此次科塔萨尔决定将它收入自己的文集的原因是："这封标题像文档资料的信被收入到这里是由于某些强大势力的封杀，之前发表此信的杂志无法到达拉丁美洲人民的手中。"

在科塔萨尔之后，马里奥·巴尔加斯·略萨是又一个很早就和革命政府主管文化事务的领导人建立起互信的作家，尽管当时他还很年轻，作品也不多。事实上 1965 年他就将以美洲之家奖评奖委员会成员和《美洲之家》杂志编委会成员的身份前往古巴，也就在那次旅程中，他和当年山区的大胡子游击队员们建立起了良好的关系。此后他还将因参加各种会议和活动多次前往古巴。尽管他对古巴革命政府并非无条件地支持，这一点我们将会在下一章节看到，然而他还是在 1967 年领取罗慕洛·加列戈斯文学奖时所做的演讲中将自己对古巴革命的拥护立场表达了出来，不过这同时也是他对卡斯特罗推行的政策感到失望的开始。

卡洛斯·富恩特斯也很早就表现出了对革命政府的支持，不过他和古巴的直接接触更晚一些。然而从 60 年代初开始，富恩特斯就不断表达出支持革命政府的观点。何塞·多诺索在这方面提供了许多珍贵的信息。他在《"文学爆炸"亲历记》中说自己 1962 年到康塞普西翁（Concepción）参加会议时，由于还没从阅读《最明净的地区》感受到的震撼中回过神来，他带着那本书到机场去，想要认识一下书的作者富恩特斯，再请他给自己签个名。在互相介绍的时候，富恩特斯立刻认出了他，他们曾经有一年在圣地亚哥的格兰杰学校当过校友，当时富恩特斯的父亲正在智利做外交官，可是并没有常驻，而多诺索对此则毫无印象了。从那时起两人就成了要好的朋友。他们一起坐火车去了康塞普西翁，富恩特斯对多诺索说他已经厌倦了在公众面前只谈政治不谈文学，"因为在拉丁美洲，二者压根儿就是不可分割的，现在的拉美只能朝古巴看。在那个时期，他对菲德尔·卡斯特罗怀有的热情、对古巴革命产生的信仰，感染了所有参加知识分子大会的人，他的出席本身就带有强烈的政治色彩，会上来自美洲所有国家的作家都一致表现出了对古巴革命的支持态度"。(Donoso 1999：58-59)

　　三年之后，多诺索居住在墨西哥的几个月里，也就是奇琴伊察大会之后，这位智利作家清楚地认识到美洲小说领域的"爆炸"的核心就在墨西哥，"就在卡洛斯·富恩特斯令人眼红的朋友圈子之中或其周围"(Donoso 1999：100)，甚至"墨西哥文学—绘画—电影—戏剧—社会圈子的人，再加上许多外国人，总是把卡洛斯·富恩特斯和丽塔·马塞多(Rita Macedo)家挤得满满当当的。美国的出版商、文学代理人、电影导演、杂志主编、公司老总。除了受邀来访之人外，从古巴还不时会来一些达官贵人，例如罗贝托·费尔南德斯·雷塔马尔，他用细腻的古巴文化给墨西哥文化注入了活力"。(Donoso 1999：108-109)也就是说，在那段日子里，富恩特斯认为古巴和卡斯特罗是"这个时期里、这片土地上"唯一有趣的国家和人物，他"感到自己既幸福又强大"。他说自己很幸福，但是他要道歉，为那些因他的幸福而死去的人而道歉，他要成为古巴岛和美洲大陆之间的连通器，把古巴人民的革命事业传播到美洲大陆的土地上来。然而 1966 年雷塔马尔却批评富恩特斯和聂鲁达赴纽约参加国际笔会会议的行为，这使得富恩特斯心生不满，这位墨西哥作家在 2003 年 4 月 17 日发表的文章《对抗罪行》中对此有所提及。不过他对古巴革命的支持立场却并没有因为雷塔马尔的批评而改变，这一点从富恩特斯写给雷塔马尔的信中就可以看出，那封信后来被雷塔马尔发表在了《希里比拉》(La Jiribilla) 杂志上，以作为对富恩特斯《对抗罪恶》一文中表现出的某些攻击性态度的回应。《美洲之家》杂志第 43 期，也就是 1967 年 7 月 /8 月刊上还刊发了另一封信，写于同年 2 月 28 日的巴黎，其中提到了巴尔加斯·略萨和胡里奥·科塔萨尔参加过的一场会议：

亲爱的罗贝托：

我收到了马里奥·巴尔加斯·略萨的来信，还和胡里奥·科塔萨尔有过几场谈话，我借此得知最近在哈瓦那举办的几场会议都很成功。胡里奥给我看了杂志编委会撰写的声明。我想借此信表达我对这份声明的支持，它的措辞和表现出的革命视野是模范性的。我认为其中关于艺术自由中的革命因素和拉丁美洲作家斗争形势多样化的部分尤其精彩，这份声明对于像我这样渴求在如墨西哥这样的复杂社会体系中引入一场变革的人而言就如强心剂一般。

我打算寄给你我的新小说《换皮》中的一个章节。如果你同意的话，就回信告知我。我还和利桑德罗·奥特罗、阿莱霍·卡彭铁尔有过交流，探讨了对古巴进行访问的可能性，我计划今年年底返回墨西哥。我对访问古巴充满期待。这势必将加强我与古巴革命之间的联系，你知道，我对古巴的支持早已有之，不过我还是想亲眼见证在诸位的努力下日益巩固的革命成果。如能成行，我也将利用这一机会，以朋友的身份和你讨论一些问题的解决方案，我们是团结在古巴革命周围的，不过每个国家的状况不同，解决问题的道路也必然有差异。

伴着长久的友谊拥抱你，卡洛斯·富恩特斯

我们注意到，尽管和古巴革命政府以及古巴文化艺术事务的负责人保持着良好的关系，可卡洛斯·富恩特斯访问古巴并不像马里奥·巴尔加斯·略萨和胡里奥·科塔萨尔那么容易，尽管他对前往古巴充满期待？那么加博呢？他和古巴的关系怎样呢？加博曾经自称是无党派共产主义者，也表达过对革命的支持，而且如今还是富恩特斯的密友。我们在《加博与菲德尔：一段友情》（*Gabo y Fidel. El paisaje de una amistad*）一书中对此有过详细的描述，这位哥伦比亚作家是最早和古巴革命政府有直接接触的作家，早在 1959 年他就以记者身份参加了对诸多没能在 1958 年 12 月 31 日乘飞机逃走的巴蒂斯塔政府军人进行的审判（最终判处死刑）。1960 到 1961 年间，加博在切·格瓦拉创立的拉丁社当记者，亲身经历了革命胜利初期古巴幸福愉悦的生活氛围。可是事情却到此为止了，加博和古巴的关系要一直等到帕迪利亚事件之后才有新的发展。让人难以理解的是，加博在整个 60 年代都没有再次在古巴出现，也没有参加重要的会议，没有被邀请到美洲之家去。对于这一奇怪现象，法国政治家、知识分子雷吉斯·德布雷在他位于巴黎奥黛翁街的家中给了我们一种解释。德布雷本人在 60 年代居住在古巴，和革命政府走得很近，还和在 1966 年组织了三大陆会议的委内瑞拉人伊丽莎白·布尔戈斯结了婚。从 1961 年起，他就参与了古巴政府几乎所有的重要决策，他甚至和切·格瓦拉一起去了玻利维亚，在后者被杀的几天前被俘了。玻方判处他30年监禁，1971年，在戴高乐、安德烈·马尔罗和萨特等人的斡旋下，德布雷被提前释放。加博和德布雷是要好的朋友，在了解到后者在古巴政要中的影响力后，加博请他帮忙促使古巴政府向他发出邀请，就像他们给其他支持古巴革命的作家发出的邀请一样。德布雷对菲德尔和国家委员会副主席卡洛斯·拉斐尔·罗德里格斯（Carlos Rafael Rodríguez）都提到过此事，但是二人都对邀请哥伦比亚作家到古巴访问没什么兴趣，因为他们对加博对古巴革命的支持程度还心存疑惑。然而，加博在那个时期曾多次表达出访问古巴和近距离观察古巴天堂的迫切愿望。贡萨雷斯·贝尔梅霍（González Bermejo）就曾在1971年11月的《胜利》（Triunfo）杂志中试探过加博：

> "不久前你曾在一次访谈中表示让你感兴趣的事情有滚石乐队的音乐、古巴革命和四个朋友。能讲讲你和古巴革命之间的联系吗？"
>
> "我每天都在想着古巴革命。"
>
> "对你而言，古巴革命的哪个方面是最重要的呢？"
>
> "我认为最重要的是古巴是根据自身情况推行社会主义制度的，这套社会主义制度很像古巴的风格，但又一点也不像古巴的风格：人性化，充满想象力，愉悦，没有官僚化的那套东西。这种模式在全拉丁美洲都可以推行，因为其他拉美国家的情况也和古巴很像。"
>
> "你什么时候会到古巴去呢？"
>
> "随时。我应该可以在12月份把手头的书稿修改好，我希望来年头几个月里能去趟古巴。要说为什么我在之前没到古巴去，原因很简单：我得把我的小说写完。"（Rentería 1979：63）

可是 1971 年已经太晚了。"文学爆炸"群体中的几位朋友已经走了回头路，尤其是在帕迪利亚事件发生后。在 60 年代，加博没有接近那片天堂，没有接近加勒比海上的那个岛国。他走的是一条和大部分人相反的道路，同一群人和他一起分享了"文学爆炸"的盛宴。具体而言，1967 年成了一条不能回头的道路，走上这条路的都是和古巴革命政府有或多或少联系的作家，在那一年中他们感受到了真正的春天，只不过不是在哈瓦那，也不是在布拉格，而是在加拉加斯。

3. 狂欢于加拉加斯

飞机一在加拉加斯落地，第一眼就能看到一块大宣传牌上写着："欢迎来到迈克蒂亚（Maiquetía）"。迈克蒂亚是机场的名字，位于加勒比海南岸的一片同名区域，距离首都很近。拉美有许多土著名称声名远播，例如马丘比丘、哈土依、博林奎恩、瓜希罗等，但还是迈克蒂亚让人听着最舒心，尽管作为大洋彼岸的西班牙人这样说可能不太恰当。迈克蒂亚是 16 世纪一个印第安酋长的名字，他决定和西班牙人达成和平协定，可是他手下最忠诚又善战的勇士帕里亚塔不愿轻易投降，他攻击了西班牙人的舰船"佩拉约"号，船在袭击和大火中完全被毁。

"文学爆炸"最重要的两位主将就是于 1967 年 8 月初在委内瑞拉首都的迈克蒂亚机场第一次见面的。在那之前，尽管有过几次通信，彼此也很钦佩对方，可是二人还未曾谋面。他们的政治观点很相近，尽管风格不同，却都是伟大的小说家。加博是第二次抵达迈克蒂亚机场。第一次是 1957 年 12 月 28 日愚人节[1]，

---

[1] 西班牙语国家的愚人节是 12 月 28 日。

普利尼奥·阿普莱约·门多萨的《时刻》（*Momento*）杂志聘请加博为撰稿人，当天下午，普利尼奥就带他在这座群山环抱的城市中转了一圈。从那时起，加拉加斯在加博的脑海中就成了一处逃逸之地，满是巨大的城堡，酒瓶里藏着天才大师，树木都会唱歌，喷泉能把人心变成蟾蜍，美丽的少女都居住在镜中世界，他把自己对加拉加斯的这些幻想都写进了《加拉加斯的幸福回忆》一文中。（Zapata 2007：30）那个时期发生了两件大事：加博和梅塞德斯·巴尔查（Mercedes Barcha）结了婚（加博短暂地回到了巴兰基亚，回来时身边已经多了梅塞德斯）；加博亲身经历了独裁者佩雷斯·希门内斯（Pérez Jiménez）的垮台，这使他产生了写一本关于绝对权力的小说的想法，18年后他终于把这本书写了出来，这就是《族长的秋天》（*El otoño del patriarca*），此中详情我们已经在另一本书里有过具体的分析。（Cremades y Esteban 2002：262-264）10年之后，加博再次来到加拉加斯，此时的加博已经成了有名的作家，到处都是索要签名的人，照相机、朋友和熟人围绕在他的身边。他是从墨西哥来到委内瑞拉的，此行的目的是给马里奥·巴尔加斯·略萨颁发罗慕洛·加列戈斯文学奖。两位文学巨匠在第一次碰面中就燃起了友谊的火花，随后这火花便逐渐有了燎原之势。

马里奥之前从未来过委内瑞拉，因此可以说他的首次赴该国的文学之旅不能更棒了：他要去领取拉丁美洲最重要的文学奖项——罗慕洛·加列戈斯文学奖，而且为他颁奖的将是加列戈斯本人。罗慕洛·加列戈斯是委内瑞拉20世纪伟大的经典作家，他将把这项以他的名字命名的文学奖颁发给巴尔加斯·略萨。此外，马里奥也是在这次旅程中结识加博的，两人自此建立起了深厚的友谊，直到1976年两人决裂为止。此外，1967年的罗慕洛·加列戈斯文学奖非常特殊，不仅是因为这是该奖项的首次颁发，还因为由加列戈斯本人亲自颁奖在该奖历史上只有这么一次——作家本人在此后不久就去世了。加博和马里奥的第一次见面就在迈克蒂亚机场。马里奥在他评论自己的这位朋友的书中这样写道："我们是在他抵达加拉加斯机场的那个夜晚认识的；我从伦敦来，而他则从墨西哥来，我们的航班几乎是同时落地的。在那之前我们通过几次信，我们甚至曾计划两人合写一部小说。"（Vargas Llosa 2007：177）

我们后面还会提到这本没有写成的小说，提到它的信件基本都写于1967年夏天，当时两位作家已经知道自己会在加拉加斯见到对方。但在这些信件之前还发生过另一件事。1966年1月11日，加博搞到了马里奥位于巴黎的住址，他给后者写了下面这样一封信，信中的语气就好像他们已经认识很久了：

尊敬的马里奥·巴尔加斯·略萨：

我是通过路易斯·哈斯[1]搞到你的地址的，墨西哥没人知道你住在哪儿，尤其是现在卡洛斯·富恩特斯跑到鬼知道欧洲的哪片林子里去了。

电影人安东尼奥·马图克（Antonio Matouk）对于到秘鲁去拍《城市与狗》的想法很感兴趣，那部电影的导演应该是路易斯·阿尔科利萨（Luis Alcoriza）。路易斯和我一样，都对那本小说很着迷，所以他认为把它拍成电影是个很棒的主意，而且他还说你本人也会参与修改剧本……

---

[1] 路易斯·哈斯（Luis Harss, 1936— ），智利文学评论家，现居美国，代表作有《我们的作家》（Los nuestros）等。

我们都已经迫不及待地想读到《绿房子》了。什么时候会出版呢？卡门·巴塞尔斯到墨西哥来的时候，曾经对你这本书的手稿赞不绝口。

另外，虽然我可能不会参与到电影拍摄计划中，不过能有机会通过这封信和你建立联系已经让我很开心了。

诚挚的问候，加夫列尔·加西亚·马尔克斯

（Princeton C.0641，III，Box 10）

同年 12 月，在互相交换了几回信件之后，加博向马里奥表达了谢意，因为后者在他的几则短篇小说英译版出版的过程中出了力，而且还帮忙确保《百年孤独》在秘鲁被许可销售，尽管那时该书在阿根廷的首版还没有正式出版。另外加博还向马里奥透露说后者获得了罗慕洛·加列戈斯文学奖：

亲爱的马里奥：

你要是当文学代理人的话，效率可比卡门·巴塞尔斯高多了。我已经给威斯特法伦（Westphalen）寄去了《百年孤独》中的一个章节，当然是我最喜欢的那个章节：俏姑娘蕾梅黛丝升天。你也表达过类似的看法。

我接受了明年 7 月到布宜诺斯艾利斯的邀请，去做《头版》（*Primera Plana*）故事比赛的评委……我想我在 8 月份回程的时候会在加拉加斯做短暂的停留，那时候要颁发罗慕洛·加列戈斯文学奖，因此会有场作家大会，你肯定能凭借《绿房子》获奖。我的另一个选择是莱萨玛·利马的《天堂》，不过我觉得他们还是会把奖颁给你。所以，我们就在加拉加斯见吧。……

我有很多长期的写作计划。就目前而言，我知道自己只能像头驴子那样在这儿苦干到 7 月，好偿还我写《百年孤独》时欠下的债务，为再写下一本书赚点钱，所以明年第二季度之前我都不会动手写长篇小说了。不过我会试着写点短篇小说，因为我的写作发动机要是冷却下来的话，我得再花 5 年的时间加热它。我还想着能有时间到巴塞罗那租个海边的房子住上一年，其间偶尔去巴黎转转。在墨西哥，干什么活都能赚钱，但写作除外。比较理想的情况是到那些货币比较强势的国家去赚点钱，然后回到货币价值低的国家花钱。太变态了：咱们被逼到这种地步，都不像是作家了，但仔细想想我们离金融家的距离还要更远一些。

一个大大的拥抱，加夫列尔

（Princeton C.0641，III，Box 10）

不过两人之间最重要的一次通信是加博得知罗慕洛·加列戈斯文学奖确定颁发给马里奥的同一天给后者拍去的电报："向世界上最公正的评奖委员会献上 21 瓶香槟：加西亚·马尔克斯。" 1967 年 7 月 26 日，那时离两人的第一次见面已经不远了。

有了这些铺垫，加拉加斯机场的那次相遇所蕴含的奇幻性和类似圣徒超自然显灵式的氛围也就水到渠成了。

伴随孤独的百年

文学史上的那一重要时刻的最直接的见证者是索莱达·门多萨（Soledad Mendoza），普利尼奥·阿普莱约·门多萨的妹妹，普利尼奥是加博童年时代最主要的朋友之一。门多萨一家在加拉加斯住过一段时间，后来索莱达就在委内瑞拉首都定居了。她成了著名记者和杂志主编，经常出版一些关于委内瑞拉人民、城市、风景等内容的豪华图书。2008 年 6 月，她在自己位于丘拉比斯塔区的家中接待了我们，她在那一片很有名。她的住所位于环绕在加拉加斯周围的高山中的一座的山顶位置，很宽敞，里面到处都是无价的艺术珍品，而且从她家里可以看到美丽的加拉加斯全景。和我们一起在她家中就餐的还有我们那位极度慷慨和善的委内瑞拉编辑贝尔纳多·因凡特（Bernardo Infante），罗亚·巴斯托斯[1]的女儿之一，也已在委内瑞拉定居多年了；索莱达本人以及著名的博里斯·伊萨吉雷[2]的家人，伊萨吉雷在自己的祖国很受人尊敬，但在西班牙却以形象冷漠著称，他曾经入围了普拉内塔文学奖决选名单（也可能这就是他冷漠形象的来源，谁知道呢）。

索莱达是我们获得关于加博在加拉加斯经历的信息的重要来源，因为每当加博来到委内瑞拉，她就会全程陪着他，她既是东道主，又是加博的可靠的朋友，还充当司机的角色。早在 50 年代，那时两人虽说名不见经传，但都生活得很开心，他们那时曾在普利尼奥的陪伴下一起到东欧进行过一番游历。索莱达说加博身上最显著的特质就是持续不断的幽默，他甚至对海关工作人员大编谎话，试图说服他们相信索莱达是印第安人（他模仿西方人那样咋咋呼呼、把手放在嘴上惊叫），最后成功地用这招让他们在没有签证的情况下从一个国家进入另一个国家。

不过她说在那之前她和加博已经是好朋友了，因为她的哥哥普利尼奥是加拉加斯《最新消息报》（*Últimas noticias*）的主编，

---

〔1〕 奥古斯托·罗亚·巴斯托斯（Augusto Roa Bastos，1917—2005），巴拉圭著名小说家，代表作有《人子》（*Hijo de hombre*）、《我，至高无上者》（*Yo, el Supremo*）等。
〔2〕 博里斯·伊萨吉雷（Boris Izaguirre，1965— ），委内瑞拉 - 西班牙电影剧本作家、记者、作家。

加博经常会把写好的文章从哥伦比亚发来，她则负责把稿酬支票开好，寄到加博家里去。她不无骄傲地说，比起当时还是加博女友的梅塞德斯·巴尔查的信，加博也许更期待她寄去的信。所以当加博于1967年受邀参加给马里奥颁发罗慕洛·加列戈斯文学奖的颁奖典礼及作家大会而抵达加拉加斯时，她和加博的另一位朋友、时任文化部门主管的西蒙·阿尔贝托·孔萨尔比（Simón Alberto Consalvi）一起到机场接机。先落地的是马里奥乘坐的航班，孔萨尔比提出自己先把秘鲁作家送到酒店，而索莱达则说道："我就在这里等加博。"巴尔加斯·略萨很赞赏索莱达的表态，因为他也想尽快当面认识加博。孔萨尔比接受了提议，不久之后加博的航班也落地了，当时接机的家属、朋友还能在离飞机降落处很近的地点等候，几人发现，从搭在飞机上的小梯子往下走的时候开始，加博就一直摇摇晃晃的，原来是他在飞机上喝了太多的威士忌。"他醉醺醺地走了过来，"索莱达对我们说道，"不过不是因为他是个酒鬼，而是因为他害怕坐飞机，只有靠酒精的力量他才能暂时压制住对高空的恐惧。他走到我们身前的时候，给了我一个大大的拥抱。"索莱达继续说道："我把他介绍给了马里奥，后来他们两人一起在加拉加斯度过的那段时光成了一场愉快而又盛大的聚会。"马里奥和加博也拥抱了，加博还用玩笑式的口气对马里奥说，要是马里奥得奖了的话，最主要的原因是《百年孤独》没能在评奖日期前出版。马里奥在他评析加博的书里也写到了那次见面：

> 那是我们第一次见到对方。我还很清楚地记得他的表情：刚从飞行的恐惧中恢复一点——加博非常害怕坐飞机，周围的记者和摄影师让他不太自在。我们成了朋友，在大会进行的两周时间里一直

待在一起。而在那之前，地震使得加拉加斯瓦砾遍地，死伤无数。（Vargas Llosa 2007：177-178）

巴尔加斯·略萨指的是同年 7 月 29 日在加拉加斯发生的地震。7 月 25 日是加拉加斯建城 400 周年的日子，整座城市为此进行了各种准备：花车游行、烟火等。庆典第四天的晚上 8 点钟，全国人民都在等待环球小姐选举结果，这次进入最终环节的又有委内瑞拉小姐，玛丽埃拉·佩雷斯，她的对手是美国人西尔维娅·希区柯克。然而，事情的发展就像是另一位希区柯克拍的恐怖电影，加拉加斯人无法知道最终的结果了，因为在短短 35 秒的时间里这座城市的大部分都变成了废墟，许多居民被埋在了瓦砾之下，受灾最严重的区域是阿尔塔米拉区、帕洛斯·格兰德斯区和中央海岸区。那次地震的震级达到了里式 6.5 级，震中位置在阿雷西费斯（Arrecifes）和纳伊瓜塔（Naiguatá）。马里奥提到的大会指的是伊比利亚美洲文学国际协会（Instituto Internacional de Literatura Iberoamericana）第十三次大会，该协会于 1938 年由佩德罗·亨里克斯·乌雷尼亚（Pedro Henríquez Ureña）和阿方索·雷耶斯共同建立，每两年在全球不同的城市举行会议。在 1967 年的大会进行期间，加博和马里奥在会场内外都是明星级的人物。整座城市似乎又找回了节日的氛围。索莱达说，那段时间里作家、记者、文学评论家、教授、学生和热心读者挤满了加拉加斯的各个餐馆。有圆桌会议、广播电台节目和电视节目、图书签售会，以及其他各种形式的文化活动……她开着车，陪着两位作家到处走，从城市的一边跑到另一边。《真相日报》（La Verdad）报道说："由于作家大会和罗慕洛·加列戈斯文学奖，这座城市从不久前的地震带来的伤痛中走了出来，对来到这个国家的作家和他们的作品的兴趣使得愉悦和激情又回来了。"
（Zapata 2007：116）出席那次作家大会的还包括阿图罗·乌斯拉尔·彼得里[1]、萨尔瓦多·加门迪亚（Salvador Garmendia）、阿德里亚诺·贡萨雷斯·莱昂（Adriano González León）、胡安·卡洛斯·奥内蒂[2]、米格尔·奥特罗·席尔瓦（Miguel Otero Silva）、何塞·玛利亚·卡斯特莱特（José María Castellet）等作家，以及安赫尔·拉玛、何塞·米格尔·奥维多、埃米尔·罗德里格斯·莫内加尔[3]、费尔南多·阿莱格里亚（Fernando Alegría）等知识分子。

索莱达对我们说她宁愿自己当司机，也不愿意把车子交给加博来开，因为之前的一次不愉快经历使她不再相信加博的驾驶技术。10 年之前，也就是加博第一次来到加拉加斯的时候，她用自己的车来教加博开车，加博在山道上撞了车，驾驶员那边的车门撞上了公路左侧护栏，门把手都撞掉了。不过那些事情早就过去了。索莱达在大会期间特别开心，她感觉加拉加斯像是变成了巴黎，变成了一场盛宴，加拉加斯的狂欢每天都持续 24 小时。那时发生的一件事让索莱达在此生余下的日子里都始终难以忘怀。她在给我们讲述那件事时脸上依旧洋溢着幸福，一切都像是一首美妙的诗篇。我们在丘拉比斯塔共进晚餐时，在我们开始品尝地道的加拉加斯美食之前，她取出了几本书，展示给我们看。她说

---

[1] 阿图罗·乌斯拉尔·彼得里（Arturo Uslar Pietri，1906—2001），委内瑞拉著名作家、知识分子、历史学家、政治家。

[2] 胡安·卡洛斯·奥内蒂（Juan Carlos Onetti，1909—1994），乌拉圭著名小说家，代表作有《短暂的一生》（*La vida breve*）、《造船厂》（*El astillero*）等。

[3] 埃米尔·罗德里格斯·莫内加尔（Emir Rodríguez Monegal，1921—1985），乌拉圭知识分子、文学评论家。1969 至 1985 年间曾在耶鲁大学教授拉丁美洲现当代文学课程。

那段狂欢时光中的一天，他们三个人（加博、马里奥和她）正在一个女性朋友家中一起吃饭，他们突然掏出几本书要送给她。马里奥给她的是首版《绿房子》，他刚凭借此书获得了罗慕洛·加列戈斯文学奖，而加博送她的则是刚刚出版的《百年孤独》，这本书在出版后的短短几周时间里就给加博带来了大量经济上的回报、未预料到的声望和无尽的喜悦。

她立即表示希望两位作家给她在书上写赠言，就在这时加博又生出了鬼点子，他提议自己在马里奥的书上写赠言，而马里奥在他的《百年孤独》上写赠言。两人写下的赠言都别出心裁。秘鲁作家首先在那部写马孔多的小说的书名前写了个"赠"字，然后用括号把"百年"两个字圈了起来，这样赠言就成了："赠（百年）索莱达[1]，写这部不可思议的骑士小说废掉了我的一条胳膊和一条腿"，落款是："马里奥，加拉加斯，1967"。加博则在《绿房子》的书名下面写道："赠索莱达，这部小说把本来很简单的写作和唱歌变成了一个根本性问题。"后面也跟上了他特有的签名："加博，1967"。任谁都会对这些珍贵的礼物动容，不过事情还没结束。索莱达展示的书里还有第一版《世界末日之战》，这次签名的是作者本人，地点还是加拉加斯，时间则是1983年4月，马里奥写道："赠索莱达，来自一个老朋友的两个吻（每个脸颊吻一下）。"不过赞誉和祝福不仅是给女性朋友们的，马里奥和加博对待彼此的态度也同样和善，而且不断互相夸赞对方的作品和人品。1967年8月4日，加博在《民族报》上声称巴尔加斯·略萨是极为特殊的，他天生就有作家的才华，最后他还总结说："我对马里奥怀有无比的敬意。"在

---

〔1〕 在西班牙语中，"索莱达"写作 Soledad，与"孤独"（soledad）一词写法一致，《百年孤独》原文书名为 *Cien años de soledad*，此处巴尔加斯·略萨将书名中的前三个单词圈住，就变成了"赠索莱达"。

同一天的《最新消息》上，加博还说《绿房子》是大师级的作品，"是拉丁美洲最棒的小说之一"。（Zapata 2007：113）

巴尔加斯·略萨对自己的这位新朋友也不吝夸赞之词。在卡洛斯·迪亚斯·索萨（Carlos Díaz Sosa）为《共和国报》做的专访中出现了下面这段对话：

> 卡洛斯·迪亚斯·索萨：我想问问您对加夫列尔·加西亚·马尔克斯在《视野》杂志上发表的观点有何看法。他说在美洲以前曾经出现过许多写得很好的小说，那些小说的作者如今可能已经年过七旬了，不过从整体来看在马里奥·巴尔加斯·略萨的《城市与狗》出版之前，没有哪本小说掀起过什么大波澜，是巴尔加斯·略萨为所有人打开了一扇门，无论对年轻作家还是对年长作家来说都是如此，从此拉丁美洲小说有了影响力，在国际文坛也能受到尊重，包括在欧洲也是如此。
>
> 马里奥·巴尔加斯·略萨：好吧，我想加西亚·马尔克斯说这些话主要是出于他的大度和幽默（回答这一问题时巴尔加斯·略萨始终保持着他惯有的谦逊态度），当然还有我们之间的友谊。（Zapata 2007：118）

此后不久马里奥又补充说加西亚·马尔克斯"是拉丁美洲最有趣的作家之一。他的作品在近年的拉美文坛中是最丰富且最具想象力的"。（Zapata 2007：119）

地震之后是……"大火"

委内瑞拉首都在经历了大地震 10 天之后，又迎来了一场"大火"，这场"大火"不仅点燃了整个加拉加斯，闪耀的火光甚至惊动了哈瓦那。"纵火者"是一位秘鲁作家，所有聆听他演讲的听众都为这文学森林中的大火增添了更多的干柴。在罗慕洛·加列戈斯的注视下，马里奥·巴尔加斯·略萨从共和国总统手中接过了其时拉丁美洲最重要的文学奖章，随后他做了一场极具破坏力的演讲，他的演讲融合了历史、激情及多重解读的可能性，那篇演讲稿的题目是"文学是一团火"。

罗慕洛·加列戈斯奖是 1964 年 8 月 1 日设立的，目的是庆祝 8 月 2 日罗慕洛·加列戈斯的生日。3 年后该奖项第一次颁奖，不过颁奖日期并没有选在那位杰出作家生日的同一天，而是放在了 8 月 11 日。地震迫使仪式延期举行。最初，罗慕洛·加列戈斯文学奖每 5 年颁发一次，因此第二次颁奖是在 1972 年，加博凭借《百年孤独》获奖。1977 年的获奖者是卡洛斯·富恩特斯，获奖作品为《我们的土地》，这也为该奖项的"文学爆炸"作家周期画上了句号。从 1987 年起改为每两年颁奖一次。到了 90 年代，西班牙作家也被允许参加评奖，在那之后，如哈维尔·马里亚斯（1995）和恩里克·比拉－马塔斯（2001）都曾获奖。在 1967 年第一次颁奖时，除了金质奖章和证书之外，获奖者还可以领走 10 万玻利瓦尔奖金，那时玻利瓦尔和美元之间的汇率并不离谱（大约值 2.5 万美元）。看来文学不仅是一团火，也可以是一堆金子……

第一届评委团中有 13 位来自拉丁美洲国家之外的国际评委，还有来自各个拉丁美洲国家的评委，他们会将自己的意见寄送给主评委团，而主评委团则由五位文学领域的专家组成：安德烈斯·伊杜阿尔特（Andrés Iduarte，墨西哥）、本雅明·卡里翁（Benjamín Carrión，厄瓜多尔）、费尔民·埃斯特雷亚·古铁雷斯（Fermín Estrella Gutiérrez，阿根廷）、胡安·奥罗佩萨（Juan Oropesa，委内瑞拉）和阿图罗·托雷斯·里奥塞科（Arturo Torres Rioseco，智利）。参评的一共有 17 本小说。除巴尔加斯·略萨外，入围最终决选名单的还有奥内蒂和西尔维娅·布尔里奇[1]。有趣的是，马里奥参评该奖并非出自本人的想法，最先提议的是由费尔南多·帕斯（Fernando Paz）、佩德罗·巴勃罗·卡斯蒂略（Pedro Pablo Castillo）和佩德罗·迪亚斯·塞哈斯（Pedro Díaz Seijas）组成的委内瑞拉评委团。

　　然而在颁奖的那段日子里并非只有鲜花和红毯。马里奥·巴尔加斯·略萨在与古巴革命政府保持了较长时间的紧密关系之后，终于第一次对后者产生了巨大的失望，一次有些不清不楚的事件成为双方疏远的导火索，直到多年之后帕迪利亚事件的发生，双方才终于彻底划清界限，而那次事件也是马里奥和加博友谊走下坡路的开端。尽管我们也和马里奥谈到过许多相关的问题，可还是里卡多·A.塞蒂（Ricardo A. Setti）在对秘鲁作家进行的访谈中记录下来的问答更能切中要害。古巴人对这位成绩斐然的年轻作家开始感到不满是因为他不再全心全意地参与美洲之家的事务了，马里奥开始把目光投向了其他地方，然而古巴的革命者们认为马里奥是在和"另一个世界"眉来眼去，他们指的是万恶的资本主义、帝国主义世界：

　　　　里卡多·A.塞蒂（RAS）：你当时被指责说原先表态把 1967 年罗慕洛·加列戈斯文学奖的奖金捐献给切·格瓦拉基金，然而你

---

〔1〕 西尔维娅·布尔里奇（Silvia Bullrich，1915—1990），阿根廷小说家、翻译、评论家、学者。

没有那么做，而是买了栋房子。这是真的吗？

马里奥·巴尔加斯·略萨（MVLL）：那是导致我和古巴疏远的众多事件之一。有一天，在巴黎有人告诉我说我进入了罗慕洛·加列戈斯文学奖的决选名单。我在巴塞罗那赛伊克斯·巴拉尔出版社的编辑把我的小说《绿房子》送去评奖了，然而我本人并不知道这回事。我当时和古巴革命政府联系十分紧密，我犯了个错误，尽管事后回想起来那倒也是件好事，我指的错误是我把评奖的事告诉了阿莱霍·卡彭铁尔，他当时是古巴驻巴黎的文化参赞。我想知道古巴政府对那个奖的态度，因为有可能我最终会获奖。

RAS：然后呢？

MVLL：后来我回到了伦敦，我当时住在那里，几天后我就接到了阿莱霍·卡彭铁尔打来的电话，他对我说："我需要去伦敦和你聊聊，因为我收到了一些信息，我必须当面和你说说这件事。"他补充道："我早上去，下午就回巴黎。"然后他就飞到伦敦来找我了，整件事都是秘密进行的。那是他第一次去英国，我到机场接了他，我们一起在海德公园附近的一家餐厅吃了午饭，就在那时他掏出了一封艾蒂·桑塔马里亚写的信。信不是为了让我看的，而是要让我听的。艾蒂·桑塔马里亚给阿莱霍·卡彭铁尔写了那封信，让他把信念给我听。目的当然是不留下什么证据，就好像这事从来就没发生过一样。我怀疑那封信不是她本人写的，因为那不是她的行文风格，不过我始终猜不到写信的人到底是谁。在那封信里，艾蒂·桑塔马里亚先是对我的小说大加赞赏，然后说罗慕洛·加列戈斯文学奖给了我一个很好的机会，可以在拉丁美洲人民面前表达我对古巴革命大力支持的态度，对于我的表态方法，那封信这样说的：把奖金捐给切·格瓦拉，那时他的行踪还是个谜。如果我这样做的话，必将在拉丁美洲引发巨大的反响。

事情发展到这里还算正常；可接下来信中的内容让我感觉自己受到了很大的冒犯。信是这么说的："我们当然清楚作家也是有需求的，我们的建议不意味着您会遭受损失；革命政府会把钱再以其他渠道发还给您，当然这事必须秘密进行。"我对阿莱霍·卡彭铁尔说道："阿莱霍，你瞧，这事太侮辱人了。你看看艾蒂给我提的是什么建议啊！我要先像演戏一样去领奖，然后再从加拉加斯跑去哈瓦那，我们在那儿再演一场戏，我会像英雄一样把两万五千美元捐给革命政府。再然后我回到伦敦，古巴大使馆偷偷把我的两万五千美元再还给我。我得像个两面派那样不断逢场作戏。"于是我对卡彭铁尔说道："艾蒂怎么能向我提出这样的建议？这可真是太冒犯我了。如果他们直接对我说，'请您把奖金捐给我们吧'，我自己会决定是捐还是不捐。但是他们不能对我说：'您来假装把奖金捐给我们，因为您什么也不会损失，最后钱还是您的。'这不是对待一个尊重这个职业的作家应有的方式。"

RAS：阿莱霍·卡彭铁尔是什么反应呢？

MVLL：阿莱霍·卡彭铁尔是个伟大的作家，但是太谨慎小心了，尤其是身为古巴政府官员的卡彭铁尔更是如此。当时他对我说："不，这些我是不会对艾蒂说的，因为你和革命政府对抗对你没有好处……我们就说你不能那么做，你觉得不合适，你会用其他方式来表达你对古巴的支持……"

RAS：事情最后是怎样收场的？

MVLL：我去领了奖，做了演讲，我在演讲中提到了古巴，还刻意同委内瑞拉政府保持了一定距离（罗慕洛·加列戈斯文学奖是由委内瑞拉政府设立的，但是在那个时期该国政府和古巴政府之间是敌对关系），我赞扬了古巴革命。后来我又收到一封艾蒂的信，语气十分亲切，信里说她祝贺我发出了"加拉加斯呼声"（巴尔加

75

斯·略萨说这番话的口气略带嘲讽）。不管怎么说，这些事情把我和古巴的距离拉远了，我们之间的关系开始冷却了下来。（Setti 1989：147-150）

革命理想的纯粹性不仅陷入了疑虑状态，甚至完全破碎了。拯救贫苦人民需要的理想、诚实、慷慨和团结哪里去了呢？革命者们的亲切和真诚又到哪里去了呢？年轻的马里奥心中必定产生过类似的疑问，在那之前，他一直相信古巴创造出的新型共产主义模式一定会成为理想的范式，它将解决底层人民对社会正义、身心健康、平等地位以及更好的生存条件的追求问题。可一切都成了演戏：那封可能出自雷塔马尔之手的信（马里奥并不敢直接下此判断），卡彭铁尔的伦敦之行，《光明世纪》作者的建议，对切·格瓦拉表现出忠诚，等等。然而，马里奥还是读了他提前准备好的演讲稿，其中并非只是火焰，当他在朗读对古巴革命政府赞颂的段落时，他的内心中应该有点点火星在闪耀。

马里奥的演讲稿首先追忆了秘鲁先锋派诗人奥坎托·德阿玛特[1]和他的作品《格律诗》（ *Cinco metros de poemas* ）。马里奥指出，到那时为止，拉丁美洲作家的命运总是很悲惨，奥坎托就是个例子，他的唯一一本书可能"躺在无人入内的图书馆中"，没有人去阅读，而他的诗篇则"化为烟，化为风，化为虚无"（ Vargas Llosa 1983：132）。这一切之所以会发生，马里奥继续说道，是因为社会轻视文学、扼杀了作家们的志向，就像其他职业一样，成为作家也意味着全身心地投入到文学创作中去。不过按

---

[1] 奥坎托·德阿玛特（Oquendo de Amat，1905—1936），秘鲁诗人，赞成布勒东的超现实主义理论。

照这位秘鲁作家的看法，情况已经开始发生改变了，"读者的数量开始增加，资产阶级发现图书很重要，他们还发现所谓的作家并非只是群无害的疯子，他们也能发挥某种作用"（Vargas Llosa 1983：134）。作家的职责就在于提醒社会即将发生怎样的事情以及人们面临着怎样的选择：

> 提醒他们文学是一团火，文学意味着不妥协和反抗，作家的天职就是抗争、唱反调、做批评。向这些社会说明中间选项是不存在的：要么是社会永远消除人们的艺术创造力天赋，一劳永逸地消灭作家这种扰乱社会的人，要么就是社会允许文学存在，如果是这样的话，也就意味着社会接受了一股夹杂着讽刺、嘲弄和攻击性的洪流，这股洪流会不断冲击社会的表面和本质问题、暂时和长期问题，无论是社会金字塔的底层还是尖端都在它的笼罩之下。事情就是这样，没什么例外可言：作家一直都是，现在也是，将来还会继续是不安之人。如果一个人容易满足的话，他就将无力写作。安于现状、苟且偷安的人绝不会去做用语言创造现实的荒唐蠢事。文学抱负产生于人对世界的不满，产生于对周围的缺陷、空虚和堕落的直观感受。文学是一种长期反叛的形式，它不接受任何强权束缚。任何压制它那桀骜不驯的性格的企图都注定是徒劳的。文学可能会死亡，但永远不会妥协。（Vargas Llosa 1983：134-135）

这段表述完全契合发言的题目，年轻的获奖者的这些话可谓一石二鸟：一方面略萨表明了作家进行创作是出于表达的需求、他们对生活不满；另一方面，由于受到了萨特的很大影响，政治和社会层面的责任心也渗透到了他的美学、哲学和政治思想之中。文学是火，文学要求反抗，这时文学的道德追求就得到了满足，文学在帮助人们完善自己，帮助人们从麻木不仁的状况中脱身出来。紧接着，马里奥放弃了客观的、理论式的口吻，转而集中论述拉丁美洲的现实。在那篇演讲稿中，巴尔加斯·略萨毫不掩饰自己对于古巴在拉丁美洲解放事业中起到的模范作用以及对古巴岛内发生的政治变化的赞赏。我们可以想象，在他读出那些话的时候，他的内心一定有些异样的感觉，毕竟在那之前不久他刚刚和卡彭铁尔有过刚才我们提到过的那场对话：

> 毋庸置疑，拉丁美洲的现实给作家们提供的创作理由就如真正的盛宴一般，他们理应保持不屈和不满。这里的社会铁律就是不公，这里是愚昧、剥削、贫富悬殊、经济危机、文化堕落、道德沦丧的天堂。我们这片混乱的土地给我们提供了可在虚构作品中进行展示的天然材料，方式可以是直接的也可以是间接的，可以通过事实、梦境、证言、隐喻、梦魇乃至幻觉进行描写，现实糟糕透顶，生活需要改变。在接下来的 10 年、20 年或者 50 年的时间里，如今发生在古巴的一切也将发生在我们所有的国家，社会正义的时刻就要到了，整个拉丁美洲都将从不断掠夺它的帝国手中、从剥削阶级手中、从时至今日仍然在侵犯和镇压它的力量手中摆脱出来。我希望那一时刻尽快到来，我希望拉丁美洲能早日获得尊严，过上现代化的生活，我还希望社会主义能把我们从腐化和恐惧中解救出来。
>
> （Vargas Llosa 1983：135）

马里奥的这次演讲既没有取悦古巴人——他们后来对他发起了指责，也没让委内瑞拉劳尔·莱昂尼（Raúl Leoni）政府高兴，因为该政府是反对古巴的革命政策的。但是对于南方国家而言，那无疑是一首希望之歌。不仅如此，它还展现了一股坚定的信念：拉丁美洲的局势必将在 50 年内发生翻天覆地的变化。当然了，拉丁美洲并没有发生根本性的变化，而社会主义也没能成为人们希望的解决拉美问题的良方。卡斯特罗仍然健在[1]，而他所倡导的体系就如他本人一样已近暮年，21 世纪新的社会主义者已经不再遵循古巴模式了。最好的证据就是那些经历过那段历史沉浮的主人公们在不同场合表现出的态度上的变化。不管是加博还是马里奥，都曾在意识形态方面站到了对立面，批评过查韦斯（Chávez）、埃沃·莫拉莱斯（Evo Morales）等人的政策。也许在反复思考之后他们略带忧伤地感到似乎过去的时光反而更好。好了，这么长时间以来唯一不曾辜负作家们的就只有文学。何塞·马蒂[2]曾经说过，当他感觉自己无力背负身上的重担时，他就会找诗歌兄弟来帮忙。文学永远在那里，永远不会缺席，永远不会终结，更加不会因为邪恶的专制政策而屈膝投降。尽管社会的发展使得民众接受了"涅槃重生"或是沐浴在"幸福政策"之中，可作家必须继续充当社会的试金石。也许是巧合，也许不是，马里奥在多年之前就在西班牙《国家报》上设立了专栏，而专栏的名字恰好就是"试金石"。我们必须接受的一点是，作家的天职始终都是反抗，他们扮演的是与魔鬼谈判的律师的角色。因此，在接近演讲末尾的部分，马里奥总结说不管地球上的居民怎样书写历史，作家的这种反抗性天职永远都不会改变：

　　但是，在种种社会不公现象都消失之后，作家唯唯诺诺、俯

---

〔1〕 翻译所使用的本书西文版出版于 2015 年，菲德尔·卡斯特罗于 2016 年去世。
〔2〕 何塞·马蒂（José Martí, 1853—1895），古巴爱国诗人、思想家、民族英雄。

首帖耳、成为官方的同谋的时刻也绝对不会到来。作家会继续履行自己的职责，还会继续保持原来的样子；在这一点上，作家做出的任何妥协都是一种背叛。在新的社会中，由于作家是被内心的魔鬼[1]驱使着走上这条道路的，所以我们必须如同昨日和今日一般继续前行，继续说不，继续反抗，继续要求他们认可我们有发表不同观点的权利。我们依然会用鲜活且魔幻的方式证明：教条主义、审查制度和独断专行是人类尊严和进步的死敌；生活并不简单，也不能被条条框框束缚住；通往真理之路并不总是笔直平坦的，而往往充满艰难险阻；我们用笔下的作品一次又一次地展现这个复杂又多样的世界和那些模糊且矛盾的人类行为。如果我们如同昨日和今日一般热爱我们的事业，我们就应当继续进行奥雷良诺·布恩迪亚上校的那 32 场战争，哪怕我们会像他一样满盘皆输[2]。（Vargas Llosa 1983：135-136）

马里奥在演讲中提到了自己的朋友和这位朋友最新出版的小说。在加拉加斯共同度过那段时光后，二人对围绕着授奖和颁奖发生的一切都心知肚明了，同时二人之间的友谊也愈发深厚了，最终在其他许多人的支持下，几位作家组成了一座坚不可摧的城堡。加博和马里奥当时都相信社会主义对于拉丁美洲的未来而言是一条稳妥的道路，也可能对全世界而言都是如此；两人也都相信文学是一团火，是一种激励机制，是一种生活形式，也是值得全身心投入其中的现实。两人都刚刚品尝到了胜利的喜悦，他们的未来像湛蓝的大海一样广阔。加博在同年的 6 月 20 日终于在

---

[1] 巴尔加斯·略萨认为作家写作的过程就是在为内心"驱魔"。
[2]《百年孤独》中的情节。

布宜诺斯艾利斯为他那部描写马孔多的小说找到了出版社。小说由布宜诺斯艾利斯的南美出版社发往各个书店上架的同一天，加博本人就在阿根廷，他成了《头版》的封面人物，该杂志的主编托马斯·埃洛伊·马丁内斯[1]是加博的好朋友，他写了一篇关于加博的精彩的文章。一个半月之后，《百年孤独》依然是热点图书，它被各方捧上了云端，加博获得了巨大的成功。就在此时，马里奥也以自己的方式加入了这场盛宴：于是二人共同开启了一番值得细细介绍的旅程。加拉加斯是这趟旅程的第一站，接下来的几周，地点转移到了波哥大和利马。人生无论对两人中的哪一个而言都不再一样了。对于他们的编辑们以及他们的文学代理人卡门而言，人生也发生了翻天覆地的变化。那台制造焦点、撰写报刊文章和好得不能再好的小说、发表政治和文学观点的机器已经启动了，而且直到现在也并未停歇，剩下的就是……

---

[1] 托马斯·埃洛伊·马丁内斯（Tomás Eloy Martínez，1934—2010），阿根廷著名小说家、记者、教育家。

4. 从加拉加斯到利马，途经波哥大

"名声和权力一样，都会搞乱你的生活。"加博在写出那部关于马孔多的小说 14 年后，也就是获得诺贝尔文学奖一年之前这样说道。对于有的人而言，成功会把他们抬上云端，他们会失去普通人身上重要的品质。另一些人则在心理上被阉割了，再也写不出好作品了。华金·萨维纳（Joaquín Sabina）的《喂，医生》（*Oiga, doctor*）就是第二种情况的绝佳范例。歌词中的主人公在达到了成功巅峰之后回忆起自己默默无闻的时期，那时的他消沉、贫穷、叛逆却有着坚定的信念，所有这一切赋予了他满满的灵感，促使他写出了一首首经典歌曲，让他成为如今的知名歌星。但是名声夺走了他的灵感，他用美国运通信用卡出行，每顿饭都吃最好的东西，他没有任何想写的话题，也没有写歌的欲望。巴尔加斯·略萨在加拉加斯的演讲中提到作家是反叛者，因为他们始终认为世界并没有成为理想中的样子。萨维纳的歌词是这样写的：

喂，医生，把我的压抑还给我，

您没看见我的朋友们都离我而去了吗？

他们说再也不能看到

我那傻傻的微笑；

喂，医生，自从我幸福之后

我就再也没写出歌来了。

喂，医生，把我的叛逆还给我，

如今我每天都吃最好的食物

用美国运通信用卡旅游

喂，医生，可这些都曾是

我认为自己会厌恶的东西……

您觉得这都是好事？

喂，医生，这次您的针灸失效了，

难道我没给您付钱吗？

求您让我回到原来的样子吧，

喂，医生，瞧瞧我还有没有救，

我只是想成为我

可现在我就像自己的讽刺漫画形象。

喂，医生，把我的失败还给我，

您没看见我歌唱边缘人群吗？

把我的仇恨和激情还给我，

医生，请理睬我，

我想再次成为那个

双足生翼的小丑。

可是成功并没有让加博和马里奥头脑发热，他们也不想回到贫穷的时期，更不眷恋消沉情绪，缪斯女神也没有弃他们而去。

加博在 1972 年出版了一本精彩的短篇小说集[1]，1975 年则推出了那本关于独裁者的小说[2]，1981 年《一桩事先张扬的凶杀案》出版，在获得诺贝尔文学奖后加博写出了也许是他最好的小说《霍乱时期的爱情》，哈维尔·巴登（Javier Bardem）最近在这本书的改编电影中有精彩的表演。马里奥也不甘落后：1969 年《酒吧长谈》与读者见面，后来他又创作出了《潘上尉与劳军女郎》《世界末日之战》《公羊的节日》等作品，全都是经典之作。他们不需要医生把灵感还给他们，因为他们可以把成功转换为积极的东西。因此他们一辈子都没有中断创作，除了文学事业之外，他们还积极参与到政治、文化和社会事业中去，因为他们知道自己的声音能够在世界上最偏僻的角落产生回响。他们都写出了极具社会责任感的作品，加博的《一起连环绑架案的新闻》和马里奥的《伊拉克日记》都是很好的例子。

　　不过，在 1967 年 8 月占据上风的还是欢庆气氛。6 月，加博一家决定移居巴塞罗那，梅塞德斯在 7 月底把罗德里戈和贡萨洛[3]带到了巴兰基亚，他们告别了墨西哥，好让未来的诺贝尔文学奖得主和朋友们一起待几个礼拜，同时享受成功的喜悦并宣传他的小说。同样，马里奥也把帕特丽西娅和一年前出生的阿尔瓦罗（贡萨洛出生在 1967 年）留在了利马（尽管那时他们的住所在伦敦），他本人则前去领奖。现在，两位作家终于亲眼见到了对方，在 8 月和 9 月一起游历，两人的相处十分融洽：从一开始，两人之间就产生了微妙的化学反应，就像达索·萨尔迪瓦尔（Dasso Saldívar）所言："他们的生活中有一种隐秘而又神奇的平

---

〔1〕　指《蓝狗的眼睛》。
〔2〕　指《族长的秋天》。
〔3〕　罗德里戈和贡萨洛是加西亚·马尔克斯和梅塞德斯之子。

行性，就像是神圣的普鲁塔克笔下的情节。他们两人都是由外公和外婆抚养长大，童年生活都很愉快，小时候都很娇生惯养，很淘气，却都在十岁的时候失去了这种天堂般的童年生活；两人都很晚才认识自己的父亲，父子关系也都不好，这其中原因有很多，但共同原因是他们都对自己儿子的文学志向表示反对；两人都曾在教会学校上学，在修士或军事学校上了中学，也都把文学当作避难所，并且在充满敌意、令人反感的环境中坚定了自己的志向；两人都在戏剧和诗歌中获得了最初的文学熏陶，长大一些后也都写过诗，在几乎同样的年纪发表了第一篇短篇故事；他们都非常喜欢读大仲马、托尔斯泰、鲁文·达里奥、福克纳、博尔赫斯和聂鲁达；两人都是在极端困难的条件下以记者为业开始谋生的，都是年纪轻轻就被巴黎神话所吸引来到了欧洲，在那里继续当记者，并且在那里度过了自己人生中可能是最晦暗的日子；他们能够继续写书还都要感谢拉克鲁瓦（Lacroix）先生和夫人在拉丁区的两家酒店里租给他们的阁楼，那时他们最早写出的小说都被布宜诺斯艾利斯的各家出版社拒了稿；两人都曾受马克思主义影响，都曾极力规避左翼政党的政治斗争，也都曾是古巴革命的坚定捍卫者；两人都将成为美洲伟大诗人巴勃罗·聂鲁达的好友和文学继任者，也都将成为同一位'格兰德大妈'卡门·巴塞尔斯宠爱的'孩子'；而二人命运的汇合点就是：他们都成了拉丁美洲新小说最耀眼的明星，我们对它有种带局限性的、不太恰当的称呼：'文学爆炸'。"（Saldívar 1997：461-462）

拉丁区酒店的逸事实在有些让人难以置信，可确有其事。那则逸事的休止符就是在我们正在讲述的 1967 年的旅途中画上的。旅途中的一天加博给马里奥讲述了他和其他拉美人在巴黎的诸多冒险经历。其中之一就是弗兰德酒店的事。酒店位于库加斯街，加博在 50 年代末住在那里，当时他还是《观察家报》的记者。但是哥伦比亚独裁者罗哈斯·皮尼利亚（Rojas Pinilla）查封了报社，加博只得滞留在巴黎，没有工作，也没有找到新工作的可能。酒店女主人是个很好的法国女人，她很同情这位由于祖国政治不稳定而受到波及的年轻记者，于是她提出他可以继续住在酒店里，等找到工作再把房费补给她。当然了，他得从那时住的舒适的房间搬到不够舒适的阴暗阁楼里去。马里奥对加博说他第二次去巴黎时也有过类似的经历。当时他和胡莉娅·乌尔基迪住在索梅拉德街上的威特酒店，也是在拉丁区，也是由拉克鲁瓦夫妇经营的。马里奥和胡莉娅在那里天真地等待着马里奥获得的奖学金打款。他们去看电影，看戏，逛博物馆，买书，一起读法国文学作品。但是某日奖学金通知发布了，马里奥的名字并不在获奖人之列，那时他们身上只有 50 美元，用这点钱回秘鲁肯定是不可能的。马里奥当时的脸色肯定比前马孔多时期的那位上校好不到哪里去，后者焦急地等待着政府发放抚恤金，但是从来就没等到过，直到有一天，绝望中的上校对他老婆说从那时起他要开始吃屎了。拉克鲁瓦夫人很同情他们，她让他们别担心，说他们可以在酒店里住下去，等有钱了再把钱补给她，当然了，他们要搬到一个阴暗的小阁楼里去。

到那时为止，加博和马里奥生活中的相似点已经很多了，尽管加博已经不记得那位对他如此慷慨的夫人叫什么名字了。不过这件事还没完。一年或两年后，两位朋友又在巴黎相聚了。马里奥又住进了威特酒店，那里有许多美好的回忆，于是加博就到酒店去找他。加博进门的时候突然脸色大变，面目苍白，因为他认出了 10 年或 12 年前给他房间住的那位夫人。他把马里奥叫到一边，对他说让他们赊账住店的就是这个女人，他想在她认出自己之前离开那里，然而为时已晚：拉克鲁瓦夫人对能再次见到他感到很开心。马里奥问她是否还认识马尔克斯先生，她答道："当然了，马尔克斯先生嘛，住在顶楼的那位记者。"

揭开序幕的两封信

至于意识形态方面，加博和古巴的关系并非一直顺风顺水，直到 70 年代他才开始了和菲德尔·卡斯特罗、政府人士和文学机构人员的友谊，而那时马里奥已经开始在与古巴的关系方面走回头路了。不管怎么说，对政治的理解左右了二人同古巴的关系。一个很好的例证就是在当面结识几个月前加博给马里奥写的信（落款是 1967 年 3 月 20 日），他在信里给马里奥讲了最近发生的一些事情，还讲了自己对夏天的规划，这些我们慢慢都会提到。首先，他谈到了一次在墨西哥召开的大会，提及自己对古巴人（雷塔马尔及其同僚）在背后进行的政治操纵的厌恶。加博说道：

> 几周前大家都说你会来参加在这里举办的一场半公开的大会。那场大会不太安宁。无独有偶，我曾在报纸上公开声称自己不会参加那次会议，"因为我认为作家的处境无法靠开会改善，而得靠背着枪进到大山里去"。会前最后一刻，费尔南德斯·雷塔马尔还试图说服我参会，他希望我们能在会场组成人数占多的团体，可这只是徒劳：那是一场顽固的反动分子的聚会，他们的目标——我不知道是出于他们常年做政治斗争得来的灵感还是受到联邦调查局的影响——是创建拉丁美洲作家协会，意图很明显，就是想保证这片大陆上的文学在政治态度上趋同一致。他们打的算盘是确保左翼作家

88

在所有国家都占大多数，而且还得是那些国家里最好的作家。有几位朋友，例如安赫尔·拉玛、马里奥·贝内德蒂、萨尔瓦多·加门迪亚和其他几人，因为消息不灵通而落入了陷阱。我想古巴人来参会是不想破坏和墨西哥的外交关系。到今天为止我得到的消息是大会变成了疯狗互咬的场地，不过值得庆幸的是，没有哪边咬赢了。（Princeton C.0641，III，Box 10）

显而易见的是，比起提到古巴人时的冷漠，加博与这位未曾谋面的朋友说话的语气要友好得多。在信中接下来的一段里他没再继续聊政治话题，而是对马里奥讲述了他对当年夏天的规划，其中自然也包括当面结识马里奥，这一点我们已经介绍过了，可怎样的描写都不如加博本人亲口说出来的好：

咱们见面的机会着实不少。我想的是越快越好。7月的第一周我们会把这边的东西收拾好，然后到布宜诺斯艾利斯去，我得做《头版》故事比赛的评委，回程的时候我会在哥伦比亚停留几天，然后8月到加拉加斯去，当然前提是如果他们把罗慕洛·加列戈斯文学奖颁给你的话。9月我们要飞去巴塞罗那，还要带着俩儿子一起！我想在巴塞罗那写作一年，就用这几个月辛苦工作赚来的钱维持生活。我想在巴塞罗那停留期间时不时地去一下巴黎或是伦敦并非难事。你们要是也想聚聚的话，咱们还得想办法找个能容得下小阿尔瓦罗和我的罗德里戈、贡萨洛两个活宝的地方。我们决定去巴塞罗那的原因绝不像全世界想的那样，是要更好地从卡门·巴塞尔斯那里搞到钱，而是因为那里似乎是最后一个可以让我老婆找到鲍妮法西娅的欧洲城市，自从她读过《绿房子》之后，就管所有女佣都叫鲍妮法西娅了。现在你能明白为什么她得知你们必须独自在伦

敦抚养孩子时会那么激动了吧。（Princeton C. 0641，III，Box 10）

　　紧接着他又谈到了自己打算在巴塞罗那动手写的小说，他说那本小说是关于独裁者的，然后他又提前透露了一些马上就要出版的那本小说的一些情况。那时他已经把小说写完了，不过还在修改一些细节。问题是他已经把稿子读过太多遍了，已经分不清哪里好哪里不好了，他那时翻看书稿的感觉就像是人们盯着雨水落下。有趣的是加博认为这本小说中的某些元素是跟马里奥的小说有联系的："我刚刚修改好《百年孤独》的印刷版样书。我已经麻木了，失眠的时候我曾经想过要把全书重写一遍，但现在我已经没那个干劲儿了，所以我决定是什么样就什么样吧。我唯一做了彻底修改的地方就是对马孔多的一家妓院的位置和环境的描写，我印象中的那家妓院是位于沙土之上的一座木头房子，可最后我怀疑那只是我对皮乌拉某家妓院的印象。我想书会在 5 月出版，帕科·波鲁亚（Paco Porrúa）许诺我说给你的那一本会被'趁热'送去伦敦的。"（Princeton C.0641，III，Box 10）

　　两位朋友共度欢乐夏天的几个月前，彼此已经热情而迅速地交换过几次信件了。在 3 月 20 日的那封信中，加博向马里奥描述了他充满野心的计划：两人一起写一本小说。事实上，在那些信件被发现之前，很少有人了解其中的细节。二人所有的传记作家都会提及此事，然而没人确切知道那会是本怎样的书。在那封信及之后的一封信中，加博进一步向他的朋友解释了他的想法，而这一想法恰恰诞生自两所妓院的相似性：马孔多的妓院和皮乌拉的妓院。加博说道：

妓院方面的巧合给了我一个灵感，你和我早晚要做这件事：咱们一起写一个关于哥秘战争的故事。在学校里，他们就教我们要大喊大叫："哥伦比亚万岁，打倒秘鲁。"派到前线去的大部分哥伦比亚军队都迷失在丛林中了。敌对双方的军队从来就没碰上面。有些"一战"中逃亡过来的德国人建立了哥伦比亚航空，那时也为政府效命了，开着铝皮飞机就上了战场。其中一人直接开着飞机坠落到了雨林深处，双腿都被红头毒蚁吃掉了：我后来认识了这人，他坐在轮椅上，胸前挂满勋章。为哥伦比亚效力的德国飞行员用椰子空袭了秘鲁边境一个村镇上的圣体节游行队伍。一个哥伦比亚士兵在一次小冲突中受了伤，这下政府就像是中了大奖：他们把伤员带到全国进行展示，想以此证明桑切斯·塞罗（Sánchez Cerro）[1]的残暴，他们带着他转来转去，这可怜的伤员本来是伤在脚踝，后来整条腿都坏死了，再后来就死掉了。这类事情我已经搜集了两千则了。如果你调查秘鲁那边的史料，我调查哥伦比亚这边的话，我保证咱们肯定会写出一本最具想象力、最不可思议、最声势浩大的书来的。（Princeton C.0641，III，Box 10）

就加博而言，我们永远也无法确定哪些事是真的，哪些是源自他的想象。可以确定的是他所说的一切都出自他的经验，是他亲眼见过或听说过的事情。他的所有小说都是基于此创作而成的，他本人也曾在不同场合提及此事。在那个时期，这些逸事能够引起他的兴趣也是合情合理的，因为在他刚刚完成的小说中，战争、暴动、游行、斗争等都是极为重要的元素。此外，小说中的各种情节都披上了一层魔幻的外衣，被生活中最不为人察

---

[1] 1931 至 1933 年任秘鲁总统。

觉的细节包裹在中间。我们无从得知马里奥对加博的这个提议做出了怎样的回应，但我们找到了加博接下来的一封信，落款日期是同年的 4 月 11 日，这封信是对马里奥的去信的回复，他在信中再次坚持了自己的想法。此外，这封信的主题很单一，只是在谈两人合写一本小说的事情，而在上一封信中加博则谈到了许多不同的话题。可以看出，合写小说的想法在加博那里已经比较成熟了：如何整理材料，如何进行写作等。那时的加博有无穷的想象力和无数的写作计划，可能这些都源自近年来集中注意力、克服种种困难创作《百年孤独》的艰苦过程。4 月 11 日信件的开头透露出加博无比积极的心态："亲爱的马里奥：我很高兴你也喜欢一起写书的想法。我觉得那真是太妙了，很难再找到哪个历史事件比它更荒唐可笑、更不可思议的了。只是想想可以摧毁那种深入骨髓的爱国狂心态就足以让人心潮澎湃了。多年之前我就有了写这样一本书的想法，但是在找到一位合适的秘鲁同道中人之前我是绝对不会动手写的，因为只有两人一起写才算彻底的'叛国'，因为这是关乎两国的事件，当然这只是思想层面上的'叛国'。"（Princeton C.0641，III，Box 10）

然后加博对马里奥说他认为最好的处理这一主题的方式就是采用新闻报道式的冷静客观口吻，使用报刊写作的技巧，而他们两人对此都有熟练的掌握，尤其是加博，他从来就没有中断过报刊写作，这是他的激情所在之一。重要的是信息有很多，而这些信息之间又差异巨大，这种矛盾性"可以把伪君子钉在墙上"。他们一个写秘鲁，另一个写哥伦比亚，唯一需要做的就是在某些场景中进行融合，好进一步凸显那种矛盾性，例如加博曾说："你来写对桑切斯·塞罗的刺杀，我则写这个消息在哥伦比亚的传播和接受情况。"（Princeton C.0641，III，Box 10）

历史层面上让加博最感兴趣的东西之一就是权力。在他的长篇和短篇小说中他将这种痴迷展现得淋漓尽致，我们在另一本著作《加博与菲德尔》中对此有所记录。也正是在那段时期，加博本人也是这样自述的，他将要开始写那本关于独裁者的小说了，可和马里奥一起写小说的想法也同样让他着迷。"那段历史除了具有讽刺的一面之外，"加博坚持道，"我感觉还有残忍的一面：很可能桑切斯·塞罗和我们国家的奥拉亚·埃雷拉（Olaya Herrera）约好了要发动一场战争，为的就是巩固二人手中的权力。奥拉亚·埃雷拉是保守党掌权45年后的第一位自由党总统，和秘鲁之间的战争给他提供了以爱国热情统一不同政党的机会，再给那些老态龙钟的反对派参议员一纸任书，把他们派到雨林区，希望他们患上疟疾等死。有一个未经证实的说法，两国的政客和外交官在利马的一家俱乐部里达成了协议，同时他们在国际事务上还会站到同一阵线中去。你瞧瞧这事背后有多少值得挖掘的东西吧。"（Princeton C.0641，III，Box 10）

对于加博而言，病态的掌权者和野心家独断专行，总想永占高位，为此牺牲再多人也毫不在乎。尽管这一切努力都是徒劳的，但权力的诱惑是没有尽头的。他在和卡斯特罗成为朋友之前一直在关注这一主题，因此他对那场任性妄为的战争爆发的根源充满好奇。加博表示，写那本书的唯一问题就是两人必须到各自的国家去待一段时间来搜集重要资料，可是两人从很多年前开始就不住在自己的祖国了。加博想待在《时代报》（El Tiempo）编辑室里查询当年每天的官方报道，还想到历史研究院去。另外他还想到，那场战争中的英雄都是些被人遗忘的幸存者，如果去采访他们的话，他们肯定知无不言，因为他们会认为作家将还他们公道，把他们从遗忘中拯救出来。加博想在哥伦比亚待上一年时间，当然要在他完成那部独裁小说之后（可最终他在 7 年之后才写完那部小说）。他对马里奥说，合写小说的计划暂时只能是他们两人之间的秘密。

那封信里还有一些有趣的信息。在写完书名之后，加博又加上了一段有些奇怪的备注，内容是关于一则对在上一封信中提及的大会的评论的："我还忘了件事：那次大会的最后几天出现了一条消息，说你开枪自杀了。尽管这谣言一看就很疯狂，可我还是迷惑了好几个小时，我明白作家在写小说碰到困境时的愤怒情绪有时会让人失去理智，但我还是个彻头彻尾的反自杀人士。谣言的版本越来越多，传播速度也越来越快，不到两个小时的时间里我们就接了来自朋友们的不下 50 个电话，他们都想知道确切的情况，我们试着去查你在伦敦的电话，好彻底澄清谣言。根本没办法查到谣言是从哪里传出来的。这种事常有，说不定是哪位秘鲁女士给另一位女士打电话说某某告诉了某某一个消息，后面那位某某人又把消息告诉了她。我们国家的人有个迷信，类似的谣言会使一个人生活得健康且快乐。祝安。"（Princeton C.0641, III，Box 10）

波哥大的 56 小时

在加拉加斯一同度过的两周时间里，两位朋友肯定曾聊过一起写小说的计划，尽管毫无疑问大量的社会和文学活动使得他们能独处和加深了解的时间变得很少。不过就像加博在几个月前计划的那样，"节日"在波哥大继续进行了下去。在之前的一封信中，加博对马里奥说哥伦比亚大学向他确认了后者将会参加关于拉丁美洲小说的系列论坛。他问马里奥情况是否属实，因为马里奥去的话他才会去，如果马里奥不参加的话，他也就不参加了。此外他还提到说近一年半来发生的事情让他感到有些迷茫：

> 《百年孤独》留下了巨大的空虚感，我觉得自己可能永远也无法从中逃离了，我眼下要应对大量可怕的日常工作，好再多赚点钱，不过我还是准备抽空到波哥大待上一星期，当然前提是你确定要去……如果你真的要去，我还想请你告诉我你准备谈论的具体话题，免得咱们选择了同样的主题。此外，想到可能将由我为你打开我们这个奇怪国家的大门我就感觉兴奋，当然了，让我兴奋的还有能够在几天的时间里跟你好好聊聊。

> 我刚刚读完《绿房子》，写得太棒了。我觉得你和我都认为不应该彻底抛弃加列戈斯和里维拉笔下那古老的文学世界，恰恰相反，我们要再次拾起它，利用它，然后超越它，走到正确的道路上去，这恰恰是你在做的事情，也是我在最近一本书里努力去做的事情。你肯定也发现了，欧化的写作者很难理解这种想法。现在这边已经发表了无数荒唐的文章分析你小说中所谓的地域特色。我从来不读他们写的关于我的书的东西，可还是难忍那些破文章给我带来的怒火，因为它们胡言乱语的对象是我认为很重要的文学作品，例如你的小说。也许我们真的可以在波哥大讨论一下这些事情。

> 要找到你可真是太难了。我想要把我的书给你往巴黎寄的时候，卡洛斯·富恩特斯告诉我你在利马。帕科·波鲁亚给我写信说你在布宜诺斯艾利斯的时候，你又在纽约现身了，我是后来才看到这条消息的。我只祈求你能顺利收到这封信。（Princeton C.0641，III，Box 10）

8 月 12 日两位朋友都已经在波哥大了，准备继续在公众面前聊文学。据说在从加拉加斯飞往波哥大的途中飞机经历了剧烈颠簸，两人都非常紧张，但加博无疑更甚，他对双脚离地有一种天然的恐惧。巴尔加斯·略萨曾经在提到那次经历时特别突出了加博夸张的想象力："几个礼拜后我在报纸上读到了对加博的采访，他说在那次航行中我由于紧张而不停地大声背诵鲁文·达里奥的诗句，以此来做祈祷。几个月后，在其他一些采访里，他又说当暴风雨来临、飞机开始下降时，我抓着加西亚·马尔克斯的衣领问他说：'现在咱们就要死了，实话告诉我，你认为《圣域》（卡洛斯·富恩特斯那时刚刚出版的作品）写得怎么样。'再后来，他在给我写的几封信里还提到了那次飞行，他说我们在飞机飞到梅里达和加拉加斯之间的时候开始自相残杀了起来。"（Vargas Llosa 2007：179）哪怕是在最惊慌的时刻加博也不会丢掉他的幽默感……

在那次空中颠簸事件发生之前几天，加博就从加拉加斯给他在波哥大的朋友们打去了电话，好让他们准备当马里奥和何塞·米格尔·奥维多在波哥大的向导，不让他们看到波哥大贫穷衰败的区域，免得给他们留下不好的第一印象。（Saldívar 1997：465）不过他的努力最终成了徒劳。马里奥和加博一起成为了媒体的焦点，他们一起参加各种聚会、庆典、文化活动、大学活动，因此马里奥能细致入微地观察这座城市，他发现波哥大和利马一样*可怕*。不过人们的热情，文化、文学媒体和报纸刊物的友善态度，再加上朋友们的陪伴，使得那次走遍全城的游历成了又一次美好的体验。埃利西奥，加博的 12 个兄弟姐妹中的一位，在他的作品《就是这样的》（*Son asi*）中对那三段旅程进行了极为详细的描写，给我们留下了十分珍贵的资料，不过遗憾的是作者本人已经去世了。描写马里奥在波哥大的旅程的章节题目是"好的、坏的和丑陋的"。埃利西奥最先突出的是这位最近得奖的作家的淳朴，他对所有人都很有耐心，而且十分慷慨大度。他是这样描述的：

> 专注、有教养又很友善，很少有人是这样的，他从不拒绝任何人，哪怕是为了把刚出版的诗集给他而在早晨 7 点钟就跑去他酒店房间的傲慢又无名的诗人，或者是想要把马里奥的声音传送到亚马孙雨林边缘站点去的狂热记者，又或是某位想让他在刚获奖的小说上签名的中学二年级学生，在获得签名后那位学生甚至还天真地问道："为什么小说要叫《绿房子》呢？"（García Márquez, Eligio 2002：177-178）

加博借宿在他的朋友、摄影师吉列莫·安古洛（Guillermo Angulo）家中，临近国家公园，而马里奥则住在市中心极负盛名的特坤达马酒店（Tequendama）。13 日周日，他们一起在《时代报》主编埃尔南多·桑托斯（Hernando Santos）家中聚餐，在此之前他们半秘密地和一些共产主义青年军人进行了聚会；周一上午在《时代报》总部有一场关于拉丁美洲文学的圆桌会议；下午有另外一场文学鸡尾酒会，地点是当代书店，书店女主人是作家、评论家玛尔塔·特拉巴（Marta Traba）；周二早上大家在波哥大和周边地区逛了一圈。所有这些活动的中间都穿插着不同媒体的采访，活动一个接一个，大多是恭维和夸赞。不过马里奥也有充足的时间来和自己的这位朋友就他新出版的小说进行对话，因为马里奥当时已有了写关于这本小说的评论的计划[1]，同时也

---

〔1〕"这本小说"指的是马尔克斯的《百年孤独》，略萨想写关于这本小说的评论，指的是关于《百年孤独》的评论作品《加西亚·马尔克斯：弑神者的历史》。

因为他非常喜欢这本小说，甚至公开说希望这本书是由自己写出来的，正如他给索雷达的献词中所说的那样，他把《百年孤独》的作者比作美洲的阿玛迪斯·德高拉[1]。

这次旅程中的重要时刻是在特拉巴的书店里进行的活动。玛尔塔是个很有魅力的女性，这种魅力不单单是体现在外表上，更体现在她的知性和人文素养上。玛尔塔出生在阿根廷，在跑遍大半个世界之后定居波哥大。她是诗人、小说家、美洲之家文学奖得主，是卡斯特罗主义的坚定捍卫者，还是文学和艺术评论家，她美丽而优雅，嫁给了安赫尔·拉玛，后者当时已经是刚刚出现的"文学爆炸"作家们的朋友了，她认为马里奥和加博能在她的书店和哥伦比亚最重要的知识分子们相聚一堂是一份极大的荣誉。鸡尾酒会定于晚上7点开始，可是6点半的时候书店就挤满了人。许多人只能在街上等候。所以到7点半的时候就再无可能进入其中了，除非使劲儿往里挤。书店里摆上了几百册《绿房子》，《百年孤独》的数量则少了很多，因为第一版已经几乎售罄了，所以当加博把他的书签完后，对马里奥说可以帮他在他的小绿房子上签名，然后他真的就这么做了。最后，马里奥也在加博的书上签了名，后来书卖光了，在场的人就拿杂志、白纸等东西来让他们继续签名。他们根本不像是两个拉丁美洲作家，而像是约翰·列侬和保罗·麦卡特尼、西蒙和加芬克尔或是马克·安东尼和珍妮弗·洛佩兹。有一个女孩受到这种热情的传染，请求马里奥在她手上签名，因为当时已经连白纸都没有了，而秘鲁作家毫不犹豫地签了。两个小时后，人们依然热情不减，两人只好道歉，因为他们必须离开了。

---

[1] 西班牙著名骑士小说的主人公。

他们接受了无数场采访，在其中一场中，问题几乎全是抛给秘鲁作家的。在政治态度方面他表述得清清楚楚："我不希望在美洲推行东方国家的那种社会主义制度。我支持一种提倡言论自由的社会主义。因为我是作家，而作家最不可失去的天然权利就是批评，也就是针对各方面（社会的、政治的、宗教的等等）的问题进行观察和评判，我认为这是每一位创作者的首要任务。"（García Márquez，Eligio 2002：184）记者还提出了关于古巴的问题。有位记者询问古巴武装情况，马里奥回答说："人们说古巴是拉丁美洲武装程度最高的国家，这一点还值得研究。不过很明显，它是拉丁美洲受威胁最严重的国家，甚至从某种程度来看正处于战争边缘。这也就解释了为什么古巴会把自己武装起来，因为要进行自卫。可是这种防御性的努力并没有给那个国家的大众文化政策带来过重的负担。"（García Márquez，Eligio 2002：184-185）

在那次波哥大巡游的过程中，马里奥接到了一通从利马打来的电话。是帕特丽西娅打来的，当时马里奥正在吃饭。他们就要有第二个儿子了。马里奥站了起来，紧张情绪显而易见，加博则保持了一贯的玩笑大师风格，他对一起用餐的人说马里奥真正担心的是他们的儿子出生时长着猪尾巴，因为马里奥和帕特丽西娅是表兄妹。

和他们预期的一样，他们还有时间在大学生中间做一场活动：学生们问马里奥关于他在加拉加斯的演讲的事情，主要问的是演讲中的政治立场问题。马里奥坚称自己并不是政治家，不属于任何政党，不过这并不意味着他在政治方面没有自己的看法，知识分子应该就政治和社会问题表达自己的分析看法。"而这自然就意味着不妥协和反抗，因为文学是一团火，它存在的目的就是进行抗争。"（García Márquez，Eligio 2002：188）他们又问他关于作家职业的问题，他回答说觉得自己像是给文学打工的工人，他不相信灵感，更相信持久投入地工作。然后就是检查、润色、修改，他转向身边的加博，让他证实他刚才说的这番话。他甚至让加博讲述了《没有人给他写信的上校》一书的写作过程，因为加博把原稿修改了7遍才最终找到了合适的叙事语气：一种炎热感。当时加博正住在寒冷的巴黎，很难找到那种感觉。

最后，问题又转回到了政治理念方面，马里奥想要证明写作占用的时间不会影响到作家的政治思考。巴尔加斯·略萨对此毫不犹豫：作家绝不能对自己民族的问题视而不见。政治理念是和作家志向紧密联系在一起的，它要求作家真诚，不能回避特定话题，要去写它们、深化它们。作家在进行创作的时候不应该任由自己受思想形态左右，而应该进行细致入微的观察。如果二者契合，那当然最好；如果不契合，那就要相信后者，如果作家真诚又严苛，再加上天赋，最后一定能写出具有进步意义的好作品来。他本人想做的就是讲故事，有些经验影响他很深，可他要强迫自己从那些经验中摆脱出来。（García Márquez, Eligio 2002: 188-189）

8月15日，在筋疲力尽但又十分幸福的状态中，巴尔加斯·略萨回到了利马，而加博则留在了他的祖国。不过他们并没有彻底分开，9月初的时候他们还将一同回到自己喜爱的工作中去。他们就像是没有分别过，好像一辈子都会是要好的朋友，剩下的事就由它去吧。

利马的（春日）玫瑰

9月的秘鲁并非秋季，而是春意盎然，玫瑰花开。1967年，那滋生万物的季节见证了"文学爆炸"的诞生，尤其是20世纪西班牙语文学最重要的两本小说的出版，它还见证了另一场也许没那么重要的出生，我指的是马里奥的二儿子贡萨洛的诞生。加博9月初来到利马进行那场和马里奥的著名对谈，但更重要的是两人之间友谊的春天的降临，哥伦比亚作家在马里奥儿子的洗礼中成为了贡萨洛的教父。像是对这一事件做出的回应，马里奥的二儿子的全名是加夫列尔·罗德里戈·贡萨洛（Gabriel Rodrigo Gonzalo），也就是说，加博和他的两个儿子的名字全在其中了。从5日到7日，两位作家进行了大家期待已久的对谈，地点是国立工程大学建筑系报告厅，大量学生到场聆听了对谈。萨尔迪瓦尔这样写道：

> 对谈进行得自然，流畅，就像是家人之间在聊天。加西亚·马尔克斯看上去不仅坦然接受了自己新得到的明星身份，甚至似乎还战胜了不敢在公众面前讲话的顽疾。他表现得亲切、和善且富有幽默感，在揭示他的叙事艺术的细节及其与现实的联系时也不遗余力。他谈到了对小说的看法和态度。巴尔加斯·略萨则是极佳的话题引导者，打断和提问的时机也总是恰到好处。二人还会时不时地互换角色。（Saldívar 1997：466）

对于加博而言，在公众面前讲话一直就是个问题，他并不是伟大的演讲者，他也从来没想扮演这一角色，他在乎的就是写作，他本人也曾承认过这一点，而在写作方面他确实做得比谁都好。但马里奥的演讲口才着实很好，他的演讲、即兴讲话、讲座、授课、在论坛中和媒体面前回答问题都让人感觉像有提前写好的稿子，是经过精心准备的。他言辞中的逻辑性很好，既没有吞吞吐吐，也没有空洞口号，内容十分深入，就像是一辈子都在思考刚刚说出的话一样。也许正是出于这个原因，加博一开始并不想发表二人的谈话内容。全程陪伴他们的何塞·米格尔·奥维多则立刻提议把那次对话用文字的形式记录下来。他用了整个秋天（秘鲁的春天）的时间来做整理，1968年初完成了这一工作。他在1月24日随信把对谈内容寄给了马里奥：

> 亲爱的马里奥：
>
> 最后……你现在手上拿到的是你和加博对谈记录的初稿。……老朋友，你得以最快速度读完它，把你认为需要的修改标注出来，然后在这边的大学里以特殊手册的形式出版出来。不过考虑到对谈内容丰富，只出版大学版本似乎有点浪费，因为印数很少，在利马之外难以流通。我想把它交给南美出版社的帕科·波鲁亚，他和其他出版机构联系紧密，可以让这本书在整个"文学爆炸"的美洲传播开来。（Princeton C.0641，III，Box 16）

加博也同样收到了奥维多整理的稿子，但他却不同意出版，他在2月7日写给马里奥的信中表明了这一态度：

> 亲爱的马里奥：
>
> 我现在正要给奥维多写信，不允许他把我们在利马的对谈出版成书。这是当时就说好的。我读了他整理的稿子，我相信它不像马戏团杂技那样滑稽，可要作为一本书来看的话还是显得有些肤浅，是匆匆而成之作。允许它出版将会是一个不可原谅的错误。……
>
> 只是因为不想给何塞·米格尔添麻烦，我会允许以大学手册的形式出版它。哪怕是这样也要对文本做一番大修改。出于诚实的考

虑，我唯一不会做的就是往里面增加我们没有谈过的新东西。往后我也得多加注意，不要让这些私生子满世界乱窜。

我输了：那本独裁小说在我脑子里逐渐成型，情节越来越多，我现在感觉它就像只七头怪兽。我本来决定要好好写它，要把自己锁在私人房间里。但现在我不行了：我觉得我是在用写自己自杀。……

我们焦急地等待着你月末到来。妈的，这次咱们得好好聊聊！要是帕特丽西娅也能来就好了：我们都觉得她总是充满智慧。

拥抱你，加博

（Princeton C.0641，III，Box 16）

在《百年孤独》获得巨大成功后，再加上加博一贯对把自己写的东西公开发表抱有迟疑的态度，这位哥伦比亚作家不愿轻易在印刷品上加自己名字的做法就可以理解了。奥维多则不同，他是评论家、教育家，他在那场对谈中看到的是一份对学生和研究者而言无比珍贵的材料。后来连奥维多策划、加博也接受的大学手册版本也没能出版。因为哥伦比亚人永远都不接受的是，几个月前出版了《百年孤独》的那家阿根廷出版社大张旗鼓地把这场对谈的文字版出版了。奥维多对这个决定有些不满，在署名日期为3月8日的另一封信中，他对马里奥说道："对，加博拒绝接受南美出版社的版本。我完全不同意他的决定。那场对谈对于每一位对小说感兴趣的读者而言都有着巨大的价值。我认为加博是受到了虚荣心和愤怒的驱动做出的决定，因为在一封信里他对我说他目前写小说的进度很慢，我能感到他情绪不太好。"
（Princeton C.0641，III，Box 16）

最后，对谈还是出版了，但是改到了米亚·巴特莱斯出版社（Milla Batres），举办对谈活动的国立工程大学也在 1968 年出版了合作版本。奥维多的劳动得到了补偿，尽管只能算是部分补偿，因为这本书引发的反响很小。在费城华人区的一家美味的泰国餐馆里，奥维多本人给我们讲述了相关的情况。何塞·米格尔组织了那场对谈活动，他希望对谈内容能尽可能地传播开来。短期内那种希望并没有变成现实，可是随着时间的推移那场对谈的文字版成了众所周知的重要材料，甚至出现了多个盗版版本。奥维多说加博不止一次对他说那本小书是他所有作品里被盗版、影印和地下传播得最多的。实际上我们手里的由秘鲁安第斯出版社于 1988 年出版的版本，连何塞·米格尔、加博和马里奥都从没见过。在西蓝花、泰式炒河粉（米粉、罗望子酱再配上豆芽和柠檬做装饰）和泰式生姜烤鸡面前，我们把手中的那本小书展示给奥维多，他立刻笑了起来，因为他又一次证实了加博所言非虚。

那场对谈确实十分精彩，内容涉及当时所有重要的文学、社会和政治话题。马里奥首先问加博作家的作用是什么，或者说具体到加博本人，他为什么要当作家，加博诙谐地回答说他开始写作是因为他发现自己别的什么也做不好，不过后来他又增加了一点："我写作是为了让我的朋友们更喜欢我"，同时他也提到了作家的反抗精神，因为"我还从没见到过专注于宣传既有价值的文学作品"。（García Márquez y Vargas Llosa 1988：21-22）作家总是和社会冲突联系在一起的，写作就是基于"个人经验"（23）来"解决作家和他生活的环境之间冲突的方式"（22）。紧接着，由于对《百年孤独》抱有极大的热情，巴尔加斯·略萨开始询问关于这本小说的开端、发展和结尾的问题，如：人类的孤独和挫败感，对现实的不同理解，对家族历史、讲述冒险故事的迫切需求，战争的意义与无意义，拉丁美洲人民的理智丧失，外公及其口中那奇妙的世界，记忆和回忆的重要性，魔幻与现实的交融，骑士小说的影响，文学中现实主义的界限，拉丁美洲日常生活中的众多可能性，书中人物不断重复的名字，故事情节中对社会和政治问题的批判，对最近一个世纪哥伦比亚历史的重构，还有最重要的一点：如何把那些真实的人类政治、社会、日常、家庭材料转化为"想象的现实"，让它们"经由语言被重构出来"（33）。加博的回答十分睿智，他捍卫自己的世界观，解读自己的创作方法和工作理念，阐述笔下故事的现实来源。

对谈的第一部分持续了数小时，最终在对那年开始出现的所谓的拉丁美洲"文学爆炸"的思考中结束。巴尔加斯·略萨认为拉丁美洲文学大发展是无可争议的事情，而且把它定义在近10到15年。他认为拉丁美洲不仅出现了更多高水准的作家，而且也拥有了远超从前的阅读拉美文学的读者，这些读者既分布在拉丁美洲本土，也分布在欧洲和美国。另一方面，加博认为当下的拉美作家的水准并不比过去的作家高，改变更多的是作家职业的专业化程度：之前，作家只是抽空在闲暇时间写作，例如周末，而如今作家一门心思投入到写作中，是职业作家。加博总结道：

> 我们都认为最重要的一点就是继续保持当作家的信念，读者们肯定也注意到了这一点。等到真正好的书被写出来的时候，读者自然就出现了。这是极好的情况。所以我认为所谓的"文学爆炸"实际上是"读者爆炸"。（37）

在对谈的第二部分中，两人重拾这一话题，加博补充说如果说现在读者更多的话，那也是因为作家们"选对了方向"（39），他们写的恰好是大部分人关心和在意的话题。接下来的一个话题也是那个时代的热门话题：拉丁美洲作家的定义是什么。争议焦点聚集在那些居住在欧洲（如科塔萨尔和巴尔加斯·略萨）或是不居住在自己国家（如加西亚·马尔克斯）的作家到底算不算是拉丁美洲作家，同样涉及这一问题的还有那些不专注于描写本土问题，而是用晦涩的文风写一些宏大的主题的作家，例如博尔赫斯。加博回答说博尔赫斯笔下的世界不是典型的拉丁美洲世界，但科塔萨尔笔下的世界却是，因为他在其中看到了欧洲对布宜诺斯艾利斯的影响。博尔赫斯的文学是一种逃避文学，而科塔萨尔的不是。加博说他读博尔赫斯读得很多，但是他并不喜欢博尔赫斯写的东西。他阅读博尔赫斯是因为后者遣词造句的能力，因为博尔赫斯可以教给他如何写作，让自己的"写作工具更加锐利"（41）。可是他对博尔赫斯的文学并不十分感兴趣，因为它并不以具体的现实为根基，尽管他很崇拜博尔赫斯，而且"每天晚上"都读他写的东西（43）。

从文学作品与现实的关系出发，巴尔加斯·略萨把对谈引向了加博的政治态度方面，后者立刻回答说："作家最重要的政治责任就是把书写好"（44），这不仅意味着要有好的风格，还得"符合作家的信仰"。"我认为，"加博解释道，"人们不该具体地要求作家在他的书里一定要写军人或是政治，就像不该苛求鞋匠的鞋上要有政治内容一样。"（44）因此，他不同意某位阿根廷评论家说他的最近一本小说反动的言论，因为在拉丁美洲仍然面临着诸多严峻问题的时刻去写一本优美华丽的小说是不可接受的。他捍卫自己说《百年孤独》刻画的是"拉丁美洲社会和政治现实中的根本性问题"（44），例如暴力、香蕉工人罢工、战争、外国势力的垄断和剥削等。（45）

对谈进行到此时，现场听众的情绪都被调动了起来，但活动必须结束了，听众们愿意再继续听他们的文学偶像聊上更多个小时，可"约翰·列侬和保罗·麦卡特尼"得走了，并且没有返场演出。那次旅程最重要的成果是两人的友谊进一步加深了。在一个多月的时间里，两位文学巨匠在半个拉丁美洲掀起了一场革命，但主要是他们进行了自我革新。也许最主要的表现就是在那次旅程中马里奥·巴尔加斯·略萨一页一页地完美理解了那部描写马孔多的小说，甚至他对它的理解要比那本书的作者更深入。在接下来的几个章节里我们还会提到这一点，不过先提前说一下下面这个事件：那一年的12月2日，加博给马里奥寄去一封信，感谢他给一份波哥大的报纸写的《百年孤独》的简评。此外，他还在信中对巴尔加斯·略萨新近出版的短篇小说《崽儿们》（*Los cachorros*）和同年出版的"文学爆炸"另一部代表小说《三只忧伤的老虎》做了一些评论。信中的语调充分表现出了两位朋友在文学志趣方面的志同道合：

兄弟：

你真是太野了！我刚刚读了你给波哥大《观察家报》写的《百年孤独》的书评，我都要窒息了。我同意朋友之间要保持慷慨的态度，但你也太慷慨了吧，老伙计！那是我读到的关于这本小说最高的夸赞了，我现在都不知道自己该钻进哪个地缝里去了，我这么说部分是因为不堪重负，部分是因为羞愧难当，还有一部分是因为我不知道该怎么处理你丢过来的这烫手的山芋。

我无意报复，但又必须报复你，我收到剪报时刚刚读完《崽儿们》，我终于读完它了，最近的好几次旅行途中我都没顾得上读它。写得太棒了，我想跟你说更多赞美的话，但我现在却说不出口了：

我唯一的想法就是给你行个日本式的大礼。……

不，我此刻不能到伦敦去。我得坐下来，然后立刻去写东西。我的胳膊都发凉了，关于族长的那本小说正在我肚子里变质腐败。幸运的是在我身上发生了一个小奇迹：我突然想起了一个自己多年前失去兴趣的短篇小说，我觉得现在是时候写它了。我已经开始写了，我就像个精灵那样开心。故事的内容都反映在标题上了："纯真的埃伦蒂拉与残忍的祖母：一个令人难以置信的悲惨故事"。……

我读完了《三只忧伤的老虎》。我很少在读哪本书的第一部分时会像读这本书一样开心，但是后来感觉变了，后来我感受到的更多是小聪明而非大智慧，读完全书后我却又不知道自己该说些什么了。卡布雷拉有着极佳的写作天赋，不过这次他并没把它利用好。

吻帕特丽西娅和孩子们。给你则来一个大大的拥抱，加博

（Princeton C.0641，III，Box 10）

5．友谊和其他魔鬼

　　在文艺领域有高超造诣的人成为朋友的例子并不少见。文学友谊也是常有的，而且多种多样：从师长和弟子之间坚定的文学友谊，例如柏拉图和亚里士多德，到文学伙伴之间的紧密联系，例如我们的加博和马里奥。有的友谊持续了一辈子，在当事人去世之后还继续被世人传颂，也有的友谊很快就破裂了。有些友谊破裂的消息只在密友圈中流传，有的却众所周知。我们了解到某些友情是通过朋友之间的闲聊，也可能是通过印刷品上的献词，还可能是通过个人的表述。有的友情会凸显某些作家身上的人性美德，这会使他们更加伟大，甚至超过他们的文学成就。马里奥·巴尔加斯·略萨和加夫列尔·加西亚·马尔克斯就在这些拥有不凡天赋的作家中占据着重要位置。1967年那个光辉的夏天过后，两人的友谊得到了升华，最美好的时刻就要到来了。在他们身上，互敬互爱的朋友情谊有了更加具象化的表现：马里奥写了一篇关于加博的论文，后来以书的形式出版了，他在其中分析了加博的诸多作品。另一边，加博也总是坚持说约翰·列侬和保罗·麦卡特尼是同一张专辑、同一张唱片的正反两面，秘鲁作家对他作品的评价使那些作品更伟大了，同时也让人更加能忍受它们了。

如果我们浏览一下文学史的话，我们可以在古老时代找到第一对这样的朋友：塔西佗和小普利尼，我们是从他们之间的信件中了解到这段友谊的。再往后推进一些，圣塔特蕾莎·德赫苏斯（Santa Teresa de Jesús）和圣胡安·德拉克鲁斯（San Juan de la Cruz）结成了坚定的同盟。这两位信徒在智识和精神层面上互相欣赏，决定重建他们所属的卡门教派的秩序。因此，圣胡安·德拉克鲁斯被以叛教罪抓捕，关进了位于托莱多的监狱，直到他的朋友圣塔特蕾莎·德赫苏斯插手此事，帮助他重获自由。黄金世纪的另一段经典友谊是著名的诗人和士兵之间的，即加西拉索·德拉维加（Garcilaso de la Vega）和胡安·波斯坎（Juan Boscán）的友谊。由于他们的存在，西班牙文学在16世纪前半叶融入文艺复兴的浪潮中。我们知道加西拉索的诗歌形式是通过波斯坎才被人了解的，前者的诗歌通过不断的实践达到了极高的水准。但是加西拉索的诗句在他在世时并没有出版，是他的朋友波斯坎整理、修订了他的手稿，并把它们在巴塞罗那出版，同一本书里还包括波斯坎本人的作品。加西拉索对意大利新格律诗的运用及这些诗歌的富丽程度使得这本书在当时引发了巨大的反响，结果就是出版人士决定把二人的诗歌分开出版。尽管人们常说"连接友谊之物，不该被市场剥离"，然而出版的道路并非如人所愿般平坦。不管怎么说，波斯坎的名字永远和加西拉索联系在了一起，不仅仅因为二人是好友、知己，而且加西拉索的多首诗歌都是献给波斯坎的，还因为波斯坎也是运用意大利格律诗的先驱之一。加西拉索在信中给我们留下了对这段友情最好的描写：

塞内加曾经说过，如果你有朋友，但你不像信任自己那样信任他，那么你要么是在自欺欺人，要么就是还不了解真正的友谊的力量。只要你确定他是你的朋友，那么就把所有的事情都告诉他吧。友谊的背后是绝对的信任；在此之前，一切都要经过深思熟虑。你应当进行长时间的考量，来决定是否接受某人的友谊，可一旦你接受了它，那就要打开心扉，给予他足够的信任，就像你信任自己一样。

　　这一时期另一对二人组是塞万提斯和洛佩·德维加（Lope de Vega），他们最开始是朋友，后来却近乎仇敌了。他们在文学上的敌意是在 17 世纪初被公众发现的，他们导演了多次有名的互相攻讦，刻薄言辞之类的毒镖被他们投来投去。在黄金世纪，文学宿敌并不罕见，例如贡戈拉（Góngora）和克维多（Quevedo），但是塞万提斯和洛佩·德维加的情况不一样，因为他们曾是朋友。1602 年，两人分道扬镳了，直到现在我们也无法确切知道其中的原因。据说作为伟大戏剧家的塞万提斯认为自己受到了排挤，因为自从洛佩的剧上演以后，剧场就不再演他的剧了。友谊的裂缝越来越大。后来二人之间就开始了尖酸的抨击和嘲讽，甚至有人说《堂吉诃德》中桑丘的驴子就是在暗喻洛佩·德维加强大的生育能力，还有人说《堂吉诃德》第二部的伪作作者阿维亚内达其实就是洛佩·德维加的笔名。无论如何，西班牙文学黄金世纪的两位领军人物最终老死不相往来了。

　　歌德和席勒则相反，他们的友谊始终坚不可摧。席勒是德国最出色的戏剧家，而歌德则是魏玛古典主义最著名的代表。两人于 1788 年在鲁道城（Rudolstadt）相识，不过那时二人并没有成为要好的朋友。他们成为好友的时间要更晚：1794 年，席勒邀请歌德做《四季女神》（*Dier Horen*）杂志的撰稿人，于是他们开始互相写信。同年，席勒前往拜访歌德，为期两周，此后他们之间见面越来越频繁，他们的友谊也就日益坚不可摧了。然而两人之间还是有许多分歧的：席勒曾指责称歌德和一个未婚女子住在一起的行为"不要脸"（这是唯一一次这样说），而歌德则批评席勒玩牌的嗜好。然而这些微小的分歧并没有影响他们的关系，他们的友谊一直持续到1805年席勒因肺病辞世。有意思的是，歌德偷走了他这位好友的头盖骨来做研究，也可能他是想保留好友身上最珍贵的东西。他们把友谊带进了墓穴，死后也被人传颂。席勒曾这样写道："他（歌德）的才华比我多得多，知识面也广得多，不必说他的作品中有怎样精妙的艺术构思，他的才华就保证了他有能力去描写我们周围的现实生活……我们相识太晚了，不过这也给我带来了不止一个美妙的希望，也再次证明了偶然之举也可能是睿智和聪明的做法。"（Sáenz Hayes 2007：1）另一对有名的好友也经常互相夸赞，我指的是苏格兰作家、《化身博士》的作者史蒂文森和美国作家亨利·詹姆斯。两人之间联系密切，相关的记录也很多，不过也经常受到人们的质疑和评判。因为詹姆斯总是避谈史蒂文森的伟大作品，却对后者许多不起眼的作品赞赏有加，两人信件中的那些夸张的溢美之辞让人厌恶且不足为信。

还应该提到英国诗人雪莱和拜伦之间深厚的友谊，再或是切斯特顿和贝洛克，两人之间的友谊非常坚固，甚至都影响到了宗教信仰：贝洛克把他的朋友切斯特顿变成了基督徒。许多人认为这种信仰上的变化丰富了切斯特顿作品的诗学表达，另一些人，例如博尔赫斯，则认为宗教信仰伤害了作为作家的切斯特顿。我们也不该忘记英国作家托尔金和 C. S. 刘易斯的友谊，他们的友情也同样影响到了宗教信仰，前者说服后者改信基督教。尽管二人的友谊曾经中断过许多次，大部分是由于文学、宗教和情感方面的分歧，但却从来没有真正破裂过。据说托尔金对刘易斯写的一些东西进行过严厉批评，而后者则很欣赏托尔金的文学，并对他提供了巨大的支持，可以说在托尔金的文学创作过程中，刘易斯是鼓励他最多的人。两人之间建立起了梦幻般的友谊，一起建立起了美妙的奇幻文学世界：《纳尼亚传奇》和《指环王》。这些作品近年引发了巨大的反响，尤其是在被搬上大荧幕后。这些作品的成功使得人们对它们的作者的生活产生了浓厚的兴趣，这使得导演诺曼·斯通拍摄了一部关于二人友情的纪录片。文学和人生，同样精彩。

　　另一方面，我们还有卡夫卡和马克斯·勃罗德（Max Brod）的例子，他们之间的文学友谊众所周知。他们是在一场关于叔本华的讲座中认识的，卡夫卡参加了讲座，主讲者是个叫马克斯·勃罗德的人；那段超越死亡的永恒友谊就是在那时结下的。勃罗德很快就变成了卡夫卡的一面镜子，一个马刺，督促和激励卡夫卡发表写的东西，尽管卡夫卡乞求勃罗德把他写的所有东西都付之一炬，可勃罗德还是在卡夫卡死后把那些作品保存了下来，后来还把它们印刷了出来。就像波斯坎之于加西拉索，勃罗德也生活在卡夫卡的阴影下，但最终使他在历史上留名的身份却是卡夫卡的官方传记作者、文学遗嘱执行人和无私朋友。福楼拜和莫泊桑也可以被归入这一谱系之中，他们之间的友情充满慷慨，其中一位对另一位影响巨大。没有恩师福楼拜的话，可能作家莫泊桑也就不复存在了。这位《包法利夫人》的作者在莫泊桑身上投入了巨大的心血，给予他的写作足够的信任和支持，同时对他要求特别严格，以此最大程度挖掘出了莫泊桑的写作潜力。

福楼拜对莫泊桑的称呼很亲切，"我的小徒"，听上去就像是在开玩笑，尽管他们选择的文学道路大不相同。最后，"小学徒"也成了大师，以此回报他对福楼拜的亏欠。庞德和 T. S. 艾略特的例子也很相似。埃兹拉·庞德是才华横溢的诗人和独立评论家，他还是 T. S. 艾略特的支持者和引导者。1914 年，康拉德·艾肯（Conrad Aiken）拜访庞德，希望和他聊聊并推荐几位美国年轻诗人给他。庞德没有表现出什么兴趣，直到艾肯走到房门口准备离开的时候，庞德才开口问道："有没有哪位与众不同，特殊一点的，例如是哈佛大学的？"于是艾肯答道："噢，当然，艾略特啊，他做出来的东西都很有意思，现在他人在伦敦。"庞德请艾肯给他们定个见面的时间。在那几天里两人结识了，艾略特把一首诗交给了庞德，后者评价那首诗"是我读过的美国诗人写出来的最高水准的诗"。多年之后，1921 年，在巴黎，艾略特把一本诗集交给了庞德（后来被收入著名的《荒原》之中），庞德认真将它读完，给出了些评论和建议，还提出了一些修改意见。艾略特听从了庞德的意见，在深入思考之后，几乎重写了全书。当他再次把书交给庞德的时候，庞德给出了"这是真正的艺术品"的评语。庞德的指导作用，就像福楼拜之于莫泊桑一样，是艾略特成功的重要原因。同样的事情也发生在海明威身上，因为庞德恰恰是海明威进行文学创作的推动者。那又是另一段同样慷慨美妙的友谊了。我们还应该加上乔伊斯和贝克特的友谊，尽管有人为这段关系加上了导师-学徒的定义（有人认为福楼拜和莫泊桑、帕韦泽和卡尔维诺也属此类），这主要是由于贝克特对乔伊斯十分崇拜。另一些人则强调他们在美学和意识形态方面的相似认同感。没有争议的是那种直到乔伊斯去世时依然存在的私人联系。另一方面，两人的人生轨迹也有许多相似性：他们都是爱尔兰文学的伟大代表作家，但又都在自己的祖国被人忽视，他们的作品都因为宗教和道德原因而被封禁，这迫使他们走上了流亡的道路。"贝克特从乔伊斯身上学到的主要是写作理念，他认为要写作就必须先学会阅读。就像乔伊斯一样，他会在阅读时在笔记本上抄录一些句子和表达，然后把它们运用到自己的文学创作中。然而很快他就认识到必须找到属于自己的道路，这一点和其他原因促使他开始用法语写作。"（Dillon 2006：1）贝克特希望自己能变得不一样，所以他抛弃了所有乔伊斯喜欢写的主题。等待着戈多的这位作家在各种访谈中不厌其烦地表明自己的诗学理念的基础是"去话语"，而非乔伊斯那般"崇拜话语"。这种差异是体现在文学上的，与之矛盾的是，在生活上，两人似乎都比较沉默寡言。

20世纪西班牙语世界也不乏耀眼的文学友谊。在西班牙，打开20世纪文学友谊之门的是"27一代"，这群作家甚至被称为"友谊的一代"。赫拉尔多·迭戈（Gerardo Diego）是最早促使半岛内外的诗人建立起令人羡慕的友情的作家。尽管通过他们之间的往来信件可以得知，随着时间的推移，并不是所有人都始终保持和其他人的亲密关系，诗人群体之中也存在着分歧和敌意，但是不可否认的是，面对佛朗哥的残暴政策和政治压迫，这一诗歌团体的成员还是足够忠诚与团结的。赫拉尔多·迭戈本人是这样解释的："每个人都有自己的道路，我们大约从1929年起就生活在压迫氛围之中，都深受其害，战争迫使我们分散开来。但是我们之间的友情并没有中止。只要一有可能，我们就重新通过书信或见面来沟通。"佩德罗·萨利纳斯（Pedro Salinas）和豪尔赫·纪廉（Jorge Guillén）之间的信件为此提供了佐证。费德里科·加西亚·洛尔卡（Federico García Lorca）和拉斐尔·阿尔贝蒂（Rafael Alberti）之间的信件也是如此，这位格拉纳达诗人和这位加的斯诗人之间的深厚友谊值得我们所有人铭记。和加博与马里奥之间的友谊一样，他们的友谊诞生自阿尔贝蒂对洛尔卡的一部诗集的阅读。阿尔贝蒂当时倚在床上，正在养病，在读到洛尔卡的诗集后感到异常兴奋，不仅被诗歌的艺术成就打动，甚至感觉整个人也更有劲头了。他立刻开始打听这位洛尔卡，他们对他说，洛尔卡是个来自格拉纳达的年轻人，冬天的时候住在马德里的学生公寓里。阿尔贝蒂清楚自己早晚会结识洛尔卡的。确实如此，只不过他们的相识要等到 3 年之后了，就在阿尔贝蒂的《陆地水手》（*Marinero en tierra*）出版前不久。两人对许多事情的看法都一致，能很好地理解彼此，阿尔贝蒂因此把那本书中的三首诗献给了"格拉纳达诗人"。那一代诗人中，阿尔贝蒂和洛尔卡是最为看重友情的，他们还与维森特·阿莱克桑德雷（Vicente Aleixandre）、达玛索·阿隆索（Dámaso Alonso）等其他伟大的诗人建立了紧密的联系。

在大西洋彼岸的拉丁美洲也有类似的让人难忘的友情，例如伟大的博尔赫斯和比奥伊·卡萨雷斯[1]，两位阿根廷作家用"布斯托斯·多梅克"这一笔名合作，写了多部作品，编纂丛书，写散文，成为智识交流的典范。最后两人还一起搞起了文学创作。博尔赫斯和比奥伊是在维多利亚·奥坎波（Victoria Ocampo）的家中结识的，尽管年龄有差异，但是却相谈甚欢。他们友谊的基础是幽默感、犀利的批评、流畅的交流和丰富的文化知识。有些人恶语相向，指责比奥伊是在利用博尔赫斯辉

---

〔1〕 阿道夫·比奥伊·卡萨雷斯（Adolfo Bioy Casares，1914—1999），阿根廷著名作家，博尔赫斯的挚友，代表作有《莫雷尔的发明》《英雄梦》等。

煌的文学成就，还说他嫉妒博尔赫斯，甚至感到深深的自卑
（最近推出的一部纪录片也持相似看法），但是他们却习惯性地
忽略了两人是用同样的亲切态度对待彼此的。此外，我们还要
提到奥拉西奥·基罗加[1]和马丁内斯·埃斯特拉达[2]之间的友
谊，他们之间的信件是这段友谊的最好见证。和博尔赫斯与比
奥伊一样，这两位作家之间也存在巨大的差异：基罗加精细且
有条不紊，马丁内斯·埃斯特拉达则野性、放肆无礼、喜欢挑
衅，几乎处于疯狂的边缘。但是他们就像刚才我们提过的人们
一样，分享着同一种激情：对文学的热爱。

　　和西班牙"27一代"、阿根廷"南方一代"同时期的古巴
"起源一代"的作家之间也有类似的深厚友谊。这代人有两位领
军人物，一位是文学上的（何塞·莱萨玛·利马），另一位是精
神上的（安赫尔·加斯特鲁，诗人、神父），从30年代末到50
年代中叶，"起源一代"的诗人们一直和谐共存，在文学上也交
流频繁。他们经常在哈瓦那市郊的巴乌塔教堂集会，那里是加斯
特鲁神父任职的地方，他们就在那儿搞文学交流会、讲座、家庭
聚会、庆生活动等，当然还要加上婚礼、洗礼、领圣餐等宗教
仪式。因此也就不难理解为何他们在文学联系之外还有很好的
私人交往了。举个例子，仍然健在的胡安·鲁尔福文学奖得主
辛迪奥·比铁尔（Cintio Vitier）就和女诗人菲娜·加西亚·马
鲁兹（Fina García Marruz）结了婚，那一代作家中最伟大的文
学天才之一、同样获得过胡安·鲁尔福文学奖的埃利赛奥·迭

---

〔1〕　奥拉西奥·基罗加（Horacio Quiroga，1878—1937），乌拉圭著名作家，代表作有
　　　《关于爱情、疯狂和死亡的故事》《大森林的故事》等。
〔2〕　马丁内斯·埃斯特拉达（Martínez Estrada，1895—1964），阿根廷作家、诗人、散
　　　文家、文学评论家。

戈（Eliseo Diego）则和菲娜的妹妹贝娅（Bella）喜结连理。古巴革命爆发后，他们中的许多人依然保持着频繁的联系，尽管后来他们的命运各不相同，而且分散到了不同的国家居住。例如，在1992年12月29日的信中，埃利赛奥·迭戈就对加斯通·巴盖罗（Gastón Baquero）坦诚地说他们二人之间的友情自"起源一代"开始，经过巴盖罗流亡后的这么多年，丝毫没有减弱过，因为他们友谊的基础并不是历史，而是诗歌，"诗歌是如此脆弱，又是如此永恒"。（Diego 1996-97：9）

朋友就是第二自我

巴尔加斯·略萨和加西亚·马尔克斯的友谊显然也可以归入我们前面提到的文学友谊谱系之中。也许可以细分到那条无论在生活上还是文学上都是楷模作家之间的友谊支线中去。也许和博尔赫斯与比奥伊的友谊一样，加博和马里奥的友谊也是拉丁美洲文学界最为人所知的友情。也许在未来某日我们会了解到关于这段中途夭折的友情的更多细节。言归正传，我们已经详细描述了这段友情的开始：最开始是互换信件，他们在正式见面之前就已经互相写信了。至于他们的第一次相遇以及友情的迅速升温的情况，我们在前面已经进行过介绍。他们的友谊可以被拿来和其他许多文学友谊相比较，例如乔伊斯和贝克特，因为和这两位一样，马里奥和加博的生活轨迹也有很多相似之处，这一点我们也已有所提及。我们甚至可以把他们的友谊和阿尔贝蒂与洛尔卡的友谊相比较，不仅是因为他们也同样是一场文学运动的领军人物（席勒和歌德也是一样），还因为其中一人（加西亚·马尔克斯）在崇敬之情的引导下联系上了另一人（巴尔加斯·略萨）。与西班牙的那两位诗人一样，他们二人也促使其他作家一起编织起了一张友谊之网，成为了"文学爆炸"的主要力量。也正因此，对于友谊关系的利用成为"27一代"诗人被诟病的原因之一，许多人认为他们组成了文学"黑手党"，想要为作品出版谋好处。"文学爆炸"的代表作家也都是朋友关系，他们因此也被贴上了"黑手党"的标签，也被指责利用彼此的友情来推动图书销售。但是何塞·多诺索的妻子玛利亚·比拉尔（María Pilar）证实了"文学爆炸"作家之间友谊的真实性，她说他们的关系更像是家庭式的，作家之间就如同表兄弟一般。不可否认的一点是，在上述两场文学运动中，大洋两岸的文学发展都要感谢那些作家之间的紧密联系，但这并不是说他们之间的友谊是虚假的。作家之间的互相欣赏有时会体现在印刷品中，他们的亲切关系流露在字里行间：信件（正如我们提到的，二人之间的大量信件被收藏在普林斯顿大学）和图书中的献词就是例证。就"文学爆炸"而言，卡洛斯·富恩特斯把《换皮》献给科塔萨尔和奥萝拉·贝尔纳德斯，把短篇小说《期许之运》献给加博；贝内德蒂把诗歌《哈瓦那女人》献给雷塔马尔；多诺索把《没有界限的地方》献给丽塔和卡洛斯·富恩特斯；巴尔加斯·略萨的《一部小说的秘史》也献给了卡洛斯·富恩特斯。可是本书的两位主人公却从来没有在自己作品的献词中写上对方的名字。他们给予彼此的要更多：巴尔加斯·略萨把自己生命中的两年时光（1969—1971）给了他伟大的哥伦比亚朋友加西亚·马尔克斯。这种做法还从来没有在任何一对文学好友身上出现过，至少没有出现过如此长的时间。

我指的是秘鲁作家所撰写的博士论文，他最初的想法是研究埃古伦[1]，后来决定改为研究哥伦比亚作家的叙事文学作品。当时他们已经交上了朋友，而且关系非常不错；此外，巴尔加斯·略萨还特别喜欢《百年孤独》，这本小说以创纪录的速度变成了20世纪西班牙语美洲小说销量冠军。而巴尔加斯·略萨和其他许多作家及编辑一起，成为了这场销售风暴的推动者。他曾多次提到《百年孤独》是本令人尊敬的小说，是他本人想写的那种小说，因为它完美地再现了现实，反映了这个世界的真实面貌，"多种多样，无所不包"。不过我们之前也已经提到过了，这种崇敬是相互的。何塞·米格尔·奥维多给我们讲了他和加博的一场对话，后者对他说他花了很多年才写出《百年孤独》，他之前出版其他所有小说的目的只是为了学会怎样去写这本最精彩的小说。而奥维多又说："马里奥从写第一本书开始就知道该如何写好小说。"二人对彼此作品的真诚评价非常引人瞩目（就像席勒和歌德的互相评价一样）。加博在他写给自己的秘鲁朋友的一封信中就曾表示，巴尔加斯·略萨给他做出的所有那些精彩评论让他十分感动，"因为这个世界上，更常见的是同行之间在背后捅刀子"。（Princeton C.0641，III，Box 10）阿尔玛斯·马塞洛在前面提到的那本由他撰写的秘鲁作家的传记中也描述过他的惊讶：

> 也许有些人指责"文学爆炸"是"黑手党"团体的说法有些道理，因为让我惊讶的是像马里奥·巴尔加斯·略萨这样重要的小说家竟然会用好几年的时间去写另一位和他同时代的小说家、伙伴、好友、思想方面的至亲。加西亚·马尔克斯在许多方面都表现出两

---

[1] 何塞·玛利亚·埃古伦（José María Eguren，1874—1942），秘鲁最重要的后现代主义诗人之一。

副面孔，但是《加西亚·马尔克斯：弑神者的历史》没有给读者留下任何疑问。它代表着一种慷慨的赞许，也许不止慷慨这么简单，按照我的标准来看，它完全超越了那些"黑手党"之类的荒唐指责，这些指责只不过是技艺不精者嫉妒心的产物。（Armas 2002：69）

达索·萨尔迪瓦尔也承认了《弑神者的历史》的非凡之处，而且认为这极为罕见，"尽管传记部分不够深入，但这本书在对文学奥秘的捕捉和分析方面至今仍然无法被超越"。（1997：466）事实上，巴尔加斯·略萨在他的博士论文里对加博的人生进行了细致的描写，依据的主要材料是加博本人的回忆、接受的采访和与加博共处时获得的信息。结果那本书非同凡响，巴尔加斯·略萨在书中把自己的博学展现得淋漓尽致，书中满是反思和个人思想，同时也成为了我们了解这位秘鲁作家的重要材料。另一方面，巴尔加斯·略萨特别强调了加博文学志向之源等问题，这是作家写作的根本性推动力。显然我们的阿雷基帕作家通过对哥伦比亚作家作品细致入微的研究打开了一扇理解加西亚·马尔克斯作品诗学特征的阅读之门，当然也给了我们打开他本人文学世界奥秘之门的钥匙。加博书写着他本人心中的魔鬼，马里奥也在这篇论文中写出了他心中的魔鬼。阅读那部作品（写加博的，也是写马里奥本人的）可以让我们更好地理解巴尔加斯·略萨的文学天地。西塞罗不就曾这样说过吗："朋友就是第二自我。"

在《绿房子》作者的第一部评论作品中，他所解析的叙事主题及技巧也可以被用来理解他本人的叙事文学作品。书中涉及的文学创作技巧也是巴尔加斯·略萨经常在自己的小说中使用的，例如隐藏材料、中国套盒、连通器、变化或质的飞跃。巴尔加斯·略萨力求在虚构语言中挖掘出最真实的东西，他像侦探，又像是精细的昆虫学家，翻遍了加博到那时为止已经出版的所有作品。《弑神者的历史》就这样以严格、客观、精细、激情、亲切感和个人思考脱颖而出。只需要看看普林斯顿大学保存的相关材料（C.0641，I，Box 4），就能发现巴尔加斯·略萨为准备这本论文所做的笔记卡片是多么细致。写作工作深入而严格：卡片有的按主题分类（包括从加博作品中做的摘抄，以备作为例子放入书中），有的按修辞技巧等问题分类：夸张、列举、重复等，还配上了图示。普林斯顿大学珍本图书室里还收藏着巴尔加斯·略萨为此所做的 641 页剪报，每一张都写有评论文字，这些文字写在纸张边缘或是背面，此外还有许多涂改和标注等痕迹。我们甚至还找到了一个棕色封面的大笔记本，里面写有一条日期为 1987 年 12 月的说明："这本笔记本中的笔记和要点是我在波多黎各（1968）讲授关于加西亚·马尔克斯的课程时使用的，后来在写《弑神者的历史》（1970—1972）时又用到了它们。"这些记录很有意思，因为里面还有一份详细的在波多黎各授课的内容安排表：先讲述加夫列尔·加西亚·马尔克斯的生平，讲述他文学志向的起源（脑海中保存的那时的许多画面成为他多则短篇小说的直接驱动力），然后专注于《枯枝败叶》和"伊莎贝拉在马孔多观雨时的独白"。后来我们又发现了一份关于加博的剪报及其自 1955 年起的人生经历材料的卷宗，边缘处还有一些关于他外公的笔记。另外，还有许多关于加博和政治之间联系的笔记：他信奉马克思主义的老师们，他在思想上靠近恩格斯、列宁和斯大林主义，他关于马塞蒂[1]的思想和二者之间观念上的分歧。巴尔加

---

〔1〕 疑指阿根廷记者、游击队领袖豪尔赫·里卡多·马塞蒂（Jorge Ricardo Masetti，1929—1964）。

斯·略萨甚至在一页纸的角落处写道："不能把加博介绍成'勇敢的王子'。"他同时还详细记录了普利尼奥对加博做的访谈以及二人的东欧之旅，此外还记录有加博1957年在委内瑞拉的行程、对古巴的访问和晚些时候在墨西哥的停留。同样引起我们注意的还有他对电影《死亡时刻》的详细评论。总之，巴尔加斯·略萨在分析时从不吝啬自己的赞扬之词：这位秘鲁作家就像是钻进了哥伦比亚作家的脑子里，精准地分析了后者的创作模式。和歌德与席勒的例子不同，马里奥完全不需要等到加博去世，再把他的头骨偷出来进行研究。

没有朋友（或魔鬼，或幽灵）就不算活着

很多材料都记录了在奥内蒂和巴尔加斯·略萨之间发生的一件事，因此很多人都知道此事：乌拉圭作家在一场活动中遇到了秘鲁作家，然后半开玩笑地对他说："马里奥，你和文学的关系是婚姻式的：每天都要在一起……而我和文学的关系就像是奸夫和他的情人一样：我想见她的时候才见，但每次见面都充满激情，可是我不知道下次和她见面会是什么时候。"这样看来，作家也分两种：和文学的关系是情恋式的，例如奥内蒂和科塔萨尔；和文学的关系是婚姻式的，例如巴尔加斯·略萨和加西亚·马尔克斯。马尔克斯曾经这样说道：

> 我每天都写作，周末也一样，从早上9点写到下午3点，把自己关在房间里，暖气开足，因为唯一能干扰我写作的东西就是杂音和寒冷。要是写短篇小说的话，每天能写一行我就感到很满足了……我从来不会超过一周不写作，哪怕是在最糟糕的情况下也不

会，因为如果停那么久的话一切就都得从头开始了。在写作期间，无论白天黑夜，我没有哪怕一分钟是在想其他事情的，而《百年孤独》我写了 18 个月。我会对哪怕是最亲密、最理解我的朋友都说清楚，在写作的过程中，我不会读他们写的任何东西，我也不允许他们读我写的，哪怕修改稿也不行，因为我很迷信，我认为如果违反了这一点，我的书就永远也写不出来了。

　　每天在写作的过程中我会吸掉 40 根香烟，一天中剩下的时间我就用来慢慢解毒。那些医生说我是在慢性自杀，可我找不到哪种让人激情澎湃的工作是不牺牲就能胜任的。我习惯穿着机械工的工作服写作，首先是因为我觉得那样更舒服，再就是因为我写不下去的时候会起身思考，拿着螺丝刀拆卸和组装门锁或电器，再或是把门刷成欢快的颜色。

　　我直接用打字机写作，我只用食指打字，色带必须是黑色的，丝绸或是尼龙的都行，不过纸必须是信纸大小、36 毫克的白纸。每次只要有一处错误，哪怕是因为机器的问题，我也会把纸换掉，然后重新打一份。（Vargas Llosa 2007：196-197）

用打字机写作的方式让加西亚·马尔克斯着迷。他觉得像马里奥这种能所有手指并用、飞速打字的人就像是会魔法，因为当时这样的人还是少数：大部分人都只用两根或是四根手指打字，而且速度很慢。加博所写的与此相关的文章并不少，例如 1982 年 7 月 7 日发表的文章《对打字机的苦涩喜爱》一文就曾提到了富恩特斯："很少有作家能完全按照规范的打字方式去使用打字机，因为这就像弹钢琴一样难。我认识的唯一一位能用所有手指且不看键盘打字的人是波哥大《观察家报》编辑室里那位让人难忘的爱德华多·萨拉梅亚·博尔达（Eduardo Zalamea Borda），而且他还能边打字边回答问题，打字节奏丝毫不受影响。另一个极端的反例是卡洛斯·富恩特斯，他只用右手食指打字。以前他吸烟的时候，就用一只手打字，另一只手用来夹烟，可是现在他把烟戒了，我们就不知道他打字时另一只手在干啥了。大家都很惊讶他是怎样在打出 2000 页的《我们的土地》后还能保持食指不受伤的。"（García Márquez 1991：284）

巴尔加斯·略萨也坚持认为作家职业要求他们顽固起来：纪律性是基础，还有恒心和毅力。作家必须坚持不懈，不断做检查和修改，甚至重写许多东西，这样才能最终写出有价值和艺术性的作品。马里奥曾经在不同场合多次表达过他的想法，天才的背后一定有持久的劳动作支撑，因为才华生自恒心——天才并非天生出众，而是后天养成的。在这位秘鲁作家看来，作家就像体内生了绦虫一般，它强迫作家坚持写作，而且写得越多，越想要写。马里奥和加博体内都有这样的绦虫，他们和文学都像是有着婚姻关系，尽管他们也有不羁的一面。就像何塞·米格尔·奥维多说的，"放荡不羁"这个词不是说一个人纵欲无度，而是指他们是"敢于挑战上帝的人"（Oviedo 2007：34）。两位作家不仅敢于挑战上帝，甚至敢在各自的虚构文学作品中杀死上帝。不羁之人和小说家之间有某种一致性，那就是敢于弑神。此外，巴尔加斯·略萨还坚称作家是下意识的反抗者，他们对生活的感知和其他人是不一样的。在这位秘鲁作家看来，人类总是憧憬不一样的人生；而小说家是唯一能够通过自己笔下的人物拥有不一样的人生的人。对他而言，这就是虚构文学的作用：给予人类他们没有的东西；把他们的梦想和渴望变为现实。作家是篡改现实的被遗弃、被误解之人，是弑神者：他们杀死上帝，自己化身为造物主。

写作经验的积累促使巴尔加斯·略萨深入思考作家在社会中的角色以及如何在社会中表达自己的思想。他对这些问题的反思也出现在那本博士论文中，正如我们所言，他不仅分析了加西亚·马尔克斯的诗学，还解释了他对作家职业的看法；那些文字可以帮助我们更好地理解秘鲁作家精妙复杂的小说作品。对于巴尔加斯·略萨而言，文学创作的过程就像是穿衣服：作家在写小说时，按照他脑海中想象的多彩服装来逐渐往那具开始时赤裸的躯体上添加衣物和装饰物。这一过程既复杂又精细，有时作家本人都辨识不出最终的写作成果和笔下的人物及世界哪些是和预想的一样。巴尔加斯·略萨在《弑神者的历史》中做的是把加西亚·马尔克斯作品身上穿的衣物一件件脱去——技巧也好，主题也罢。因为小说家没有选择它们的自由，是它们选择了小说家。也就是说，他们去写某些事情是因为那些事情曾发生在他们身上。因此，巴尔加斯·略萨在那本书的开头部分，"作为逸事的现实"，描写了加博的生平、性格，以及这些经历是如何滋养他的文学创作的。加西亚·马尔克斯被刻画成天才般的人物，有着非同寻常的艺术天赋，可以从自己的童年生活中不断汲取写作灵感——童年时期他住在一栋充满幽灵和亡魂的大房子里。那栋大房子里的所有人和物，包括加博的家人，都非同寻常：

《百年孤独》的读者们很不习惯书中的人物用同样的名字；几年前，当我发现他的一个弟弟也叫加夫列尔时，我感到很惊讶。加西亚·马尔克斯本人是这样解释这一点的："你看，这是因为我是12个兄弟姐妹中的老大，我12岁就离开家了，直到读大学的时候我才回去。那时我的弟弟已经出生了，我妈妈这样说道：'好吧，

·我们失去了第一个加夫列尔，但是我希望在家里能有一个加夫列尔……'"（Vargas Llosa 2007：125）

加西亚·马尔克斯作品的诗学奥秘就隐藏在他的童年生活中，在进行过大量研究后，巴尔加斯·略萨慢慢总结出了自己的观点："作家不创作主题：他会从现实生活中借鉴它们，这些生活经历会扎根在作家的灵魂之中，迫使作家想尽办法把它们写出来。"（Vargas Llosa 2007：225）马里奥提到加博时说道："他一次又一次重复说：'他写作只是为了让朋友们更喜欢他。'看上去就像是在开玩笑，可其实他说的是真话，他是在体会到孤独的那天决心当作家的。"（Vargas Llosa 2007：190）他感到孤独，于是开始从现实中搜索、寻觅灵感，因为文学创作靠的不仅仅是创造，也是转换，把主观化的某些内容转换成客观现实层面的东西。加西亚·马尔克斯和西塞罗一样，都清楚"没有朋友地活着不算活着"。

那部作品中研究加西亚·马尔克斯虚构文学作品的部分题为"小说家及其魔鬼"。在这部分中，巴尔加斯·略萨把加西亚·马尔克斯描绘成了弑神者或是上帝的替代者。使用"弑神者"这一宗教用语是因为巴尔加斯·略萨认为写作本身就是关乎创造和毁灭的辩证法。不过使用弑神者和作家的魔鬼这种表达却冒犯了一些作家和评论家。我们在下一章节中会重点介绍的安赫尔·拉玛就是最早批评那种意象陈腐、保守且不准确的人之一。接下来表达不满的是埃内斯托·萨瓦托，他指责巴尔加斯·略萨剽窃了他的思想。这位阿根廷作家坚称巴尔加斯·略萨笔下的"魔鬼"就是他笔下的"幽灵"，他在多年之前就提出过类似的理论，只不过用的是"幽灵"这个词。安赫尔·拉玛在1972年时也指出了这种一致性："埃内斯托·萨瓦托管它叫'作家及其幽灵'，巴尔加斯·略萨管它叫'小说家及其魔鬼'，其实都是一回事，而且还是开了倒车，把我们又带回到神学领域去了。和阿根廷作家一样，巴尔加斯·略萨表述的语义也很不精确，他没有给出确定的评论定义，而是采用了隐喻的写法。巴尔加斯·略萨认为要采用传统的观念来判定作家进行文学创作的过程，追根溯源地寻找文学动机，探究他们为何选择成为作家。"（Rama 1972：7-8）再晚些时候，1974年1月，布里塞·埃切尼克给巴尔加斯·略萨写了封信，在信中提到了这一话题，正如我们所知，他的文字还是一如既往地充满优雅和自信：

> 我最近给萨瓦托和奥内蒂做了专访。效果都不错，尤其是奥内蒂那场。奥内蒂真是太随和了，讲起福克纳、塞利纳来像个口若悬河的"大话王"，但又夹杂着些忧郁的气质。带这些采访的那几期只要一出来就给你寄去，我已经给他们说了。奥内蒂提到你时非常亲切。至于萨瓦托嘛，我觉得他似乎对"文学爆炸"没什么好感（尽管这也算是老生常谈了）。他似乎认为有人在针对他。他觉得自己不该受到这种对待。他认为你的《弑神者的历史》里的一些观点来自他的《作家及其幽灵》（*El escritor y sus fantasmas*）。最后，他用父辈的口吻对我说："如果你见到巴尔加斯或是给他写信的话，请告诉他如果他路过布宜诺斯艾利斯的话，我想和他一起喝上一杯，因为他是个不错的小伙子，而且是个出色的小说家。"
>
> 这里没人知道该站在哪边。一边是左翼共产党，一边是极端左翼分子，他们都不尊重现实（右翼也是一个德行）。枪械就是他们解决问题的方式。而我们这些形单影只、无党无派的捣乱分子只是少数。（Princeton C.0641，III，Box 4）

阿尔玛斯·马塞洛也在他撰写的那本巴尔加斯·略萨的传记中提到了那次争议：1977 年，埃内斯托·萨瓦托因 10 月 12 日[1]的纪念活动到拉斯帕尔马斯做讲座，他对阿尔玛斯说："你的朋友巴尔加斯·略萨，那家伙毫无羞耻地剽窃了我在多年之前写的东西，我写那些的时候他还没出生呢。当然了"，他盯着一脸震惊的我说，"他把那些换了个名字，他管那叫'魔鬼'，但是那些想法我早就谈过了，而且比他早得多地写了下来，只不过我管它叫'幽灵'"。他指的是他写的《作家及其幽灵》，那本书确实要早于巴尔加斯·略萨写加西亚·马尔克斯的书，阿根廷小说家认为巴尔加斯·略萨剽窃了他的想法，但是却没有明确地写出引用信息。（Armas Marcelo 2002：127）后来，阿根廷作家忘记了巴尔加斯·略萨的"魔鬼"身上的"幽灵"，而马里奥也从萨瓦托的"幽灵"身上的"魔鬼"手里逃了出来，一切都变成了一桩有趣的逸事。1980 年 4 月 30 日，萨瓦托给巴尔加斯·略萨写了封信：

> 亲爱的马里奥，我很高兴在经历了众多波折之后，我们能够交上朋友，你给我写来的信中满是慷慨之词。世事艰辛，我们这些为数不多的倾力对抗极权主义的拉丁美洲作家——不管那种集权的表征是什么——一定要紧密团结在一起，有的人已经行动起来了，我们别无他法。我一直认为你是用这门语言写作的最重要的作家之一，你能在面临重大问题时和我们站在一起，这太重要了，毕竟此时此刻，我们这片大陆就面临着诸多重大的问题。（Princeton C.0641，III，Box 19）

---

[1] 哥伦布"发现"新大陆的日子，也是西班牙的国庆日。

那时，巴尔加斯·略萨在文学和政治方面的立场已经表现得很明确了。《弑神者的历史》已经表明秘鲁作家坚持和社会现实保持紧密的联系。巴尔加斯·略萨抗拒小说家应该独处的想法，不认可小说家应该打断和外界的联系，在自己的小天地中进行创作的观念（晚年的普鲁斯特就是这样做的），把自己关在象牙塔里也不行（许多现代派作家都是如此）。对他而言，和现实切断联系就意味着疯狂，意味着逃遁文学（文学永远无法真正做到逃避万物），这些都是他抗拒的东西。在巴尔加斯·略萨的诗学理念中，或者说在他对加博作品的解读中，文学和政治的关系占据着显要的位置。我们的这位作家不断强调文学和政治不同，文学不能被现实束缚，而是要超越现实，然后传播到不同的地方和社会中去。文学不受现实问题的约束，但政治则不同——"当下、此处"是政治的关键词，它和人们的焦虑、困扰人们的现实问题有着千丝万缕的联系，它必须时刻关注可以驱动改善人类生活的事物。相反，在文学的领域中，没有什么要求文学作品必须做到这些，换句话说，我们无法确定《堂吉诃德》一定可以改善人类的生活，但毫无疑问它使其变得更多姿多彩了。《百年孤独》也同样丰富了我们的生活：马孔多的建成意味着乌托邦的建成。因此，在巴尔加斯·略萨看来，这是一部全景小说，在这片文学乌托邦的土地上不仅有魔幻、神话-传奇和奇幻色彩，也有历史和政治、社会的要素。可是尽管存在诸多差异，巴尔加斯·略萨并不认为文学和政治是绝对不相容的，因为对他而言，写作就是通过故事来做出行动，这同样体现了社会责任感。

巴尔加斯·略萨认为存在着这样两种文学：一种文学与社会问题和政治问题毫无关系。马里奥认为这种想法把文学变成了纯粹的游戏和娱乐，这样的文学终将日益贫瘠，最终消亡。还有一种文学是 20 世纪上半叶兴起的介入文学，萨特是这种文学的领军人物，它认为词语即行动，作家通过写作可以参与到改变世界的行动中来：写作不是肤浅的行为，而是具有深刻社会价值的活动。一个很好的例子就是加西亚·马尔克斯的《百年孤独》，根据秘鲁作家的看法，这部小说完美地结合了作家的个人经历、世界上大多数居民的生活经验以及作家从大量阅读中获得的知识。马里奥发现，在加博的这部作品中，个人因素和社会因素达到了非同寻常的融合程度：童年居住的大房子、环境（热带景色）、人物、传说、历史、香蕉公司的重要作用及引发的暴力结局等。书中还可以看出众多文化层面的"魔鬼"：福克纳、海明威、索福克勒斯、弗吉尼亚·伍尔芙、拉伯雷、骑士小说、博尔赫斯、笛福、加缪等。秘鲁作家认为这本小说把加西亚·马尔克斯之前写的所有小说都变成了一种前奏，成为了一种集合概念的片段，是哥伦比亚人、诺贝尔文学奖得主的这部巨著全景性的体现。"《百年孤独》是一本全景小说，属于那种野心勃勃的巨著，能够与现实生活相媲美，将之转换成一种更具生命力、广阔性和复杂性的图像。"（Vargas Llosa 2007：533）

总之，巴尔加斯·略萨通过《弑神者的历史》想要表明，文学作品所展示的现实是我们可以体会和理解的；只不过要求我们进行积极的思考，对字里行间的秘密进行解码，它会改变我们，使我们不断进步。阅读小说会改变我们身上的某些东西，这不仅是针对作为读者的我们而言的，也针对作为人类的我们，阅读会使我们能够更好地理解我们生活的社会和这个世界。因此，巴尔加斯·略萨认为，通过读者，文学变成了一种行动，尽管我们无法一眼就看出这一点。这位秘鲁作家通过解读加博作品的诗学做出了行动，并且将之展现在更多的读者面前。伟大的文学会使我们发生非同寻常的转变，它会给我们展现出生活中最恶劣不堪的东西。伟大的文学作品，例如《百年孤独》，既会给我们描绘美好的世界，也会给我们刻画肮脏的世界，使我们能够拥有一种全景式的视野，来看清世上所有存在之物。巴尔加斯·略萨说过，文学会唤醒我们体内的某种意识，唤醒我们面对世界的缺陷时的反思和批评精神，能够指引我们生出改善社会现实的志向。这两位巨匠的文学使我们生活的世界变得更好了，正因为有了俏姑娘蕾梅黛丝、胡莉娅姨妈、绿房子和布恩迪亚家族，有了酒吧中的长谈和霍乱时期的爱情，有了天堂所在的街角和格兰德大妈们，这个世界才变得更加丰富多彩。更加丰富多彩的还有文学友谊，谁能怀疑马里奥和加博的文学素养呢？谁又能怀疑他们是文学上志同道合的伙伴呢？他们的友情完全符合西塞罗对友谊的第一条定义："唯一能对朋友提出的要求就是真诚，而你应该对朋友保持的也同样是真诚。"

6. 纸上对决：杂志中的"文学爆炸"

在60和70年代，拉丁美洲的文学作品不仅在政治思想层面上得到了认可，还获得了广泛的读者。在那段时期，大量读者青睐拉丁美洲文学，关注拉美作家之间的论战，此外，在拉美各国新出现了众多出版社，文化活动数量也有了显著增加。这种氛围也促使诸多高水平文学刊物的出现，这些刊物组织国际性研讨会，试图抹去这片文学大陆的国家界限。那段时期有一系列重要会议召开：1962年1月，智利，康塞普西翁大学会议，组织者是贡萨洛·罗哈斯。我们在前面已经介绍过那次大会了。在那次会议上，许多知识分子结为好友、组成了同盟，例如富恩特斯和莫内加尔，《新世界》杂志第一期对此有记载。1965年，"哥伦布中心"主办的会议也是一样。再晚些时候，到了1966年，国际笔会在纽约举办了第十四次会议，大批重要拉美作家前往参会：卡洛斯·富恩特斯、巴尔加斯·略萨、巴勃罗·聂鲁达、尼卡诺尔·帕拉[1]、罗德里格斯·莫内加尔、奥内蒂、奥梅

---

[1] 尼卡诺尔·帕拉（Nicanor Parra，1914—2018），智利重要诗人。

罗·阿里希斯[1]、维多利亚·奥坎波、阿罗多·德坎波斯[2]、吉马良斯·罗萨[3]等。聂鲁达的出现是最受热议的，尤其是古巴人，他们专门写了一封抨击智利诗人的信。不过古巴方面同时也指责大批拉丁美洲作家和评论家出席该次会议的行为，给他们贴上了"战败者"的标签，说他们和美国人合作，因为美国之前已多次表示非常担心拉丁美洲知识分子在古巴革命的影响下有日益激进化的危险。吉尔曼（Gilman）评论道："如果说美国给一些左翼人士发了签证，那这种做法的目的可能有两个：要么是这些人已经不再是左翼人士了，要么就是东道主希望从他们出席会议这件事上得到某些好处，聂鲁达无疑属于后者。"（2003：125）人们还议论说那些作家参会是想获得某些好处，对此，古斯塔沃·萨因斯[4]曾经说过这样一番话："国际笔会的工作包括负责奥内蒂、穆莱纳、巴尔加斯·略萨译本的销售，管理奥梅罗·阿里希斯的古根海姆奖，经营萨瓦托和聂鲁达作品的版权。"（Gilman 2003：133）相反，加西亚·马尔克斯决定不参加这次会议。在1967年3月20日写给马里奥的信中他解释了做出这一决定的原因：不能从写作中抽身，如果他在哥伦比亚待上半个月的话，《百年孤独》就得延后半年才能写完。"太不划算。"加博说道。不管怎么说，我们已经知道这位哥伦比亚作家本来就不喜欢参加会议或是在杂志上露脸。我们之前曾提到过，加博曾经说过这样的话："因为我认为作家的处境无法靠开会改善，而得靠背着枪

---

[1] 奥梅罗·阿里希斯（Homero Aridjis, 1940— ），墨西哥诗人、小说家。

[2] 阿罗多·德坎波斯（Haroldo de Campos, 1929—2003），巴西诗人、评论家、翻译家。

[3] 吉马良斯·罗萨（Guimarães Rosa, 1908—1967），巴西著名小说家。

[4] 古斯塔沃·萨因斯（Gustavo Sainz, 1940—2015），墨西哥小说家、评论家、记者。

进到大山里去。"

1970年，在委内瑞拉的蓝港（Puerto Azul）举办了第三届拉丁美洲作家大会，不过和之前几场会议相比，这次会议引起的反响并不大。作家群体分裂的阴影以及帕迪利亚事件乃至古巴革命的问题，都影响到了"文学爆炸"作家团体，因此在70年代举办的会议和研讨会的质量和成果都不尽如人意。不过在报刊媒体上，情况则截然相反。刊物毫无疑问已经变成了表达政治和社会观点的主要阵地，它们同时还推动了作家之间的讨论和行动。因为"文学刊物一方面汇集了现代主义美学思想，另一方面又集合了众多传统思想。最后，这些刊物就变成了积极介入社会生活的知识分子交流看法的空间。从某种层面来看，它们变成了一块象征空间、一种背景或是一个目标。这种目标的名字就叫拉丁美洲"。（Gilman 2003：78-79）这块大陆和这里的文学在国际上引起了空前的关注：1968年，《泰晤士报》文学副刊中写道："对*世界*文学做出最重要贡献的是拉丁美洲文学。"（Gilman 2003：92）那一年，加西亚·马尔克斯的辉煌巨著《百年孤独》已经出版。正是众多文学刊物使小说在出版前就已经声名远播了。加博在当时最有名的刊物上陆续发表了小说的一些片段和章节，逐渐引起了读者的注意。秘鲁杂志《阿马鲁》（*Amaru*）上出现了"俏姑娘蕾梅黛丝·布恩迪亚升天"的段落，那也算加博本人最喜欢的场景。1967年3月，加博在一封写给马里奥的信中说道：

> 我觉得《阿马鲁》是个很棒的杂志，不过我并不惊讶它找不到合作者来推出第二期。支持这种事业的人并不多。我从不敢对威斯特法伦说出我的真实想法，我觉得《阿马鲁》最大的问题就是指

导思想不明确，不只是政治层面的，也是美学层面的。相反，可能这么说会冒犯到南美出版社的虚荣心，我很惊讶地看到秘鲁的朋友们写出了一系列特别棒的评论文章：奥维多、罗亚伊萨、西斯内罗斯、帕切科、奥坎托。我认为在拉丁美洲很难再找到一个国家能汇聚如此之多的评论大师了，那本杂志的未来就在他们身上。总而言之，他们才是顶梁柱。（Princeton C.0641，III，Box 4）

在《新世界》杂志（"马孔多的失眠症"）和《前进》杂志（"马孔多洪水"）上也可以读到加博那本万众期待的小说的片段。1964 年，后一本杂志已经请安赫尔·拉玛把加西亚·马尔克斯介绍给了拉丁美洲读者。当时加博还默默无闻，但乌拉圭评论家却把他描述成了这块大陆上最优秀的作家之一、伟大的革新者、"本大陆新的艺术表达形式的发明人"。"因此那本小说已向全*世界*证明了它的独特性。读者们是把《百年孤独》当作拉丁美洲虚构文学的绝对范例来读的……小说最终于 1967 年 6 月中下旬面世（出版后的第三周就登上了畅销榜首）。"（Gilman 2003：100）可以说，文学刊物是组成拉丁美洲"文学爆炸"这一"黄金打字机"的重要部件。

拉玛和巴尔加斯·略萨：《前进》杂志中的论战

《前进》是 1939 年创刊的乌拉圭杂志，1974 年因遭到独裁者封杀而停刊。卡洛斯·吉哈诺（Carlos Quijano）最开始是负责人，后来把位子交给了安赫尔·拉玛。这份杂志成为那片大陆上最重要的刊物之一，得到了众多优秀文人的助力：大卫·比尼亚斯、诺埃·希特里克[1]、马里奥·贝内德蒂、胡里奥·科塔萨尔、卡洛斯·富恩特斯和巴尔加斯·略萨。在 60 年代和 70 年代，这份杂志也是受人关注、涉及面广的知识论战和交流的舞台。第一场"纸上对决"开始于 1969 年，一直持续到了 1970 年，起因是安赫尔·拉玛写的关于哥伦比亚年轻小说家奥斯卡·科亚索斯（Óscar Collazos）的文章，题目是"语言的十字路口"。那篇文章引发了很大反响，甚至连当时最有影响力的两位作家，巴尔加斯·略萨和科塔萨尔，都专门撰文回应。这一系列文章后来被收入到了《革命中的文学和文学中的革命》(*Literatura en la revolución y revolución en la literatura*, 1971) 之中。争议的起因是信奉左翼革命理论的知识分子奥斯卡·科亚索斯指责"文学爆炸"作家们写的东西过于个体化和主观化，与社会现实联系不够紧密。他批评巴尔加斯·略萨、富恩特斯和科塔萨尔的文学作品与现实脱节，欧化严重，十分肤浅，和加西亚·马尔克斯的作品压根没法比，因为后者才是真正有社会责任心的作家。在科亚索斯看来，加博的叙事文学作品"完全反映了社会现实，哪怕是看上去最不可信的部分也展现出了哥伦比亚和拉丁美洲的现状，这片大陆终于第一次找到了描述自己的精准的表达方式"。

在科亚索斯看来，读者应该在文学作品中找到文学与现实之间清晰、直接的联系，他们要阅读地道的西班牙语美洲文学，这种文学以自己的国家为主题，要有积极意义。然而，科塔萨尔在回应中捍卫了自己"革命中的文学"的想法，可是这种想法并不被如科亚索斯这样的革命支持者和社会革命文学倡导者所接受。科塔萨尔和巴尔加斯·略萨倡导从结构和实验层面来革新文学。

---

[1] 诺埃·希特里克（Noé Jitrik, 1928— ），阿根廷评论家。

他们两人在《前进》杂志上发表的回应文章把科亚索斯逼入了绝境：他写的东西充满悖论和矛盾之处，而且更加与"现实"不沾边，那些文字只想着驱使作家们向古巴看齐，因为那是拉丁美洲唯一一个社会主义国家。也就是说，在科亚索斯心中，文学是为政治服务的，是从属于政治的。因此，巴尔加斯·略萨和科塔萨尔在各自的文章中都建议科亚索斯放弃文学，专心去搞政治，因为他已经成为了"中世纪专注于猎杀女巫的自觉正义的修道士"。不过那场论战真正有意思的地方在于，它把拉丁美洲知识分子之间的分歧和不同立场拖入到了决斗场中，那时有许多人把"介入文学"定义为服务国家的艺术工具，或是竭力捍卫军人的文学。

1972 年，在《前进》杂志上又掀起了另一场论战，这次论战双方变成了马里奥·巴尔加斯·略萨和安赫尔·拉玛。秘鲁作家在 1971 年把自己的博士论文《弑神者的历史》出版了，拉玛在那份乌拉圭杂志上写了一篇关于这本书的文章，题目是"魔鬼退散"。文章的开头对那本书的评价还是正面的：

> 这本马里奥·巴尔加斯·略萨神化他的同行加夫列尔·加西亚·马尔克斯的书实在令人吃惊。说它让人吃惊的原因有很多：犀利评论、摆脱套路、揭示出小说家的秘密；同时也因为一个小说家能在另一个小说家的作品上倾注这样多的心血，这在作家之间并不经常发生；还因为他的那些私人化的技术性分析，它们也证明了在巴尔加斯·略萨的"文学厨房"里，"烹饪材料"十分充足。（Rama 1972: 7）

可是接下来拉玛开始一点一点指出巴尔加斯·略萨的论文不合潮流，是偏浪漫主义的，更符合 19 世纪的审美标准，比起作品本身，巴尔加斯·略萨更关注作品的"心理源头"。此外他还强调说秘鲁作家在作品中使用的神学表达（作家可以化身上帝）对拉丁美洲作家并不适用，因为虽然他们生活在逐渐以制造业为主的新社会中，可是社会的基础还是生产劳动。这位乌拉圭评论家认为，文学作品，尤其是加西亚·马尔克斯的作品，应该被理解成一种"知识物体"，是来表达特定社会的需求的，而不是浪漫的非理性主义的产物，"作品并不是作家本人或是他心中魔鬼的镜像投射，而是作者、读者以及被自由解读的现实之间的和解，这种联系和意义只能借由组织起来的语言来实现"。（Rama 1972：10）但是巴尔加斯·略萨认为选择主题的原因是"魔鬼式的灵感"，而写作则将之"人化和合理化"；这种思想与秘鲁作家本人的诗学理念是契合的。因此拉玛最后提出这部作品本应改名叫"马里奥·巴尔加斯·略萨：弑神者的历史"。

巴尔加斯·略萨的回应很快就来了，他写了篇题为"撒旦归来"的文章，在文章中他表示，他明白自己正在打破"应该让作品自己为自己辩护的原则，而且所有作品都会遭受各种批评，反驳这些批评不仅毫无用处，而且有失风度"。（Rama 1972：13）他同时表示驱使他做出回应的原因是，拉玛是一位"值得尊敬的评论家"，而且他不希望自己的作品因此遭到误读。接下来他表示论文中"魔鬼"的概念与宗教层面上的魔鬼没有关系，它指的是"一些让人像着魔般的负面体验——这与个人性格和社会及文化特点有关——使得个体不满他置身其中的社会现实，这种敌意达到了极端的程度，让他生出了用语言来重构那一现实的野心。我承认使用'魔鬼'这个词不够准确；我没有使用'着魔'来表达恰恰是因为不想采用传统的对作家志向的心理学解释"。（Rama 1972：13-14）

巴尔加斯·略萨承认自己提出的并非科学式或是结论性的理论，而且也不是他的首创，那些理论只是从他本人的作家经验中总结出来的。他所做的是从自身出发（朋友就是第二自我）来思考加西亚·马尔克斯的创作，他认为"魔鬼"并不仅仅属于个体，也带有社会和历史色彩。他坚持认为作家不仅是弑神者，也是生产者，说加西亚·马尔克斯是弑神者并不意味着就否定了他身上所拥有的上述第二个特质：这两个概念并不互相矛盾，而是互为补充。前面一个概念（弑神者）指的是文学中的"个体问题"（作家的反抗），而另一概念（生产者）则关乎社会问题。无论如何，他坚持声称："作家无法去选择那些魔鬼，但是却可以选择对待它们的方式。他们选择不了自己志向的起源，但是可以决定作家生涯的结局。"（Rama 1972：20）就像梦一样：我们无需对梦境负责，把我们对它们的理解说出来就好。总之，巴尔加斯·略萨坚持捍卫他全景文学的理念（而拉玛则坚持社会文学的理念），他认为文学除了利用书写来重构这个世界之外，还应该包含所有的人类经验。为了证明这一点，他利用了拉玛的武器（拉玛信奉马克思主义），充分展示了他对马克思主义"物质存在形态"之间"动态的相互作用"等知识的掌握，以此暗示拉玛对他论文的批评的真正原因是他没有运用"卡尔·马克思的美学思想"（Rama 1972：19），而且也没有引用欧洲左翼先锋派知识分子的作品。

拉玛并没有保持沉默，他充分利用了自己的辩论回合，发表了另一篇题为"魔鬼的终结"的文章，在里面再次强调了他的"朋友马里奥·巴尔加斯·略萨"关于弑神者的论文的"形式"带有明显的19世纪色彩，指出那本论文有严格的结构布局和仿古风格，并且与历史循环论及浪漫主义传记风格有一定的联系，

"他按照传记形式组织事件，让它们围绕在历史框架四周，按年份顺序进行分析，把个体和世界对立起来，最后再把关于风格的一个章节扣在它们头上"。（Rama 1972：24）拉玛继续解释说他对这本书的批评并不源自这本书中的错误，"而是因为它所体现的理念已经被超越了，时至今日再推出这样一部作品是对拉丁美洲文化向着更加理智的方向做出的努力的伤害，而这些努力是与我们社会的转型息息相关的"。（24-25）乌拉圭评论家依然担心秘鲁作家的论文会引发巨大反响，使他担心的原因是其中蕴含的过时的理念和对虚构文学创作的非理性分析，他怕这本书会误导年青一代，甚至伤害拉丁美洲文学。他还引用了《弑神者的历史》第二章中的一段话来佐证他的观点，以请作为法官的青年作家证明他的阅读感想没错。拉玛这样写道：

> 完全是个人主义的，缺乏从社会视角对作家及其作品的分析，这本书受困于个体特性之中，甚至连它的起源也是如此……巴尔加斯忽略了作家并非是脱离社会独自存在的个体，他从属于社会群体之中，属于某个阶级、某场运动，他不是唯一一个和这个世界的缺陷做斗争的人，他是有同样受困于此的同伴的。此外，作为集体中的一员，作家必然受到他国家的文化、时代特征、社会因素的影响，他也必然会从自己对应的国家、历史、群体和阶级层面出发参与到社会发展事业中，所以作家表达的东西不该是完全个体化的，而只应该从"社会"的角度去定义。（Rama 1972：29）

两种敌对的姿态已经表现得很清楚了："我"对抗"我们"，个体文学对抗社会文学，个人与世界的冲突。因为在拉玛看来，巴尔加斯·略萨选择的浪漫修辞源自他非理性的文学思想，也源自他对坐在桌前写作的作家工作的高度评价，只不过其中有很多模糊之处。随着文章的深入，拉玛的论据逐渐丧失了说服力：他批评巴尔加斯·略萨研究作品脱离了意识形态和作家在社会以及阶级结构中的作用，又一次强调了巴尔加斯·略萨的复古文风，指责说"文学创作的个体作用对于解决拉丁美洲转型阶段的社会问题没有太大帮助"。（Rama 1972：36）在文章末尾，他提及作为小说家的巴尔加斯·略萨，请读者们不要相信他的论文，而是把注意力放到他具有现实主义风格的虚构文学作品上去。

不过那场论战没有到此为止。巴尔加斯·略萨又以题为"别西卜的复活或不同的创作理念"的文章进行了回击。这次马里奥首先称赞了拉玛的上一篇文章，认为它比第一篇更加有趣："所有这些都意味着进步，而且很可能这次的文学讨论会'卓有成效'，也就是说，把我们之间的分歧明明白白地展现在读者面前。我现在写的东西也是为了实现这一目标，同时我还要改正拉玛在阅读《弑神者的历史》时做出的一些误读（之前我还在担心他是出于恶意，不过现在我认为他是出于好心）。"（Rama 1972：39）巴尔加斯·略萨又一次提到了"误读"：阅读上的理解错误以及"不完整的"摘抄。因此他决定拨开那片影响拉玛正确阅读——或者按照他的创作意图阅读——该书的阴云。他首先驳斥了拉玛指责他用那本书来腐化年轻作家的说法。他斥责了拉玛，进而再次对言论自由进行了捍卫："'年轻作家们'面临的真正危险不是阅读错误的文章，而是失去犯这种错误的可能性，有的人，哪怕聪明如拉玛，也忍不住要替别人决定哪些是他们该知道的'真相'。我认为在对待这些'可塑的年轻作家'方面，我们该做的不是监视他们读了什么书，而是要不断提醒他们去坚持自我，去

变得不那么'可塑'，去学会在面对比他们年长的作家时也不放弃批评的态度。"（Rama 1972：40）

巴尔加斯·略萨精彩地将阅读选择问题引向了言论自由方面。他认为约束阅读是独裁行径：*官方指定哪些东西可以读，哪些东西不能读*。这位《城市与狗》的作者认为拉玛犯下的最大错误，是认为他在"论文"中表达的理论一视同仁地覆盖了所有的艺术和文学形式。巴尔加斯·略萨在书中指出，小说家是很特别的，他们有一些有别于其他艺术和文学形式的特点，而这正是他在《弑神者的历史》一书中想要研究的东西。小说家的特点之一就是个体性，因此生平材料对于展示作家虚构作品的创作机制而言十分重要，关于作家生平的信息可以展现出该作家的个人、历史和文化经验。巴尔加斯·略萨指出，他的那部作品仅限于研究小说，而不涉及其他文学体裁：

> 用文字来表达人类现实，以否定的态度来刻画这个世界，解构它进而重构它，小说就是这样来灵活地实现弑神行为的，主导这一行为的人是上帝的替代者。这最早出现在西方，出现在中世纪，那时信仰已死，人性即将取代上帝成为理解生活的工具，成为社会政府的执政依据。西方是唯一一个杀掉自己的神，再用其他神来替代他们的文明体，马尔罗曾这样写道：那一罪行带来的后果就是小说的出现，这是替代上帝的小说家们弑神行为的产物。这种体裁出现的时间最短，却也最有吸引力，同时还是最世俗化的文体：它并非诞生于信仰时代——那时信仰还是人们用来解释和评判人类现实的最有力的工具，而是诞生在充满敌意的混乱时期，在那个时期，神灵已化为碎片，而人类则刚刚解放了自己。
> （Rama 1972：43-44）

在巴尔加斯·略萨的诗学体系中，宗教的重要性是不可否认的。他认为小说是世俗的文体，然而小说家则应该是"有信仰的人"，进而承担起创造者的责任。不仅如此，"恰恰是在社会处于危机之中的时候，文学的宗教特性、救世主特性才能体现出来，那些大胆的、'全景式'的小说才可以被构思出来。稳定社会中的小说，或者说在不受威胁的历史现实环境下——那种依然由社会信仰支撑着的现实——创作出的虚构文学作品（否定式的文学）通常会充斥着讽刺、形式游戏、理智主义或是虚无主义。这些特点揭示出了创作者在面对现实时的退让态度。他们不敢成为上帝，不敢和现实进行面对面的斗争，不去尝试创造和现实同样广阔和复杂的世界：他们对自己的能力没有信心，他们认为这项事业是天真且不理智的"。（Rama 1972：45）在拉丁美洲社会中，文学已经化身成了一种宗教，怀揣信仰的人们将之付诸实践，那种勇敢而全面的写作，或者说文学，就是另一种宗教，而作家们则变成了创造世界的上帝。但是巴尔加斯·略萨不认为作为拉丁美洲人或者推崇拉丁美洲就意味着要无条件地捍卫那种"并不完美的社会现实"，他认为只有勇于改变拉美社会弊端才算得上真正的拉美人。同时他还表示，作家不能仅靠某种"信仰"去写作，也要依靠那些使他们"着魔"的东西。拉玛是本土主义者，而巴尔加斯·略萨则接受过多种文化的熏陶，因此后者猛烈抨击了拉丁美洲左翼的教条主义：

> 因此理应再次强调：在我们这些国家中，社会、政治和经济自由都是我最希望能实现的，可是如果没有思想自由的话，我们就无法真正完整地获得上述其他自由。我们的社会应该允许各种各样的思想存在，不能只欢迎和尊敬天使，也要接受恶魔的存在，这也

是为了保证一种平衡，因为哪怕是天使，如果不受控制的话，最终也会化身成奥克塔维奥·帕斯所说的我们这个时代的疫病：集权瘟疫。（Rama 1972：54）

在总结部分，巴尔加斯·略萨特别强调了小说的创作过程本身就是个体性的，因为只能由个体来完成，而且只有作家本人可以在作品中给自己驱魔。那么好了，作家心中魔鬼的存在是源自糟糕的现实生活，因此小说家的写作本就属于"公共行为"，既不主观也不自私。巴尔加斯·略萨从"我"出发，在最后收网时落到了"我们"的概念上。

那场精彩论战的最后一次回应来自安赫尔·拉玛，他发表了文章《对马里奥·巴尔加斯·略萨的第二次回应》。这第二次也是最后一次回应，是关于拉丁美洲作家在新社会中应该具有怎样的素质，该怎样参与新社会建设、加入到新的社会转型计划中来等问题的。经验老到的拉玛在这篇文章中的语气更加犀利，他批判了巴尔加斯·略萨的姿态是秘鲁的"好孩子""绅士"。他用极具攻击性的口气不加掩饰地说道："我希望我们不要再说客套话了，读者也会感到烦的，就直接跳到我们的分歧上来吧。和你的观点不同，我认为论战有积极的作用，所以我接受进行这场论战。"（Rama 1972：58）他甚至使用了何塞·米格尔·奥维多的话来反驳巴尔加斯·略萨弑神论文的单一性："为什么只有写小说才是弑神行为，才是替代上帝？作画、写诗、谱曲就不行吗？你的'理论'本可以包含更多东西，但事实是它只包含了一点。"（Rama 1972：70）他继续说道："我认为那本书的作者只把内容限定在'叙事文学'上的做法是再次否认文学对历史和文化时期的依赖，它们带来的影响是整体性的，不仅限于某种文体之中。"

（Rama 1972：70-71）

接下来拉玛逐条引用并反驳了巴尔加斯·略萨上一篇回应文章中的观点。总之，他继续攻击秘鲁作家，坚持自己的社会责任原则，强调拉丁美洲知识分子的新角色。而另一边，巴尔加斯·略萨则依旧坚持他在诸多场合提及的作家思想的自由和独立性观点。事实上，巴尔加斯·略萨在他的博士论文中结合创作过程，从负面、暴力、艰涩的修辞出发，分析了写作行为。他的论文不针对所有小说家，而是专门研究一位小说家，即加西亚·马尔克斯，正如帕伦西亚－罗斯所言，那本书比起文学创作来更像是一本回忆录，因为记忆是那本书的内容的重要来源。哥伦比亚作家本人也很快就发觉了记忆在他写作生涯中的重要性，相反，巴尔加斯·略萨认为作家只有在艺术层面成熟之后，他的记忆才会在虚构作品中扮演真正重要的角色。（Palencia-Roth 1990：353）因此，他为加博写的书更是一种倡议，一种革新，一种保留艺术记忆的意愿。但是随着时间的推移，巴尔加斯·略萨本人的文学也将依赖记忆，不是为了驱散记忆，而是为了把它们保存下来。也正是这种保存记忆、进行教导的想法推动了拉玛和巴尔加斯·略萨之间论战的出现，两人的相互回应具有极高的思想价值，也使得论战这种"可怕的地狱"变成了被广泛阅读的天堂。

"美洲之家"中不可能有"新世界"

1959 年 3 月，"美洲之家"成立，它成为古巴革命和拉丁美洲文化的一个象征。该机构成立不久，1960 年，同名杂志成为"文学爆炸"作家们进行文学交流的主要平台。该杂志主编开始是艾蒂·桑塔马里亚，后来变成了罗贝托·费尔南德斯·雷塔马尔，同任负责人还包括法乌斯托·玛索（Fausto Masó）和安东·阿鲁法特。"美洲之家"中最主要的思想家和战略家就是安赫尔·拉玛，他负责给该古巴机构提供政治建议和发展计划。实际上，《美洲之家》曾和《前进》杂志有过合作，它们组成了南美大陆上最具活力的文学刊物联盟，织出了一张作家间互相交流的文学大网。他们有的是从外国渠道获得杂志，有的则是靠朋友之间相互传阅。（Gilman 2003：83）实际上，那两本杂志都像是拉丁美洲新知识分子的碉堡，在上面发声最多的是三位伟大的文学思想家和文学理论家：科塔萨尔、富恩特斯和巴尔加斯·略萨。正如我们提到过的，加西亚·马尔克斯更倾向于远离这些文化圈子，把他的博学和广泛的阅读隐藏起来，因为他不想用大量知识的堆积、展示把读者弄得晕头转向。克劳迪娅·吉尔曼描述了这两本杂志的发展历程："1964 年是新叙事文学封神的一年：拉玛策划了第 26 期《美洲之家》杂志，里面包含了关于科塔萨尔、富恩特斯和巴尔加斯·略萨的内容，这三位作家，再加上何塞·多诺索和加西亚·马尔克斯，从那时起开始成为在该杂志上发表作品最多的作家，伴随着他们名字的还有罗亚·巴斯托斯、鲁尔福、奥内蒂和卡彭铁尔。"正如安布罗修·福内特（Ambrosio Fornet）所言："《前进》杂志和《美洲之家》杂志在那些年里促使拉丁美洲小说从模仿时期和有好的意愿却写出糟糕的作品的时期走了出来。"（Gilman 2003：89）

不过最有意思的并非这两种在意识形态层面上具有高度一致性的刊物的结盟，而是另一场由《美洲之家》杂志和《新世界》杂志主导的"纸上对决"。后者于 1966 年在巴黎创刊，主编是埃米尔·罗德里格斯·莫内加尔，主办方是拉丁美洲国际关系学院，该刊物主要关注拉丁美洲的创作事业。1968 年主办地迁到了布宜诺斯艾利斯，1971 年停刊。一方面，《前进》杂志的主编安赫尔·拉玛和罗德里格斯·莫内加尔的宿怨由来已久，主要是意识形态方面的分歧，不过他们的知识结构和对文学的喜好也大不相同。他们两人曾共同担任过《前进》杂志的主编；另一方面，《美洲之家》的主编雷塔马尔也对莫内加尔抱有敌意，因为后者允许美国机构出资资助那本巴黎刊物，而且莫内加尔似乎没有意识到自己受到了美国的操纵。就这样，拉玛和雷塔马尔分别在《前进》杂志和《美洲之家》杂志上发起了针对《新世界》杂志的攻击，拉玛决定将之称为"针对文化争议采取的行动"。

一切都始于 1965 年 11 月 1 日莫内加尔给雷塔马尔写的一封信，信中解释了即将由他任主编的那份刊物的办刊宗旨：他表明刊物的出版得到了文化自由大会（CLC）的支持，但是却不受该组织控制，他们已经许诺给他确定方向、选稿组稿的自由。甚至他本人也曾向该组织表达过和古巴知识分子合作的想法，因为他从没把古巴当作敌人。雷塔马尔给莫内加尔回了信，提醒他在这个文化自由大会里什么都有，就是没有自由——雷塔马尔向莫内加尔保证说该组织不会给他绝对的自由，最多就是在最初几期刊物中让他按自己的想法来做，为的是吸引读者，然后那本刊物就会变成一本反古巴、反拉美的刊物了。为什么？因为文化自由大会"是由美国政府资助的机构，是美国在文化领域推行冷战政策的表现之一。在 1954 年到 1965 年间，美国政府还资助了《笔记》杂志，那是一份带有反动性质的拉美刊物，总部设在巴黎。有了这些成功的先例，也就不难理解为何文化自由大会愿意资助莫内加尔和拉丁美洲知识分子来办文化刊物了"。（Sierra 2006：

4）于是莫内加尔再次给雷塔马尔回信，他对《美洲之家》不参与刊物合作表示遗憾，此外还重申了他的刊物所秉持的绝对自由原则。雷塔马尔在接下来的回信中表明了他对莫内加尔的话的不信任，此外还指责后者与文化自由大会合作并替它说好话。两人之间互通信件的行为持续到1966年4月（这些信刊登在了多期《前进》杂志和《永远！》杂志上），因为所有古巴知识分子以及大部分拉丁美洲知识分子都坚持认为《新世界》是假左翼刊物，它隐瞒了接受与美国中央情报局有关联的机构资助的事实。安赫尔·拉玛火上浇油，于1966年在《前进》杂志发表了题为"隐晦的猜测"的评论性文章，他在其中引用了几段发表在《纽约时报》上的调查报告，进行调查的团队由该报记者组成，那份报告揭露出中央情报局和一些国际文化机构之间的联系，这些机构"有但不仅限于美国机构"。（Sierra 2006：5）在那段时期，莫内加尔被描绘成受美国中央情报局操纵的评论家，在对方的压力之下妥协投降了，甚至有人指责他为反对古巴和拉美革命模式的敌人服务。尽管出现了各种舆论浪潮，《新世界》也并没有改变它对古巴的支持立场，而且该杂志的创刊号还是在1966年7月1日在巴黎出版了。罗德里格斯·莫内加尔在刊物首页上写了一篇"创刊词"，语言真挚，意志坚定：

> 《新世界》的宗旨是把拉丁美洲文化嵌入到现有的新的国际环境中……建立起一种文化对话机制，来打破民族主义、政党（国家内部的和国际的）、文学艺术壁垒的限制。《新世界》无意参与把拉美文化划归到对立阵营中的某一方的不合时宜的做法，因为那将造成对不同思想和观点流通的限制。（Sierra 2006：5）

在《新世界》创刊号中已经可以隐约发现它在看待拉丁美洲作家角色方面的思想立场：它反对《美洲之家》所倡导的知识分子和作家的立场原则，"那种知识分子只是以雷塔马尔、拉玛和福内特等人为代表的拉丁美洲左翼知识分子，他们不仅信奉政治信仰原则，还支持甚至参与革命；他们对帝国主义把文化中性化、去政治化的计划十分警惕。就像福内特在之前引用过的文章中所说的那样：'对于愤怒的知识分子，最好还是别和他们争论，而是好好吸引他们，如果他们继续坚持不同看法，那就给他们开点镇静剂，给他们打点疫苗，让他们消除那股怒火。'这种想法并不罕见；时至今日，在我们这些国家中，依然有人试图给知识分子打思想疫苗，用舒适药剂来治疗他们，把他们'升格'成中产阶级"。（Sierra 2006：9-10）

远在巴黎的莫内加尔提倡拉丁美洲主义统一化，他表达出一种史学性、说明性、概括性的，而非评论性的文化发展趋势。他给这种趋势树起了两面大旗，每一面大旗下都围绕着一群拉丁美洲重要知识分子：一边是已经名声斐然的卡彭铁尔、莱萨玛·利马、博尔赫斯和萨瓦托；另一边是声名鹊起的卡洛斯·富恩特斯、加西亚·马尔克斯、萨杜伊、卡布雷拉·因凡特和普伊格[1]。巴尔加斯·略萨和科塔萨尔与《新世界》保持了较远的距离，尽管在那份杂志上发表文章的作家五花八门：存在主义者、格瓦拉支持者、庇隆主义者、马克思主义者、自由主义者、先是支持古巴革命后来又与其分道扬镳的作家等。就这样，《新世界》"在这种文化和教育氛围中，变成了'交流'不同思想的阵

---

〔1〕曼努埃尔·普伊格（Manuel Puig，1932—1990），阿根廷小说家，代表作有《蜘蛛女之吻》《丽塔·海华丝的背叛》《红红的小嘴唇》等。

地，这与左翼的介入诗学理念是相悖的，后者只想（部分）展示那些具有革命视野的人物或主题。曼努埃尔·普伊格的作品就是个很好的例子，卡布雷拉·因凡特曾专门撰文评论他的小说作品中的情色因素，而何塞·莱萨玛·利马的出现则更是具有战略意义的"。（Morejón Arnaiz 2004：2）

　　不过《新世界》在设计方面，尤其是主题分类和细节描绘方面和《美洲之家》相比要更加保守，后者在这些方面更具革新性。莫内加尔对文学琐事、文学会议阴谋论（例如国际笔会的会议）和作家之间的对立关系等话题兴趣很大。此外他还喜欢对作家进行细致描绘，有时显得特别琐碎，例如他对巴尔加斯·略萨的描写："一位超凡的秘鲁绅士，没有一根头发是多余的，衣服总是熨烫妥帖，举止一贯彬彬有礼……"还有对加西亚·马尔克斯的描写，说他总是"穿着'蓝色牛仔裤'……长着一副墨西哥枪手的面孔，脸上满是褶皱，杂乱的卷发，留着尖尖的小胡子"。

　　最后，莫内加尔在第25期杂志上宣称那份杂志需要在拉丁美洲出版：他选择了布宜诺斯艾利斯作为杂志社的拉美总部所在地，并选择了奥拉西奥·丹尼尔·罗德里格斯（Horacio Daniel Rodríguez）作为负责人。奥拉西奥表示，从那时起杂志未来刊文的主题将会围绕拉丁美洲展开，而不是聚焦某些具体的人物。《新世界》公开反对古巴革命进程，尤其是在1968到1969年，这份杂志掀起了又一场关于拉丁美洲新小说的论战。引发论战的是伊格纳西奥·伊格莱西亚斯（Ignacio Iglesias）的一篇题为"今日小说家及小说"的文章，作者在文章中指责拉丁美洲新小说缺乏原创性，一味模仿外国作家，过分关注形式而非内容，脱离大众读者。显然，杂志收到了许多对伊格莱西亚斯文章的回应，因此在第 33 期上开设了"论战"专栏，专门刊登那些回应文章。其中最犀利也最引人注意的文章来自乌拉圭评论家费尔南多·阿因萨（Fernando Aínsa），他在文章中精彩地阐述：当下形式和内容已不再是独立的个体，新的"变化中的多样性"社会现实要求进行文学上的实验。这些文章（其中也包括吉列莫·德托雷的文章）进一步推动了针对文学作品销售成绩、大众反响、评论反响、小说在消费型社会中的位置等问题的讨论；就这样，《新世界》杂志逐渐显示出与古巴不同的文学态度：对于后者而言，文学只是一种托词，是边缘化的东西。《美洲之家》和《新世界》的历史不仅是两本杂志的历史，也是知识分子群体与两种极端意识形态的关系的历史，这种对立重构了左翼知识分子的文化空间，尽管结合和脱离都是慢慢出现的。（Morejón Arnaiz 2004：3）

雷塔马尔和拉玛的预料是正确的，《新世界》杂志也试图分化拉丁美洲知识分子群体。在创刊前的通信中，双方就表现出了在对知识分子看法上的分歧；这种分歧在此后日益明显，最后导致了帕迪利亚事件的发生。（Sierra 2006：12）然而不可否认的是，《新世界》和《自由》杂志一样，都是 70 年代最重要的文学刊物，1971 年到 1972 年，一大批声名远播的文人成为这两种杂志的撰稿人。《新世界》的地位问题是个有趣的话题，因为在那些年里，文学的政治作用都体现在纸面对决之中，《自由》杂志的态度是支持大洋两岸的知识分子团结在一起，希望强化西语文学在各个国家的地位。这份杂志的出版过程也被帕迪利亚事件打断了，那次事件实际上终结了所有的"纸上对决"，因为到那时候甚至连"纸"都没有了。有趣的是，那些与古巴革命政府保持最紧密关系的作家彼时是如何试图从《新世界》发起的论战中抽身出来的。在落款为 1967 年 2 月 21 日的信中，胡里奥·科塔萨尔给马里奥描述了他最近一次古巴之行，他说他在古巴不得不谈论莫内加尔、中央情报局和其他相关的事情。他在返回巴黎后把那些都写进了给巴尔加斯·略萨的信中：

> 如果你来巴黎的话，或者我时间充足的话，我们得聊一聊古巴；我在那边一直待到了 2 月 9 日，这次的见闻比我第一次古巴之行要丰富得多。返程后我很开心，因为我认为恶已经完全被善压制住了，而且那种善还在继续扩散之中。你看，连像安布罗修这样出众的人在深思熟虑之后竟然也会那样轻率地去评判富恩特斯，所以我认为我们出现在委员会中也等于是在帮助古巴朋友。我还得尽快和富恩特斯见一面，也让他考虑一下这个问题；我还得见见莫内加尔，不过我认为他可能不会感兴趣，毕竟这些日子有关他和中央情报局之间关系的"大揭秘"影响太大了。我觉得在这个事件后，古巴人对他的怀疑应该是压倒性的了。他们还怀疑世界青年大会的背后也有中央情报局的身影，而且奥萝拉之前还给他们做过翻译……我认为以后在这些领域咱们要更加谨慎行事了。
>
> 另：你肯定是"罗慕洛·加列戈斯文学奖"的得主了。真是太棒了；你可以有一段时间不用干活了，不用干活，不用干活。而我还得不停地写。可能吧。妈的。（Princeton C. 0641，III，Box 6）

我爱你，"自由"

1983 年，在西尔维奥·罗德里格斯的专辑《三折屏》中有一首叫"我盼你自由"（*Yo te quiero libre*）的歌曲。那时候在古巴已经没有人相信自由了，除了西尔维奥，他依然认为自己生活在"一个自由的国度，唯一能获得自由的国度"。在各种刊物中充满论战的那个时代，也依然有人认为古巴是一个巨大的空间，比这座岛实际的地理空间更大，这种空间是留给自由的。面对如此巨大的空间，很少有人理解为何一群和古巴革命事业紧密联系的知识分子会创办一份叫《自由》的杂志，因为看上去，自由这种特权只可能在古巴岛上存在。西尔维奥的那首歌是这样唱的：

> 我盼你自由，自由且拥有爱，
> 摆脱阴影，
> 但非太阳照射出的阴影。
> 我盼你自由，
> 就像你摆脱其他的苦难一般，
> 也摆脱我。

> 自由的灵魂是清澈的
> 只有振翅高飞时才会引吭高歌
> 飞翔和歌唱，那是自由。
> 自由生来无主，
> 我算什么呢，怎能抢走每个自由的梦。

> 我盼你自由，真心希望
> 你能饮甘露而止渴。
> 我盼你自由，真正自由
> 如自由之梦般自由。

自由生来无主，

我算什么呢，怎能抢走每个自由的梦。

我盼你自由，

就像你摆脱其他的苦难一般，

也摆脱我。

这是一首很棒的歌，它的旋律甚至比歌词还要动人。很遗憾我们只能在这里把歌词写出来，但是每个自由的人都可以在这个网址找到它：http://www.youtube.com/watch?v=BE6J_CjkWvY&feature=related，去听听这个很棒的版本吧。最真实的情况是，不管某些人怎样恼怒，"自由生来无主，我算什么呢，怎能抢走每个自由的梦"，正如西尔维奥唱的那样。如果说那些古巴当权者在听到他们的官方歌手的歌曲后还感到骄傲，还相信歌中所唱的内容的话，他们就不会对《自由》杂志做出如此多的限制了，这次他们无法指责这份杂志和中央情报局有什么关联，也不能说它是反革命行动的推进器。这份杂志的创办者们其实可以借用一下西尔维奥的歌曲名，只不过需要在"自由"前面加上一个逗号，再大写，用上斜体。如果说自由生来无主，为什么《美洲之家》要坚持声称自己才是真相和革命精神的代表？为什么他们甚至试图扼杀那些不仅没有反对古巴革命政府，甚至还公开支持它的人们的倡议？这难道还不足以证明他们，或者他们自认为，是可以随意抢走自由之梦的人？这就是历史的讽刺之处。

《自由》杂志还是创刊了，而且开始发声。在拉丁美洲文学在巴塞罗那发展得如火如荼的时候，当时住在马略卡岛的普利尼奥·门多萨感到十分失落，因为他赚钱不多，而且岛上的文化生活很枯燥，而他的朋友加博和马里奥则以成功的小说家的身份住在那座西班牙语文化之都。普利尼奥在一次拜访过他住在巴塞罗那的朋友们后显得心事重重，他的夫人在回程时注意到了这点，他们决定试着搬到巴塞罗那去。普利尼奥给他的朋友加博写了信，想让后者给他找份计件工作，写广告语或是做翻译都行，这样他就可以赚点安家费了。哥伦比亚人从来没有让他的朋友门多萨失望过，"在接到 SOS 求救信息时则更是如此"（Mendoza 2000：180），尽管普利尼奥通常都会表达得非常委婉。最后加博帮他成为《自由》杂志的合作主编，该杂志即将在巴黎创刊，涉及的主题都是与拉丁美洲有关的。

1970 年，支持古巴革命政府的众多知识分子聚集到了一起，他们对古巴政府的文化政策表现出了一致的担心，于是决定创办这样一份刊物。以一种批评式的视角来看待古巴革命事业是激励他们做出这一决定的动力，这种行动的目的还包括改善知识分子的处境，他们认为知识分子当时的状况并不理想。在主编委员会中不乏 60 年代与古巴有紧密联系的人士，不过这些人在 70 年代初开始针对古巴对知识分子自由的限制发出了批评的声音：阿里尔·多夫曼[1]、马里奥·巴尔加斯·略萨、何塞·多诺索、奥克塔维奥·帕斯、豪尔赫·爱德华兹、塞维罗·萨杜伊、克拉里贝尔·阿莱格里亚[2]、特奥多罗·佩特科夫[3]、安赫尔·拉玛、胡

---

〔1〕 阿里尔·多夫曼（Ariel Dorfman，1942— ），阿根廷－智利－美国小说家。
〔2〕 克拉里贝尔·阿莱格里亚（Claribel Alegría，1924—2018），尼加拉瓜－萨尔瓦多诗人、散文家、记者。
〔3〕 特奥多罗·佩特科夫（Teodoro Petkoff，1932—2018），委内瑞拉政治家、经济学家、记者。

安·赫尔曼[1]、恩里克·林等。问题的严重之处在于，刊物才刚刚创办，帕迪利亚事件就发生了，于是《自由》杂志出版了一期收录了大量相关信息的专题，在紧接着的一期杂志中则收录了一场伟大的讨论："自由与社会主义"。在文中签名的人大多是社会主义者或革命者，但他们同时也都是热爱自由的人，然而后一种情况在古巴政府看来却是一种冒犯。事实上，科塔萨尔和巴尔加斯·略萨在《美洲之家》杂志的一次会议上曾经请求该刊物给予新刊《自由》杂志以精神上的支持，然而古巴方面从一开始就对这份刊物抱有怀疑的态度。

普利尼奥记得自己刚到巴黎时，《自由》杂志的办公室位于一栋老旧的百货大楼里，十分吵闹，具体位置是在阿拉伯移民区里的比耶夫街（la rue de Bievre）22号，密特朗在当选法国总统前曾经在那里居住过一段时间。普利尼奥每天都和胡安·戈伊蒂索洛见面，后者是这份杂志的灵魂人物，是个永不疲倦的行动派，他们试图吸引最大数量的知名作家成为这份刊物的撰稿人。胡安已经搞到了来自一位神秘妇人的经济资助，她之前曾是萨特的一份报纸的保护人，在成为玻利维亚帕蒂尼奥锡矿的继承人后发了财。参加创刊筹备会的包括加西亚·马尔克斯、巴尔加斯·略萨、科塔萨尔、卡洛斯·富恩特斯和其他一些作家，当然还包括胡安，加博首先提议由普利尼奥出任合作主编。除了奥克塔维奥·帕斯之外，其他人员一致赞同，帕斯反对的理由是他认为加博的提议并非出自严肃的思考，而是为了帮助他生活困难的朋友。可是最终这项提议还是被通过了，于是普利尼奥再次收拾行囊，来到了巴黎。他一到巴黎就

---

[1] 胡安·赫尔曼（Juan Gelman, 1930—2014），阿根廷诗人。

必须和那位"夫人"（戈伊蒂索洛就是这样称呼她的）见面，她的真名叫阿尔比娜·德布瓦鲁夫雷（Albina de Boisrouvray），是个和普利尼奥想象中的年老贵族形象完全不同的人物。普利尼奥这样记录了自己和她的第一次会面：

> 我在巴克街（rue du Bac）102号找见了那幢房子，一楼充斥着打字机的响声；我后来找见了楼梯，这才上了楼，我打开楼下人给我指点的那扇门，然后觉得自己搞错了，我看到一个年轻、美丽、肤色微黑的姑娘躺在床上，因为感冒，手边放着一盒舒洁面巾纸，姑娘留着深色长发，大大的棕色眼睛闪烁着光芒。
>
> "你就是普利尼奥吗？"她用西班牙语问我，她的西语带着一点口音，但却不是法语口音，而是意大利语口音，没有喉音，更像是曼陀林的音乐声。
>
> 阿尔比娜是稀有的商业女性——如果可以这样称呼一位知名的女电影制片人的话，她的身上散发着一种脆弱且令人不安的女性气质。
>
> "浑身透着女人味"，加博有一次在我们三个一起吃饭之后这样向我描述她。没错，就像是她的皮肤上抹着一层蜜，大家都不知道这种气质源自何处，是因为她的身边有太多的拉美人，还是源自她美好的童年生活？总之她的身上没有工业社会中成长起来的欧洲女性身上的粗糙感。（Mendoza 2000：185-186）

在那些繁忙的日子中，阿尔比娜肯定给碧姬·芭铎打过电话，还约过阿兰·德龙。普利尼奥说她使用两个支票簿，和当时欧洲大批左翼人士一样，她对拉丁美洲有一种浪漫主义的憧憬，她曾为《新观察家》（*Nouvel Observateur*）杂志写过一篇关于切·格瓦拉之死的长篇报道，在看到杀死切的子弹时，她感受到了对"由中央情报局高层裁定的死亡"的恐惧（Mendoza 2000：187）。阿尔比娜开了一个账户，往里面慷慨地注入了大量资金，只要是杂志提出的请求，她一概痛快地签支票。这种友好关系维持了两年时间。后来拉丁美洲一批左翼人士的行径让她感到失望，她用充满惊恐的眼神望着普利尼奥，对他说道："你告诉我，为什么那些人要攻击我们呢？我们难道不也是左翼吗？"（Mendoza 2000：188）

1971年2月在巴塞罗那举办了一场讨论杂志走向的会议，普利尼奥、马里奥、胡里奥和加博都参加了会议。但是胡里奥的态度很保守，因为他不想表现出他是远距离向古巴文化政策说出"但是"的人。对于这位杂志编委会成员而言，这一切都并不轻松，每次这位阿根廷作家在办公室出现时都气喘吁吁，对此，门多萨这样写道：

> 《自由》杂志创刊前的几个月对胡里奥而言是最为艰难的，他很多时候会感到矛盾。我有时候也搞不清楚为什么他脸色和情绪会突然改变。他留着大胡子，戴着皮帽，穿着哥萨克式的靴子，我们这狭窄的办公室简直容不下他那巨大的躯体。他总是热情地和我们打招呼，我们都觉得面前的是一位长着娃娃脸的巨人，他的身上散发着友好和光热。可是在他亲切的话语和问候之下我们很快会触碰到一层难以解释的犹疑的苦涩硬壳，他总是会提出新的要求，在最后时刻加条件，还经常会威胁说要把他的名字从编委会人员名单中撤下。（Mendoza 2000：188-189）

尽管编委会通常会在科塔萨尔的要求下做出让步，可后者总

159

是会提出更多的修改要求，众人的感觉是他已经后悔开启这样一次冒险了。在创刊的每一个过程中，科塔萨尔都要求发表一份明确表示杂志内容不针对古巴革命的政治声明。普利尼奥怀疑科塔萨尔的那种咄咄逼人的态度，尤其考虑到当时他的人生已近黄昏，很可能是受到了他的第二任妻子乌格涅·卡尔维利斯（Ugné Karvelis）和与拉丁社和古巴政府有密切联系的阿罗多·沃尔（Aroldo Wall）的影响。最后，普利尼奥被迫写了那份支持古巴革命的声明，在正式发表前，科塔萨尔对声明进行了审核，修改了两个单词。不过，也有一些《美洲之家》杂志的坚定支持者们，例如大卫·比尼亚斯，从一开始就反对接受"科塔萨尔和巴尔加斯·略萨从欧洲带来的建议"（Viñas 1971：23）。

除了已经体现出矛盾冲突的创刊过程之外，吉尔曼还指出了杂志从出版之初就带有的某些"弱点"。首先，杂志选择在巴黎创刊，而那时正是关于旅欧拉美知识分子"属于欧洲"还是"属于拉美"的争论进行到最高潮的时候。其次，集中在一起的作家来自五湖四海，不仅有拉丁美洲作家，还有从佛朗哥高压统治下逃亡出来的西班牙作家（例如戈伊蒂索洛兄弟、赛普伦、巴斯克斯·蒙塔尔万等）（Gilman 2003：282）。不过，可能最让古巴人感到不适的是塞维罗·萨杜伊和卡洛斯·弗兰基[1]，古巴政府对他们的厌恶胜过对"不受欢迎的人"爱德华兹[2]或是佩特科夫的厌恶，后者脱离了委内瑞拉共产党，还批评苏联入侵捷克斯洛伐克的行径。而卡布雷拉·因凡特加入编委会则被视为引发古

---

〔1〕 卡洛斯·弗兰基（Carlos Franqui, 1921—2010），古巴作家。
〔2〕 豪尔赫·爱德华兹曾被智利政府任命为驻古巴外交官，但是由于他和古巴政府的分歧，被古巴宣布为"不受欢迎的人"，爱德华兹在古巴的经历被他本人写在了《不受欢迎的人》一书中。

巴革命政府不满的最终导火索。

正如吉尔曼所言，另一件惹怒古巴人的事情就是杂志反对"古巴革命政府中的知识分子严格的'反知识分子'态度，他们只接受那些同意依附于古巴机构或是由革命政府领导的组织中的知识分子"（Gilman 2003：285）。事实上，在创刊号中，杂志社的态度已经表现得很明白了，他们反对"强迫作家做政治表态"，"让作家要么当军人，要么当官僚"。杂志明确支持创作自由，而这在古巴被视为没有革命精神的表现，是最糟糕的资产阶级个人主义。但是《自由》杂志的编委们捍卫美洲多样化的社会计划，而不仅仅是古巴模式：他们也支持智利的阿连德政府、秘鲁的贝拉斯科·阿尔瓦拉多政府、佩特科夫的委内瑞拉争取社会主义运动（MAS）等。然而，雷塔马尔却在《凯列班》中把它与《新世界》杂志进行了比较：根据雷塔马尔的说法，《自由》杂志和《新世界》一样，都受到了美国中央情报局的资助（Fernández Retamar 1980：264），他还给出了接连出现的反对古巴革命政府的人员的名字：在莫内加尔之后，出现了富恩特斯们、因凡特们、萨杜伊们和戈伊蒂索洛们。雷塔马尔的同行们受到了不同程度的恶劣对待，可是他们的事业依然延续了下去：一份刊物死去了（1971年4月），另一份刊物诞生了（1971年9月），还有那些在巴黎继续奋战的人们。为前一份杂志撰稿的拉丁美洲最好的知识分子并不多，而在《自由》杂志中则多了起来，而且其中不乏曾与古巴有密切联系的文人，如科塔萨尔和拉玛，而且文章的质量也更好。另一方面，《自由》杂志默许作家既谈论文学，也谈论政治政策，这就保证了作家在革命教条主义的影响下依然可以保持独立性。

那么好了，看上去杂志的计划十分周全，参与的文人众多，而且各司其职，可是这份杂志却只办了两年时间，而《美洲之家》却在 2008 年推出了第 251 期，而且该杂志的网站上如今已经充斥着第一世界国家的新闻报道了。也就是说，《美洲之家》杂志就像卡斯特罗一样保持着健康，而他从前的敌人们却几乎死光了。最后一期《自由》杂志发表了一篇记录古巴文化官员在巴黎举办媒体活动的文章，试图以此来博取古巴政府的欢心。那些官员包括胡安·马里内略（Juan Marinello）、何塞·安东尼奥·波尔图翁多（José Antonio Portuondo）、辛迪奥·比铁尔等人。文章在提到这些人时说："他们的回答简明直接，他们指出革命政府不给予任何艺术形式以特权，也不强加任何东西给它们。在古巴，不存在什么官方美学。革命政府不要求艺术具有军事性质，只希望它具有高级别的艺术表现力。我们对艺术作品的希望不仅是提高文化产物的水平，还有让更多的人民群众能够理解它们。"（Yurkievich 1972：140）

那篇文章的作者，阿根廷作家、评论家、教育家萨乌尔·尤基耶维奇（Saúl Yurkievich）当时住在巴黎，他在总结古巴官员的讲话时说那体现出了革命政府对待作家、艺术家和知识分子的态度。可是那篇文章的最后几行文字，也是那份期刊的最后几行文字，也许触碰了无论是当时还是当下都被古巴人视为禁忌的话题：负面评价了岛上某些人员对《遇见古巴文化》杂志负责人和撰稿人的所作所为，根据那些人的标准，这份杂志也是受美国中央情报局资金支持的。阿根廷作家最后写道："现在还需要说清楚古巴与流亡拉丁美洲人的关系是怎样的。我绝对支持建立一种互相尊重的对话机制，从抨击转向分析，从脆弱的神经转向建设性批评，在尊重实践过程中出现分歧的情况下保持更大程度的宽容，以在某些原则问题上达成一致。"（Yurkievich 1972：142）

哈瓦那在第四轮进攻中击倒了巴黎，《自由》杂志再也没有推出第五期。最终，《美洲之家》从《自由》手中获得了自由，借用西尔维奥的句式来说就是："自由生而有主，而我*就是能*抢走每个自由的梦。"

7. "文学爆炸" 真正 "爆炸" 之时：
帕迪利亚事件

（第一部分：1968 年的文学奖）

　　有人认为"文学爆炸"只不过是商业操作的结果。尽管不可否认有商业模式的存在，但只是简单把它看成"文学爆炸"出现的唯一原因就过于片面了。"文学爆炸"是一种巧合，大批优秀作家、优秀作品几乎在同一时间出现，不过也存在着一种非文学因素——古巴革命，这一因素把这些作家联结到了一起，也给了人们在普通人中寻找英雄的理由。这也是我们这本书到目前为止一直在强调的因素。可是那种联系并非永久的。60 年代拉丁美洲知识分子们出席的大会、在古巴召开的和美洲之家文学奖或者《美洲之家》杂志相关的会议等，将为数不少的人们团结在了一项共同事业的周围。和世间所有的群体一样，这个群体也需要一些领袖。我们已经知道了这里的列侬和麦卡特尼是谁（卡洛斯·富恩特斯也和加博与马里奥一样是领军人物），不过群体里既有单纯又充满想象力的乔治·哈里森（胡里奥·科塔萨尔），也有利用其他人的名望进入团体之中的林戈·斯塔尔（何塞·多诺索），还有乔治·马丁（"甲壳虫"乐队的制作人）——他让众人声名远播，把他们变成了金字招牌（卡门·巴塞尔斯）。不过当时也有一些其他的"甲壳虫"，他们和这群"甲壳虫"中的多位都有过节，有时甚至还有比较深的矛盾，例如吉列莫·卡布雷拉·因凡特，自然还有另一些慷慨和善的"甲壳虫"，例如豪尔赫·爱德华兹。

时至今日，甚至还有人说那个团体中有一位小野洋子，她被看作破坏团队成员之间关系的罪魁祸首，也是让有史以来最美妙的流行音乐文化的历史人尽皆知的人物。在"文学爆炸"的历史中，这个"小野洋子"就是乌格涅·卡尔维利斯，胡里奥·科塔萨尔的第二任妻子。根据索莱达的兄弟、加博的密友普利尼奥·阿普莱约·门多萨的说法，她"反对一切理性政治，无条件支持古巴人，或者在所有事件中都完全同意他们的做法"，而且她还"在那时对胡里奥产生了巨大的影响"，"用的是她那阴暗的激情，有时候再加上几杯威士忌"，"耐心地在科塔萨尔那片纯净的心灵园地里播撒猜疑的种子"。（Mendoza 2000：190-191）不过可能还存在着别的"小野洋子"，而且更接近"文学爆炸"团体的核心。当然了，帕迪利亚事件无疑是最真实的"小野洋子"。

越位的前锋

对于诗人埃贝托·帕迪利亚[1]的批评之声从1968年就开始了，那种阴影一直延续到了1971年。我们发现，在那三年中，在各种聚会、会议、狂欢和孤独的时刻之外，还有一份苍白的"名人一览表"。"文学爆炸"的作家们终将摘下面具，没有什么

---

〔1〕 埃贝托·帕迪利亚（Heberto Padilla，1932—2000），古巴诗人。

还和以前一样的了，甚至连加博和马里奥看上去坚不可摧的友情也是一样。"文学爆炸"的血统开始显露出带有猪尾巴的一面了。1968 年，诗集《游戏之外》(*Fuera del juego*) 获得了胡里安·德尔卡萨尔诗歌文学奖，这是古巴最重要的诗歌文学奖之一。评奖委员会中有三位极负盛名的古巴诗人（莱萨玛、塔耶特和曼努埃尔·迪亚斯·马丁内斯）和两名外国作家——塞萨尔·卡尔沃（在古巴居住过一段时间且与古巴革命政府走得很近的秘鲁诗人）和 J.M. 科恩（加博、富恩特斯、帕斯、博尔赫斯和其他一些作家的英文译者）。于是帕迪利亚在当时受到了非同一般的认可，不仅是文学层面的，也是政治层面的。他和雷塔马尔、巴勃罗·阿尔曼多·费尔南德斯（Pablo Armando Fernández）、曼努埃尔·迪亚斯·马丁内斯等人一样，同属革命后第一代文人，也因此与政治事业有千丝万缕的联系。卡洛斯·巴拉尔在他的回忆录第三卷中对此有详细的记载，他是 1963 年初识帕迪利亚的，当时后者邀请他出任一家国有公司（他甚至称呼帕迪利亚为副部长）的负责人，那家公司主要经营图书和其他文化产品的进口工作。巴拉尔描述了自己在古巴度过的第一个夜晚，那里满是聚会，觥筹交错。在提到帕迪利亚时他是这样写的：

> 作家帕迪利亚则不一样，比起文学家来他更像是个政治家。从第一天开始他的所有表情都让我感觉是精心设计过的，在我们谈论合作细节的时候就像是在做外交协商。(Barral 2001: 603)

在一次又一次审核图书书目、与部长和官员开会及一起用餐后，帕迪利亚带着巴拉尔参观了新建的公共设施、作家协会所在地、奖学金获得者的宿舍以及其他革命政府的成就，他对自己介绍的一切都充满自豪感，但是却没有能力区分"真实和适当的谎言"（Barral 2001：604）。巴拉尔还参加了 1968 年 1 月在哈瓦那举办的那次有名的文化大会，那时他又一次遇到了帕迪利亚，那是在获奖之前不久的事情。加泰罗尼亚人那时说："他的每场讲话中都透露着文化领域的管制主义，甚至在和他认为有一定政治影响力的人物之间进行偶然对话时也是如此。"（Barral 2001：614）巴拉尔补充说那种情形表明"直到那时还可以被容忍的文学已经进了坟墓"，卡斯特罗"革命之外，万事皆休"的心跳从那一刻起有了"一种人尽皆知的绝对化解读。除了具有政治价值的文学之外，不允许有其他的文学存在"。根据巴拉尔的记载，帕迪利亚已经暗示过他那种情况了：作家和思想家们"都处于密集且持续的被监控状态中"（Barral 2001：615）。之后那届诗歌文学奖就公布了评选结果。在那之前不久，帕迪利亚刚刚尖锐批评过利桑德罗·奥特罗的小说《乌尔比诺的激情》（*Pasión de Urbino*），奥特罗曾经在 1964 年差点获得巴拉尔参与组织的简明丛书奖，不过那一年最终获奖的是卡布雷拉·因凡特的《三只忧伤的老虎》。帕迪利亚，明显也受管制主义困扰，戳到了很多人的痛处：他说卡布雷拉的那本书写得很棒，而奥特罗的书则很平庸。值得注意的是，那时的奥特罗已经出任国家文化委员会副主席一职，卡布雷拉在古巴已经销声匿迹了，而奥特罗则被视为伟大的作家。帕迪利亚总结道："在古巴似乎一个普通作家批评小说家副主席之后，就必然会遭受到躲在写字桌后的短篇小说家 /主编和诗人 / 撰稿人的抨击。"（Goytisolo 1983：15）

　　可当时古巴的形势就是那样，所以帕迪利亚丢掉了工作也就不足为怪了。当时卡布雷拉早已离开了古巴，而且公开批评卡斯特罗政权。戈伊蒂索洛表达了他对发生的事情的惊愕：

1968 年 11 月 8 日，大约是下午 2 点多一点，我照惯例下楼走到宝纳努维勒街来活动下腿，顺道买份《世界报》，我立刻就被报纸上关于古巴的一条社论吸引住了："古巴安全机构宣称诗人帕迪利亚正在策划反革命行动"。文章署名是《佩斯·塞拉报》（*Paese Sera*）特派记者萨韦里奥·图蒂诺（Saverio Tutino），他还摘录了《橄榄绿》（*Verde Olivo*）杂志上的几段抨击帕迪利亚的文字，那些文字不仅从文学和政治方面指责他，更严重的是指控他"在领导外国图书引进机构的时候肆意挥霍公款"。《橄榄绿》那篇文章的作者声称，帕迪利亚领导的一群古巴作家完全凭感觉做事，跟随外国的潮流"创造那些夹杂着色情元素和反革命思想的作品"。（Goytisolo 1983：15）

于是高层官员也合情合理地介入了。在宣布诗歌奖评奖委员会工作失误之前不久，劳尔·卡斯特罗已经放话说如果诗歌奖最终颁给反革命作家帕迪利亚的话，那么将产生"十分严重的问题"（Díaz Martínez 1997：90）。与此同时，此前一直被认为是革命作家、古巴作家艺术家联盟（UNEAC）国家戏剧奖得主的安东·阿鲁法特的《七将攻忒拜》（*Los siete contra Tebas*）也被认定为反革命作品。但是诗歌奖评奖委员会认为帕迪利亚的作品并不反动，只不过具有批判的性质。有些诗确实有影射性，例如那首有名的《在困难时刻》（*En tiempos difíciles*）。诗人写道，在困难时刻他们从人们那里索取时间、双手、双眼、嘴唇、双腿、胸膛、心脏、肩膀、舌头等，然后再告诉他们这些牺牲都是必不可少的；而在一切结束之后，他们又会让大家走出去，因为在困难时刻，那就是最终的考验。那首诗无疑触动了当局的敏感神经，尤其是诗的作者还是得到政府优待、占据重要职务的作家。不过最让古巴政府难以忍受的无疑是题为"有时"的诗歌对菲德尔·卡斯特罗的影射。在那首诗里，诗人说有时为了整个民族，某一个人的死亡也许是无可避免的，但是却不能让整个民族为了一个人去死。于是诗集中其他地方出现的对革命"成就"的赞美也就被当局无视了。

尽管有巨大争议，而且有上层人士暗示评奖委员会重新考虑奖项颁发问题，可是古巴作家艺术家联盟依然接受了众多诗人做出的决定，把奖颁给了帕迪利亚和阿鲁法特，不过并没有把1000比索和前往莫斯科游历的奖励给予二人。在帕迪利亚的事件中，在诗集正式出版时，里面添加了一份官方声明，指控诗人和美帝国主义勾结，无耻地把抹黑之词装饰成"艺术"的样子："我们的文学信仰允许我们指出那本诗集和那部戏剧作品是为我们的敌人服务的，它们的作者恰恰是敌人们需要的那种艺术家，敌人借由他们来滋养特洛伊木马，时机成熟时，帝国主义敌人就会利用它来对古巴发起攻击。"（Casal 1971：62）我们无从得知怎样的文学信仰会掺和到类似的思想意识问题当中去；可明白无误的是困扰当局的不是"文学"或"美学"问题，而是政治问题："委员会确认那两项文学奖颁发给了具有反革命意识形态的作品"（Casal 1971：58），而古巴作家艺术家联盟的负责人则拒绝承认"获奖诗集和剧本的内容涉及意识形态问题"。（Casal 1971：63）

对帕迪利亚的指控包括"厌恶革命""批判主义""去历史主义"和"面对社会需求时捍卫个人主义"（Vásquez Montalbán 1998：344），还有"在革命建设过程中缺乏道德追求"。（Ette 1995：233）有趣的是，两本有争议的作品都出版了（这是奖项的要求），可是出版后的作品不能流通，不能在书店里出售，只在地下渠道传播。如今，要是能搞到一本初版的《游戏之外》的

170

话，那就相当于得到了一份珍宝。抛开围绕它的历史背景因素不谈，只看质量的话，它也是本优秀的诗集。我们去过帕迪利亚在普林斯顿的住处，他离开古巴后就到了美国，那已经是多年之后的事情了，我们还在亚拉巴马州见过他，那是他最后上台讲课的地方，也是他 2000 年去世的地方。就是在那里，他送给我们一本第一版的《游戏之外》，我们像保存珍宝一样保留着它。

十一个人的球队

在足球比赛中，有时前锋会在没有"越位"的情况下打进制胜球而成为英雄，几乎每次人们采访这样的球员时，出于真实或虚假的谦逊态度，他总是会说胜利不只属于他一个人，而是全队十一个人共同努力的结果。80 年代，皇家马德里队的前锋"秃鹫"埃米利奥·布特拉格诺（Emilio Butragueño）有一句名言，每次人们称赞他的进球时他都会把那句话说出来："我们是十一个人的球队。"要是没有出色的防守，前锋进再多的球也没用。帕迪利亚"越位"了，但是在后方还有渴求自由的大部队，他们很快就让人们注意到了帕迪利亚的声音。消息口口相传，几乎所有的知识分子都把它视作丑闻。戈伊蒂索洛是最早行动起来的人，他试图让"文学爆炸"的重量级作家们组成后防线，尽管他们大多和古巴革命政府有良好的关系："我听从了弗兰基的建议，和科塔萨尔、富恩特斯、巴尔加斯·略萨、赛普伦和马尔克斯取得了联系，我试图用乌格涅·卡尔维利斯在伽利玛出版社办公室里的电话联系埃贝托，可是他的电话始终无人接听，最后我们只好以所有人都署名的形式给艾蒂·桑塔马里亚拍了份电报，在电报中，我们首先表达了对帕迪利亚被指控的震惊，同时表达出我们对'美洲之家'

做出的所有捍卫思想自由的举动的支持。艾蒂的回复电报两天后到了，可那份回复却让我们更惊愕了。"接下来，戈伊蒂索洛摘录了"美洲之家"负责人的回复电报中的一部分："也许很难向在远方的诸位解释对帕迪利亚的指控是不是诽谤。不过'美洲之家'的文化理念和我们的革命政府是一致的，古巴革命政府以及本人，'美洲之家'的负责人，永远都会遵守切·格瓦拉的指导理念：枪械上膛，向四周开火。"（Goytisolo 1983：17）

何塞·米格尔·奥维多在 1968 年 12 月 2 日给马里奥写信说道："古巴政府对待帕迪利亚的做法让我感觉很糟糕，他们在走斯大林主义的老路。罗贝托是怎么说的？我想他大概不会参与，我想读到相关的声明。如果你和科塔萨尔－富恩特斯－加博这一轴心能写份声明来引起大家关注这件事的话，我将全力支持，当然我也想知道我是否可以也在上面签上我的名字。"（Princeton C.0641，III，Box 16）科塔萨尔－富恩特斯－马里奥－加博这一轴心在之前已经开始了互动，在 1968 年 10 月 14 日，科塔萨尔给马里奥写了封信，第一次提到了秘鲁作家搬去巴塞罗那的计划，科塔萨尔是从加博那里听到这个消息的，后者当时已经住在巴塞罗那了，在他与加博的每次谈话中，马里奥都是核心话题。在信的最后有一则长长的备注："弗兰基、富恩特斯、戈伊蒂索洛和我准备给菲德尔写一封私人信件，信的内容是关于古巴知识分子问题的。当然了，你也在署名人之列（赛普伦和另一位戈伊蒂索洛也同意署名，再没有别人了，这样那封信就会很有影响力了；啊，加博也会署名，当然。修改版写好后我会寄给你，你来看看是否同意信的内容以及是否愿意署名。这件事要绝对保密。这是和菲德尔的直接对话，我们要避免此事外泄，因为那对整件事情不会起到正面效果。我很快会再给你写信说明情况的）。"

（Princeton C. 0641，III，Box 6）

阿根廷人的天真达到了那样的程度：他真的认为他的影响力已经达到了可以与菲德尔直接交流的程度了，而且还相信他们可以影响到他的决策。第二个月，马里奥收到了修改好的信，同意在上面署名。科塔萨尔在 11 月 3 日给马里奥的信中说道：

> 随信寄给你的就是富恩特斯、戈伊蒂索洛和我准备的信件，我们的依据是最近收到的一系列可靠消息……我们觉得一定不能把它搞成公开信，最好是当成获取更多信息的请求。只有少数几个大家都知道他们和古巴是朋友的作家会在上面署名。

> 我认为事情已经很严重了，我们不能保持沉默。1 月时我和你将会在哈瓦那见面，《美洲之家》杂志要开会，可能咱们在那里会得到对这封信的回复；至少我是这样希望的。

> 因为我们没有时间可以浪费了，所以我恳请你如果同意的话尽快签字，原件和复印件上都要签字……计划是把原件以官方途径交给菲德尔，也就是说通过古巴驻巴黎大使馆，先交给劳尔·罗亚，复印件寄给艾蒂、多尔蒂科斯（Dorticós）、塞利亚·桑切斯（Celia Sánchez）和亚努萨（Llanuza）；这些复印件的作用是让那些"关键"人物充分了解我们的不安，进而促使他们做出回应或态度上的转变。

> 请尽快签字，然后把它们寄给加夫列尔·加西亚·马尔克斯。他会把信交还给在巴黎的我们，然后我们再把信经使馆寄往哈瓦那。富恩特斯和我本想给你一份草稿让你提前审读，但是事情紧急，我们觉得你肯定会认可我们的修改；当然了，如果你有任何不同想法，也可以告诉我们……

> 记得直接把信寄给加博，这样可以节省时间；富恩特斯已经给

他解释过了，他一签完字就会把信寄到巴黎来。（Princeton C.0641，III，Box 6）

气温上升，氛围热烈，论据充分的知识分子们组成的后防线面对的是一支身穿橄榄绿色球衣的队伍：塞利亚·桑切斯，从马埃斯特腊山走出来的女战士之一，直到1980年去世之前一直是菲德尔的情人；艾蒂，另一位女战士，是"美洲之家"的负责人；多尔蒂科斯，担任古巴总统至1976年，等等。正如上文所言，作家们把加博也算在团队中了，他到那时为止既没有去过古巴，也没有和其他人一样与古巴革命有密切的联系。10天之后，11月13日，卡洛斯·富恩特斯从巴塞罗那给马里奥写了信，当时加博也住在巴塞罗那，他给富恩特斯念了一封马里奥写的信，马里奥在信中谈到了与拉美现状相关的诸多问题，包括古巴知识分子的言论自由问题，当然也包括帕迪利亚事件。富恩特斯回顾了那些主题：

> 我是出于想和你交流的心情给你写信的，你的看法和我认为这个世界正在日益变糟的想法不谋而合。我从马德里来，我到那里去见了我的父亲。在墨西哥发生的检举事件太恐怖了，似乎只有墨索里尼治下的意大利黑暗时代可以与之相比。奥克塔维奥·帕斯的前妻埃莱娜·加罗[1]举报了500位知识分子，指控他们"预谋扰乱社会秩序"，这其中的重点目标就是我和维森特·罗霍（Vicente Rojo），他是我关于巴黎的那本小书的编辑，加罗说我们"倡导暴

----

〔1〕 埃莱娜·加罗（Elena Garro，1916—1998），墨西哥作家，代表作有魔幻现实主义小说《未来的回忆》等。

力"。对帕斯的指控是他在 10 月 2 日三种文化广场[1]屠杀事件之后接受了大使任命，这其实反映出了革命制度党（PRI）对他的愤怒。这倒也可以想象；然而却不该是以他的亲生女儿以公开信的形式指控他"毒害"了"厌恶上帝，热爱物质"的整整一代人的方式出现（！）。……（我对墨西哥革命制度党的批评）招来了以萨尔瓦多·诺沃（Salvador Novo）（他已经成为了政府的御用文人）为首的团体的围攻。……到了绝经期的玛尔塔·特拉巴发现了自己的"民族主义者"特质，可怜的阿格达斯（我的天啊：可能只有他们让你吃尽苦头，尝遍浪漫主义式的悲苦你才能成为好作家吧）到这个时候了才想起来要重构"本土文化"和"多元文化"。这些早晚都会变成烦心事，不过还得再等等。如今真正让人感到痛心的是在古巴发生的事情。那些事情倒真的让我对自己的信念感到绝望，甚至让我落到了"反动"的境地：历史又重演了，进步是一种幻象，国家无力抛弃那片满是起源神话的土地。……埃贝托·帕迪利亚被奥特罗、《格拉玛》和《橄榄绿》指控为反革命分子，说他滥用公款，是自命不凡的世界主义分子，还曾在古巴革命胜利前在美国居住过（怎样愚蠢的头脑才会认为这是种反革命行为呢）。可怕的是这一切的源头是奥特罗受伤的虚荣心：所谓帕迪利亚的罪过只不过是他不喜欢《乌尔比诺的激情》。我们给"美洲之家"拍了份电报，表达了我们的担心。艾蒂给胡里奥回了信："各位不要在远方妄下断言。我们清楚什么是革命，什么是反革命。我会像切·格瓦拉说的那样手持冲锋枪，为革命战斗到死。"都是些没有逻辑的胡话。当然了，通过帕迪利亚事件，报纸给革命艺术下了定义，所谓革

---

[1] 该广场上同时有墨西哥政府办公机构、西班牙人的教堂和美洲古文明遗址，故称为"三种文化广场"。

命艺术就是被领导的艺术，是受权力操纵的。（Princeton C.0641，
III，Box 9）

在富恩特斯看来，拉丁美洲的状况令人冷汗直冒。左翼陷入
分裂的局面，知识分子陷入到造谣抹黑、虚假冷漠、批评举报
的深渊之中，像火药一般一点就着。许多国家的前景都是黑暗
的，可情况最糟糕的还得属古巴。古巴革命胜利带来的希望已经
转变成了绝望，这一点在"文学爆炸"作家们身上体现得非常明
显。此外，值得一提的是针对马里奥的各种指控如雪花般飘来，
因为他接受了一家美国高校的邀请，要在那里上一门课，当然是
有偿的，而美元是资本主义"侵蚀贫穷的拉丁美洲人民"的重要
武器。此外，还有另一种内部问题："文学爆炸"团体中的某些
成员并不十分信任他们的同伴。举个例子，安赫尔·拉玛在1968
年9月4日写给马里奥的信中就表现出了这一问题：

> 在古巴的问题上，我不知道由富恩特斯和加博来表达对革命政
> 府的认可是不是合适：我本想就由你和胡里奥在声明上签字就好，
> 因为这样会使接收声明的人员感觉更好一些。我当然也认为古巴针
> 对吉列莫·卡布雷拉的那些声明有些过分了，他们可以用那些话去
> 形容真正不堪的人，但是形容一个作家就不合适了。至于埃贝托，
> 我收到的消息是他不会有问题，他只是受到了卡布雷拉政治立场的
> 间接影响罢了。（Princeton C.0641，III，Box 18）

把帕迪利亚的所作所为全说成是卡布雷拉·因凡特的错可真
是太容易了！拉玛是伟大的文学评论家，是那个时代最好的文学
评论家之一，但是他在意识形态方面的理念却落后太多了。另一

方面，他意识到了加博和富恩特斯在古巴人眼中并不像胡里奥和马里奥那么好接受，后面这两位是在那之前和古巴相处最融洽的作家。还有件很清楚的事就是拉玛和卡布雷拉·因凡特从来都没有过什么化学反应。那段时期还有一封信，是卡尔弗特·凯西[1]写给卡布雷拉的，信中满是对乌拉圭评论家的蔑视，他很清楚收信人必然会同意他的看法。在信中，凯西还提到了胡里奥的一次古巴之旅，他认为阿根廷作家对古巴的认可是全方位的，哪怕古巴有许多问题：

> 胡里奥从古巴回来后给我写了封热情洋溢的信，他回程的时候经过莫斯科，因为要帮忙准备"'美洲之家'、菲德尔和亚努萨希望在年底召开的"第三世界作家大会。他想让我去巴黎过周末，再和他们聊聊，我当然没去，我很欣赏也很尊重胡里奥，但是他怎么会注意不到一个可以"连续说话9个小时"的人[2]已经不可救药地陷入病态了呢？不过再转念一想，我自己为何也是在好多年后才发现那一点的呢？愚蠢的安赫尔·拉玛可以想不明白，但是胡里奥……
>
> 我担心在胡里奥的这次古巴之旅后我们就再也不能见面了，而我很重视我们之间的友谊，这确实让我挺难受的。不，我们不能这样坐以待毙：我依然相信，人的灵魂是很奇怪的，哪怕经历过羞辱，谁知道呢……我还是觉得如果有哪个地方能够带来新的热血和激情的话，一定还是那座充满仇恨和无奈的海岛。（Princeton C.0272，II，A，Box 1）

---

〔1〕 卡尔弗特·凯西（Calvert Casey, 1924—1969），出生于美国马里兰州巴尔的摩，其母为古巴裔，绝大多数评论家认为应将其归入古巴作家行列。后因同性恋倾向逃离古巴，1969年自杀。
〔2〕 指菲德尔·卡斯特罗。

然而，在那一年中已经有些事情开始改变了，马里奥也逐渐和古巴拉远了距离。造成马里奥和古巴之间产生隔阂的首先是罗慕洛·加列戈斯文学奖的奖金事件；其次是我们即将提到的苏联入侵捷克斯洛伐克事件；再然后是因为接受了美国高校的邀约而遭受的批评；最后就是帕迪利亚事件。这些经历耗尽了秘鲁作家的耐心，因为对他而言，言论自由是人类最重要的权利，在意识形态的"需求"之上。因此，从1969年开始他和古巴渐行渐远了。他先是辞去了自己在《美洲之家》杂志编委会里的职务，后来他助力创办《自由》杂志的行为彻底宣告了其与古巴关系的决裂。胡里奥在1969年1月31日写的一封长信中试图向马里奥解释古巴岛内对他的看法，告诉他有的人是怎样攻击他而他的朋友们又是怎样捍卫他的。科塔萨尔在信中明确表示马里奥的行为"把你的朋友们在哈瓦那置于了很尴尬的境地"。第一重责难："我一到岛上就打算去找你，让我吃惊的不仅是你没有出现，还有你给《美洲之家》写的那些东西以及《美洲之家》给你去信后你的沉默态度。你想想，当初是我把你赴古巴的最好方式的建议转交给罗贝托的；我怎么能想到你在最后时刻又决定不去参会了呢？"（Princeton C.0641，III，Box 6）

第二重责难，也是最重要的部分，涉及关键性的话题："那次会议并非毫无意义，这你已经知道了。大家讨论了关于古巴作家艺术家联盟的文学奖，对帕迪利亚和阿鲁法特的抨击，《橄榄绿》上面的文章等话题，且不说你也在我们给菲德尔写的联名信上签了字，就只看这些议题我就无法理解你不能放下手头的事情到哈瓦那待上3天的决定。还有件事我是到了古巴才发现的：人们对你在《面具》（Caretas）杂志上发表的文章的错愕和惊讶。我得告诉你，没有人讨论过你是否有权利对苏联在捷克斯洛伐克的行动表达反对态度；而且也没人指责我在抗议声明上签字以及我受作家联盟的邀请在布拉格待了 8 天。但是我认为有件事是你没想清楚的：在哈瓦那，人们无法接受的是一个连续两次缺席对革命问题进行讨论和批评的会议（先是哈瓦那文化大会，然后是《美洲之家》杂志的会议）的人写东西出来指责菲德尔的态度，第一次你的理由是有其他工作安排，而第二次缺席则毫无理由。"（Princeton C.0641，III，Box 6）

在介绍了会议上讨论的热烈程度之后，胡里奥在信的最后提到了人们对于已经将机票寄给马里奥，而马里奥最终没有参会的失望，已经有人提议要编委会把马里奥驱逐出去，不过由于胡里奥和安赫尔·拉玛在反对栏上签了字，而还有一些作家尽管没签字，却表达了反对意见（如罗基·达尔顿、大卫·比尼亚斯、安布罗修·福内特等），所以最终提议没有被通过，编委会没有对马里奥的缺席进行处罚。而接下来的斥责也就顺理成章了：

> 很显然这次是你考虑不周，如果你有恰当的理由不去的话，应该把它说出来。事情已经发生了：因为你缺席了文化大会，又没参加这次会议，再加上你在利马发表的文章，某些人的猜疑和不满已经是不可避免的了。我的情况也不比你好，我们共同署名给艾蒂寄的信以及我给帕迪利亚寄去的私人信件就像是在那个年轻的民族中投下了一枚炸弹……你的这次（缺席）没有任何说得过去的理由，而且你还对人们给你发去的信息置若罔闻；应该考虑到外部势力对古巴人民的持续骚扰，进而理解他们为何有时会过于敏感；所以我说你的那一决定从策略上来看是失败的。如果你不想参会，你应该把理由解释清楚；那确实留了个坏印象，不过没有人想着要把你永远排除在外。（Princeton C.0641，III，Box 6）

最后，胡里奥对马里奥说，作为对他的问题的回应，马里奥最好还是去一趟哈瓦那，做一些解释，他和古巴人之间的关系还是可以修复的。"我认为环境已经变好了，像帕迪利亚和阿鲁法特那样的事件暂时不会再发生了，"科塔萨尔有些武断，"尤其是我们的作用……依然很重要，而且很必需。尽管非常疲惫，但我永远也不会后悔这次去了哈瓦那；如果有新的情况，我还会再去，因为这是我目前能和革命联系在一起的唯一方式了，尽管有很多不足，可我依然认为它是拉丁美洲这些年里最成功的模式。"（Princeton C.0641，III，Box 6）

胡里奥错了。帕迪利亚事件只不过才刚刚开始而已，那次事件最终在 1971 年达到了卡夫卡式的高潮。而帕迪利亚事件发生后的 5 年是古巴历史上自何塞·玛利亚·艾莱迪亚（José María Heredia）和何塞·马蒂生活的时期之后知识界受压迫最严重，也最压抑、灰暗的时光。有意思的是，在 2007 年 1 月到 2 月间，当我们到哈瓦那参加书展的时候，竟然还能感受到那种压抑的氛围，而起因则是一家电视台播放了一期回顾从 1971 年到 1976 年的灰色五年的节目。事情发生在三王节[1] 的那个夜晚。那是个没有礼物的夜晚，因为没钱购买散发的礼物（古巴的东方三王可能也和每个革命家庭的孩子一样，每个月只赚 10 美元）。古巴视野电视台（Cubavisión）的"重现"（Impronta）节目则给古巴观众献上了一份大礼，那档节目专门回顾在古巴文化中留下印迹的人和事。那期节目采访了路易斯·帕文·塔马约（Luis Pavón Tamayo），他在 1976 年之前一直在让人恐惧的国家文化委员会（这只是那个"女巫捕猎"机构的委婉名字，它真正捕猎的对象

---

[1] 1 月 6 日。

是自由思想者、同性恋、独立作家、批评家等）中任负责人，他曾直接主持了卡斯特罗－斯大林式的大清洗、抓捕人员下狱和强制驱逐等行动。第二天出现了对那期节目大量公共和私人的抗议，抗议的声音主要来自当年镇压行动的幸存者（很多人不愿提起那时发生的事情），短短几天之内古巴岛内的各种电子邮箱就塞满了大量来自作家和政治家的邮件。最后，在2月初，一些作家、艺术家和时任文化部长的阿贝尔·普列托一起开了会，试图找到停止类似羞辱的方式。可以说对那些70年代曾在古巴生活的作家而言，那时的经历是一种创伤，安东·阿鲁法特（由于同性恋倾向和与帕迪利亚一同获奖的事件，他是被羞辱最严重的作家之一）、胡里奥·特拉维索（Julio Travieso）和雷纳多·贡萨雷斯（Reynaldo González）就是这样向我们描述的。

马里奥做出了回应。也许是胡里奥的话起了作用，因为胡里奥虽然一向很亲切和善，说的话却很清楚，又也许是和安赫尔·拉玛的几次谈话起了作用，后者当时住在波多黎各。1969年3月1日马里奥给罗贝托·费尔南德斯·雷塔马尔写了信说明。尽管此时马里奥的不安情绪已经很浓了，他还是决定缓和双方的矛盾，重新表达对古巴事业的支持态度。马里奥从里奥彼得拉斯把信寄了出去，当时他正在那里上那门著名的关于加西亚·马尔克斯的课。他首先为自己没能出席《美洲之家》的会议表示了遗憾，他说自己的缺席被错误地解读成了脱离组织。不过他在信中使用的并不是迷途知返的游子的语气，而是保持了一贯的坚定犀利的口吻：

> 尽管我承认自己身上没有什么英雄特质，但是你讽刺我没有"面对危机的勇气和牺牲精神"或是"不愿意屈尊花上几天来参

会"的话还是有点儿过了。你知道我曾经去过哈瓦那四次，其中两次都是在比现在更严峻和危险的背景下去的，那时正是导弹危机的时候，而我从来都没有收回过自己对古巴革命的支持。我在我的国家、在我居住的或者是路过的国家都表达了我对古巴革命的力挺，而在你们开会的同时，我在美国的一次公共活动中依然在做着同样的事，尽管当时在场的古巴反对革命的人士营造出了很不友好的氛围。我在这里，在波多黎各，也在做着这些，无论是在媒体面前还是在课堂上。由于直言我对古巴的看法，我在很多地方都受到过威胁，在这里也是一样，你看看我随信寄给你的剪报就明白了，讽刺的是，这些攻击被刊登出来时我刚好在读你寄给我的信。(Princeton C.0641，III，Box 9)

接下来马里奥又表示雷塔马尔怀疑他的忠诚让他感到遗憾，因为他一直为自己对革命事业的忠诚感到骄傲，如果说他没有参加会议，那只是因为他有早就定下的工作在身，而当他给古巴方面打电话想进行沟通时却无法和他们取得联系，因为美国和古巴之间的电话联系本来就困难重重。另外让马里奥感到吃惊的还有他在《面具》杂志上发表的文章以及美国之行竟然成为了会议讨论的话题。他在秘鲁杂志上写的文章是关于捷克斯洛伐克事件的。至于美国之行，他坚称不是因为经济回报丰厚，他接受那份工作是出于需要而非追求享乐。去美国也好，获得美元报酬也罢，都和意识形态没有任何联系（另一方面，这话也许不是马里奥说的，而是我们说的，因为包括雷塔马尔在内的许多古巴知识分子－政治家都曾毫不犹豫地把美元揣进兜里）。马里奥最后总结道，总之，他不认为如果有古巴人做他做过的事的话有什么不妥，因为在美国有很多人想了解古巴的计划，而且他们希望从革命亲历者口中听到对此的讲述，因为在许多大学里"正在进行着一场对抗共同敌人的真正战斗"，"举着切和菲德尔的画像出去迎击那一敌人将是对那群年轻人的巨大激励"（Princeton C.0641，III，Box 9）。为了更好地说明情况，马里奥想在7月份去一趟古巴，等到那时他在大学里的授课任务就结束了。

胡里奥·科塔萨尔也收到了那封信，他立刻在3月11日给马里奥写了回信，给出了他的新建议。首先，他再次重申了马里奥无故缺席会议的不妥之处。然后，他希望古巴方面能在7月邀请马里奥，虽然马里奥对此不抱希望。胡里奥写道："我希望你认为古巴方面不会对你发出邀请的想法是错误的：如果果真如此的话，他们就是犯了个极为严重的错误，我会让罗贝托明白这一点的。因为那种决定并不会帮助你改变对待古巴的态度，反而会更加疏远有类似态度的作家。明天我就联系他们，你再等等，尽管我也不确信我能改变什么。面对类似的局面可真是让人沮丧。"（Princeton C.0641，III，Box 6）

这次科塔萨尔的预感没有出错。他没有想到的是，后来古巴方面对于他在1971年的第一封联名信中的签名的反应如此激烈，激烈程度远远超过对待其他署名者的态度，也许是因为他在之前与革命政府的关系更加密切的缘故。此外，在刚才提到的那封信中，科塔萨尔与马里奥在后者接受美国方面的授课邀请问题上分歧巨大。科塔萨尔在那个问题上的立场要更加"古巴"：

> 我一直认为1966年或1967年的时候签署了《美洲之家》杂志的声明就意味着我们不能在思想上受到诱惑。我想如果你来参加过文化大会的话就会发现这是个核心议题，然后你可能就不会接受

去普尔曼教书的邀请了；几天前我有机会给奥克塔维奥·帕斯说了同样的话，因为他即将要去匹兹堡待三个月。要是我的话，我会有礼貌地断然拒绝哥伦比亚大学的邀请，因为尽管我很清楚那里有足够好的环境可以把我所想的一切都说出来（就像你提到你在那所大学时所说的那样），如今拉丁美洲最需要的就是*在行动上拒绝美国*，毕竟在我们这些国家很少有人能明白我们在美国工作的时候是不是真正拥有自由，而且与此相反，他们会认为美国人给他们的文化客人提供了极好的条件来诱惑他们，而我们则是一群禁不住诱惑的人。（Princeton C.0641，III，Box 6）

武装入侵与口技艺人

1968 年 8 月 20 日，苏联的 60 万士兵、2300 辆坦克和 700 架飞机入侵了布拉格，终结了该国被称为"布拉格之春"的短暂开放时期。整个捷克斯洛伐克都反对斯大林主义的回归，冲突造成了数十人死亡。"布拉格之春"的推动者杜布切克被挟持到克里姆林宫，被迫在一系列条约上签了字。在回到自己的祖国后，带着因无力和羞愧而产生的哭腔，杜布切克在电台上发表了讲话，建议民众放弃抵抗，以避免发生更多的流血事件。全世界舆论纷纷谴责苏联人的做法：包括法国和意大利的共产党，流亡在外的圣地亚哥·卡里罗（Santiago Carrillo）和"热情之花"[1]，拉丁美洲知识界也参与进来，他们大多明确表达了对捷克斯洛伐克的支持。

---

〔1〕"热情之花"系西班牙共产党领袖伊巴露丽·多洛雷斯（Ibárruri Dolores）的笔名，前文提到的卡里罗也是西班牙共产党的领导人。

可是正如我们所知，菲德尔·卡斯特罗在1月进行的文化大会上就已经收紧了尺度，后来又处理了帕迪利亚和阿鲁法特，这次则公开支持苏联的行动。对于一个在政治和经济上都依赖苏联的国家而言，这种表态是必需的。不幸的是，现在敢说反话的切·格瓦拉已经不在了。不过并非所有西方舆论都反对入侵事件。卡布雷拉·因凡特在1968年10月2日写给内斯托·阿尔门德罗斯（Néstor Almendros）的信中提到了一些左翼媒体，例如《世界报》，对该事件表现得异常冷漠，而哪怕那种事发生在他们国家也绝对是不可接受的事情，"蹊跷的是，《世界报》逐条重复了我们昨晚在电视上看过的苏联发言人的声明，想要用一种可悲又可笑的说法来解释发生的一切，他们说捷克斯洛伐克人民抵抗苏联坦克和飞机的做法是资产阶级阴谋。他们佐证这些说法的证据是几张照片，他们在某些战略要地拍到了两三个可怜的穷嬉皮士，留着长头发、穿着阔腿裤，在抗议苏联的入侵：这些玩意儿全是勃列日涅夫和菲德尔夜晚遗精的后遗症，他们肯定每天晚上都梦见一大群艾伦·金斯伯格笔下的那种嬉皮士围着他们，争先恐后地想钻到最高领袖的床上去。可怜的法国人，总是被戴高乐的右翼势力和《世界报》、萨特等人的左翼势力编织的谎言所笼罩"。（Princeton C.0272，II，Box 1）

索莱达·门多萨告诉我们事件爆发那天，她正在布拉格参加一场青年共产党员会议，所有人立刻撤离了。她逃到巴黎去和卡洛斯·富恩特斯碰面，后者在一位美国作家位于圣路易斯岛上的住所居住了几个月的时间，富恩特斯给她讲了那个住处的奢华程度，例如他住的房间的浴室里配的是金水龙头等。富恩特斯也同样对入侵事件持批评态度，而加博和马里奥的态度则更加强硬。墨西哥作家在他关于拉丁美洲新小说的那本书里提到了一次特殊的旅行："1968 年 12 月，胡里奥·科塔萨尔、加夫列尔·加西亚·马尔克斯和我去了捷克斯洛伐克，我们注意到那里对全面民主的迫切需求，也更加理解了语言自由的确切作用，在那里，马克思主义的伟大梦想差一点就要变成现实了。打着共产主义的旗号，苏联的官僚和军队想要扼杀那种梦想，那是犯罪，也是一场悲剧。"（Fuentes 1972：92）

加博在文章《人人都爱的阿根廷人》中向胡里奥表达了敬意，那篇文章也是对三人的捷克斯洛伐克之旅的最好记录。他们从巴黎乘火车出发，因为三个人都非常害怕坐飞机。三人正准备睡觉，卡洛斯·富恩特斯突然想到一个问题：是什么时候、以怎样的方式、由谁把钢琴引入了爵士乐中。加博记录道："那个问题是临时起意，他想知道的不过就是一个日期和一个名字，但是得到的回答却像是一堂精彩的课程，那堂课一直持续到天亮，我们喝着酒，吃着夹着冷土豆片的热狗，听着课。科塔萨尔可真是个语言天才，他用难以想象的简洁的语言给我们梳理了那个问题背后的历史和美学知识，正在他热烈赞颂钢琴家塞洛尼乌斯·蒙克（Thelonius Monk）时，天亮了，他不仅说话时喜欢使用拖长的多击颤音，还习惯挥舞着大手，好像那样才最具表达效果。无论是卡洛斯·富恩特斯还是我本人都永远不会忘记那个不可复制的夜晚。"（García Márquez 1991：517）不过，他对布拉格发生的事情的批评态度表达得十分明白："1968 年 9 月，就好像有某种预感似的，我半睡半醒中打开了床头柜上的收音机，于是听到了这样的消息：华沙条约组织的军队正在进入捷克斯洛伐克。现在想来，我当时的第一反应是正确的：那是对自由化政策的粗暴干预，而那种政策理应获得更好的命运。"（García Márquez 1991：206）

2008年6月，我们有幸采访了特奥多罗·佩特科夫，他曾是委内瑞拉争取社会主义运动的领导人，同时从20世纪70年代初开始就是加博的朋友，现在领导着一份批评查韦斯政府的报纸。实际上，《马马虎虎报》（*Tal Cual*）2008年6月5日刊的头版使用了2006年奥斯卡最佳外语片《窃听风暴》的剧照，在照片中乌尔里希·穆埃（Ulrich Mühe）戴着耳机，听着他负责窃听的作家家中的言谈。这样安排的目的应该与查韦斯刚颁布的"知识法案"有关，根据该法案的规定，不仅窃听和匿名检举是合法的，还允许政府雇用大量人员进行监控，以此保障所有委内瑞拉人在涉及政府的问题上保持"思想和言论的纯洁性"并且坚定地"向卡斯特罗学习"。实际上，把剧照放在头版的举动也是在讽刺那部电影在古巴首映的情况，很多古巴人在看完那部电影后说，影片的名字不应该叫《他人的生活》[1]，而应该叫"我们的生活"。佩特科夫除了共产党员和查韦斯的批评者的身份之外，还是一个敢讲真话的人，在上世纪60年代因为暴力革命行动而被捕入狱之后，他明白了自己应该走另一条道路，于是他退了党，创立了争取社会主义运动，他清楚唯一能够实现共产主义的方式是进行干干净净的民主运动。

这位委内瑞拉记者、政治家告诉我们，他和加博的友谊刚开始时就涉及了捷克斯洛伐克事件。他在事件发生后曾经出版过一本书，书名是"捷克斯洛伐克，作为问题的社会主义"（*Checoslovaquia*，*el socialismo como problema*），他因为这本书受到了共产党内同志们的抨击，也受到了苏联人的批评，因为他

---

〔1〕 该影片原名 The Lives of Others，意为"他人的生活"，影片中文译名为《窃听风暴》。

在书里指责苏联的做法，认为他们抹杀了一种自由民主的社会主义形式。1970年他从索莱达·门多萨手中收到了一封信，写信的是一位哥伦比亚作家，佩特科夫在狱中读过他写的书。那位作家说他读了佩特科夫的那本书，完全同意佩特科夫在书中的观点，他还提出希望能在加拉加斯和佩特科夫见上一面。1971年圣周期间的一天，特奥多罗正在海滩上度假，米格尔·奥特罗·席尔瓦突然出现在他面前，陪他一起来的是一个留着胡子、自称加夫列尔·加西亚·马尔克斯的人，从那时起两人就结下了深厚的友谊。因为他们的关系很好，加博对争取社会主义运动及它的创始人产生了极大的兴趣，他甚至曾经表示这是世界上唯一一个他可能加入的政党。加博还把1972年罗慕洛·加列戈斯文学奖的奖金交给了佩特科夫，帮助他创办了党报《视角》（*Punto*）。在2008年3月进行的一场谈话中，加博对佩特科夫说委内瑞拉前总统卡洛斯·安德烈斯·佩雷斯正在写回忆录，他请求加博帮他重建关于70年代的某些记忆。于是佩特科夫提醒加博他是在1972年获得的罗慕洛·加列戈斯文学奖。

> "啊，我得过那个奖？"加博开起了玩笑，"我都不记得了。"
> "得过，你把奖金给我了，没用它去买游艇。"
> "真的吗？还有谁得过那个奖？"加博继续开着玩笑。
> "哈哈，你的朋友马里奥。"特奥多罗接过了话头。
> "操……"

加博对入侵事件做出了毫不含糊的表态，他对普利尼奥·阿普莱约·门多萨说道："那时候我真的觉得天都掉下来了，不过现在我想清楚了：那次事件证明我们所有人都生活在两种同样残酷的帝国主义的夹缝中，那其实也是意识层面的一次觉醒。"（Mendoza 1984：112）加博其至还提到了他和菲德尔关于那次事件的分歧。他试着理解菲德尔，但并不赞同后者的看法："（我的态度）已经公开表达过了，我抗议苏联的行为，如果类似的事件再次发生的话，我还是会抱有同样的态度。我和菲德尔·卡斯特罗在对待那次事件的态度方面（我们没必要在所有事情上都保持一致的看法）唯一的区别就是他会给苏联的入侵找理由，而我不会。不过他在演讲时对民主国家内部局势的分析要比我在咱们不久前谈到的那些游击中做得更加具有批判性，更加激动人心。不管怎么说，拉丁美洲的命运不能也不会由匈牙利、波兰或是捷克斯洛伐克决定，而要由拉丁美洲自己决定。其他的就交给欧洲人去操心吧，我想你的很多关于政治的问题也都源于此。"（Mendoza 1984：127）

毫无疑问，马里奥·巴尔加斯·略萨在面对苏联坦克终结"布拉格之春"时做出的反应要更加直白。在秘鲁杂志《面具》1968 年 9 月 26 日的第 381 期中发表的《社会主义及其坦克》一文中，马里奥猛烈抨击了苏联的入侵行为，认为它"使得列宁的祖国名誉扫地，是一个极度愚蠢的政治决策，对全世界的社会主义事业造成了不可修复的伤害"。正如我们提到过的那样，雷塔马尔在公开和私下场合都批评了马里奥，尤其是在 1969 年 1 月 18 日的信中，而针对那封信里提到的话题，马里奥又在我们曾引用过的同年 3 月 1 日的回信中——做出了辩护。雷塔马尔说他"在 1968 年 9 月 26 日《面具》杂志上替反对革命的外部势力代言"（Princeton C.0641，III，Box 9）。而针对这一点，马里奥在 3 月 1 日的回信中做出的回答则更加具有说服力：

和菲德尔在捷克斯洛伐克问题上看法不一致，无论从什么角度来看都并不意味着投靠古巴的敌对阵营，拍一份电报来就革命政府的文化政策发表看法也是一样。我和古巴的联系是很密切的，但这绝不表示我在任何事情上都要自动且无条件地和古巴领导阶层保持一致的态度。那样的关系对于一个作家而言是不可接受的，哪怕对于政府人员而言也是很不合适的，因为，正如你所知，一个作家如果不能保持独立思考，不能大声说出他的所思所想的话，那么他就不是一个作家了，而是变成了口技艺人。我对菲德尔和他所领导的事业始终抱有极大的敬意，但我依然对他支持苏联入侵捷克斯洛伐克的言论感到遗憾，因为我认为那一入侵行为不是为了消灭反革命势力，而是为了阻止一个国家在自己内部推行民主的社会主义改革，而这些正是古巴做过的事情。我认可你有权利用"可笑的"和"文字上的哗众取宠"来形容我的抗议，不过与此相反，我不理解的是为什么你因为我在文章中表达了自己的观点，就指责我自封为"全球革命的守护人""革命事业的判官"。简直是毫无逻辑可言。我不是政治家，我只是个作家，我很清楚我个人的政治意见压根儿不会有任何重大的影响力，但我还是要捍卫自己自由表达的权利。（Princeton C.0641，III，Box 9）

马里奥用了"政府人员"和"口技艺人"这样间接但清晰的表达讽刺雷塔马尔。这种形容其实相当恰当。就像加博在他和普利尼奥之间进行的那场精彩访谈中提到的那样，*武装入侵如果脱离了帝国主义的语境就会失去意义*。所有人都感到愤怒，但似乎只有巴尔加斯·略萨明确地将怒火表达了出来。在某个时刻科塔萨尔也会做同样的事情。那时富恩特斯还没有到咬牙切齿的程度。从 1970 年 4 月 5 日何塞·米格尔·奥维多写给马里奥的信中可以看出，当时的情况极具戏剧效果：

这是你的信里最无畏的部分了。我知道你给鲁乔打了电话，让他给你找几篇关于你和古巴人在捷克斯洛伐克事件和流亡问题上的看法的文章。而我在《前进》杂志上读到了科亚索斯（完美的傀儡写手）针对胡里奥写的一些讽刺的话，连续两期都有他写的与此相关的东西，他还真是够刻苦的。在最新的一篇回复科塔萨尔的文章里，科亚索斯对你也做了不好的评价。我不大清楚后来他有没有写什么别的东西（在这里我们什么情况都没法及时获得），也不知道是不是有什么专门写你的文章。我还读到了已入歧途的斯大林主义者达尔顿针对《美洲之家》杂志上关于《视野》的一篇文章，他在里面把你们统统奚落了一番。发生什么事了？为什么他们要那样去攻击小说家们，尤其是科塔萨尔和你？（我感觉他们已经不愿意写富恩特斯了，改为攻击他身边的朋友了。）我不太理解这些事情。是因为你们的文学成就惹得他们红了眼？还是因为你们身在欧洲？……我认为你捍卫自己权利的做法完全正确，我也希望能看到你在《前进》杂志上的回复文章。不过我不建议你做的事情是给艾蒂写退出信，至少别在古巴人彻底撕破脸之前写。你看，很难向你解释我为什么给你这样的建议，但是我感觉那样做会给他们提供口实；让他们觉得（或者去说）："这家伙就是想退出，就是想和古巴决裂，我们的同志科亚索斯写的那些文章都是正确的。"不要正中他们下怀：他们想要的就是你主动退出。让他们吃屎去吧。你就在编委会里待着，要是他们敢而且能的话，就让他们把你赶走。（Princeton C.0641，III，Box 16）

"文学爆炸"作家们和古巴之间的关系出现了裂缝。这种裂缝是双向的。"文学爆炸"这一称呼本身就带有战斗色彩。不过，"文学爆炸"中的"爆炸"直到1971年才会发生，那是帕迪利亚

（噩梦[1]）事件的*最后一回合*[2]。与此同时，在同一年，这几位朋友开始就一项极富野心的提议交流看法，那个提议是卡洛斯·富恩特斯提出的。他充满激情，善于外交，精于协商，人脉资源丰富，对成功有敏锐的嗅觉。

与上帝一起扮演上帝

谁不喜欢和居上位的人搞好关系呢？谁不想接近掌权者，进而碾碎他们，理解他们，甚至模仿他们呢？加博就是这样做的。他在1975年与最有权势的那个人交上了朋友：菲德尔·卡斯特罗。然而在大约10年前，帕迪利亚事件的腥臭气味还没有笼罩这片大陆而苏联坦克的浓烟已经飘来的时候，"文学爆炸"的作家们也想参加到战斗中去，只不过他们用的是手中的笔，而非杀人的武器。在拉丁美洲唯一能与音乐传统、宗教传统、西班牙殖民遗产和对西班牙语的使用相提并论的就是独裁传统了。只不过接受或者改造其他传统的过程是愉快的，而独裁传统是畸形的，它在独立后的200年中伤害了数百万人。古巴可能是最悲惨的国家。

可是在拉丁美洲200年的独立史上，古巴并非唯一一个出现残暴考迪罗的国家。从蒙特祖玛、胡安·曼努埃尔·罗萨斯[3]开始，还应该提到胡安·维森特·戈麦斯[4]的政治灵敏度，那要比

---

〔1〕 这是本书作者的文字游戏，因为西班牙语中帕迪利亚（Padilla）和噩梦（pesadilla）在写法上很相似。

〔2〕 也是作者的文字游戏，"最后一回合"也是胡里奥·科塔萨尔一部作品的书名。

〔3〕 胡安·曼努埃尔·罗萨斯（Juan Manuel Rosas，1793—1877），阿根廷独裁者，南美第一个考迪罗。

〔4〕 胡安·维森特·戈麦斯（Juan Vicente Gómez，1857—1935），委内瑞拉独裁者，被称为"安第斯山暴君"。

玄妙预言更加准确。加西亚·马尔克斯曾经这样介绍拉美的独裁者们："医生杜瓦利埃在海地下令捕杀全国的黑狗，因为他的政敌之一为了逃脱这位暴君的掌控，放弃了人形，变化成了一条黑狗。弗朗西亚[1]博士在哲学领域颇有成就，连托马斯·卡莱尔也对之进行过研究，可是这同一个人竟然下令封锁巴拉圭共和国的国门，好像那是他的私有财产一样，只允许打开一扇窗户放邮件进入。安东尼奥·洛佩斯·德桑塔纳（Antonio López de Santana）用一场盛大的葬礼埋葬了他的一条腿。洛佩·德阿吉雷（Lope de Aguirre）的断手沿河漂流而下，见到它的人都吓得瑟瑟发抖，他们认为哪怕是在那样的状态下，那只手还是有能力挥舞屠刀。尼加拉瓜的安纳斯塔西奥·索摩查·加西亚（Anastasio Somoza García）在自己家的后院里有一个动物园，里面有两个大笼子，中间只用铁栏杆隔开，一个笼子里关着野兽，另一个笼子里关着的则是他的政敌。萨尔瓦多的通神论独裁者马丁内斯（Martines）下令把全国的路灯都用红纸裹住，他认为这样可以阻止麻疹蔓延；他还发明了一种摆锤，在就餐前放在食物上方，以此观测食物中有没有被下毒。"（García Márquez 1991：121）

在这份榜单上还应该加上玻利维亚的马利亚诺·梅尔加雷霍（Mariano Melgarejo）、多米尼加共和国的特鲁希略（Trujillo）、墨西哥的波菲里奥·迪亚斯（Porfirio Díaz）、危地马拉的埃斯特拉达·卡布雷拉（Estrada Cabrera）、秘鲁的奥斯卡·贝纳维德斯（Óscar Benavides），还有萨尔瓦多的马克西米利亚诺·埃尔南德斯（Maximiliano Hernández），也就是说，四面八方都有独裁者的

---

[1] 巴拉圭独裁者何塞·加斯帕尔·罗德里格斯·德弗朗西亚（José Gaspar Rodríguez de Francia y Velasco），1814—1840 年在任。

193

身影。有了这些素材，加博创作出《族长的秋天》这样杰出的作品也就不足为奇了，他想结合所有独裁者的特点创作出一幅独裁者肖像画。没人知道卡洛斯·富恩特斯在 1967 年表达的想法是否对加博创作那一非凡之作产生过影响。1967 年 2 月 22 日，富恩特斯给巴尔加斯·略萨写了封信，信中说道：

> 那天咱们在"风筝"餐厅聊过埃德蒙·威尔逊[1]和他的《爱国者之血》(*Patriotic Gore*) 后我就一直在思考，想着我们几个合力写一本类似的书。我昨晚和豪尔赫·爱德华兹聊过，我给了他这样的建议：他的那一卷可以叫《族长》《祖国之父》《救世者》《施恩者》，或是类似的书名。我的想法是写一部我们美洲的黑色纪实作品：去亵渎那些亵渎我们的人，爱德华兹可以写巴尔马塞达[2]，科塔萨尔写罗萨斯，亚马多写巴尔加斯 (Vargas)，罗亚·巴斯托斯写弗朗西亚，加西亚·马尔克斯写戈麦斯，卡彭铁尔写巴蒂斯塔，我来写德圣塔·安纳[3]，你来写莱基亚[4]……或者其他某个秘鲁强人。你觉得怎么样？当然很多细节还要细化，但是可以先从你、我还有豪尔赫这边开始写起，他对这个想法很感兴趣，然后咱们再通知阿莱霍、胡里奥、奥古斯托、加夫列尔和若热·亚马多[5]。……我肯定最后写出来的书一定会是拉丁美洲文学史上最重量级的作

〔1〕 埃德蒙·威尔逊（Edmund Wilson, 1895—1972），美国著名评论家、作家、编辑、记者。代表作有《到芬兰车站》《爱国者之血》《三重思想家》等。
〔2〕 指智利独裁者何塞·曼努埃尔·巴尔马塞达（José Manuel Balmaceda）。
〔3〕 指墨西哥独裁者安东尼奥·洛佩斯·德圣塔·安纳（Antonio López de Santa Anna）。
〔4〕 指秘鲁独裁者奥古斯托·贝纳尔迪诺·莱基亚·伊萨尔塞多（Augusto Bernardino Leguía y Salcedo）。
〔5〕 若热·亚马多（Jorge Amado, 1912—2001），巴西重要作家，代表作有《无边的土地》《加布里埃拉》等。

品之一……我说的不只是它的文学价值：每个作家的聚焦点也是很值得研究的因素……你能看得出我对这个想法充满热情，原因不止一个。伽利玛出版社的人从突尼斯回来之后曾经对我说过，来自五湖四海、讲不同语言的评论家在提到咱们这群拉美作家时都热情高涨。我想这种群体概念是很重要的，所以我们这群人应该去完成共同的任务，我认为这对未来拉美文学的发展也很重要。（Princeton C.0641，III，Box 9）

5月的时候，富恩特斯又和豪尔赫·爱德华兹谈到了这个话题。看上去他已经想得很清楚了，而且他觉得那会成为代表整个"文学爆炸"的作品。墨西哥作家不知道的是：真正代表"文学爆炸"的作品即将在阿根廷出版，很遗憾最后他的想法并没有成为现实。富恩特斯在坚持鼓励"文学爆炸"作家们去完成那样一项艰巨的任务时表现得很坚定。爱德华兹在给马里奥的信中写道："卡洛斯·富恩特斯说给我往智利寄了封信，是有关那本写独裁者的书的。可是我从来就没收到过那封信。可能我回去之后能找到吧。我给富恩特斯说了巴尔马塞达和梅尔加雷霍或是圣塔·安纳的情况很不一样。巴尔马塞达是19世纪智利历史上最进步的总统。……我现在已经见过关于'拉丁美洲的独裁者们'的书了，它分章节讲了马查多、索摩查、戈麦斯等人的事情，里面倒是也提到了巴尔马塞达。"（Princeton C.0641，III，Box 8）但是到了7月，卡洛斯·富恩特斯又提起了那个话题，并且十分兴奋地给马里奥写信探讨其中的可能性以及具体的实施细节，还对一些设想进行了延伸。给马里奥·巴尔加斯·略萨的这封信落款是1967年7月5日，是从威尼斯寄出的：

亲爱的马里奥：

我今天早晨从巴黎回来了，工作累得我喘不过气来（你会喜欢我和莱兴巴赫搞的那部电影的：它是对拉丁美洲"最初"的绝对现代化的一次实验；我对伽利玛将在1月出版的那本关于新小说的书做了修改；等等），但是我连一天都等不及了，就只想尽快和你说说关于咱们的计划的事情。胡里奥也很喜欢那个想法：他已经写了一篇关于艾娃·庇隆尸体的20页的文章。对计划有不同想法的是卡彭铁尔，他选择写马查多，不过最后会写一些和巴蒂斯塔有关的片段；伽利玛出版社的人给我说他天天都打电话去谈那个想法，还希望他们出版那本书；他每隔两三天就给我打一个电话，告诉我他的一些新想法。我从没见过他这样。他认为那将会是我们的文学史上最重要的作品之一，我也同意他的看法。对了，米格尔·奥特罗·席尔瓦会写胡安·维森特·戈麦斯（我在聂鲁达家见到了米格尔，他邀请我去加拉加斯，但我没同意，因为我害怕坐飞机）。罗亚·巴斯托斯同意写他们国家的独裁者弗朗西亚，而且也表现出了对计划的支持。所以实际上计划已经开始往前推进了。加西亚·马尔克斯会写某个哥伦比亚的暴君。胡里奥和阿莱霍最后同意在墨西哥出版那本书了：在西班牙和阿根廷出版这样一本书都有些危险。……还有一些值得写的独裁者，例如埃斯特拉达·卡布雷拉、梅尔加雷霍、罗萨斯、波菲里奥·迪亚斯，还有最近的那位独裁者特鲁希略。

很遗憾，富恩特斯的想法最终没有变成现实。我们查阅了几位主要参与者接下来的信件，这个话题从1968年开始就没人再提过了。显然，那本书从来就没有出版，其中的原因我们已经了解得很多了，"文学爆炸"的作家们的行程表太满了，他们有太多的写作计划，还要参加图书的宣传活动、改编剧本、教书等。不过这并不意味着作为个体的作家没有写相关主题的作品。在20世纪中叶，米格尔·安赫尔·阿斯图里亚斯就出版了《总统先生》，而奥古斯托·罗亚·巴斯托斯、阿莱霍·卡彭铁尔、加西亚·马尔克斯等人很可能也都受到了墨西哥作家想法的启发，相继出版了《我，至高无上者》（1974）、《方法的本源》（1974）和《族长的秋天》（1975）。我们也都知道马里奥·巴尔加斯·略萨在21世纪初出版了《公羊的节日》，那本书的创作灵感就来自他在70年代初进行的多米尼加共和国之行，在那之后他又多次前往那个岛国做调查采访，认识相关人士，了解那片土地，到报社、档案室和图书馆中阅读资料，为他的小说创作做准备。这个主题值得作家们付出，值得被历史铭记。有趣的是，唯一没有写独裁小说的就是卡洛斯·富恩特斯本人，哪怕是像科塔萨尔的《被侵占的房屋》这样的短篇小说也被解读成了对庇隆专制政权过分操控社会的批判。

8. "文学爆炸"真正"爆炸"之时：
帕迪利亚事件

（第二部分：牢狱之灾和第一封信：1971 年）

看上去硝烟已经散尽，对帕迪利亚和阿鲁法特的审查风波已经成了历史，而入侵捷克斯洛伐克似乎成了上个世纪的事情，在经历了 1968 年大会的混乱和 1969 年的风波后，《美洲之家》又表现出了平和的态度，尽管在 70 年代，《自由》杂志和《新世界》杂志又将掀起新的风浪。帕迪利亚有了新的工作。在失业 1 年之后，他给最高领袖菲德尔·卡斯特罗写了封私人信件。第二天他就收到了回信，信中允许他在哈瓦那大学里挑选一份自己喜欢的工作。（Gilman 2003：235）他露面的机会多了起来：1969 年担任大卫文学奖的评委，还在《联合》杂志发表了几首诗歌。帕迪利亚还在古巴作家艺术家联盟朗读了自己的作品《挑衅》（*Provocaciones*），该书在出版后销量和评论界反响都不错。

然而帕迪利亚的噩梦的第二部分很快就上演了。1971 年 3 月 20 日，诗人和他的妻子贝尔基斯·库萨·玛莱（Belkis Cuza Malé）一同被逮捕了，当局指控他是反动作家，正在进行"破坏活动"。他的妻子只被关了两天，而他则遭受了 38 天的牢狱之灾。在那段时间里国际上出现了许多抗议行动（古巴国内的抗议者都将被关进监狱），很快国际上就有了指责古巴政府正在"斯大林化"的声音。由于这次事件，"文学爆炸"的许多作家和知识分子在全球各地以各种方式紧急撤回了他们对古巴政权的支持态度，这些人包括：卡洛斯·富恩特斯、马里奥·巴尔加斯·略萨、胡安·戈伊蒂索洛、普利尼奥·阿普莱约·门多萨、奥克塔维奥·帕斯、让－保罗·萨特、卡洛斯·弗兰基（他是马埃斯特腊山的游击队英雄之一）等。

抓捕事件一发生，"队伍"中的其他成员就再次团结到了一起，捍卫那位曾被判"越位"的前锋队员。戈伊蒂索洛写道："《跳房子》的作者把我叫到了他位于卡特鲁将军广场的家中，我们两人一气写了后来被称为'给菲德尔·卡斯特罗的第一封信'的信件，弗兰基审核了信，我们之间一直保持着良好的沟通。我们当时认为，那封信最好还是以私人信件的形式交到菲德尔·卡斯特罗手上，这样做的目的是避免大众舆论影响到收信人对我们的信件的处理意见。只有在时间过去很久、我们依然没有获得任何答复的情况下，我们才会考虑把信件的复印件交给各个报社。"（Goytisolo 1983：18）

普利尼奥·门多萨那时就居住在巴黎，也在那里工作，他更加详细地讲述了那次事件。《世界报》对抓捕事件做了简短的报道。帕迪利亚在那时被看作"某种独立的象征"，代表"某种知识领域的反抗"或"对某些重要权力部门，尤其是国家安全部门，无孔不入、令人恐惧的管理方式的批判"；此外，帕迪利亚还被认为拥有"表现主义倾向，聪明，敢于表达不同意见"，而且"毫不避讳地从容谈论古巴政府的状况"。例如，他曾对国家安全部门主管这样说道："听着，红胡子，你去吃屎吧……"

（Mendoza 2000：192）那次事件发生之后，科塔萨尔立刻做出了反应。普利尼奥说道："我看着他走进我们的小办公室，坐在一把不牢固的木头椅子上，他巨大的身体压得椅子吱嘎作响，他像老师那样戴上眼镜，开始检查那天早上胡安·戈伊蒂索洛起草的要发给菲德尔·卡斯特罗的电报。"（Mendoza 2000：193）

胡里奥把纸放到桌子上，摘下眼镜拿在手里，做了个无助的表情，然后说一定要谨慎行事，他总喜欢把颤音拖长，就像卡彭铁尔一样。他总结说很可能菲德尔本人对抓捕行动一无所知。之前就发生过类似的事情。所以措辞一定要谨慎，不能用控诉逼问的口气，也不能过分显露出不安。另外，把那封信公开出去也不是明智的做法。最好还是能直接交到菲德尔手上，给他几天来思考，让他平静地做出回复。（Mendoza 2000：193）但是戈伊蒂索洛要更加刚猛，不喜欢拖拖拉拉，他迅速写好电报内容，然后就想请十几个知识分子在上面签名。胡里奥最后磨平了那位加泰罗尼亚作家的所有棱角，"像钟表匠那样谨慎地思考着每一个用词"（Mendoza 2000：194），然后才签了名。普利尼奥补充道："毫无疑问，科塔萨尔在此后的人生中一定会因为他那天的态度而感到后悔的，他完全没有想到卡斯特罗的反应会是那样。"（Mendoza 2000：194）

在那封电报中，署名者请求获得更多关于帕迪利亚被捕的信息，电报中是这样写的："署名者，同时也是古巴革命的原则和目标的坚定支持者，给您写这封信的目的是表达我们对著名诗人、作家埃贝托·帕迪利亚被捕一事的担忧，并且请求您谨慎考虑该事件可能引发的后果。"（Esteban 2004：53）

像野兔一样迅疾的戈伊蒂索洛立刻给朋友们打去了电话，首先是萨特和波伏娃。而普利尼奥则负责联系那些"食人生番"，就像他自己说的那样，都是些"共产主义社会中的未来官僚""马克思主义的所有教条的集大成者""只会说死板套话的人"，对于那些人而言美国就只代表帝国主义，只不过"美国人对国家管理得不错，所以才能在资本主义社会中舒适地生活"。那些人大多是大学老师、联合国教科文组织的雇员、某家丛书出版社的负责人，总是"用聂鲁达的风格（他们连聂鲁达的脚踝都够不上）去写些让人读着心酸的散文，写关于忍饥挨饿的孩童和受尽剥削的矿工（他们自己从来没下过矿）的诗歌"，却可以"在《美洲之家》的文学竞赛中获奖"，然后"组织大大小小的研讨会和讲座，都是类似于'拉丁美洲作家的责任'这样的主题"，"他们吃着蜗牛和油封鸭，喝着高端葡萄酒，完事后再去写那些悲痛激昂的诗歌和怒火冲天的抨击文章"。（Mendoza 2000：195）

　　普利尼奥很享受给那些人打电话、请他们在电报上签名的过程，那些人都坚持认为诗人和甘蔗工人或是军人没什么两样，都要遵守革命纪律。然而当足智多谋的门多萨向他们露出讽刺性的微笑，进而告诉他们胡里奥已经签了名之后，那些人陆续出现在普利尼奥工作的《自由》杂志的办公室，也都签了名。签了名的，包括"食人生番"和普通人在内，一共是54人。只差加博了。

腐烂番石榴的气味

　　"曼布鲁是谁？他为什么要去打仗啊？"[1]这是小加博经常问

---

〔1〕　内容出自儿童歌曲《曼布鲁去打仗了》（*Mambrú se fue a la guerra*），据说该歌曲是 18 世纪初英法战争后由法国人民编唱，但也有一说该歌曲源头在阿拉伯地区。

外公外婆的问题，那时候他还小，很不喜欢听那些歌曲。加博的朋友们（他们当然知道加博是谁）毫无疑问会互相询问那时加博参加哪场战争了，因为他不声不响地消失了。从 1968 年底开始他就住在了巴塞罗那，他准备推动那本"独裁小说"的写作进程，同时还在写短篇小说，为的是"不让手太生"。但是在那个时刻他却身在巴兰基亚（这也是事后大家才知道的），在加勒比海沿岸的某个不确定的地方，既没留收件地址也没留电话号码，他正在那里寻找"腐烂番石榴的气味"[1]。普利尼奥说这在当时成了棘手的问题，因为没人能和他取得联系，因为他已经到哥伦比亚"度假"去了。（Mendoza 2000：197）普利尼奥给他们在巴兰基亚的共同好友们留了口信，让他们告诉加博立刻给巴黎致电，但是却一直没有等来那通电话。他还给加博发了封电报，同样没有收到回复。于是他想，既然他们在古巴和帕迪利亚问题上的看法一致，那么由他来代签加博的名字也并无不可。他在《烈火寒冰》（*La llama y el hielo*）一书中是这样记录此事的：

> 我们用了很长时间来讨论这个话题，大家看法一致，我也毫不怀疑加博对待帕迪利亚被捕一事的态度。我确实是那样想的。因此在通过电话无法联系上他，而电报马上就要发出之时，我平静地、没有半点愧疚地对胡安·戈伊蒂索洛说：
>
> "我来代替加博签字，责任我来承担。"
>
> 胡安本想不让加博署名了，但我觉得那样不好，因为所有他的朋友，所有"文学爆炸"的作家们都已经签了名，我怕那会让加博

---

[1] 这一信息来自我们在 2001 年对那次事件的参与者之一的参访，他希望在这本书出版时隐去他的姓名。——原注

误会。（Mendoza 1984：136）

普利尼奥表示，因为缺少更多具体的信息，大家都觉得古巴共产党是先斩后奏，在行动前没有取得菲德尔的同意，就像《族长的秋天》里面写的那样，他是最后一个知道发生了什么事的人，而且前提还是周围的人决定让他知道。不过在古巴，恰恰是在古巴，最高领袖永远都是无所不知的。还有一种推测是由于在经济上依赖苏联援助，所以菲德尔在很多事情的决策上并没有自主权。（Mendoza 2000：198）

普利尼奥还说中间可能出现了信件联络不畅的问题。加博从巴兰基亚给他寄过一封信，解释了他不在电报上签字的原因："因为我还没有获得关于那一事件的完整信息"。（Mendoza 2000：199）而当那封带有加博签名的电报被所有媒体曝光后，加博本人并没有着急向媒体做出澄清，而是给普利尼奥写了封信，信中解释了他不支持联合署名的原因，因为他认为那种反应有点过于着急了。因此，普利尼奥立刻与拉丁社巴黎分社的负责人取得了联系，希望能对媒体发布的信息进行修改：

> "我有一个你会感谢我一辈子的礼物要送给你，"他对分社负责人说道，"阿罗多，这对你的上司来说也是大好消息。加博不在，不同意给菲德尔的电报上签字。"
>
> "这可真是件大事，我的兄弟。"阿罗多高兴得声音颤抖了起来。
>
> "他的名字是我代签的。你们不要造谣说是巴尔加斯·略萨签的，也不要和胡安扯上关系。是我签的。所以你们的纠正消息的信息源很可靠。"
>
> "太好了，兄弟。非常感谢。"（Mendoza 2000：199-200）

我们采访过的一些人士（他们希望匿名）坚称普利尼奥·门多萨的妻子马尔韦·莫雷诺（Marvel Moreno）曾在某个场合声称哥伦比亚作家在电报上签了名，可是后来又后悔了，于是普利尼奥自愿承担了加博反悔的后果。有些奇怪的是，在那样急迫的情况下，加博没有打电话，而是给普利尼奥写了封信来表达他的态度。同样奇怪的是没人知道加博人在何处，包括普利尼奥在内，要知道他们从青年时期开始就成了亲密好友，还是一起在哥伦比亚、委内瑞拉、东欧、古巴（两次）和巴黎等地进行活动的同伴。

戈伊蒂索洛认为："加博非常精于此道，甚至都没有和自己的朋友们见面，他就与他们的批评立场保持了距离：这是全新的加西亚·马尔克斯，享受着名声，利用自己高超的天赋成为了卓越的战略家，一个世界上重要人物的座上客、'进步'事业的推动者就要诞生了。"（Goytisolo 1983：18）真实情况我们永远都无法知晓了，因为加博坚称他没有签字，而门多萨则替他打起了掩护，另外一些他们身边的人说加博签了字，但是由于菲德尔的反应而决定掩盖自己之前的决定。巴斯克斯·蒙塔尔万在东方机场的那个凄惨日子里去世之前不久接受了我们的采访[1]，他对我们说那个话题将会成为一个永远的谜，大家做再多的努力也是徒劳。然而，马里奥·巴尔加斯·略萨，此时的他已经不可能为哥伦比亚诺贝尔文学奖得主掩盖什么秘密了，在 2006 年 8 月的一次采访中对我们说加博从来就没有在电报上签字，替他签字的人是普利尼奥，因为在普利尼奥声称加博一定会同意他代签时，马里奥就在现场。

4 月初，一封帕迪利亚写的自我批评书开始流传，但是却也产生了诸多对于诗人这样做的真实意图的猜测。古巴政府通过拉

---

〔1〕 巴斯克斯·蒙塔尔万 2003 年 10 月 18 日在泰国曼谷机场因心脏骤停去世。

丁社发布了那封信的速记版本。大部分知识分子认为信不是帕迪利亚本人写的，曼努埃尔·迪亚斯·马丁内斯就是其中之一，他坚称"要说我们的诗人写了这封信，还不如说他写了《神曲》"。（Díaz Martínez 1997：95）也可能信中的某些部分是帕迪利亚本人写的，但肯定是在胁迫下写的，因为古巴革命政府最常用的政治压迫手段就是恐吓。在搜集了帕迪利亚身边最亲近的朋友们的证词后，我们认为帕迪利亚在那封信中承认自己犯了太多政治错误，这和他一贯的道德准则并不相适。1992 年，在和卡洛斯·贝尔德西亚（Carlos Verdecia）的一次对谈中，诗人本人也亲口承认了这一点："那封自我批评书有一部分是警察写的，还有一部分是其他人写的。我想其中有几个段落我是能够辨识出作者的，根据其中的一些细节情况，很明显是菲德尔·卡斯特罗的风格。我真希望现在手头有那封信，这样就能展示给你看了。"（Verdecia 1992：78）

4月5日与马里奥在一起的五小时[1]

但是那些自我批评书并非革命政府仅有的滑稽表演。同一时间，《美洲之家》杂志编委会也参与到了这场危机之中。那些追随革命政府的知识分子再也忍耐不住了。马里奥·巴尔加斯·略萨此前就因为雷塔马尔的指责以及缺席《美洲之家》的会议而被推上了风口浪尖，但是战争现在才算全面爆发，他与古巴的关系在四面八方都出现了裂缝。马里奥在 4 月 5 日给艾蒂·桑塔马里亚写了信，在帕迪利亚被捕等事件上再次表现出了强硬的立场：

---

[1] 这一标题是对西班牙著名作家米格尔·德利维斯（Miguel Delibes）的小说《与马里奥在一起的五小时》（*Cinco horas con Mario*）的戏仿。

尊敬的同志：

　　我向您提交退出《美洲之家》杂志编委会的辞呈，本人是在1965年加入该编委会的，同时也通知您我决定不在1月份到古巴开设课程，我曾在最近一次到哈瓦那的旅程中向您许诺开课一事。请理解这是在菲德尔做出斥责"住在欧洲的拉丁美洲作家"的讲话后我唯一能做的选择，他在讲话中提出"无限期禁止"我们进入古巴。我们请求他澄清埃贝托·帕迪利亚现状的电报激怒他到了这种程度吗？时间改变了许多事：我依然记得4年前我们和他一起度过的那个夜晚，他当时虚心接受了被他称为"外国作家"的我们的建议和批评，而现在他管同样一批人叫"流氓"。

　　无论如何，我已决定退出编委会，并且不再赴古巴授课。在读到埃贝托·帕迪利亚的自我批评书，以及在拉丁社办公室里看到关于我的同事贝尔基斯·库萨·玛莱、巴勃罗·阿尔曼多·费尔南德斯、曼努埃尔·迪亚斯·马丁内斯和塞萨尔·洛佩斯在古巴作家艺术家联盟做自我批评的记录后，我就做出了上述决定。我了解他们所有人，所以我很清楚那场滑稽的闹剧完全不是他们真心愿意出演的，那一切都是30年代斯大林主义式判决的再现。责令一群捍卫人类尊严的同志批评自己背叛革命，强迫他们在明显全是政治措辞的信上签字，这与驱动我从第一天起就拥抱古巴革命的原则不符：古巴革命的宗旨曾是为公平而战，同时不抛弃对个体的尊重。如今的古巴社会主义模式不是我希望我的国家学习的。

　　我很清楚这封信会使我遭受攻击，但比起捍卫古巴来，我更愿意承受这一切。

　　祝安，

　　马里奥·巴尔加斯·略萨

　　（Vargas Llosa 1983：164-165）

马里奥写那封信的时候帕迪利亚已经"写了"自我批评书，但是还没有在公众面前读它。在里卡多·塞蒂对巴尔加斯·略萨做的采访中，秘鲁作家说自己在那次事件之前就很了解帕迪利亚了，也知道他对古巴政府做了一些批评，但仅限于文化政策方面。可是在自我批评书中，他承认自己犯下了最严重的意识形态罪行，还指控他的朋友们是美国中央情报局的特工。不过，马里奥又说道："我们这些熟悉帕迪利亚的人都知道那是巨大的谎言：帕迪利亚说的既非事实，也不是他本人所想，更不是他相信的事情。"（Setti 1989：142）从那时起，激进主义愈演愈烈。有一些人依然选择为古巴的高压政策寻找借口，指责批评古巴的人是帝国主义分子或联邦调查局特工，而那些永远和古巴划清界限的人则指责上述支持古巴的人是"斯大林分子"。戈伊蒂索洛在那时明确表示："西班牙语文化界要把世界分成善恶两个阵营。"（Goytisolo 1983：12）而豪尔赫·爱德华兹则坚称："拉丁美洲知识界不可阻止地分裂成了支持卡斯特罗派和反对卡斯特罗派。"（Edwards 1989：35）最糟糕的事情即将发生。帕迪利亚在公众面前朗读了自我批评书。文学那团火，随着布恩迪亚家族最后一个长着猪尾巴的孩子出生后把马孔多夷为平地的狂风，迅速蔓延开来。

9. 帕迪利亚（小鱼[1]）"摇动尾巴"

（自我批评，第二封信，碎裂的"文学爆炸"）

1971 年 4 月 27 日，在古巴作家艺术家联盟总部的大厅里，帕迪利亚朗读了他的自我批评书，承认了他和他的同事们所犯的错误。现场的主持是何塞·安东尼奥·波尔图翁多，他由于对革命事业的绝对忠诚而在那几天里替尼古拉斯·纪廉进行工作，后者时任联盟主席，但是在那段时间一直称病在家。菲德尔精心准备了那场活动。3 天之后，也就是 4 月 30 日，又召开了国家教育文化大会，菲德尔在大会上做了演讲，又提到了帕迪利亚的那本"反革命作品"："由于犯了原则性错误，有的书压根就不该被出版，一本也不行，一个章节也不行，一页也不行。"

在同一届大会上还制定了一些"明智"的规定，例如古巴年轻人应该怎样穿衣打扮，强调大家要把短袖衬衫作为"象征民族身份的服装"，同时还规定了应该在电台里收听的音乐类型。官方层面禁止收听一切享乐主义、麻痹思想的音乐，例如摇滚乐和

---

[1] 同样是本书作者的文字游戏，因为在西班牙语中，帕迪利亚（Padilla）和小鱼（pescadilla）在写法上很相似。

其他流行音乐。同性恋被认为是犯罪行为。在众多规定之中，有一段对此有更进一步的描述："同性恋者应被依法逮捕，如公开自己的性取向，则将受到依法审判。"这些规定成为判断一个人革命态度的标杆。也就是说，大会认为"未来公民"就应该"像我们这个民族一样整齐划一"。

在接近两个小时的时间里，帕迪利亚有足够的时间谈论一切，谈论自己，也谈论其他在作品中"有反革命倾向"的艺术家。他指控了自己的妻子贝尔基斯、诺贝托·富恩特斯（Norberto Fuentes）、巴勃罗·阿尔曼多·费尔南德斯、塞萨尔·洛佩斯、曼努埃尔·迪亚斯·马丁内斯、何塞·亚涅斯（José Yánez）、何塞·莱萨玛·利马、维希里奥·皮涅拉（Virgilio Piñera）等人。被点名的人员中的许多人都接过话头在麦克风前为自己辩护。不需要过多评论，只要来看看迪亚斯·马丁内斯对那让人冷汗直冒的几分钟的记录就够了："帕迪利亚的自我批评书被公开了，可是阅读它是一回事，那天晚上在现场听到它又是另一回事。那是我人生中经历过的最黑暗的时刻之一。我永远都忘不了帕迪利亚讲话时坐在我身边的人们的惊讶表情，更忘不了那些古巴知识分子——无论年轻人还是老年人——脸上流露出的恐惧，尤其是当帕迪利亚开始念出他的朋友们的名字的时候。他指控我们是革命的敌人，我们很多人当时感觉自己就要死了。我刚好坐在罗贝托·布兰利（Roberto Branly）身后。当埃贝托念到我的名字的时候，布兰利，我的好朋友布兰利，抽搐着转过头来，用极度惊恐的眼神望着我，就像是看着我被押到了绞刑架上。"（Díaz Martínez 1997：96）许多西班牙作家和知识分子，例如菲利克斯·格兰德（Félix Grande），和"文学爆炸"巴塞罗那作家群关系密切，此时也参与了进来，对帕迪利亚事件发表自己的看法，阻止了该事件的发酵。不过那次事件也在其他一些古巴作家身上起到了荒唐的效果，例如诺贝托·富恩特斯。他是少数几位在现场听到帕迪利亚在自我批评书中点到自己名字的知识分子之一，他当场就辩解说自己不是"反革命分子"，这是个很魔幻的称呼，在当时乃至现在都被用来形容那些遭受政治迫害的人。在那些经历之后，诺贝托成为在革命文化范畴内进行写作的青年作家。晚些时候他写出了《海明威在古巴》（*Hemingway en Cuba*），在古巴岛内引发强烈反响，卡斯特罗兄弟也都对那本书赞赏有加。后来他又参与了多次针对古巴国际主义者的斗争行动。他成为了菲德尔的下属，在1989年接受了"圣路易斯秩序勋章"和"国家文化奖章"。

在自我批评书中，帕迪利亚说自己把反革命思想引入到了文学中，还感谢了他的朋友们，"那些为国家和革命事业尽心尽力的人"，因为他们十分宽宏大量，给自己提供了一个改正错误的机会。*新人*帕迪利亚说："我犯了数不清的错误，而且都是不可饶恕的错误，它们理应被审查、审判，我现在真的感到无比轻松，在经历过这一切之后，我体会到了真正的幸福，我可以带着焕然一新的灵魂重新生活了。我请求大会……我一次又一次地和某些古巴人以及外国人一起诽谤和侮辱革命。我在错误的反革命道路上走得太远了。……也就是说，所谓的反革命分子就是用行动对抗革命、伤害革命的人。而我对抗了革命，也伤害了革命。"（VVAA 1971：97-98）

那场戏剧性十足的活动后来达到了高潮，帕迪利亚被要求公开承认自己对最高领袖不忠，还要表达出自己的悔恨和痛苦，好警示其他所有反革命分子团结（一致？）到古巴民族的*救世主*身边，修正自己的错误。作为曾经离群、现在重返羊圈的羔羊，诗人说道："我对菲德尔忘恩负义，我说了许多关于菲德尔的不公正的话，这些罪过数不胜数，我永远也不会停止为那些行为忏悔。"（VVAA 1971：102）

此外，自我批评所涉及的不仅是那些伤害了革命最高领袖、给诗人带来这段糟糕记忆的诗句，也拓展到了对他写的一些文章和文学评论的解读上，按照政治正确的要求，这些文章应该赞颂革命作家、批判背弃革命的作家。因此，帕迪利亚必须撤回自己对利桑德罗·奥特罗的批评，同时批判自己曾经做出的对卡布雷拉·因凡特的辩护之词，因为因凡特当时已经逃亡到伦敦了，而且成了威胁古巴当局的洪水猛兽，"我在回到古巴几个月后就利用《大胡子鳄鱼》（*El Caimán Barbudo*）杂志的文学副刊提供的机会来批判利桑德罗·奥特罗新出版的小说《乌尔比诺的激情》，这样做的目的就是残忍不公地抹黑这位和我交往多年的朋友，一个像利桑德罗·奥特罗这样真正的朋友。……我首先做的就是批评利桑德罗。我对利桑德罗·奥特罗说了许多可怕的话。而我捍卫的是谁呢？我捍卫的是吉列莫·卡布雷拉·因凡特。那个我们所有人都知道的吉列莫·卡布雷拉·因凡特又是谁呢？吉列莫·卡布雷拉·因凡特是个心怀怨恨的人，不仅怨恨革命，也怨恨整个社会，他出身卑微，十分贫穷，我不明白为什么他在成年后会心理扭曲，从一开始就成了与革命水火不容的敌人"。（VVAA 1971：98）最后，帕迪利亚说在经历过这一切之后，自己感受到了"真正的轻松，真正的幸福"。

我们都知道帕迪利亚和卡布雷拉之间的过节。在这场自我批评发生之前，两人就已经隔空进行过一场激烈的论战。当时卡布雷拉已经在伦敦住了许多年，只要有机会他就会用文字来攻击古巴，而且他总是感觉自己受到了古巴安全部门的跟踪，有时候他的感觉正确，有时候则是神经过敏。他在 1972 年 6 月 15 日写给埃米尔·罗德里格斯·莫内加尔的信中提到了自己不久前到巴塞罗那的一次旅行：

> 在饭店里我们旁边坐着一群西班牙电影工作者，米利亚姆（Miriam）听到另外一群人用带有哈瓦那口音的西班牙语说道："看到那边那个人了吗，像个王子一样在那儿吃东西，而古巴有很多人却正因为他的错而饿肚子。"那绝对不是幻觉，是真的。还有一次米利亚姆走进一家店铺买西班牙洗发水，这时店里的广播播报了这样的消息："作家很担心，但保持着沉默，而他的夫人因他的沉默而感到不安。有人在他们居住的酒店里，从他们的行李中偷走了一个化妆盒，犯下盗窃案的是（这里播报了一个名字和一个地址），如果想取回失窃物品……"后来我们进到另一家更小的店里买了管牙膏，当我们回到酒店准备用它时，它已经硬得像一块石头了。出现了许多类似的让人沮丧的事、错误、种种指示我们受到了监视的线索，可是对方的手法并不比在英国或是法国使用的更高明，但是方式都很相似。米利亚姆坚持说根本就没有人在监视我们，但我一辈子都相信疯狂的想法是理解现实生活的另一种方式，我也相信我们确实被监视了，只不过我在西班牙居住的 9 个月时间里相对放松，但后来失眠的状况加剧，我的放松情绪才再次被警惕心取代了。（Princeton C.0272，II，Box 1）

很明显卡布雷拉有些被害妄想，这种心理状态从他被迫逃亡开始就一直纠缠着他，那些知识层面对他的报复、对他的打击更大，而且那种报复从他凭借《三只忧伤的老虎》而达到自己的叙事文学创作巅峰的同年就开始了。就在卡布雷拉和新生的帕迪利亚之间又起争执的时候，团队的其他成员又开始了支持越位前锋的行动，他们又写了一封信，这次的口气更加强硬，对于很多团队成员来说，这也是他们最后一次和卡斯特罗政权的流畅沟通了。

五月四日（马里奥像老师那样）脱去外套[1]

新一轮大规模抗议（这次有 62 人签字）出现在巴塞罗那。胡安和路易斯·戈伊蒂索洛、何塞·玛利亚·卡斯特莱特、汉斯·马格努斯·恩岑斯伯格、卡洛斯·巴拉尔（后来没有签名）以及马里奥·巴尔加斯·略萨在秘鲁作家的家中集会，各自写了一份草稿。然后大家互相比较，最后一致同意选择马里奥的那篇。诗人海梅·希尔·德·别德马[2]对文章做了一处修改，改动了一个副词。除了针对帕迪利亚演的那场戏，菲德尔·卡斯特罗在大会闭幕式上的演讲也刺痛了这些签名者的心。总司令在演讲中用了"那些玩意儿"这个词，也就是说，"那些垃圾"，那些"拉丁美洲知识分子"都是些不要脸的家伙，他们不仅没有亲身参加战斗，而且"利用在革命第一阶段享有的描写所谓的拉丁美洲问题的权利获得了名声，再利用那些名声住在官僚豪宅里"，还说他们都是"文化殖民主义的代言人"，所以他们再也不可能出现在古巴各类文学奖的评奖委员会中，因为"想当法官，就得

---

〔1〕 对西班牙谚语"没到五月四十号，不要轻易脱外套"（"hasta el 40 de mayo no te quites el sayo"）的戏仿，该谚语旨在提醒人们在春季即将结束时往往会气温骤降。此处暗指"文学爆炸"在如火如荼之时骤然降温。

〔2〕 海梅·希尔·德·别德马（Jaime Gil de Biedma，1929—1990），西班牙内战后的重要诗人。

先成为真正的革命者、真正的知识分子、真正的战士"。（Gilman 2003：242）也就是说，要先成为口技艺人。"那些玩意儿"寄给总司令的信件全文如下：

> 菲德尔·卡斯特罗总司令，
> 古巴革命政府国务委员会主席：
>
> 　　我们认为自己有义务将我们的羞愧和愤怒转达给您。署名为埃贝托·帕迪利亚的那篇让人遗憾的供述书只可能在违反革命公正法治的原则下写出。上述供述的内容和形式，以及对诗人的荒谬指控，再加上在古巴作家艺术家联盟举办了一场大会——在大会上帕迪利亚本人和他的同事贝尔基斯·库萨、迪亚斯·马丁内斯、塞萨尔·洛佩斯、巴勃罗·阿尔曼多·费尔南德斯被迫戴上假面具进行自我批评——所有这些都让人想起了斯大林主义盛行的恐怖时期，那时正义遭弃，妖魔横行。我们从古巴革命爆发的第一天开始就以最大的激情支持它，我们认为它尊重人性，为自由而战。如今，我们以同样的激情提醒古巴摒弃教条主义、蒙昧主义、文化排外主义和在其他社会主义国家盛行的斯大林式高压政策，最近在古巴发生的事情已经有了向这些问题靠拢的趋势。无端指控某人犯下恶劣的罪行的行为是对人的尊严的漠视，不仅对我们这些作家而言是这样，对每一个古巴同志——无论他是农民、工人、技术员还是知识分子——也是一样，任何一个人都可能成为类似的侮辱和暴力行为的受害者。我们希望古巴革命政府变回那种我们认为它将成为的社会主义典范的样子。（Vargas Llosa 1983：166-167）

以下人士都在署名者之列：克拉里贝尔·阿莱格里亚、西蒙娜·德·波伏娃、伊塔洛·卡尔维诺、玛格丽特·杜拉斯、卡洛斯·弗兰基、卡洛斯·富恩特斯、海梅·希尔·德·别德马、安格尔·贡萨雷斯、阿德里亚诺·贡萨雷斯·莱昂、戈伊蒂索洛三兄弟、鲁道夫·伊诺斯特罗萨[1]、胡安·马尔塞、普利尼奥·门多萨、卡洛斯·蒙西瓦伊斯、阿尔贝托·莫拉维亚[2]、何塞·埃米利奥·帕切科、皮埃尔·保罗·帕索里尼[3]、何塞·雷韦尔塔斯[4]、胡安·鲁尔福、让－保罗·萨特、豪尔赫·赛普伦、苏珊·桑塔格，当然还有马里奥·巴尔加斯·略萨。最引人注意的两位缺席者是曾经参加过草拟信件集会的卡洛斯·巴拉尔和胡里奥·科塔萨尔，不清楚为什么他们没有署名。另一位意料之中没有签名的人是加博。尽管极力反对一切古巴高压政策，可是卡布雷拉·因凡特也没有签名，原因是他和帕迪利亚之间的过节。古巴方面很快就做出了回应。通过胡安·阿尔玛斯[5]5月17日到24日写给马里奥的两封信我们可以看出，当时的局面已经前所未有地火药味十足了：

1971年5月17日：

　　我认为菲德尔和帕迪利亚之间发生的事情并不是在开玩笑。我相信事情会解决的，可还是感觉发生过的一切都像个谎言。所以我们想过你会在巴黎和几个受到攻击的人见面，但是我们也并不确定。

---

〔1〕鲁道夫·伊诺斯特罗萨（Rodolfo Hinostroza，1941—2006），秘鲁诗人、作家、记者。

〔2〕阿尔贝托·莫拉维亚（Alberto Moravia，1907—1990），意大利小说家。

〔3〕皮埃尔·保罗·帕索里尼（Pier Paolo Pasolini，1922—1975），意大利导演。

〔4〕何塞·雷韦尔塔斯（José Revueltas，1914--1976），墨西哥作家。

〔5〕即胡安·赫苏斯·阿尔玛斯·马塞洛（Juan Jesús Armas Marcelo，1946— ），西班牙作家、记者。

1971 年 5 月 24 日：

　　我们对正在发生的事情感到忧心忡忡。这边收到的消息都太滞后了，现在我们才在《西班牙先锋报》上读到艾蒂·桑塔马里亚的信，真是太让人沮丧了。我们是从乌伊安那得知你辞去《美洲之家》编委会成员职务的消息的，他从巴黎联系上了我们。

　　我们明白你现在的情绪一定非常低落，但是我们也相信你一定会迅速恢复过来，战胜这场危机，不幸的是，这场危机只会使进步力量的敌人们获益。（Princeton C.0641，III，Box 2）

　　几天之前，正像预料的那样，艾蒂·桑塔马里亚给身在巴塞罗那的马里奥·巴尔加斯·略萨写了信。具体日期是 1971 年 5 月 14 日，一共是 3 页杂色纸，凉飕飕的，因为普林斯顿大学珍本图书室对温度有着严格的控制。事实上，每次我们到那里去，哪怕是在 8 月天，我们也得穿件外套，因为那里的空调开得很足。不过这对于那里收藏的图书和文件是件好事，它们都被保存得很好。我们既不能碰它们，也不能复印，只能带着电脑去，把文件拷贝下来。图书室里总会有个管理员监督我们遵循各种各样的规定，而在离开时他们还会给你登记，就好像你进的地方是恶魔岛[1]。不过没事，最后你会开心地离开，因为那里有一切你需要的东西，而且使用方便，你可以尽情享受在馆内的时光。美国人确实有一些值得学习的地方（当然他们身上也有很多别的东西）。

　　那封信中一句空话都没有。艾蒂先是评论了马里奥退出编

---

[1] 恶魔岛（Alcatraz）是位于美国加州的一座小岛，曾设有恶魔岛联邦监狱，关押众多重刑犯，1963 年废止，现成为观光景点。

委会的决定。用的称呼始终是"您",语气冰冷,但后来随着信的内容的开展而逐渐升温。她对马里奥说因为他"日益明显地投靠帝国主义的倾向",他们早就考虑过要把他除名。(Princeton C.0641,III,Box 6)然后她称他为"反革命分子":她认为马里奥有重新考虑自己立场的权利,因为他还年轻,而且写过一些高质量的作品,但是他最后选择抛弃西班牙语美洲人民,走向了敌方阵营,也就是帝国主义阵营,正是那些敌人使得古巴处在四面楚歌、资源匮乏的局面中。她补充说马里奥支持的反革命作家(就是帕迪利亚,只不过她没有明确点名)"已经承认了自己的反革命行为,尽管他犯了错误,但是现在政府依然释放了他,他已经正常投入到工作之中了。其他的作家也纷纷承认了错误,如今也已经重获自由、开始工作了。但是您没有看到这一切,只认为那都是令人遗憾的演戏,您觉得那些都不是真心的,全是炮制出来的,是折磨和压迫的产物。可以看出您从来就没有面对过恐惧"。(Princeton C.0641,III,Box 6)

艾蒂又唤回了一些往日的幽灵:"1967年您想知道我们对您获得委内瑞拉的罗慕洛·加列戈斯文学奖的看法,那个文学奖是由莱昂尼政府颁发的,而那个政府象征着对拉美人民的残杀、镇压和背叛,我们当时向您提出了一个大胆、艰难而又在我们美洲的文化史上从未有过的建议:我们希望您接受那个奖项,然后把奖金捐给正为拉丁美洲各民族奋战的切·格瓦拉。您没有接受那个建议:您把奖金留下了,您拒绝了为切·格瓦拉提供哪怕是象征意义上的帮助的特殊荣誉。"(Princeton C.0641,III,Box 6)接下来,她说不允许马里奥再提切·格瓦拉的名字,因为他亏欠和背叛了格瓦拉,尽管他们(那些"好的"革命者)没有在秘鲁作家写关于格瓦拉和古巴革命政府的负面文章时批评他。她又继续唤醒幽灵："而您在 1968 年 9 月在《面具》杂志发表的关于捷克斯洛伐克的文章中针对菲德尔的讲话表达出了可笑的看法，哪怕是那时您也没有受到我方的批判。"（Princeton C.0641，III，Box 6）

信的结束语不可能更冰冷了，而那也是两人之间的最后交流，因为在那之后，马里奥再也没有和古巴的政治、文学、文化部门有过任何接触，这种关系一直持续到现在。可以想象当时依然年轻的马里奥做出这种决定时付出了多大的勇气。幸运的是，他在当时也收到了许多支持他的信件，例如卡洛斯·富恩特斯 5 月 20 日写于墨西哥的这封信：

> 我们都很吃惊，但是我还是要向你表达支持，他们对你做出的攻击是毫无道理的。真让人想坐下来大哭一场：古巴革命政府极为恶劣地牺牲了它最忠诚的老朋友们，转而轻易接受了那些谄媚者、坏蛋和白痴的阿谀。……应该对真正的社会主义和批评的权利保持信念，离开了后者就永远达不到前者。还要对出现裂缝的社会体系做出全球性的批判，不管它属于哪个阵营。（Princeton C.0641，III. Box 6）

然而并非所有带有敬意的友好信件都支持秘鲁作家的态度。例如乌拉圭评论家豪尔赫·鲁菲内利（Jorge Rufinelli）写于 1971 年 7 月 28 日的信一方面表达了对马里奥的支持，另一方面也提出了自己的不同观点。他很清楚地表示，尽管自己并不认同马里奥做出的所有批评，但他尊重马里奥的态度，而且自己不会加入反对巴尔加斯做出的反对古巴不可反对的局面的作家群体：

说实话我并不同意你在给艾蒂的信中表现出的态度（我当然也不认同她的回信中的态度，也不认同菲德尔的演讲以及他对作家们做出的回应），也就是说，因为帕迪利亚被捕以及后来他做的自我批评而和古巴革命政府一刀两断。不过我尊重你的选择，我也从来没想过要把你摆到"欧洲主义者"或是其他类似的愚蠢的位置上去，虽然我们那些正统的左翼同事不知是刻意还是愚蠢，坚持走这么一条明显错误的文化道路。出于同样的原因，你将不会看到我的名字出现在乌拉圭作家的一份声明中。不管我和你在想法上有怎样的分歧，我在精神上都支持你。（Princeton C.0641，III，Box 15）

也是在那段时间，秘鲁记者塞萨尔·希尔德布兰（César Hildebrandt）给马里奥做了那场有名的采访，那次采访回顾了最近发生的诸多大事件。在被直接问到"富有正义感的知识分子"态度是否会"在某种程度上损害古巴革命"时，巴尔加斯·略萨机敏地把皮球踢还了回去，"我认为您的问题颠倒了原因和结果。真正损害了古巴革命形象的是我的同事们做出的自我批评……他们指控自己在思想上叛国，此外菲德尔关于文学和文化的讲话也起到了相同的作用"。（Vargas Llosa 1983：170）然后他又确认了自己不会回复艾蒂的信件，因为那只会给他带来更多辱骂的声音。在谈到艾蒂时，他说她是对抗巴蒂斯塔的革命女英雄，但是"也仅限于此"。他接着又对在古巴发生的闹剧表示遗憾，因为那给了右翼势力和帝国主义一次难得的攻击社会主义、夸大拉美问题的机会。他还提到了自己在5月29日就曾做出的声明：

有人带有帝国主义反动目的来利用我辞去《美洲之家》编委职
务的决定攻击古巴革命。我希望明确表达对类似肮脏操作和滥用我
的名字攻击古巴社会主义及拉丁美洲革命事业的抗议。……批评和
表达不同意见是一种权利，不是资产阶级的特权。相反，只有社会
主义可以建立起真正的社会平等基础……正是由于我拥有社会主义
制度和革命赋予我的这种权利，我才对菲德尔关于文化问题的讲话
表达了不同看法，我才批评古巴对埃贝托·帕迪利亚和其他作家的
所作所为。（Vargas Llosa 1983：171-172）

有意思的是，尽管在采访中马里奥对菲德尔、艾蒂和其他
一些古巴人士表达了他的负面看法，可在采访的末尾他又说出
了让人颇为惊讶的支持革命的话语："我们不要自欺欺人：尽
管有许多问题，可直到现在为止革命后的古巴社会依然是拉丁
美洲最平等的社会，捍卫它、与它的敌人做斗争对我而言也依
然是责任和义务"。（Vargas Llosa 1983：172）巴尔加斯·略
萨的话是值得钦佩的，这体现出他并不是机会主义者，而是
一个坚持遵循个人信仰而行动的人。他不在乎得罪别人，有
趣的是也正因此他和很多人关系很好。不过科塔萨尔不是这
种人……

长着一双大手却有一张娃娃脸的作家

这个标题说的是胡里奥·科塔萨尔：他长着一张娃娃脸，尽
管留着大胡子，也给人一种白面无须的感觉，他还长着一双大
手，他用它们来使自己的想象力在纸上飞驰。给人的感觉是，他
单靠挥动手臂就可以写出东西来，就好像他不是在写作，而是在

做手工活。他就像加博的短篇小说中那个长着巨大翅膀的老人。天真、不羁、专注，有抱负，没有坏心思，喜欢即兴创作的纯粹的艺术家，文学界的乔治·哈里森。他的命运也发生了转变，但却在向着不好的方向转变。马里奥在斩钉截铁地和古巴划清界限时很清楚自己在做什么，而时间证明了他是正确的。科塔萨尔对古巴天堂充满向往，他认为自己是革命计划中的一员，但他不知道古巴人并没有把他算在内。"他们"和他是不一样的人。他们憎恨，不原谅，多一个人还是少一个人对他们没什么影响。革命计划比任何具体的人都重要。就像帕迪利亚对萨尔瓦多·埃斯普利乌（Salvador Espriu）说的那样，所有人都可以为了一个人去死。我们能够想象科塔萨尔在 1972 年 4 月 29 日写给马里奥的信的背后是怎样辛酸的感觉：

> 在帕迪利亚事件以及给菲德尔写第二封信后发生的所有事情都让人感到难过。你和我处理那些事情的方式不一样，尽管从官方层面上看古巴人和我也决裂了，互相保持沉默，不过有人跟我说我不在第二封信上签名的决定在古巴内部得到了肯定，他们也写了份东西解释其中的情况，我想你已经知道了。（Princeton C.0641，III，Box 6）

在信的结尾他对马里奥说他不但没有和古巴人断绝来往，反而比从前任何时候都更加支持古巴的革命政策了。而那恰恰是问题所在。天生单纯的科塔萨尔认为对古巴展现积极的态度就能"重建"他在古巴人心中的形象。他认为请求原谅自己在第一封信上签名的行为再加上拒绝在第二封信上签名的举动就足以证明他对革命的忠诚。可事实并非如此。艾蒂、雷塔马尔和菲德尔冷酷多疑的一面并没有隐藏得很深。这就像是一场战争。如果其中一方退缩了，敌人就会把他杀死。切·格瓦拉在山区游击战中已经不止一次做出类似举动了，这里没有什么比喻，就是简单地举起枪来解决问题。

他们建议胡里奥签字，他也参加了几次集会，可在读完头几行文字之后，他说："我不能签这个！"（Mendoza 1984：139）。胡里奥可能是"文学爆炸"作家中最坚定支持古巴的文化和政治政策的人了。他参加了几乎所有支持革命的活动，经常飞去古巴。在给菲德尔写了第一封信之后，他曾试图和古巴人和解。有一次，马里奥参与编辑的一期《自由》杂志请胡里奥写点东西，他很有礼貌地拒绝了，用有特色的阿根廷口音答道："诸位知晓我为修复与古巴的关系所做的努力，我坚持了很久，遗憾的是没有得到多少回应。"（Mendoza 2000：204）在科塔萨尔看来，马里奥在古巴人眼中无疑是洪水猛兽。如果他科塔萨尔的名字出现在秘鲁作家主编的杂志上的话，那么他之前所做的所有努力就都白费了。普利尼奥是这样记录的：

> 胡里奥坐在沙发上，阳光从窗户射进来，照在了他的大胡子上（我看到了），他晶莹的蓝色眼睛中透着严肃，浑身散发着独有的朴实感，他说要和马里奥解释一下这件事。
>
> 我想象着马里奥听到这种解释时的怒火。要不是因为了解胡里奥，知道他就是这样单纯的人，我会认为他的解释是在侮辱我们。
>
> "我觉得我没法把你的理由很好地转达给马里奥，"我对他说道，"最好还是你亲自给他往巴塞罗那写一封信。"
>
> "当然了，伙计，当然。"
>
> 无论哪个不像科塔萨尔一样单纯的人都不会写那样一封信的。可

是他写了。而马里奥，可想而知，感觉很糟糕。（Mendoza 2000：204）

可是缓和关系的意图表现最明显的还是一封阿根廷作家 1972 年 2 月 4 日从巴黎寄给艾蒂·桑塔马里亚的长达 8 页的信，那是给她之前一封信的回信，艾蒂对科塔萨尔在第一封给菲德尔的信上签字一事依然耿耿于怀，威胁他要明明白白地表示自己是"和上帝"站在一起的，而不是"和魔鬼"在同一阵线上。（Cortázar 1994：III，51）

《跳房子》的作者表示因为自己在第一封信上签字而使古巴对他产生怀疑，这让他很痛苦，他解释说自己当时不可能做出其他决定，因为他们在巴黎收到的消息提到了酷刑、集中营、镇压、斯大林主义、苏联统治等。科塔萨尔曾经向古巴驻巴黎大使馆的工作人员打探真实情况，也希望在得知全部真相前戈伊蒂索洛不要把电报发出，然而古巴外交人员并没有给他答复，他们的反应迫使他不得不在那份有名的挑起争议的电报上签了名。胡里奥写道："在几个星期无用的等待后，我们认为古巴忽视了在法国的支持者们对它的热爱以及对发生的事情的不安，所以我没办法在其他作家们认为有权给菲德尔写信的态度面前选择其他的做法。如果需要更清楚的解释的话：我们认为那是同志与同志之间的一次友好交流，我们想要告诉菲德尔，'对有些事情的忍耐是有限度的，超出那个限度的话，我们就有权利要求得到一些解释'，如果没有得到合理的解释的话，恐怕就会有人转而责备古巴了。我们大概等了 8 天或 10 天，可能大使馆里没有一个人会想到，当然我们也没有提醒他们，我们把那第一封信当成了一种权利……长时间保持沉默会使古巴在外界的形象被曲解、受到威胁。"（Cortázar 1994：49-50）他表示自己做出的都是很艰难的决定：在第一封信上签字，不在第二封信上签。他在一首题为"虎狼时刻的政治批评"的诗中进一步强调了他希望继续支持古巴革命、尽自己最大的力量向古巴提供帮助的真挚意愿。

在信中他总结道："我只是想对你说，在涉及古巴革命的问题上，我永远是和上帝站在一起的（同志，这比喻太好了！），这一点从来就没变过，也就是说，哪怕是在危急时刻，我的价值观也从来没有动摇过——你管这叫知识分子的态度也好，叫道德选择也罢——在我认为自己不能保持沉默时，我一定不会闭口不言。我不请求任何人接受我，可能有的人会认为我的某些做法是负气的表现，然而我很清楚真正的革命者是必然会理解我的。"（Cortázar 1994：52）科塔萨尔又一次在虎狼面前展示了自己幼稚、单纯的一面。糟糕的是他还要继续和这些各种各样的虎豹豺狼保持联系。然而明枪暗箭不仅仅来自马埃斯特腊山：他和阿格达斯、奥斯卡·科亚索斯都有矛盾，在《自由》杂志会议上投票反对卡布雷拉·因凡特，而卡布雷拉则把他称为"卡斯特罗的间谍"，戈伊蒂索洛对他的评价是"古怪又不可靠"（Goytisolo 1983：22），因为他写了《虎狼时刻的政治批评》，还因为他想要当个老好人，想和所有人都保持良好的关系。正如吉尔曼所言，科塔萨尔想写的是"一种支持古巴的模式，它包含了要说的话、想说的话、能说的话、不能说的话和能把话说出来的方式"（Gilman 2003：259）。不妨读一下那首诗的片段：

> 写出好文章有什么用
>
> 列出道理和论点有什么用
>
> 若豺狼凝视，兽群将扑向文字，
>
> 它们撕咬它，从它体内掏出它们想要的东西，然后把残躯丢

在一旁，

　　黑白色归来，最重要的符号失去了它的作用……

　　斟酌字词来写作有什么用，

　　考虑每个动作和每个可以解释动作的表情又有什么用，

　　如果某日，记者，顾问，机构，

　　便衣警察，

　　强人的参谋，托拉斯的律师，

　　负责制定处理天真汉和醉酒者的最佳方案，

　　再次在质疑面前虚构新的谎言，

　　这么多土地上的这么多村镇，这么多村镇中的这么多好人，

　　打开日记，寻找真相，却只看到

　　粉饰的谎言，早就计划好的叮咬，吞咽着

　　酝酿许久的口水，堆放整齐的粪便，还有人

　　相信

　　也有人会遗忘那些残骸，这许多年的爱恋和战斗，

　　伙计，豺狼心里清楚：记忆

　　会出现错误

　　就像合约，就像遗嘱，今日的日记

　　写满无用的信息，

　　所有往事旧闻，都被淹没在今日那满是谎言的

　　垃圾堆里。

　　那么算了，最好还是保留它的原样，

　　哪怕焚烧舌与胃，也总会有人

　　理解

　　那种来自深处的语言

　　就像同样来自深处的精子、乳汁和新芽。

有人等待着另一件事，自卫或精巧的解释，

再犯错误或抽身逃走，太简单了，

就像购买一本美国制造的日记本那么简单

就像阅读路透社和合众国际社的文章那么简单

在那里，好卖弄的豺狼会给出令人满意的说辞，

在那里，墨西哥、巴西或是阿根廷的出版人

会慷慨地，为它们做翻译，

豺狼在位于华盛顿的总部中，下达指示，

用正确的西班牙语书写，夹杂着

美国口音，

用的材料是，当地那便于吞食的，狗屎。……

如果我谈到自己，同志，那是因为，

在你读到这些诗句的地方，

你会帮助我，我也会帮助你，去杀死豺狼，

我们会更清楚地看见曙光，海洋会更青绿，人民

会更安全。

我是对我所有的兄弟姐妹说这些话的，可我的目光只望向古巴，

没有更好的方式去展望拉美。

我理解古巴，就像理解我的爱人，

她的举止，距离，诸多不同，

愤怒，吼声：可这些之上是太阳，是自由。

可一切都从反方向开始，从一位被捕入狱的诗人开始，

需要理解缘由，许多人提出问题，需要

等待，

我们怎能在此处知晓古巴之事，我们都站在古巴一边，

我们每日都在抵抗攻击和恶语

有时它们来自善良的灵魂。……

菲德尔，你是对的：只有在讨论中

才有不悦的权利，

只有在内部做出批评，才能找到更好的

方式。

没错，可是内部有时也会变成外部，

如果今日我永离自由，投向暴力，那种在信件上

签字之人所代表的，所谓暴力，

那—是—因—为—古—巴—没—有—像—她—提—倡—的—

那—样—行—动，

我不想当特例，我和他们一样，我能为古巴做的

只有热爱，

我能为古巴做的，只有祈愿，祈祷希望。

但我现在离开了那个理想世界，离开了她的计划，

恰是此时，

我站在我爱之地的门前，可她却不允许我

保卫她，

恰是此时，我行使了选择的权利，再一次，

更胜以往，

和革命在一起，和我的古巴在一起，用我的方式。我笨拙的

方式，

用我的双手，

就是这样，重复我喜欢的和我厌恶的，

接受远方而来的谴责

再一次坚持（我还会随着清风，

坚持许多次），

> 坚持我的理念，我是空无，而那种空无，
>
> 也是我的美洲大地，
>
> 就如这片土地和她的人民一样
>
> 我写下每本书的每个词，生活在我生命中的每一天。[1]

　　原诗要更长，而且长很多，我们在这里只选取了第一部分中的一些诗句。在诗的第一部分和第二部分之间还有一段被括号括起的文字，科塔萨尔在那段文字中预想了豺狼们会对他的"政治批评"（或者说对政治的批评）做出怎样的攻击，实际上，他的"政治批评"是对帕迪利亚自我批评事件的一次回应，是从该事件衍生出来的。胡里奥在此处提到了另一个从50年代起就困扰着他的问题：很多人因为他久居法国而质疑他"拉丁美洲人"的身份，质疑他对祖国的热爱：

> 　　豺狼们的评论（通过墨西哥，然后再传播到里约热内卢和布宜诺斯艾利斯）是这么说的："现在已经是法国人的胡里奥·科塔萨尔……"又是沙文主义扣来的帽子，它已经过改造，看上去更加舒适，夹杂着心怀嫉恨的人喷来的口水，那些人只会坐井观天，游手好闲，根本就没人在乎他们说了什么；可是他们说得天花乱坠，好像我真的不再是拉美人了，好像换了护照（事实是根本和护照无关，可是我们不做解释了，因为豺狼们会揪住它发起攻击）就表示我变了心，我的行为举止也变了，我的道路也变了。我感到很恶心，没办法继续谈这个话题了；我对祖国的定义是不一样的；不可

〔1〕 这首长诗发表在《美洲之家》杂志1971年7—8月第67期上，同时发表的还有科塔萨尔写给艾蒂·桑塔马里亚的一封私人信件。

能感受到幸福的民族主义者啊，不管你在哪里，你举起的旗帜都是廉价的。我对革命的定义也是不一样的；革命的终点很遥远，也许那种遥远是无穷无尽的，可是在那终点处将焚烧无数旗帜，那只不过是被谎言和豺狼、心怀怨恨之人、庸才、官僚、强人和小丑的血污染的破布而已。

在诗歌的结尾，科塔萨尔对他的古巴同志们提到了马克思和列宁，谈到了他的理想、工作、努力、意识、喜悦、热爱、志向，还谈及了马蒂、卡米洛[1]、切·格瓦拉和菲德尔，说他们为了民族和理想不惜赌上性命，他管古巴叫"我的家"和"我受伤的故乡"，他还问候了艾蒂。诗的最后几个词是："诞生之日"。那就是科塔萨尔，一个长着一双大手的很孩子气的人，他根本不清楚魔鬼可以把手伸得多么远。普利尼奥·门多萨说在那个时期，胡里奥给巴黎古巴大使馆送去了很多使用状况良好的二手衣物和一台打字机，想"为减轻美国封锁造成的物资短缺问题做一点贡献。可是古巴人甚至没有收下那些东西"（Mendoza 2000：203）。他喂养乌鸦，可是乌鸦并不会帮助他抵挡豺狼的攻击。有的豺狼和其他野兽，哪怕曾是你的朋友，也会离你而去。事实上，胡里奥的这首诗不仅古巴人瞧不上眼，因为他们虽然发表了它，可是却没有原谅科塔萨尔，而且另一个阵营的人也用它来讥讽和嘲笑科塔萨尔。普利尼奥接下来提到了阿罗多，后者是拉丁社巴黎分社的负责人，当时普利尼奥就是向他确认马尔克斯第一封信上的签字的，所以阿罗多的反应是比较有代表性的：

---

〔1〕 指古巴革命英雄卡米洛·西富恩戈斯（Camilo Cienfuegos Gorriarán，1932—1959）。

在那种让人感到痛苦失落的情况下，孤单的胡里奥从他位于法国南部赛尼翁的家中给狡猾的阿罗多寄去了他那首出名的自我批评诗。阿罗多后来把那份杂志寄给了我。

"兄弟，"某天早上，我家的电话中传出了阿罗多兴奋的声音，"我要报答你，这次该我送个礼物给你了。你听好了。"

他用带有桑巴音乐调调的欢快声音给我念了几句诗：

"您好，菲德尔，您好，艾蒂，我的家，我受伤的故乡……"

"这是什么鬼东西？"我问道。

"胡里奥写的。"阿罗多边回答着，边忍不住大笑了起来。

"科塔萨尔写的？不可能吧。"

他疯了，我这样想着。

同一天下午，我把那首充满苦痛和谩骂的长诗念给我的妻子马尔韦听，她摇着头，不敢相信这一切，既惊讶又难过。

"这是首探戈。"她说道。然后，像是想起了在每一诗行中跳动的鬣狗和豺狼，她又补充了一句："可词却是维辛斯基[1]写的。"

（Mendoza 2000：203）

"文学爆炸"碎裂之年

显而易见的是，"文学爆炸"的作家们已经再也不可能像原来一样了。"彼时，我们已不再相似如初"，聂鲁达在他那首有名的第二十首情诗中这样写道，而紧接着这首诗的就是那支绝望的歌[2]，这似乎成了对1971年春天以后的"文学爆炸"走向的预

---

〔1〕 指在斯大林大清洗运动中扮演关键角色的苏联法学家、外交家安德烈·雅努阿列维奇·维辛斯基。

〔2〕 此处指聂鲁达的名作《二十首情诗与一支绝望的歌》。

言。科塔萨尔的"政治批评"就像是另一支绝望的歌，裂缝越来越大，越来越深，延伸得越来越远了。

　　普利尼奥说帕迪利亚自我批评事件和菲德尔的演讲使得他在巴黎任职的杂志编委会成员分成了两派：一边是以萨特、波伏娃为首，大部分欧洲作家在内的一派，他们对古巴持相对宽容的态度，另一边则是马里奥、戈伊蒂索洛、富恩特斯、赛普伦、爱德华兹和普利尼奥本人组成的一派，对古巴的态度比较激进。（Mendoza 2000：200）可是就在刊登胡里奥诗歌的第67期《美洲之家》杂志中，从阿拉斯加到巴塔哥尼亚，从大西洋到印度洋，从阿尔赫西拉斯到伊斯坦布尔，古巴人把世界分成了泾渭分明的两部分：一边是上帝阵营，另一边则是魔鬼阵营。他们一上来就把问题摆在了桌面上："资产阶级媒体掀起了一场针对古巴的战争，一些被殖民思想侵蚀的知识分子也参与了进去，他们的意识形态已经腐化了。"（Gilman 2003：245）就像《勇敢的心》中演的那样，梅尔·吉布森的人在一边，坏人在另一边，大家都用尖矛指着对方。可是被摄入镜头的只有梅尔·吉布森这边的人，他们全都被记录了下来（甚至发表了演说），但是另一阵营的人却被以类似下面的方式忽视了："至于敌方写的那些东西，帝国已经大肆宣传了，我们姑且将之忽略。"（Gilman 2003：245）和《美洲之家》站在一起的包括马里奥·贝内德蒂、奥斯卡·科亚索斯、鲁道夫·沃尔什[1]、贡萨洛·罗哈斯（"寄给菲德尔的信目的可疑，某些知识分子的罪行已经触碰到了底线"）、卡洛斯·德罗盖特[2]（"以自由的名义在远方评判革命是不可取的，

---

〔1〕鲁道夫·沃尔什（Rodolfo Walsh, 1927—1977），阿根廷作家。
〔2〕卡洛斯·德罗盖特（Carlos Droguett, 1912—1996），智利作家。

尤其是在巴黎、伦敦或巴塞罗那舒适的住处做这些更是如此"）、萨尔瓦多·加门迪亚等人。在叛逆的一方，除了我们已经知道的人员以外，还包括其他一些人士，他们中有一些一直坚持极端左翼思想，如玛尔塔·特拉巴、何塞·雷韦尔塔斯、安赫尔·拉玛、阿德里亚诺·贡萨雷斯·莱昂、奥克塔维奥·帕斯、爱德华多·利萨尔德[1]、恩里克·林和胡安·加西亚·庞塞。还有一些人既不支持这边也不支持另一边，而是批评两种极端立场，或是针对古巴斯大林主义倾向提出轻微的修正意见，例如阿罗多·孔蒂[2]、大卫·比尼亚斯等人。

明白无误的是，从那时起"文学爆炸"主要作家之间就产生了隔阂，因为他们本就是因为对古巴模式的支持联结到一起的。何塞·多诺索解释得很清楚："我认为如果说'文学爆炸'作家之间有什么完全一致的东西的话，那就是对古巴革命事业的支持信念；所以帕迪利亚事件影响到了这种信念，也就影响到了'文学爆炸'作家们的团结。"（Donoso 59-60）"文学爆炸"碎裂了。那是"文学爆炸"的黑暗之年、碎裂之年。

许多重要的名字已经出现了，但还缺了最重要的一个：加博。我们已经讲述过作家们在第一封信上签名时发生的事了。加博当时的态度极富争议，或者说争议的焦点恰恰是没有态度，什么都没有。他只是玩了场躲猫猫的游戏。在1971年春天，事情爆发后的最初时刻，当几乎所有作家都群情激愤之时，他依然让我们感觉有些捉摸不透。作为他最好朋友之一的普利尼奥就曾说过，加博销声匿迹了，他的态度"是一个谜"。（Mendoza 2000：

---

〔1〕 爱德华多·利萨尔德（Eduardo Lizalde，1929— ），墨西哥作家、导演。
〔2〕 阿罗多·孔蒂（Haroldo Conti，1925—1976），阿根廷作家。

205）门多萨同时说道，和他一样，加博也密切关注着古巴发生的一切，还时常会与他谈论那些事，尤其是加博曾说"古巴共产党的政策有时十分教条主义——别忘了10年前拉丁社曾经把我们赶了出来——那种教条主义不仅没有衰减或消失，反而像癌症一样扩散到了整个国家体系中"。（Mendoza 2000：205）此外，普利尼奥还补充说，不应该认为加博对帕迪利亚事件或是古巴安全部门的所作所为一无所知，因为卡洛斯·弗兰基总是会及时告知他们两人相关情况的最新进展，而且告诉他们说古巴的行动都有苏联人做指导，"苏联人在审讯上很有一套，他们很会把握犯人的心理"，而且"在对帕迪利亚进行审讯的过程方面解释得很清楚"。（Mendoza 2000：205）

很明显，加博或早或晚都要表明态度。所有人都已经表态了，甚至还站了队：不管是所有人都听说过的人，还是从来没人读过他们作品的人，抑或是那些把他们的观点奉为圣言的人，再或是那些没人知道他们在何时何地说过什么话的人。所有人都发言了，表态了，都做了批评、自我批评或是政治批评。就这样，直到加博出现。从那时起，其他的声音消失了，因为如果想要一种声音被听见、被传播，那么就需要空间。加博有高度，有分量，思想有密度又有深度，他的话足以填补那些空间，不管是三维空间，还是小小的四维空间。

世界上最美的律师[1]

在加西亚·马尔克斯的短篇小说《世界上最美的溺水者》中，

---

[1] 标题系对加西亚·马尔克斯短篇《世界上最美的溺水者》的戏仿，下文有提及。

高大且男子气概十足的埃斯特万，美丽的死者，被海水冲到了加勒比海岸边，尽管只是一具尸体，但是他却慢慢改变了海岸边小村庄中居民的生活。1971年底加博在公众面前的突然发声也彻底改变了在帕迪利亚事件上拉丁美洲文化界的氛围。在哥伦比亚作家引起轩然大波之前，希尔德布兰就在对巴尔加斯·略萨进行的访谈中询问过他对他的朋友加博的态度有什么看法，后者在不久前刚刚简单表达了对菲德尔的支持。马里奥回答说："我没有见到加西亚·马尔克斯的完整声明，因此我不急于做出评论。不过我非常了解他，我确信他和我一样，与社会主义的联系是以对自己的志向和读者负责的作家身份为基础的，那种联系既不是虚伪的，也不是无条件的。"（Vargas Llosa 1983：172）可以想象的是，在听过加博在此后做出的声明后，马里奥一定会对加博产生不满，尽管不会严重到使他收回之前的言论的程度，可却也是双方第一次产生政治或意识形态方面的分歧，这对两位好友而言，已经算得上是比较严重的问题了。因为像明星一样现身的加博已经变成了菲德尔和古巴革命最好的——也是"世界上最美的"——律师。

普利尼奥亲身经历了那场*加博狂热*。就在他收到加博的信，信中简短地表达了他不会在给菲德尔的第一封信上签名的想法之后不久，加博就在毫无预兆的情况下出现了。他从巴塞罗那打来了电话。他说他刚刚结束了在加勒比海地区的漫长旅程（从电话的另一端似乎传来了腐烂番石榴的气味），然后说他不久之后就会到巴黎去，为的是和普利尼奥好好聊一聊。这是他们见面时的场景：

> 他走进我们位于罗马路上的住所，他看到了我的妻子，发现她吊着脸，愤怒地挥舞着双手。
>
> "你别因为帕迪利亚的事骂我。"他对她说。

她和他一样是加勒比人，火气大，从来不隐藏自己的愤怒：

"我当然要骂你，加比托[1]。你这次太过分了。"

他笑了。

"马尔韦，"我说道，"先让加博进来吧，咱们还要和他聊很久呢。"

　　他们在接下来的 3 个晚上几乎整晚都在谈论古巴和帕迪利亚事件，这也是两人相识之后第一次意见不一致。普利尼奥说他理解加博的想法，尽管他不认同它们。加博那时认为，革命政府做出的平衡是有积极意义的，古巴的现状比大部分拉丁美洲国家都要好，其他国家要么是帝国主义的奴隶，要么是永远掌握权力的寡头政府的奴隶——那些腐败的政权已经存在了上百年。他确信古巴在教育和医疗方面取得的成绩是难以想象的，也是该地区其他国家无可比拟的。古巴可能会犯错，但是因此而公开反对它是不对的。（Mendoza 2000：207）

　　那次长谈的 11 年后，在后来成为《番石榴飘香》一书的那场门多萨对马尔克斯做的访谈中，加博解释了他日益接近古巴革命的原因。他在那些具体而强硬的问题面前表现得十分谨慎，他表示自己掌握着"更直接的、确切得多的信息，而且政治上的成熟使我能更心平气和、更有耐心且更人性化地去理解现实"。（Mendoza 1994：128）和其他几次一样，普利尼奥还是没有得到他想要的答案。此外，加博在 1982 年也做出了类似的肯定，当时他已经十分了解古巴及其领导人的情况了，他本人也从 1975年起成了卡斯特罗的朋友，可那也并非是对 1971 年事件的有效

────────────

〔1〕 对马尔克斯的昵称。

回应，那时的哥伦比亚作家对于在古巴发生的事情只掌握了一些二手信息。在《失踪事件》一文中普利尼奥提到了自己做出的多次无果努力，只要一提到那个话题，他们总是会走进一条没有出口的死胡同。门多萨是这样描写他与加博的一场对话的：

> "要是我能跟你谈那些事就好了。"有时加博会叹着气这样说道。
>
> "如果你懂得该怎么谈就好了。"
>
> 没错，他肯定知道许多不能公开的秘密。他应该也了解卡斯特罗和苏联之间长时间的分歧和争执，也许那正是他和古巴联系紧密的原因。（Mendoza 1984：144）

尽管表示自己反对斯大林主义，可门多萨还是努力想去理解他的这位朋友的极端立场，他说道："套用他的话来说，菜单上只有两种汤。一种汤里有某种自由，有在报纸上写文章、在阳台上发表演说、选择议员的可能性，但是孩子们会饿死，或者当文盲，又或者病入膏肓也没办法进医院获得救治。菜单上的另一种汤里没有我们想要的那种自由，但是不存在那种惨剧，孩子们有饭吃，能接受教育，有住的地方，生病了还可以到医院看医生，不公正现象已经被从根本上铲除了。这两种汤就是两种现实，是这个世界仅有的选择，人们必须做出选择。他做出了自己的选择。当然我并不认同他的选择。"（Mendoza 1984：142-143）

然而所有这一切都只是朋友间的交流，有的并没有对我们身处的历史进程产生什么影响。真正关键的是巴兰基亚的《加勒比日报》上发表的一篇对这位世界上最美的律师的访谈，后来那篇访谈被收入《自由》杂志的帕迪利亚事件特刊中。访谈是1971年底在胡里奥·罗卡和加博之间进行的，当时加博正准备动身赴纽约接受哥伦比亚大学颁发的荣誉博士称号。在那个时期，共产党员是不可能获得进入美国的签证的，但这次是个特例。还有一次，同样身为诺贝尔文学奖得主的托妮·莫里森成功地把哥伦比亚作家秘密带到了普林斯顿大学，其间莫里森克服了种种阻碍，因为加博的政治倾向众所周知。

在采访的第一部分，胡里奥·罗卡问加西亚·马尔克斯：在明确和卡斯特罗政权划清界限的拉丁美洲知识分子群体中，他的位置是怎样的？哥伦比亚作家没有明确回答这个问题，而是拒绝决裂的存在。他坚称："拉丁美洲作家群体和菲德尔·卡斯特罗之间的冲突只不过是新闻媒体的一次短暂胜利罢了。"（VVAA 1971：135）在马尔克斯看来，冲突根本不存在，都是新闻媒体曲解了*自然存在的*问题，把双方的立场极端化，歪曲了菲德尔·卡斯特罗在文化大会上的讲话。不过他也承认菲德尔的讲话中有些尖锐的地方，"有些段落的措辞过于严厉了"。（VVAA 1971：135）

所以在加博看来，造成当时那种局面的罪魁祸首就是媒体。"尤其是外国的媒体，"他坚持说道，"他们会对材料进行挑选，按照他们的意愿来组织某些话语，读他们的报道会让人感觉菲德尔·卡斯特罗真的说了*那些实际上他根本没说的话*。"（VVAA 1971：135）那是对一个强权者做出的捍卫，意图则是缓和菲德尔与拉丁美洲知识分子之间的对立氛围。那么好了，实际上我们已经见识到了菲德尔那些生硬又冷酷的语言，他的意图也是很明显的。就像塞萨尔·莱安特（César Leante）在提到此事时所说的："菲德尔在文化大会闭幕式上做的是有史以来对知识分子抨击最严厉的一次演讲。"（VVAA 1971：135）

在采访中，加西亚·马尔克斯承认自己*没有*参与过寄给菲德尔·卡斯特罗两封信件的事件（有的是电报）："我没有在抗议信上签字，因为我并不同意那种做法。"（VVAA 1971：135）在回答的最后部分，哥伦比亚作家补充说："我从来没有怀疑过那些在信上签名的知识分子对革命的热情和忠诚。"（VVAA 1971：135）加西亚·马尔克斯表现得既支持卡斯特罗，又和签名者们站在一起，他在两个阵营间来回摇摆：既无条件支持古巴革命，又带着"文学爆炸"主将的身份。加博很清楚，极端化的立场很可能会在伤害古巴革命的同时也对社会主义在拉丁美洲未来的发展造成影响。他信任那些签名者，认为那些人依然支持革命，可能他们写抗议信只是对卡斯特罗对知识分子的轻视的一种回应。那些文字很尖锐，然而他们肯定从来就没想过要彻底背离革命原则。例如，在第一封信中，签名者们在信的开头就明确表示自己是"古巴革命的原则和目标的坚定支持者"（VVAA 1971：95），而在第二封信中，签名者们反对卡斯特罗和他的态度，但仍然以革命者自居。而且他们在最后还明确表达出了自己的意愿："我们希望古巴革命政府变回那种我们认为将成为社会主义典范的样子。"（VVAA 1971：95）

在涉及核心问题的时候，胡里奥·罗卡也毫不含糊："在诗人帕迪利亚的问题上，你是支持还是反对卡斯特罗？"（VVAA 1971：136）。然而加西亚·马尔克斯这次却没能在这一问题上表现出明显的倾向或是坚定的立场，我们不知道这是因为他对那次事件中的诸多细节还不甚了解，还是说他压根儿无力公开反对菲德尔·卡斯特罗，哪怕后者在政策上犯了错误或是滥用了权力。克劳迪娅·吉尔曼则这样说道："他灵活运用了自己的讲话技巧，只需要变动一下代词，就可以在进退之间纵横捭阖。"（Gilman 2003：257）看看他的回答："从个人而言我不认为埃贝托·帕迪利亚的自我批评是自愿的或是真心的。"（VVAA 1971：136）他还说："他自我批评的语气太夸张了，很无耻，给人的感觉是那些文字是在某种肮脏思想的驱动下写出来的。"（VVAA 1971：136）他转而又说自己不认为应该把帕迪利亚说成是反革命作家，这时他的态度好像又明确了起来，是和卡斯特罗持不同立场的。不过，直到最后他也没有明说在那次事件中谁对谁错，更没有指出那是革命政府在意识形态方面犯的一个错误。相反，他只是提到说相关事件会伤害古巴的未来："我不知道埃贝托·帕迪利亚的立场是不是真的会伤害到古巴革命，但是他的自我批评确实造成了负面影响，很大的负面影响。"（VVAA 1971：136）也就是说，在马尔克斯看来，帕迪利亚并不是古巴革命的敌人，他可能是在无意中损害了卡斯特罗为建设一个更加美好的古巴社会所做出的努力。从某种层面上来看，巴尔加斯·略萨在访谈中对希尔德布兰说的那些话也是一样。

接着，作为一个在当时被讨论得热火朝天的问题，记者问加博是否能谈一谈古巴国内政策中的斯大林主义因素，加西亚·马尔克斯回答说这个问题很快就会有答案了，因为"菲德尔本人会做出回答"。（VVAA 1971：136）很明显加博对最高领袖充满信任，但更重要的是他并没有明确否定斯大林主义在古巴的存在。他本可以给出自己的观点，坚决否定那种可能。那样的回答恰恰证明加博认为自己对卡斯特罗的政策有足够深入的了解，后者正努力从那一日益严重的问题中抽身出来。因此，当哥伦比亚记者问他是否会和古巴革命决裂的时候，他的回答斩钉截铁："当然不会。"（VVAA 1971：136）然后他再次强调在拉丁美洲知识分子和古巴政府之间不存在决裂的问题，"那些因帕迪利亚事件而表达抗议的作家们，"加博表现得很坚定，"就我目前所知，没有一个和古巴革命断绝了联系。"（VVAA 1971：136）。

　　加博很清楚他的决定会带来怎样的后果，尽管他也表达出了某些批评的意见，可在采访最后他还是对古巴革命投了信任票，表示自己坚定地和古巴革命政府站在一边，"没有任何事情会影响古巴的文化政策，哪怕是埃贝托·帕迪利亚进行自我批评这种严重的事件"。（VVAA 1971：135）世界上最美的律师想要捍卫卡斯特罗和古巴，同时也不想损害自己和文学家朋友们的关系，然而到了这个时候，想要完成这一目标已经很困难了。不过，在巴塞罗那，一直到 1974 年，加西亚·马尔克斯和巴尔加斯·略萨依然保持着真实的亲密关系，而他也继续和其他作家朋友们聚会。这种局面一直持续到马里奥挥出那一拳的日子。那一拳打在了加博的左眼上。那只世界上不是最美的眼睛也出了名，只不过要更晚一些，在 1976 年。

10. 大帆船的回航：在西班牙与"文学爆炸"之间架起桥梁

　　桥梁和文学之间总是存在着某种联系。从历史的角度看，桥梁是团结的象征，它可以连接起缺乏交流的两片大陆。它也是所有文化中人类最早的建设物，目的就是把分隔开的土地连到一起。在文学上，人们也通过写作来*搭建桥梁*，连接起两个世界：现实世界和虚构世界，可见的世界和梦中的世界。文化的延续已经不在公园里了，而是在桥梁上。作家是负责在读者中搭建桥梁的人，帮助读者从此岸到彼岸，来到那些如敏锐地在艺术桥上等待玛伽的奥拉西奥·奥利维拉[1]一样的人物生活的那个世界。《跳房子》是"文学爆炸"时期的代表小说之一，而它的主要情节发生在布宜诺斯艾利斯和巴黎也并非偶然。巴尔加斯·略萨在一篇题为"巴黎，在独角兽和喷火怪之间"的文章中表示，世界上文学气息最浓的就是这两座城市，因为在这两座城市中，在真实的城市之上还各有一座文学之城，那座文学之城"是用神话、传说、非凡人物、英雄业绩、悲剧或喜剧组成的，它们有时会渗

───────────────

〔1〕玛伽和奥利维拉均为胡里奥·科塔萨尔名作《跳房子》中的主要人物。

透进真实的城市中，有时则会将之替代"。（Vargas Llosa 2008：1）哪怕到那时我们也没注意到巴黎是个有上千座桥梁的城市，在这座城市中，几乎没有哪条街道，哪个公园、区域或是景点"不和某首诗歌、某个作家、某本书、某个流派或是某个法国重要的文学或艺术实践有关联"。秘鲁作家为我们架起了一座桥梁，他写道：

> 也许这座世界上最美的城市的最美之处就在于桥上风光，这是巴黎独有的美景。从桥上看日出或日落，又或是欣赏秋日黄昏，那是种无穷无尽的美学体验，也是我每次到巴黎去时最期待做的事情。
>
> 塞纳河上的桥，两座河岛，西堤岛和圣路易岛，是法国历史的中心，法国的历史就始于此；在那些地方漫步，你的记忆和情感很难不回溯到法国作为世界中心的那些世纪里，回归到那些丰富的历史传统之中。（Vargas Llosa 2008：1）

毫无疑问巴尔加斯·略萨（和加西亚·马尔克斯一起）在巴黎度过的时光也会在他本人的"记忆"和"情感"之中被唤醒。我们已经知道本书中的两位主人公都有过居住在这座桥梁之城的经历。巴黎在他们的文学中也有着重要地位：他们在那里学会了如何在文学世界中搭建牢固而美观的桥梁。加博曾多次在不同场合提到："许多南美人都在巴黎体验过艰难、有趣、冒险一般的生活。"他本人就曾在巴黎生活得极其艰难，只不过他迎着困难走了出来，写出了《没有人给他写信的上校》。加博说道："不过如果我没有在巴黎住过 3 年的经历的话，可能我就不会成为作家了。我在那里发现没人会死于饥饿，而且一个人是可以在桥下睡着的。"一个作家,可以住在真实的桥梁下,也可以在文学的桥梁下生活。巴尔加斯·略萨也是一样,他也在那真实与虚构的桥梁间写出了《城市与狗》。现实与文学就这样互相交融,互相丰富,它们是在巴黎流通最广的一枚硬币的正反两面。现实的桥梁也好,文学的桥梁也罢,它们的作用是一样的:促进沟通。就这样,建筑师和诗人成了"文学爆炸"的沟通者、桥梁的建设者,他们使得大西洋两岸连接到了一起。但是巴尔加斯·略萨和加西亚·马尔克斯并不只是搭建了桥梁,还把各个桥梁连通了起来。他们人生中最重要的一座桥梁也许就是卡洛斯·巴拉尔在60年代于西班牙和拉丁美洲之间搭建起来的那座。赛伊克斯·巴拉尔出版社的这位编辑生活在另一座天选之城——巴塞罗那,那里除了有现成的桥梁之外,还有人在继续搭建着它们。这也使得许多拉美作家在西班牙居住了很长时间,在那座城市里建起了拉丁美洲作家聚居区,并且让整个西班牙都开始关注拉丁美洲文学,那里的人们开始通过做研究、开研讨会和办讲座等方式来分析西班牙语美洲文学。

西班牙与拉丁美洲"文学爆炸":铝制桥梁

我们知道"文学爆炸"这一文学现象是消费社会的成果,是与大众读者数量上升息息相关的,它最早出现在墨西哥和布宜诺斯艾利斯。广告宣传和市场运作(出版社为满足大众读者对文学作品的需求而增加了印数)为"文学爆炸"提供了保障,再加上在读者中引发的积极反响,这些都促进了这一在社会学领域也算得上是奇观的现象的出现。拉玛曾经解释过"文学爆炸"这个命名,指出它有军事色彩:"那是个模仿爆炸声响的拟声词,不过它的源头是北美现代'市场营销'术语，指的是在消费社会中某种商品突然出现的畅销状态。"（Rama 1984：56）令人吃惊的是这种现象出现在了文化领域，出现在了书籍上面，这些本来并不在那种现象的涵盖范围之列。这一命名首先在报刊上出现（《头版》杂志把它发扬光大），它被用来形容西班牙语美洲文学的高光时刻，一批重要作品在几乎同一时间出现在了读者面前：卡彭铁尔的《光明世纪》（1962）、卡洛斯·富恩特斯的《阿尔特米奥·克罗斯之死》（1962）、科塔萨尔的《跳房子》（1963）和巴尔加斯·略萨的《城市与狗》（1963）。这种现象不适合用"某代作家"来形容，也不是一场美学运动（尽管很多人习惯把它套到魔幻现实主义的框架里），更不是一场商业操作，尽管它的命名与市场营销相关。因为推动这股拉丁美洲新叙事文学风潮出现的几乎都是些"官方机构或是小型私人出版社"，拉玛还给它们冠上了"文化"两字。赛伊克斯·巴拉尔出版社就是个例子，它们与纯粹追求商业利益的公司不同。尽管存在着很多诽谤和批评的声音，甚至有人说那只是一场商业操作，可"文学爆炸"确实使得很多读者，尤其是西班牙语国家的读者，注意到了那些作品质量上乘、之前却鲜有人读的作家：博尔赫斯让读者注意到了马塞多尼奥·费尔南德斯（Macedonio Fernández），巴尔加斯·略萨让大家了解了阿格达斯（José María Arguedas），科塔萨尔则使得莱萨玛·利马和费利斯贝尔托·埃尔南德斯（Felisberto Hernández）有了更多读者，在那之前，这些作家在我们国家几乎可以称得上默默无闻。显而易见，"文学爆炸"的出现不仅要归功于编辑们，也要归功于大西洋两岸的读者。

"文学爆炸"的研究者们绞尽脑汁想要解释清楚它出现的原因。何塞·米格尔·奥维多认为："一批伟大的小说在60年代中叶几乎同时出版"，此外"其他一些没那么大影响力的作品也得到了重新评价，不同的文章里都对它们有所提及"。（Oviedo 2007：55）多诺索提到了西班牙语美洲小说的国际化，突出了巴尔加斯·略萨在"文学爆炸"进程中的重要性，尤其是他的小说《城市与狗》在西班牙取得的重大成功。他同时认为卡洛斯·富恩特斯是"文学爆炸"在"知识界的推动器"，是60年代西班牙语美洲小说国际化的积极代言人，富恩特斯在《西班牙语美洲新小说》（1969）一书中已经剖析了博尔赫斯的文字的革新性，并且重点分析了巴尔加斯·略萨、卡彭铁尔、加西亚·马尔克斯和科塔萨尔的文学作品。他们都是"文学爆炸"的代表作家，可这一现象中最重要的两个人物无疑是加西亚·马尔克斯和巴尔加斯·略萨。多诺索在他的《"文学爆炸"亲历记》中建立起一套体系，他使用了"交椅""六翼天使""大天使"这样的词汇，他声称只有四个人可以算是全知全能的上帝："如果大家接受这套体系的话，那么在大众最为了解的'文学爆炸'的重要作家中，有四个人处在最核心的位置，是'黑手党的头目'，他们以前是，如今也依然是受到夸张的赞誉最多、受到极端的批评也最多的人物，他们是：胡里奥·科塔萨尔、卡洛斯·富恩特斯、加夫列尔·加西亚·马尔克斯和马里奥·巴尔加斯·略萨。"（Donoso 1999：119-120）卡洛斯·巴拉尔不像多诺索那样一本正经，在被问到相关问题时，他把智利作家也划入了"文学爆炸"核心作家群中："好吧，我想到了科塔萨尔，想到了巴尔加斯·略萨，想到了加西亚·马尔克斯，想到了富恩特斯，还想到了多诺索；其他人就属于第二方队了，不是吗？"（Centeno 2007：41）

不是所有经历过那个时期的人都认可"文学爆炸"的存在。例如阿莱霍·卡彭铁尔就坚称："我从来就不相信有什么'文学爆炸'……'文学爆炸'只是昙花一现，是人们吵闹出来的，听听就好……然后，人们就管那些拉丁美洲作家和他们取得的成绩叫'文学爆炸'了，但这其实很不好，因为'爆炸'持续的时间都很短暂。"（Centeno 2007：41）还有的人，例如吉列莫·卡布雷拉·因凡特，他本人就曾从1967年拉丁美洲文学繁荣的景象中获益，不过在谈到"文学爆炸"时却带着些讽刺的意味：

> 我不是"文学爆炸"中的人！他们只是"爆炸"中的一阵声音或是一束光。不过如果一定要逼我的话，我承认我亏欠着卡洛斯·富恩特斯。有一次他带着一个电动剃须刀在我面前出现。我从来没有见过不带电线的电动剃须刀，所以我毫不犹豫地也买了一个。在那之后，每次用它的时候我都会想："真应该让卡洛斯看看，我也用上了。"那就是我亏欠富恩特斯的。（Centeno 2007：33）

多诺索认为如果说60年代的小说被称为"文学爆炸"作品而且声名远播的话，那主要该归功于那些造谣者和否定它们的人，那是"癔病、嫉妒和偏执的产物"。造谣者"害怕自己被排除在外，或者发现他的国家里没有作家在那份光荣的名单中，他们给恐惧的幽灵身上罩上床单，想掩饰自己内心的恐惧"。（Donoso 1999：13-16）多诺索甚至把那些造谣诽谤者进行了分类，例如：创造"文学人行道"的人，他们就靠充满敌意的文章和演讲博取关注；"学究们"依赖的是否定"文学爆炸"代表作品的原创性来博人眼球；"危险的个体敌人"把他的嫉恨情绪发泄到所有作家身上；"蠢蛋们"则在获得了某个地方性的文学奖后，迫不及待地自称自己已经是"文学爆炸"团体中的一员了，而且以那个实际并不存在的团体的名义发声；"嫉妒狂失败者们"，或是某个"想当作家又没当成的教授"，再或是某个"腐败官僚"，只配做那些平庸的事情；还有一群"天真汉"，相信别人说的一切，最开始的时候跟着别人一起赞扬"文学爆炸"，后来在出现批评的声音时又跟着一起否定它；还有些"眼馋者"，被支票、邀约、媒体曝光、豪华酒店等东西搞得眼花缭乱。（Donoso 1999：17）但是对于多诺索而言，最糟糕的一个充满愚蠢怒气的知名作家就是米格尔·安赫尔·阿斯图里亚斯，"当他感觉时间的苔藓已经开始掩埋他那些带着血肉骨头的华丽辞藻时，他就指责大家抄袭，说现在的小说家都只不过是广告宣传的产物，而他那么说只是想保护自己罢了"。（Donoso 1999：18）

"文学爆炸"的血统

也许站在"文学爆炸"真正的起点处的人是 24 岁的年轻小说家马里奥·巴尔加斯·略萨，赛伊克斯·巴拉尔出版社是发射器，而西班牙则是发射平台。他的小说获得了简明丛书奖（这很不寻常，因为这个奖一向是颁给西班牙作家的），然后迅速在伊比利亚半岛和整个拉丁美洲登上了畅销榜。何塞·玛利亚·卡斯特莱特认为："马里奥·巴尔加斯·略萨才是那个和我们谈论，并且让我们理解拉丁美洲文学中的很多东西的人……他来领取简明丛书奖的时候，我们这里所有的作家都和他交上了朋友，他开始帮助我们打开那扇之前一直关闭的门。"（VVAA 1971b）也就是说，在西班牙和拉丁美洲之间，出版界的桥梁开始搭建起来。在那时的西班牙，西班牙语美洲文学还是个非常陌生的概念，不仅对大众读者如此，对于资深的文学爱好者也是一样。不过这也为那些西语美洲文学中经典作品的出版提供了契机，因为急需建立起"一套代表西班牙语美洲叙事文学的体系","从那些小说的革新者开始也可以,或者就从那些文学新人开始也行"。(Prats 1995:140)那个时期的拉丁美洲小说很不一样,不过大部分都是"在形式、结构和语言上进行根本性的实验,它们为现实主义提供了更多可能,现在看来,那正是我们的叙事文学的最大特点"。(Oviedo 2007:54)就这样,赛伊克斯·巴拉尔出版社推出了以文学新人新作为主的"西班牙语新叙事文学"丛书,其中收入的很多作品都是第一次在读者面前出现。而其他出版社已经出版过的作品则被收入到"福门托"丛书或"简明口袋图书馆:关联书籍"丛书中。

另一方面,维克托·赛伊克斯也成功地让如墨西哥的华金·莫尔蒂斯出版社这样的西班牙语美洲知名出版社参与了进来,这家出版社负责"出版那些赛伊克斯·巴拉尔出版社因为西班牙审查制度而无法出版的作品。西班牙审查制度干预出版西班牙语美洲文学作品的最典型例子应该算是卡洛斯·富恩特斯的小说、1967年简明丛书奖获奖作品《换皮》,该作品由上述墨西哥出版社出版,西班牙直到1974年才允许编辑出版这本小说"。(Prats 1995:141)"文学爆炸"于是成为一块吸引西班牙的磁铁,尽管处在佛朗哥独裁统治下,可是它依然在新的阅读地图上架构起了一座铝制桥梁(好用、耐用、易用、弹性佳)。这也使得拉丁美洲图书市场的复苏和输出进入实战环节。西班牙遭受着独裁政权的压迫,它将古巴革命视为典范,一种在半岛左翼知识分子中孕育新的自由希望的方式。这就像个悖论,因为可悲的是:所有的独裁政权,无论是右翼的还是左翼的,都有诸多相似之处。

正如努丽娅·普拉茨·丰斯(Nuria Prats Fons)指出的那样,在那时已经出现了一种显而易见的矛盾:"西班牙变成了世界上最主要的图书出版国，但同时在西班牙国内却很少有人读书……这种情况是与那些强大的出口公司相关的。"（1995：91）但是在 60 年代西班牙文学文化领域的领军人物卡洛斯·巴拉尔的努力下，西班牙逐渐接近"新小说"，世界先锋派的新作品被输入西班牙，在西班牙文学图书市场上出现了许多高质量的新文学作品。这些图书的主要读者群在大学中，后来逐渐拓展到了其他群体，他们被那种新文学吸引住了，也被古巴革命和罗德里格斯·莫内加尔、安赫尔·拉玛等拉丁美洲知识分子吸引住了。

那些专门出版文学作品的出版社，例如赛伊克斯·巴拉尔出版社，希望让读者接触最新的文学潮流，哪怕损害出版社的商业收益也在所不惜。安赫尔·拉玛坚持认为这种出版社"都是有知识分子团队作为领导或顾问的，他们表现出了一种文化责任感，只要看看他们出版的诗歌丛书就明白了。他们敢于在大众读者面前出版新的、难读的作品，那些作品本是给更有准备的读者去读的，但是他们还是这样做了，他们在乎的是文学的发展，而不是维持某某企业的稳定"。（1984：67）但是在涉及拉丁美洲"文学爆炸"小说在西班牙的传播问题上，我们必须指出，严格意义上讲，传播是从 60 年代末开始的，1968 年《百年孤独》成为非常畅销的作品（比《城市与狗》畅销得多，《城市与狗》更多被认为是个孤例），位列该年度西班牙图书销量榜前十位：

> 赛伊克斯·巴拉尔出版社赌博式的冒险行为很快就被其他出版社效仿了。这些作家那时才开始成为香饽饽，变成了一种文学时尚，"西班牙语美洲的"这个形容词也成了一种"商标"，身背这种标签的作家就会受到万众瞩目。（Prats 1995：115）

书籍从文化传播媒介变成了消费品。这种商品化现象没有对文学作品的质量产生大的影响，因为虽然有的作家很快就被读者遗忘了，可另外那些文学成就高的作家依然活跃在舞台上。事实上，西班牙对西班牙语美洲小说的热情在70年代下半叶衰退了，可是拉丁美洲那些伟大的作家依然被西班牙读者和出版社青睐。

　　另一方面，还必须补充一点：不同的西班牙语国家之间在那段时间里能保持流畅沟通还得益于作家的专业化，它也使得拉丁美洲作家为了使自己的作品能得到更好的传播而移居到拉美内部其他国家、欧洲城市（主要是巴黎和巴塞罗那）或是美国成为可能。加西亚·马尔克斯在1967年10月1日写给巴尔加斯·略萨的信中也提到了这一点，谈及了拉丁美洲作家在那些年中持续穿梭于世界各地的情况："亲爱的马里奥，我很高兴知道你有固定住址了。我和朋友们的联系不算特别频繁，但是知道大家身处何地可以让我感到平静。可能这是因为拉丁美洲作家总是喜欢到处走来走去，我自己也不例外，这让我有一种奇怪的感觉，好像我无依无靠似的。"（Princeton C.0641，III，Box 4）还应该提到知识分子小说家的出现，这种创作者除了创作文学作品之外，还会就他身处时代的社会问题发表自己的看法，就像我们在介绍那些文学刊物时提到的那样。拉玛就曾指出，这种知识能力使科塔萨尔和巴尔加斯·略萨这样的作家收获了更多的支持者。可是加西亚·马尔克斯不在此列，因为"他的职业精神表现得不是那么清楚，他也不擅长就各种问题发表演讲，就连他的文学作品，虽然具有技巧创新，也更倾向于寻找问题。实际上他是'文学爆炸'作家中的特例，因为他是只凭作品的成功而被归入到团体中去的"。（Rama 1984：105）"文学爆炸"和"大众传媒"的联系紧密是事实，"文学爆炸"

代表作家们经常会接受采访、做对谈、在电视上出现。所以有人对"文学爆炸"现象及其结果产生了质疑。加西亚·马尔克斯在 1967 年 11 月 12 日给"伟大的印加王"寄去一封信，他在信中抱怨了"文学爆炸"的巨大声望和反响：

> 我认为有对"文学爆炸"批评的声音是个好事。你知道我一直就是这么想的，尽管我也理解玛尔塔·特拉巴搞她的"文学人行道"只不过是为了混口饭吃。那些不喜欢我们的人面临的问题要比我们严重得多，因为他们必须坐下来写出比我们写得更好的小说出来，而这恰好是使他们绝望的事情。对我而言，我已经厌倦了自己是加夫列尔·加西亚·马尔克斯，那些猎奇的读者、愚蠢的崇拜者、无能的记者、虚假的朋友都让我感到心烦意乱，我已经不想再和颜悦色了，我正在学习让那些人去吃屎的优雅艺术。（Princeton C.0641，III，Box 10）

巴尔加斯·略萨，与之相反，对"文学爆炸"的评价比较温和，他对"文学爆炸"的成员及其影响，尤其是与那一时期的拉丁美洲叙事文学相关的问题，做了深入的思考。1972 年，在我们前面提到的那场他与拉玛在《前进》杂志上的论战中，他这样说道：

> 没有人知道被称为"文学爆炸"的到底是怎样的东西，尤其是我。有人说它是一群作家的统称，可是也说不出那些作家具体都是谁，因为每个人都有自己的一份名单，里面的作家的作品几乎都在同一时间开始传播，同一时间受到了读者和批评界的认可。这一现象可能也可以被称作历史事件。其实它无论在什么时候都不是一场

与美学、政治或道德理念相关的文学运动。如果它是那样的话，现在肯定已经结束了。大家也已经注意到了那些作家及他们的作品之间有很大的差异。举个例子，科塔萨尔和富恩特斯没有太多相同点，不同之处倒是不少。编辑们利用了"文学爆炸"风潮，这是事实，可是它也确实推动了拉丁美洲文学的传播，它造成的结果是很有积极意义的。而且那些作品的大规模传播也激励了许多年轻作家去更好地进行文学创作。（Rama 1972：59-60）

在其他一些场合，马里奥不仅肯定了"文学爆炸"的存在，还确认了"文学爆炸"作家之间的友谊。在 1969 年的一次采访中他表示："作家之间存在着伟大的友谊，这也是'文学爆炸'最耀眼的地方之一。在大家公认的'文学爆炸'作家之间，没有其他拉丁美洲文学运动，例如现代主义、先锋派和超现实主义都有的个体间的敌意，团体的分裂、争斗……我们这些'文学爆炸'成员中的大部分人都互相保持着伟大的友谊，这是件很美妙的事情，这是一种真正的同志情谊。我感觉自己跟他们所有人都很要好。他们在文学上的见解对我帮助很大。他们中的很多人在我的书出版之前就先读过它们，他们总是能给我很棒的修改意见。在文学标准、艺术标准上没有一言堂。每个人都有自己感兴趣的点、想写的主题、独特的技巧。统一性是站在文学的对立面的，是与文学理念相悖的。"（Coaguila 2004：49）。

有时，"文学爆炸"的成员不仅会积极评价他们的同伴，或是证实彼此间的友谊，还会表现出真正的崇拜。例如，加博从年轻时起就很崇拜科塔萨尔，在和他相识之后这种崇拜日益增加，就像加博在文章《从巴黎，带着爱》中写的那样，文章写于 1982 年 12 月 29 日，正是他领取诺贝尔文学奖前几天，他当时正在古巴和菲德尔一起庆祝此事。文章提到他认为世上最有意思的地方就是巴黎，因为在那里可以遇见自己崇拜的作家："有些人没到，例如胡里奥·科塔萨尔——我从读到《动物寓言集》中那些精彩的故事起就开始崇拜他了，我几乎在老海军咖啡馆（Old Navy）里等了他一整年，因为有人跟我说他经常去那儿。大约15年后我才终于遇到了他，也是在巴黎，他就和我多年以来想象的一个样：世界上最高的男人，而且永远不会变老。他就像是自己那篇精彩的短篇小说中的那个让人难忘的拉丁美洲男子的完美复制体，那人喜欢在雾蒙蒙的清晨去观看行刑。"（García Márquez 1991：354）在那个时期（1984年2月22日）的另外一篇文章《人人都爱的阿根廷人》中，加博又一次向胡里奥致敬，说他对语言的高超运用能力、创造迷人幻想世界的能力吸引了大批的读者。加博还说自己一周又一周，一天又一天，一直像个朝圣者一般在老海军咖啡馆等待着胡里奥，直到看见他为止。那时胡里奥刚刚去世，因此那篇文章的最后部分相当动人："在《一天环游八十个世界》中的某个部分，一群朋友止不住地笑，因为他们一个共同的朋友很明显要随死神而去了。因此，由于我太了解他也太爱他了，所以我拒绝参加一切悼念或颂扬胡里奥·科塔萨尔的活动。我更想用他喜欢的方式来思念他，因为他曾经存在过而感到高兴，也因为自己结识了他而感到喜悦，我还要感谢他给我们留下了可能并未完成，然而却如此美妙，必将永存的文学世界，我们对他的记忆也是一样。"（García Márquez 1991：519）。

阿尔瓦罗·穆蒂斯，哥伦比亚作家，那时是加博和马里奥共同的好友，于1970年12月8日给巴尔加斯·略萨写了一封热情洋溢的信，他一方面表达了自己对"文学爆炸"的赞赏，另一方面也毫不掩饰地夸赞了"文学爆炸"两位领军人物——建筑师和诗人：

老伙计，我依然还处在读完《酒吧长谈》后的震惊状态中：我是 5 天前读完它的，之后我就什么都读不进去了，连我最喜欢的关于帝国的回忆录和拜占庭古籍也读不下去。我喜欢给老朋友们写信，但是现在我却不知道该怎么通过这样一封信来表达这次阅读对我意味着什么，那是一种"发现"，发现那本小说，再通过那本小说发现你的作品。……我认为《酒吧长谈》是我们共同的西班牙语祖国产出的第一本小说。我指的是《情感教育》《安娜·卡列尼娜》《幻灭》这样级别的小说。你的这本小说里充满对"语言层面和想象层面"技巧的全面高效的运用，没有一个场景是无意义的，没有丝毫停顿，非常紧凑，是全景式的小说……就这样，老朋友，这在我们的文学史上绝对算得上是超凡之作。……

阅读你的这本书坚定了我的想法，这个想法已经有很多年了：那种有轨电车经过贫民窟时很多人争先恐后地扒车一般的"文学爆炸"是不存在的。只存在一种孤立的现象，其中有一位技巧娴熟、视野广阔的小说家，这片土地上从没出现过像他一样的人物，另外还有一位危险的造物主，他能把我们的神话、恐惧和悲伤转化成伟大的诗篇：这两个人就是你和加博。你们的作品和《换皮》《天堂》《跳房子》之间隔着一条巨大的鸿沟，但这并不让人觉得不舒服或难以接受，尽管现在还不明显，可是那些年轻读者必将发现，或者已经体察到这一点了。（Princeton C.0641，III，Box 15）

我们已经看到了其他一些作家的观点，也有人怀疑"文学爆炸"的存在。在有的情况中，甚至有人会认为一旦某个作家被贴上了"文学爆炸"作家的标签，就会努力拉别的作家进入那个群体中去。拉玛坚信每个国家都希望有本国作家进入那份名单，有人为了达到这个目的甚至会做出很多荒唐的举动，就像多诺索说的那样。最独特的一个例子是阿德里亚诺·贡萨雷斯·莱昂，正如丹尼尔·森特诺（Daniel Centeno）的记录所言："面对前所未有的商业前景，赛伊克斯·巴拉尔出版社开始打听有没有哪个委内瑞拉文坛新秀值得推出。疯狂寻找后的成果是小说家阿德里亚诺。在那之前，阿德里亚诺只出版过一些没有引发什么巨大反响的短篇小说，此外还参加了一个加勒比地区文学俱乐部。于是阿德里亚诺开始进行创作，直到《便携式巴黎》（*Paris portátil*）画上了句号。这本书让他出了名，为他赢得了简明丛书奖，还被宣传为'文学爆炸'中的委内瑞拉代表小说。可香烟和美酒之后，一切归于沉寂。作家后来的作品很难和那本书相提并论，他露脸的机会也屈指可数。"（Centeno 2007：35）然而委内瑞拉着魔似的要给自己国家找一位"文学爆炸"作家的努力并没有结束。拉玛写道："他们给巴拉尔编辑、萨尔瓦多·加门迪亚创作的小说《泥土之足》（*Los pies de barro*）的封面上加了一句介绍：直面'文学爆炸'的首领人物。"（Rama 1986：264）

"文学爆炸"的成员们有时还会开别人的玩笑，但总是善意的玩笑，除了一些公开化的冲突，例如阿斯图里亚斯和多诺索之间的嘴仗。一般来说，那些诙谐的评论会成为回忆录中的逸事，例如阿尔弗雷多·布里塞讲述的在奥古斯托·蒙特罗索和胡里奥·科塔萨尔之间发生的事情。在《反回忆录》（*Antimemorias*）一书中，阿尔弗雷多提到了蒙特罗索，当时蒙特罗索还很年轻，有一次他在墨西哥城和蒙特罗索聊了起来，他对后者描绘了自己的喜悦之情，因为他在巴黎"和我认识的最厉害的作家胡里奥·科塔萨尔见了面"。然后他继续给蒙特罗索描述那位阿根廷作家是多么单纯友善，总爱拿自己开玩笑，每天都等在邮箱旁，就是为了能立刻给喜欢自己的读者回信。在某个时刻，蒙特罗索露出了狡猾的神情，他问布里塞道：

> "但是科塔萨尔还活着吗，阿尔弗雷多？"
>
> "他当然还活着，蒂托。"阿尔弗雷多回答道。
>
> "要是科塔萨尔还活着的话……"
>
> "我给你说了他还活着，蒂托。"
>
> "妈的，他还活着……因为我这辈子唯一做的事情就是抄袭胡里奥·科塔萨尔。"
>
> 第二年，布里塞在胡里奥位于巴黎的家中和他一起吃饭，他对胡里奥说自己马上就要到墨西哥去了。秘鲁作家对胡里奥说道：
>
> "你应该到那儿去认识一下奥古斯托·蒙特罗索。"
>
> "蒙特罗索？但是，蒙特罗索还活着？"
>
> "当然，胡里奥，我可以帮你搞到他在墨西哥的地址。"
>
> 不可思议的是胡里奥大声说道：
>
> "可是我这辈子唯一做的事情就是抄袭蒙特罗索！"
>
> （Bryce 1993：126-127）

这件事只出现在阿尔弗雷多的记录中，我们永远无法知道它是真是假，不过它却表现出了"文学爆炸"作家共有的幽默感，也展示出作家之间大度承认自己从其他作家身上学到的东西。不过在某些情况下，一些作家对另一些作家的评价并不总是正面的。某日，在与阿尔弗雷多·布里塞交谈时，他对我们说他在另一次和蒂托·蒙特罗索聊天时谈到了卡洛斯·富恩特斯。蒂托突然变了脸色，好像他正在准备开炮，然后他对布里塞说道："你看，阿尔弗雷多，要是你看到一列火车……上上上上车！要是你看到一把椅子……请请请请请请坐！如果你的面前摆着一盘美食……吃吃吃吃吃吃吃吃掉！如果你看见卡洛斯·富恩特斯……快快快快快快快快快逃！"巧合的是，2008年9月，我们参加完西班牙语书展后，在纽约皇后区中心的一家多米尼加餐厅吃晚饭时，秘鲁诗人桑德罗·奇里（Sandro Chiri）给我们讲了同一件事，不过他的版本是蒂托·蒙特罗索与研究西班牙和秘鲁的意大利人安东尼奥·梅里斯（Antonio Melis）之间进行的对话，而嘲笑的对象恰恰是布里塞……与"文学爆炸"相关的故事永远都讲不完。我们在普林斯顿大学珍本图书室收藏的众多信件中找到了布里塞在1975年7月10日写给马里奥·巴尔加斯·略萨的信，里面提到了可能是最精彩的一件趣事：

亲爱的马里奥：

何塞·米格尔和我在波哥大参加了一场可怕的会议，参会者包括很多上了年纪的愚蠢女图书管理员、古怪的古巴流亡者、土味儿十足且同样愚蠢的玻利维亚人，再加上三四个大人物，例如科博（Cobo）、萨因斯（他本人比他写的书好一些，《谎话》写得还算不错，不是吗？），还有，最可怕的一个，穆蒂斯，他的想法可真称得上独一无二又精彩绝伦地叛逆啊。

我和科博之间发生了件让我吃惊的事情：他首先做关于"新作家"的主题发言，我被安排在他之后讲话，我因此准备了一个简短的发言稿。不可思议的是：我们的想法和使用的语言都极为相似，连我准备引用的帕斯的话（怎么能不引用他呢）都被他先引用了。他的发言结束后，我把我的稿子递给了他（我自然得讲点儿别的

了），结果他表现得和我一样吃惊。（Princeton，C.0641，III，Box 4）

紧接着阿尔弗雷多对马里奥说何塞·米格尔和他在参加完那次会议后，决定出一本杂志，他已经在考虑编委会成员的人选了：

> 那将会是一个国际编委会，我们已经写信给爱德华兹、奥克塔维奥、帕切科、穆蒂斯、科博、达尔西·里维罗（Darcy Ribeiro）、伊里奇（Illich）、萨瓦托、萨因斯、胡安·戈伊蒂索洛、佩特科夫、卡洛斯·富恩特斯和科塔萨尔了。（我认为科塔萨尔不会接受，不是吗？）加博肯定不想参加，我觉得他越来越像个政客了。你看到帕斯批评他的话了吗？我觉得说得很好。（Princeton，C.0641，III，Box 4）

需要指出的是，1975 年正是加博结识菲德尔·卡斯特罗，开始成为古巴革命激进的捍卫者之时，我们在另一本著作《加博与菲德尔》中对此已经做过深入的介绍。因此很多朋友已经不认为他会加入到某项有许多已经在 1971 年和古巴彻底决裂的人士参加的事业了。不过那封信中最有趣的部分还不是刚才引用的地方，而是透露出的某种不祥的预兆。就像圣地亚哥·纳萨尔在自己横遭厄运那天梦到自己身上落满鸟粪的预兆一样[1]，后面发生的事情被阿尔弗雷多不幸言中了，他在后来的许多年中反复强调那次预兆，至少强调了不下 30 次：抄袭。当然了，科博和他在会议上发言内容相似只是一个巧合。难道从那时起，阿尔弗雷多就经常看到自己想写的东西被其他人先发表出来了吗？

---

[1] 加西亚·马尔克斯所著《一桩事先张扬的凶杀案》中的情节。

不过，还是回到有关"文学爆炸"的细节上来吧。关于那些诽谤者、团体成员、界定者，关于它是否存在，真正利用自己的观察给出公正评价的是多诺索。他对"文学爆炸"主将的确认十分准确，此外他还给出了其他一些名字，这些人也以各种各样的方式为"文学爆炸"做出了贡献，在40多年后的今天，人们依然把"文学爆炸"视为拉丁美洲文学的黄金时代。他提到那些拉丁美洲作家写出的作品中有一种"血统"（"文学爆炸"的血统）：那些作品"有意识地承担起责任，扎根于我们的城市和国家之下，以挖掘它的思想和灵魂。墨西哥人、利马人、阿根廷人分别是怎样的？如今已经很少有作家还会写书来揭示英国人、法国人、意大利人是什么样的了，如果他们这么做了，那么也绝不会有太多人认为那些书有多么大的重要性"。（Donoso 1999：50）事实上，西班牙、法国、英国等国家数千年的文化传统已经足以回答那些关键性问题。但是那些新生的文化，例如美洲文化，则需要"一批书来帮助不同的国家抄近道，尽可能快地找到一种精神，也就是每个国家的民族精神"。（Donoso 1999：50）

接下来，多诺索又在"文学爆炸"中看到了许多前辈作家的身影，他们也以某种方式参加到这场"盛宴"之中：作为典范的博尔赫斯，尽管他"不写长篇小说，而且他的政治立场是让人无法苟同且难以接受的"。（Donoso 1999：120）还有胡安·鲁尔福、卡彭铁尔、奥内蒂和莱萨玛·利马。他还认为有的作家本身就可以被看作那场"盛宴"的直接参与者，例如萨瓦托和卡布雷拉·因凡特，不过出于这样或那样的原因，多诺索把自己的地位边缘化了。然后他又提到了另一批作家，他们同样是极有声誉的作家，如罗亚·巴斯托斯、曼努埃尔·普伊格、萨尔瓦多·加门迪亚、大卫·比尼亚斯、卡洛斯·马丁内斯·莫雷诺、马里奥·贝内德蒂、维森特·莱涅罗[1]、罗萨里奥·卡斯特亚诺斯[2]、豪尔赫·爱德华兹、恩里克·拉夫尔卡德（Enrique Lafourcade）、奥古斯托·蒙特罗索、豪尔赫·伊瓦根戈伊蒂亚[3]和阿德里亚诺·贡萨雷斯·莱昂。紧接着多诺索又提到了"文学爆炸小字辈"作家，包括塞维罗·萨杜伊、何塞·埃米利奥·帕切科、古斯塔沃·萨因斯、内斯托·桑切斯[4]、阿尔弗雷多·布里塞·埃切尼克、塞尔希奥·皮托尔[5]和安东尼奥·斯卡尔梅达。紧接着多诺索又提到了阿根廷"小文学爆炸"，归入其中的作家有穆希卡·莱涅斯[6]、比奥伊·卡萨雷斯等人。接下来是"亚文学爆炸"，被归入其中的是一些得过奖，但是却并不出众的作家，这里就不列出名字了。到此为止，我们已经列出了最完整的一份名单。那么好了，事情已经很明白了，"文学爆炸"的历史就是参加"盛宴"的那些作家的历史，而那群作家中的领军人物无疑就是加博和马里奥，一个人利用他的诗学，另一个人则利用结构：诗人和建筑师。多亏有了他们，在多诺索出版他的《"文学爆炸"亲历记》的十数年后的1982年，我们才可以坚定地说出他曾经写下的那种想法："文学爆炸"不仅在文学史上写下了浓墨重彩的一笔，也在大西洋两岸的西班牙语社会和文化史上留下了印迹。

---

〔1〕 维森特·莱涅罗（Vicente Leñero，1933—2014），墨西哥小说家。

〔2〕 罗萨里奥·卡斯特亚诺斯（Rosario Castellanos，1925—1974），墨西哥女诗人、作家。

〔3〕 豪尔赫·伊瓦根戈伊蒂亚（Jorge Ibargüengoitia，1928—1983），墨西哥小说家。

〔4〕 内斯托·桑切斯（Néstor Sánchez，1935—2003），阿根廷作家。

〔5〕 塞尔希奥·皮托尔（Sergio Pitol，1933—2018），墨西哥作家，2006年塞万提斯文学奖得主。

〔6〕 穆希卡·莱涅斯（Mujica Lainez，1910—1984），阿根廷小说家。

有的服装精品店起名叫马孔多。克罗诺皮奥与法玛成了街头流行词汇。对于一个不了解阿根廷历史的外国人而言，拉瓦耶是一条街道和萨瓦托笔下一个人物的名字。而所有人都知道劳军女郎是什么意思。[1]（Donoso 1999：192）

从 1982 年到现在，文学的疾风骤雨一直在持续，因此我们现在可以说，社会又吸收了成百上千个术语，它们就像宪法条目一样成了固定下来的东西。例如"公羊"这个词现在可以被用来形容独裁者，而在几年前还很少有人知道这个称呼的存在，它本是用来形容特鲁希略的，现在越来越多的人知道了"公羊"，知道了圣地亚哥·纳萨尔，知道了实际上有些妓女是"苦"的。他们明白了人类可以在一天内环游八十个地球，明白了所有的族长都会在有朝一日迎来秋天（包括菲德尔在内），也明白了没有哪种孤独持续的时间会超过一百年[2]……

---

〔1〕 所提及人物分别出自加西亚·马尔克斯、胡里奥·科塔萨尔、埃内斯托·萨瓦托和马里奥·巴尔加斯·略萨的相关作品。
〔2〕 文中提到的"公羊"等内容分别出自巴尔加斯·略萨的《公羊的节日》，加西亚·马尔克斯的《一桩事先张扬的凶杀案》《苦妓回忆录》《族长的秋天》《百年孤独》，胡里奥·科塔萨尔的《一天环游八十个地球》。

11. "黑手党"发声，巴塞罗那即天堂：
   ## 盐制桥梁

　　巴尔加斯·略萨在定居巴塞罗那之前就已经在欧洲和美国的多所大学有过教书经历了：先是在伦敦，然后在 1968 年中期去了华盛顿州立大学做访问学者。他在那里上了一学期关于加西亚·马尔克斯作品的课程（还做了多场关于西班牙语美洲小说的讲座），后来那些备课材料成了他撰写《弑神者的历史》的资料。1969 到 1970 年他也做了教学工作，先是在波多黎各大学，后来又回到了伦敦国王学院。在那一年中（1969），他写完了《酒吧长谈》，开始动手写自己的博士论文。也是在那一时期，马里奥决心从事教学科研工作，这样就可以在经济上维持生活，又能有足够的时间来写作。然而他的文学代理人卡门·巴塞尔斯试图说服他放弃当老师的想法，全心全意搞文学创作。1969 年 4 月 16日，她往波多黎各寄去一封信，信中提议马里奥靠写作生活，钱由她或是卡洛斯·巴拉尔来出：

　　亲爱的马里奥：

　　　　请原谅我之前没有回复你 3 月 5 日和 25 日写来的信。时间过得太快了，我一直没有足够的时间来做所有我想做的事。从收到你的第一封信起我就决心要建议你横下心来到巴塞罗那或是其他你喜欢的城市定居下来，然后就靠写作生活。

所有我想对你说的话都在下面了，我也不知道这些话是多还是少：告诉我如果来巴塞罗那定居的话，你每个月需要多少钱生活。我不久前刚和卡洛斯聊过，我们还从没聚到一起来聊你呢；我把这个问题尽量简单化，不带任何强迫色彩地告诉了卡洛斯，他也同意每个月给你一定数量的钱来保证你的生活。

我知道你要在波多黎各待到 7 月 14 日，然后还要回秘鲁待 1 个月。我认为你应该下定决心在 9 月份的时候就回到巴塞罗那，而不是把这个计划放宽到 1 年之内。你们来了之后可以先到一个带家具的公寓里暂住一小段时间，然后再去租个你们喜欢的住处。

（Princeton C.0641，III，Box 1）

多诺索夫妇此时已经选择了巴塞罗那作为聚集的中心，玛利亚·比拉尔 1969 年 2 月 1 日从巴塞罗那给帕特丽西娅·略萨写了信：

亲爱的帕特丽西娅：

收到你的消息让我很开心，但是在到巴塞罗那去找到合适住处之前我没给你回信，因为我想给你提供更多的信息。一方面，卡门·巴塞尔斯在巴塞罗那对我们说你们也在考虑搬到巴塞罗那来住，我们的心因为喜悦而疯狂跳动，可是后来它们又平静了下去，因为加博夫妇对我们说马里奥又签了新的在伦敦教学两年的合同……这是真的吗？……你们呢？要是你们不来巴塞罗那的话我可不答应。加博夫妇说美国也有大学向你们发出邀请了，不知道是不是像贝贝[1]的上一个学校一样，那所大学和我们喜欢的爱荷华大学很不一样，其实我们还想回爱荷华大学去。（Princeton C.0641，III，Box 7）

玛利亚在同年的 7 月 7 日又给帕特丽西娅写了封信，她已经知道巴尔加斯·略萨夫妇即将前往加泰罗尼亚首府，于是给帕特丽西娅提供了关于夏天在那里发生的最新消息，还提到了"文学爆炸"这批作家"黑手党"的其他成员：

亲爱的帕特丽西娅：

加西亚·马尔克斯一家（前天启程到意大利度假了，说是要"呼吸一下新鲜空气"，加博的翻译会在西西里陪着他们……），而我们则十分"兴奋"，因为知道你们决定要搬来住了，起码会住一段时间……这是真的吧？也许吧……你不知道这个消息让我和贝贝多么高兴，其他人也一样。

是卡洛斯·巴拉尔把这个消息告诉我们的，现在卡门·巴塞尔斯给了我们一个地址，还留了条信息：她今天也要去度假了（不是为了放松，她根本就不知道放松为何物，而是要到潘普洛纳参加奔牛节活动），她说她一回来就会给你们写封长信。

我这封信倒不会太长，今天已经是 7 月 7 日了，我们也想着到比利牛斯附近待上几天，在那之后贝贝就要像个疯子一样写他的小说了，有时候他会一天写 10 个小时，他前面写着写着突然思路不顺了，所以他觉得自己该休息一阵子了。

我还想告诉你，如果你需要我在这边做什么的话就尽管开口。我们住在巴塞罗那城中一座小山上的小村子里，你可以直接打电话

---

[1] 对多诺索的名字何塞的昵称。

找我，也就是说也算是在巴塞罗那市内，有缆车可以上山，也可以走公路上山下山，公路不算好，但也不算差。……

塞尔希奥·皮托尔也刚到这儿，他给我们讲了在墨西哥发生的让人毛骨悚然的事情……看上去住在那边是不太行了。可怜的卡洛斯在墨西哥过得也很不如意，不过他也快来了，这消息还算不错。总之，如果你们真的要搬来的话，咱们就可以好好聊了。（Princeton C.0641，III. Box 7）

加西亚·马尔克斯也在1967年6月从墨西哥城搬到了巴塞罗那，他在墨西哥城做了很多记者的活儿，还写了好几个电影剧本。在马里奥到达巴塞罗那后，加博已经差不多在那里住了3年了。正如我们前面提到过的那样，那时他们的友谊已经很牢固了，可是在巴塞罗那他们的友情又更上了一个台阶。实际上自从加博在伯爵城[1]定居之后，他就一直试图说服自己的秘鲁朋友也搬到那里定居。1967年11月12日在给马里奥的信中加博是这样说的：

我们找房子找了很久，像疯子一样，最后找到了一个又大又新还带花园的房子，在城里一个很安静的区域，旁边还有个幼儿园，只需要添置些家具就行了。而且，在那个处处充满加泰罗尼亚式浮华的公寓里，还有一间修道院式的房间，我会钻进去打磨那位衰老的独裁者，他看上去越来越像路易斯·布努埃尔了，多年之前那位独裁者接见过克里斯托弗·哥伦布，为他举办了一场盛大的宴席，还给了他几个戴着羽毛饰品、金项链的印第安人和充满异域风情的

---

[1] 巴塞罗那的别称。

水果，希望天主教双王相信哥伦布发现了一片新大陆。孩子们在长大，梅塞德斯给他们买东西，看着那些东西我们就想起小阿尔瓦罗来了，真是个伟大的大不列颠绅士，他当年在我家里的表现好得任谁也不会相信。奥维多从伦敦写了信来，威胁说他12月要来拜访我们。巴塞罗那，带着欧洲乡村的那种宁静，气温到这个时候还有22度，阳光明媚，到处是难以想象的美景。

　　一个暴力的拥抱，

　　加博

　　（Princeton C.0641，III，Box 10）

　　在那段时期的另一封信中，加博甚至附上了他第一个住所的地址，那时他还没住在卡波纳塔路。"终于，在无尽的旅程后，我钻进了这个疯子洞里。我们找到了这个舒适的住处，我希望在这儿能尽快开始动笔写作。费尔南德斯·雷塔马尔肯定会杀了我，不过我已经决定了，我是不会去古巴的。已经太迟了！我没能找到富恩特斯。如果他在伦敦的话，你能让他把地址给我以便建立联系吗？我的小家伙最近怎么样？你们什么时候来巴塞罗那？妈的！12年后再回欧洲，我已经不适应了，到处都是塑料制品。问候帕特丽西娅，给你兄弟式的拥抱，加博。阿根廷共和国路168号，4—2公寓，巴塞罗那。"（Princeton C.0641，III，Box 10）

　　加博、多诺索、巴拉尔、巴塞尔斯是巴尔加斯·略萨决定定居在巴塞罗那而非伦敦的主要原因，再加上后来也搬去巴塞罗那的豪尔赫·爱德华兹。就这样，巴尔加斯·略萨一家在1970年到1974年间住在了伯爵城，在那几年中，秘鲁作家写出了《加西亚·马尔克斯：弑神者的历史》，写完了《潘上尉与劳军女郎》，他的女儿希梅娜·旺妲·莫尔嘉娜（Jimena Wanda Morgana）出生。但就像阿尔玛斯·马塞洛所言，巴尔加斯·略萨和巴塞罗那之间的联系开始得要更早。先是结识卡洛斯·巴拉尔和卡门·巴塞尔斯，他们把秘鲁作家推上了舞台，也把这座城市变成了"文学爆炸"作家汇聚之城：

> 巴塞罗那这座工业城市成就了他，这座城市第一次给了他显赫的名望；总之，这座汇聚了出版界和知识界精英的城市成为政治上反佛朗哥的核心阵地之一。巴塞罗那对加西亚·马尔克斯和"文学爆炸"其他作家也具有相似的意义，他们来到加泰罗尼亚首府是因为所有迹象都显示，那里是西班牙出版界荣光和权力的所在。在那里，在巴塞罗那，"神圣左翼"运动（gauche divine）取得了成功，那群知识分子比其他任何人都更早地认识到，在西班牙，文化也可以通过工业道路得到发展，虽然这条道路也不见得是平坦的。（Armas 2002：67）

1968年，当马里奥到美国授课，并且考虑他要在何处定居（尽管那可能意味着在几年的时间里结束流浪式的生活）的时候，加博持续不断地给马里奥讲述着居住在欧洲的好处：宜居，可以交朋友，建立新的人脉关系，经常到距离不是很远的其他城市去，等等。在1968年6月1日的信中，加博写道："我的兄弟马里奥：我们这个月18号要到奇科尼亚（Cicogna）位于热那亚的家中去了。我们会在那儿待大概10天，晒晒太阳。戴高乐刚刚展示出他是法国唯一有种的男人，所以我们也可能到巴黎去。我想我们大概会在7月初到巴黎。立刻告诉我你的行程安排，以免错过见面。我现在不能去巴黎，虽然我很想去。我的看法是：那里的学生和工人缺乏好的领袖来领导他们做出可能是20世纪最重要的政治行动。你不这么认为吗？我希望你和我看法不一样，这样你就可以帮我缓解我的失落了。他们请我从6月18日起到莫斯科去待两周，不过我觉得太无聊了，我不会去的。我写完了5篇儿童故事，但是我现在不喜欢它们了，不会发表的。我觉得夏天过后我才会动笔写长篇小说，这样我可以振作精神，或者是让自己倒霉。大大的拥抱，加博。"（Princeton C.0641，III，Box 10）

而在马里奥下定决心到巴塞罗那定居之后，加博自告奋勇地表示要帮助他找住处。在1970年5月15日的信中，加博给马里奥讲述了最近一段时间他在巴塞罗那的经历、他的身体情况和一些计划：

亲爱的老朋友：

看到你的信我感到你终于复活了：我们感觉你失踪了，尽管卡门会给我们一些关于你的书的出版信息，告诉我们你在伦敦心情不太好，还提到你快来了。读了你的信我们才发现我们根本不满足只获取些关于你的二手信息。

那个吓人的医生让我喝了杯药水，要看看我身体里的状况，然后说我的肝脏比心脏更大，于是他毫无怜悯地禁止我在此后的人生中饮酒了。后来我从我的哥伦比亚酒鬼朋友们那里得知，所有热带地区的人的肝脏都更大——很显然这些欧洲医生忽略了这一点，不过在改掉每天喝半瓶威士忌的习惯之后我的感觉倒是不错，所以我想倒不如就这样吧。现在我就缺一个长号，有了它我就可以到西尔斯百货门口要钱了，然后把钱捐给救世军[1]。

---

〔1〕 1865年成立的国际性宗教及慈善公益组织。

我不记得是谁给我讲了大学城流血事件。你和胡里奥要小心一些，因为你们更热血，我通常是不会参与那些事情的，现在就更不会了，现在我准备带着我最后的愚蠢过封建式的老年生活：我买了一栋有200年历史的房子，带12个房间，占地4000平方米，位于巴塞罗那往布拉瓦海岸方向40公里处，光是修整那幢房子就会轻易花掉我卖50万册书的收入。我感到挺幸福的，因为我可以在废墟里待很多年了，不过这也会阻碍我去干其他疯事。所以你可以安心前来了：家里有足够多的空间，房外的空间也足以让最凶残的征服者安营扎寨。

带上你想带的东西，然后轻轻松松地到巴塞罗那来。我总是会兴高采烈地接受各种可以让我不用写作的好借口，而你即将到来的消息无疑是其中最好的。还有件重要的事，你要在富恩特斯到达伦敦之前离开那儿，免得他坏了好事。

大大的拥抱，加博

（Princeton，C.0641，III，Box 10）

在另一封日期相近的信中，加博又给马里奥讲了那段日子里让他感到不安的几件事情，尤其是写作时遇到的困难——他写不下去《族长的秋天》，只好通过写短篇小说来"不让手生"：

马里奥：

今天早晨我又绝望地开始写信了，实在没什么更好的办法。我们不仅从帕特丽西娅那里直接得到关于你们的消息，所有那边的朋友都给了我们相关的信息，好像是在催促我们赶快回去。

实际上，下个月我们就会开启回程。在第一周里梅塞德斯和我终于能到安德烈斯群岛去了，至少会待20天；回程的时候我可能会去巴西待1个礼拜；大概在7月初的时候我们会到纽约去，1个月后去墨西哥，然后回欧洲。所以让人丧失意志力的美妙的热带生活就要结束了，我和梅塞德斯都感觉有点难过。你们得给我们一个确切的到达日期，这很重要，我们好做进一步的安排。5 月是最让我们感觉舒适的月份。

卡门应该已经给你说过了纽约的哥伦比亚大学要给我颁发文学荣誉博士称号。他们给我出了个难题：我根本不想接受，一想到要穿礼服戴礼帽我就更不高兴了，但是朋友们没人支持我的想法。我想听听你的意见，我相信你肯定能给出足够的理由来说服我。更麻烦的是仪式会在 6 月 1 日在纽约举行，我还得赶紧去办签证。

我的创作进展不大。到这儿之后我就开始感觉我在巴塞罗那凭记忆写的东西总是缺了点什么。我不会重写，但是会从一种角度做一些修改。我想我回欧洲时肯定还没写好，到了欧洲我才能做最终决定。就目前而言，我就只想躺在吊床上，闻着番石榴的味道休息。让我有些不知所措的是，我好像根本不怀念欧洲的任何东西，可是这儿的东西也他妈的对我不重要。

孩子们也玩得很开心，他们到处捕捉鬣蜥，想吃它们的蛋。我什么都不做，梅塞德斯则像个囚犯那样不停地数着离开这儿的时间。

一个大大的拥抱，加博

（Princeton C.0641，III，Box 10）

马里奥搬进了山边的萨里亚区的奥西奥街，离加博位于卡波纳塔街的那幢旧房子很近，拐个街角就到了，开放的、渴求文化的巴塞罗那开始品尝到"文学爆炸"胜利的甘蜜了。佛朗哥的独裁政权已经摇摇欲坠了，那座美丽的海滨城市允许他们静心写作，这对于巴尔加斯·略萨这样的"写作狂人"而言是十分重要的。此外，他和加博的友谊也在那里得到了升华，用阿尔玛斯·马塞洛的话来说就是"对于文学界的很多人而言，那两个'恶棍'（经常有些真正的恶棍这么称呼他们）的友谊带上了传奇色彩，说他们看自己同行时的眼神就像是雅典娜女神在望着她的敌人：目光凶狠"。（Armas 2002：100）他们每天都见面，当然是在履行完自己与文学的婚姻责任后，换句话说，两个作家都严格遵守着每天的写作纪律，当然了，他们还要履行与各自妻子之间婚姻的责任。

玛利亚·比拉尔·赛拉诺是这样描述巴尔加斯·略萨的："他每天从早上8点到下午1点都在写作，然后吃午饭，再稍微午休一下，3点到4点写信，然后和加博在某个咖啡馆聊天，谈论一下《世界报》，再然后会和朋友们聚一聚，但是他不会很晚回家，因为他第二天还要重复这样的时间安排。当然了，他还要和孩子们玩一会儿。他的生活就是这样，或者差不多就是这样。"（Donoso 1999：173）阿尔玛斯·马塞洛也为那段巴塞罗那岁月提供了一些信息：巴尔加斯·略萨"总是穿一身黑，双排扣夹克、黑色套头衫、跟比正常鞋跟略高一点儿的黑靴子。在巴塞罗那街头，看到这样打扮的人你就知道那是秘鲁小说家马里奥·巴尔加斯·略萨，那时他还在贝亚特拉大学教课。疯狂的文学创作及活动安排使得他只有很少的时间去做别的事情，例如到某个欧洲大学做场讲座，然后再快速回到他的办公房间去"。（Armas 2002：71-72）加西亚·马尔克斯则相反，他被描绘成了一个爱笑、爱开玩笑、多话的人，总是穿着件蓝色工作服。其实他也是个害羞的人，达索·萨尔迪瓦尔这样评价道："他的嘴唇没那么迷人。"他也不像巴尔加斯·略萨那样善于言辞。

在加泰罗尼亚度过的这段日子对马里奥和加博而言都是非常重要的，两人就是在那时获得了极大的国际声誉的。事实上，也恰恰是在巴塞罗那，加博开始抱怨自己的名声，他觉得巨大的声望快让他窒息了，他要受不了了：在搬到那个城市居住的时候，他本以为自己将远离喧嚣，可以享受平静的日子。他的这种困扰在丹尼尔·桑贝尔（Daniel Samper）对他做的访谈（1968年12月，波哥大《时代报》）中和巴尔加斯·略萨所写的关于哥伦比亚作家的博士论文里表露无遗：

> 每天都会有两三个编辑和一群记者给我打电话。每次我老婆接电话的时候都只能说我不在家。如果这就是荣耀的话，那可真是够操蛋的（不：最好别这么写，把这讨厌事写出来可有点儿荒唐）。但事实就是这样。你都不知道谁是你的真朋友了。
>
> 你就这样开始写：说我现在已经不接受采访了，到此为止。我来巴塞罗那是因为我以为在这儿没人认识我，但问题还是一样。一开始我对自己说：电台和电视不行，但是报刊可以，因为我也是做记者的。但是现在不行了。报刊也不行。因为只要记者一来，我们就会一起喝酒喝到凌晨2点，最后他们再把我们闲聊的话也写进稿子里，而且还不经过我的审核。从两年前开始，所有发表出来的所谓我本人的观点都是些废话。他们的伎俩都一样：把我在两个小时里说的话缩减到半页纸的篇幅，然后再自己编些蠢话加进去。除此之外，作家的责任不在于阐述观点，而在于讲故事。所有希望知道我对某事持怎样观点的人，去读读我写的书就知道答案了。《百年孤独》里有350页的观点。那里面有记者们想要的所有东西。（Vargas Llosa 2007：180）

"文学爆炸"日常生活亲历记

为"文学爆炸"撰史的智利作家最准确的一个看法就是，要谈论"文学爆炸"对那个时代、对全世界的影响，不应该只看那些文学作品，还要去留意具有"文学爆炸"血统的作家们的人生和他们创作之间的联系，哪怕只是些看上去细枝末节的事情。在1982年回顾自己写的那本书的时候，多诺索多了一丝乡愁般的愁思，他拉开距离回顾了那段巴塞罗那岁月，然后问自己道："那些小事到底有怎样的重要性？除了作为笑谈之外还有其他作用吗？我会说它们还有更多其他的作用。一部艺术作品的本源——我谈到的小说中不止一部是这样——是非常神秘的，它的根源不可避免地隐藏在比创作者本人所认为的更加深邃幽暗的地方：他们的日常生活，家庭关系，社会环境，在餐厅里吃的某一顿饭，一次开车出门的经历。哪怕作家本人对此并不知情，可这些依然会发挥着比政治立场、意识形态和公共举止更重要的作用。"（Donoso 1999：199）因此，了解"文学爆炸"作家们的巴塞罗那生活经历就显得意义非凡了。

马里奥和加博的友谊在伯爵城最初的那段甜蜜时光中得到了进一步加强。事实上，秘鲁作家博士论文的大量资料都是在那段日子里和加博频繁的长时间对话中获得的。可是，在马里奥到达巴塞罗那不久后发生了一件事，按照多诺索的说法，那件事甚至本可能会毁掉"文学爆炸"作家之间的联系，"也有可能比我想象的还要糟糕，可能事实上它已经把那种联系毁掉了"。（Donoso 1999：115）那是1970年的元旦夜，在路易斯·戈伊蒂索洛位于巴塞罗那的家中举办了一场盛大的聚会。留着标志性大胡子的科塔萨尔"和乌格涅跳了段有趣的舞蹈"；巴尔加斯·略萨一家，"在大家的鼓动下，跳了一支秘鲁华尔兹"；接着是加博一家，也是在大家的怂恿中，跳了热带梅伦盖舞。（Donoso 1999：115）"格兰德大妈"自然也不会缺席，依靠在沙发坐垫上的卡门·巴塞尔斯"反复品尝着这锅在费尔南多·托拉、豪尔赫·埃拉尔德和塞尔希奥·皮托尔的帮助下做成的文学炖菜,欣赏着在这由布满装饰物的墙壁围绕而成的鱼缸中游动的鱼儿们:卡门·巴塞尔斯的手中似乎握着可以让所有傀儡起舞的号角,她欣赏着我们,也许带着崇敬,也许带着饥饿,也许二者兼有,就像是看着鱼缸中的鱼儿在翩翩起舞"。(Donoso 1999:116)在那次聚会中大家谈到了《自由》杂志,那本杂志马上就要创刊了,这也是我们在下一章节中将要讲到的造成团体分歧的事件。1971年一整年都充斥着那种紧张气氛;然而,在1970年到1971年跨年之前的圣诞节中,氛围还是友善而热烈的。玛利亚·比拉尔·赛拉诺详细描述过1970年平安夜的聚会,那场聚会发生在上面提到的元旦聚会之前的几天,"盛宴"之中的几乎所有人都参加了那次聚会,"黑手党"发出声响,巴塞罗那即天堂。

多诺索一家当时住在卡拉塞特(Calaceite),那是下阿拉贡地区一个小镇,他们在那里住了一段时间。平安夜的几天之前,电话响起。是"加瓦"打来的,他们都习惯这么称呼加博的妻子梅塞德斯·巴尔查。那一年的庆祝活动不能再棒了:加博一家邀请智利作家一家到巴塞罗那去一起过节,还有其他一些朋友也会去,这是美洲人过节的习惯。然后他们可以回到小镇上来过三王节,好让多诺索家的小姑娘一整年都开心心的。那年冬天非常寒冷,多诺索一家的钱不多,他们经常会想起加博的那句名言:"所有的编辑都是富翁,所有的作家都是穷鬼。"(Donoso 1999:133)事实上,在那段时期,他们一直在靠几个美国朋友的慷慨帮助过日子,他们借钱给多诺索,直到他到美国去教书为止。于是一家人在聚会的前两天来到了伯爵城。在看到他们之后,加博大喊道:"乡下亲戚来啦!"(Donoso 1999:136)就在那时,加博告诉他们巴黎的"亲戚"也来了：胡里奥·科塔萨尔和乌格涅·卡尔维利斯，富恩特斯是自己来的，不过他说他的妻子、墨西哥女演员丽塔·马塞多（Rita Macedo）第二天就会到。卡洛斯·弗兰基也到了，不过他是从罗马来的。而巴尔加斯·略萨一家就住在附近。

　　24日当晚所有人一起去了一家叫"小鸟之泉"的地道的加泰罗尼亚餐厅聚餐，他们一坐下就开始谈论古巴，所以拖了很久才点餐。招待不得不把店主喊了过来，因为客人们热火朝天地讨论古巴问题，压根儿没人理他。店主一脸严肃地走了过来，仔细瞧了瞧这一群人，于是大家都因为愧疚而闭上了嘴。这时主人用略带玩笑的口吻问了一句："诸位中间有人会写字吗？"（Donoso 1999：138）。加瓦立刻做出了反应，她有一种天赋，在突发情况面前总是能最快地行动起来。卡门·巴塞尔斯曾经这样评价她："你怎样评价加瓦都行，但一定要以她是完美的为前提。"（Donoso 1999：132）加瓦拿起点单纸和一支圆珠笔，写下了菜名，把它交给了店主。玛利亚·比拉尔是这样记录那次晚餐中的对话的：

　　　　外面下着雪。在进餐厅之前，胡里奥·科塔萨尔和乌格涅还在打打闹闹，互相往对方脸上扔雪球。餐厅里气氛温和，充满亲近而热烈的兄弟情谊。卡洛斯·弗兰基和马里奥·巴尔加斯·略萨讨论着某个话题，其他人虽然插不上话，但是却兴致勃勃地听着。巴尔加斯·略萨从实用主义的角度为统治着他的国家的左翼军人的态度和行为做着辩解。而卡洛斯·弗兰基，尽管被迫离开了古巴，却捍卫着某种理想主义的立场，就像是一个当代的热带基督。在内心深处，他们的立场是一致的，这种辩论只是为了使得不仅是他们两人，还包括在场所有人在思想上进行更深入的沟通。或者情况并非如此，因为从多年之后的现在回想过去，也许时间已经证明了在那个时候分歧的种子就已经种下了，这颗种子生根发芽之后，哪怕没有摧毁那些友情，至少也让它们冷却了下来，并且让当年那个联系紧密的团体（至少看上去是这样）之中的成员从那晚起就开始渐行渐远了。（Donoso 1999：138-139）

好了，就前面讲述过的事情来看，团体成员间似乎还没有出现什么不可调和的分歧。1971 年平安夜，吃过晚饭后大家一起去了马里奥家，所有的孩子也都去了（加博家的孩子们，马里奥家的孩子们，还有多诺索家的小姑娘）。房间不大，可是很温馨舒适，留在那里的人包括科塔萨尔夫妇、加博一家、多诺索一家和马里奥一家。他们谈论文学，不过哥伦比亚作家没太参与。讨论最热烈的是胡里奥、贝贝和马里奥。加博想要表现得不感兴趣，可是玛利亚·比拉尔说那是装出来的：加博也想参加讨论。天快亮了的时候，胡里奥和马里奥开始了另一场无关文学的比赛，"阿尔瓦罗和贡萨洛玩累了，和比拉尔西塔（多诺索家的小姑娘）一起到里屋睡觉了。胡里奥和马里奥从两个男孩的礼物袋里掏出了遥控小汽车，兴奋地来了场赛车比赛"。（Donoso 1999：146）狂欢直到天亮才结束，他们在接下来的几天里继续聚会，直到元旦夜，他们和上一年一样聚在一起吃了晚餐。这就是"文学爆炸"作家们的生活，他们会找各种各样的理由聚在一起，庆祝各种各样的事情。

另一件值得记住的事情是所有人在第二年夏天的聚会，也就是那次难忘的圣诞节聚会的几个月后。聚会发生在法国南部的阿维尼翁，卡洛斯·富恩特斯的戏剧《猴子称大王》（*El tuerto es rey*）的法语版将要上映，主演是玛利亚·卡萨雷斯（María Casares）和萨米·福莱（Sammy Frey）。加博一家带着孩子一起去了，他家的孩子们年龄已经够大了，可以像这样长途旅行了，而多诺索家和马里奥家的孩子们则留在了巴塞罗那，寄宿在佩德拉尔贝斯幼儿园里。玛利亚·比拉尔说："和孩子们告别的时候，帕特丽西娅和我都很难过，但是孩子们都没有哭，而是开心地笑着挥舞手臂，因为要过上几天没有父母监督的日子了。"（Donoso 1999：150）胡里奥和乌格涅在赛尼翁的家中，那里离首映地城市不远，胡安·戈伊蒂索洛则是在活动当天下午从巴黎赶来的。首映式结束后，所有人一起到一家餐厅去庆祝活动顺利举办。女士们都身着盛装，那是出席戏剧节之类的活动时才会穿的服装，她们一起在街上往餐厅的方向走去。男人们也走在一起，不过走在她们后面。突然，一辆警车在女士们面前来了个急刹车，她们受到了盘问，因为警察误以为她们是妓女。在真相大白之后，"那个疑惑的警察嘟囔了几声抱歉，上了车，急匆匆地离开了。在得知发生的事情之后，卡洛斯责备了我们，他说我们应该让警察把我们带到局子里去，这桩丑闻会通过报纸传播开来，将对他的戏剧还有贝贝即将译成法语的书的销量有巨大的帮助"。（Donoso 1999：151）

庆祝活动在接下来的几天中一直在进行。科塔萨尔夫妇在一个农舍里组织了一场聚餐，聚餐结束后又邀请所有人——来自巴黎和巴塞罗那的朋友们，到他家里去。他们在那里谈论了《自由》杂志最初的几点情况。有意思的是，玛利亚·比拉尔记录说马里奥"换了发型"，这和玛利亚本人也有很大关系：

那天，和往常一样，马里奥又把他那头深栗色头发梳成了"猫王"的发型式样，这可以从他最早版本的几本书中配的照片里得到证实。我对他说，"文学爆炸"这群人里面，就属他的发质好，他没有理由不把头发打理得更好看一些。那时还是甲壳虫乐队的时代，男人们对于留长发也没有太多顾忌，而在大多数情况下，把头发留长一点会让男人们看上去更帅气一些。（Donoso 1999：151-152）

　　住在巴塞罗那的多诺索一家的生活和"文学爆炸"主将们的生活也有千丝万缕的联系。他们是1969年来到伯爵城的，比巴尔加斯·略萨一家来得稍微早一点。在那之前他们在马略卡岛上住了一阵子，当时普利尼奥·阿普莱约·门多萨也住在岛上。他们住在蒙特惠奇山后一座小山上的巴伊比德里埃拉区里，视野很好，既能看到海，也能看到巴塞罗那城。玛利亚·比拉尔说几家人经常在周末聚会：男人们（贝贝、马里奥和加博）谈论文学，而女人们负责给孩子们制订玩乐计划，看木偶戏、去马戏团或是去看电影，然后大家再聚到一起吃饭。她说贝贝和马里奥除了书和作家之外不谈别的，但是加博试图表现得对文学不是那么感兴趣，他总想让人感觉他对理论知识不甚了解。在谈话的最后，福楼拜总是会不可避免地被提到：马里奥颂扬他，贝贝攻击他。女人们不参与那些讨论，所以每个人在聚会时的角色基本都是固定的。有一天，在从一场与一位美国女教授之间的漫长而沉重的访谈中抽身出来之后，加博宣称自己"讨厌女知识分子"。"于是我略带嘲讽地问他，"玛利亚继续写道，"在他看来，我算不算女知识分子，因为我做不少翻译。他回答我说我还不算女知识分子，但是我正在沿着'一条错误的道路'前进。"（Donoso 1999：153）

我们可以从这些细节中推断出"文学爆炸"成员之间关系的亲密程度。我们都知道加博没有大男子主义，他只不过是被那个美国人不合时宜的问题激怒了，然后把自己的情绪在朋友们面前毫不掩饰地表达了出来，他信任这些朋友，他们之间甚至会友善地讽刺对方。另一个类似的笑谈和马里奥有关，有一天，他突然对玛利亚·比拉尔说她会毁了他的婚姻。在被问到原因时，马里奥说因为玛利亚正在怂恿帕特丽西娅和她一起上意大利语课。（Donoso 1999：153）

　　不过"文学爆炸"不是只有拉丁美洲元素。巴塞罗那那时是西班牙最重要的文化中心城市，非常多元，住在那里的作家、艺术家和知识分子不仅是最好的，也是最开放、最独立的，同时是对佛朗哥独裁政府批评最猛烈的，那时的佛朗哥政权已经千疮百孔了。那些经常和"文学爆炸"作家们交往的加泰罗尼亚人也都是 60 和 70 年代"神圣左翼"运动的参与者。他们习惯晚上在薄伽丘舞厅聚会，白天则在"闪光·闪光"玉米饼店碰头。正如我们知道的那样，他们之中最重要的人物就是卡洛斯·巴拉尔，他和马里奥很要好，和多诺索关系也不错，这种关系一直持续到那场著名的争斗。争斗发生在奥斯卡·图斯盖斯（Óscar Tusquets）和贝阿特丽丝·德毛拉（Beatriz de Moura）家举办的一场鸡尾酒会上，当时他们两人还是夫妻关系，同时还都是图斯盖斯出版社的社长，贝阿特丽丝至今依然领导着那家出版社。在巴拉尔和多诺索之间产生了一场争执，那位编辑指责多诺索和他的敌人一起出版了《淫秽的夜鸟》（El obsceno pájaro de la noche），而智利作家则回答说那是因为巴拉尔没办法出那本书，后者被激怒了，说道："你戴着那贴着胶布的眼镜显得非常可笑。"（Donoso 1999：159）智利作家在之前的一天刚刚把眼镜摔断了，在买到新眼镜之前他先用胶布把它裹了起来。在一番争斗之后，多诺索倒在主人家的床上，犯起了实际并不存在的胃溃疡，而巴拉尔又多喝了几杯，后来是大哭着离开酒会的。不过看上去两人后来又和解了。

"神圣左翼"的其他成员、"文学爆炸"的加泰罗尼亚朋友们包括：图斯盖斯一家，豪尔赫·埃拉尔德[1]（在1969年刚刚创立阿纳格拉玛出版社），罗莎·雷加斯[2]和莱奥波尔多·波梅斯[3]；戈伊蒂索洛兄弟，路易斯和何塞·阿古斯丁，这两位当时在巴塞罗那，而他们的兄弟胡安虽然也是"文学爆炸"作家们的好友，但当时流亡到了巴黎；评论家何塞·玛利亚·卡斯特莱特以及他的最新诗歌选集中选入的许多诗人，例如金费雷尔[4]；此外还有电影人和电影评论家，如：里卡多·穆尼奥斯·苏亚伊（Ricardo Muñoz Suay）、贡萨洛·埃拉尔德（Gonzalo Herralde）和罗曼·古文（Román Gubern）；建筑师奥里奥尔·博伊加斯（Oriol Bohigas）和里卡多·波菲尔（Ricardo Bofill）；智利女诗人卡门·奥雷格（Carmen Orrego）等。

那个时期还有件有趣的事情：豪尔赫·爱德华兹在前往巴黎途中路过巴塞罗那。正如我们所知，他于60年代初就在法国首都和马里奥结交成了好朋友，人们也经常把他和"文学爆炸"联系在一起，因为他和那些作家关系都很好，而且从年龄看他也恰好属于那一代作家。豪尔赫很年轻时就成为了智利外交官，根据

---

〔1〕 豪尔赫·埃拉尔德（Jorge Herralde, 1936— ），西班牙阿纳格拉玛出版社（Anagrama）著名出版商，曾出版罗贝托·波拉尼奥、恩里克·比拉－马塔斯等作家的作品。

〔2〕 罗莎·雷加斯（Rosa Regás, 1933— ），西班牙女作家。

〔3〕 莱奥波尔多·波梅斯（Leopoldo Pomés, 1931—2019），西班牙摄影师。

〔4〕 佩雷·金费雷尔（Pere Gimferrer, 1945— ），西班牙诗人。

他自己所言，这份工作让他能够去做他真正喜欢的事情：写作。阿连德政府委派给他的最初几个任务之一就是到古巴去，帮助智利与加勒比岛国重建外交关系。但是在那里，正如他后来在精彩无比的回忆录《不受欢迎的人》中所记录的那样，他的经历十分糟糕，菲德尔·卡斯特罗甚至派人跟踪和监视他，后来还将其驱逐出岛，指控他煽动暴力且参与了反革命活动。人人都知道那些指控是站不住脚的，爱德华兹的唯一过错就是出于友善的天性和所有古巴作家都交上了朋友，而不管这些作家和卡斯特罗政权的关系如何；此外，他还经常和作家们聚会，谈论岛上允许和禁止谈论的一切话题。但是隔墙有耳，隔墙还有窃听器，菲德尔·卡斯特罗耗尽了耐心，最终决定把他驱逐出古巴，根据爱德华兹的说法，这样做也是为了避免两个极端左翼国家之间外交关系的破裂。

在那次失败的古巴经历之后，爱德华兹来到了巴塞罗那，几天之后他就要到智利驻法国大使馆赴任了，他会和巴勃罗·聂鲁达一起工作。那几天他就住在巴尔加斯·略萨家，他和"文学爆炸"作家们以及其他亲密朋友们一起吃午饭、晚饭，所有人都迫切想知道关于古巴的事情。他给大家讲了帕迪利亚事件对古巴作家，包括对他本人的影响。他留在哈瓦那的最后一晚和菲德尔之间进行的最后一场私人谈话更是气氛紧张，他在多诺索家吃晚饭时绘声绘色地讲述了它。菲德尔对豪尔赫还是一脸友善，但是说对他的指控已经发送到智利，事情已经不可挽回了。菲德尔每天都在了解他的动态，他在豪尔赫的住处安装了窃听器，派了密探到诗人们聚会的地点去偷听他们关于政府、埃贝托·帕迪利亚和古巴知识分子的未来等话题的谈话。菲德尔那时对豪尔赫说，他唯一希望的就是豪尔赫不要"完全倒向另一边"。玛利亚·比拉尔·赛拉诺对此也有记载：

> 在巴伊比德里埃拉吃饭的那天晚上，豪尔赫因为那件事而表现得很激动、很动情，边给我们讲着，边在我们的屋子里走来走去。看上去菲德尔·卡斯特罗和豪尔赫有相似的习惯，紧张的时候就会边说话边踱步，可能他们两个在那场最后的谈话中就是这么做的……我们的朋友从我们的房间这头走到另一头，边说着话，边打着手势，突然，他停在了椅子和沙发跟前，开始在座垫下面翻找什么。他还停在画前，继续找着什么，我一开始还不明白那是怎么回事。我感到很奇怪，观察着他，直到我反应过来那只是一种条件反射。"冷静点，豪尔赫，"我对他说道，"这里没有窃听器，你已经离开古巴了，你现在是在佛朗哥治下的西班牙。"独裁者统治下的西班牙有很多其他的东西，甚至可能也有窃听器，但是不会被安装在一个外国作家的陋室里。（Donoso 1999：167-168）

毫无疑问，多诺索的妻子做出的最精彩的记录不是所有我们刚才提到的逸事，而是其中体现出的"盛宴"之中的每个人的精神世界，是 70 年代初巴塞罗那的那群"黑手党"发出的声音。用西班牙的说法就是"把他们钉下来"。就像摄影一样，把"文学爆炸"四骑士的灵魂固定在某些瞬间之中，他们还是拉丁美洲叙事文学的四个火枪手，四个加西亚·洛尔卡式的骡夫，甲壳虫乐队四主唱，四种元素，四个季节，混血文学黄金时代的四大方位。从卡洛斯·富恩特斯开始，他用精彩的发言、墨西哥式的亲切感、舞蹈才华和语言才能，成为 1962 年康塞普西翁大会上的青年明星，甚至比聂鲁达和卡彭铁尔还要耀眼。还记得他和美国教授弗兰克·坦南鲍姆（Frank Tannenbaum）之间的舌战，后者像是个家长式的调解员，他与拉丁美洲知识分子交谈时的语气中总是带着股轻蔑劲儿，富恩特斯用一个精彩万分的演讲，以对抗帝国主义的"种族"捍卫者身份回应了坦南鲍姆。那时的富恩特斯已经野心十足了，他希望自己能成为伟大的作家。同时，这位墨西哥作家还是个唐璜、征服者，和多位电影及戏剧女明星、上层女子和女知识分子保持着暧昧关系。他的朋友遍及天下，如布努埃尔、威廉·斯泰伦（William Styron）、玛利亚·菲利克斯（María Félix）、苏珊·桑塔格、诺曼·梅勒、巴勃罗·聂鲁达、让娜·莫罗（Jeanne Moreau）等。他从来没在巴塞罗那定居过，但是他与马里奥和加博在 70 年代初的交流十分频繁，不只是在圣诞节或是其他特定的日子，例如他的戏剧在阿维尼翁上映的时候。

我们前面曾提到过，玛利亚对马里奥的评价是"几乎、几乎"完美，"团体的排头兵"，或是遵守纪律的士官生（Donoso 1999：172），聪明、乐观又充满智慧。在巴塞罗那，马里奥从早上 8 点一直写到下午 1 点，几乎不会离开他的写字桌；然后吃午饭，在 3 点和 4 点之间稍微午休一下，但不是像西班牙人一样午睡，而是写信，然后……

> 和加博在某个咖啡馆聊天，谈论下《世界报》，再然后会和朋友们聚一聚，但是他不会很晚回家，因为他第二天还要重复这样的时间安排，当然了，他还要和孩子们玩一会儿。他的生活就是这样，或者差不多就是这样。太辛苦了！太枯燥了！我们在和朋友们谈论起他的完美时不能说没有任何嫉妒之情。可是当他出现在我们面前，他那谦和的微笑和友善的态度立刻解除了我们的武装，我们几乎、几乎要原谅他的完美了。（Donoso 1999：173）

除了严格遵守工作时间之外，马里奥是个极为和气的人，"是四个人中最好相处的，也是最能忍受记者、崇拜者和学生围追堵截的人。但是我认为，"玛利亚继续写道，"他是利用那种谦和竖起了一道屏障，来使自己更方便地和外部世界接触。同时，这种接触也不触及屏障后面他那不可触碰的、耀眼而高效的'作家灵魂'。他的那套完善的方法和机制帮助他梳理清他与自己脑海中的'魔鬼'的关系，他清楚'魔鬼'的存在，他不仅能掌控它们，还可以有效地管理它们。他说他永远不会因为害怕那些'魔鬼'而服用镇静剂，因为它们对他的写作而言是不可或缺的。"（Donoso 1999：173-174）最后，玛利亚还描述了马里奥在巴塞罗那的那几年的政治生活情况。她坚信马里奥在政治方面是个"天真汉"，因为他只凭自己内心中的正义行事，哪怕那些行为与他的喜好和利益相悖也在所不惜。帕迪利亚事件引发的反响主要发生在巴塞罗那和巴黎，持续了1971年一整年，马里奥在做自己认为合情合法且符合道义的事情时没有丝毫迟疑，尽管那会给他带来最恶毒的抹黑、攻击和咒骂，而事实也确实如此。最令人悲伤的事情是：他和古巴决裂，从那之后他就再也没有和古巴有过来往。另一个相似的例子，尽管没有那么引人注意，也发生在那段时间，是他在巴塞罗那附近的蒙塞拉特修道院朗读的一封信件，他在信中明确表示了对那些以留在修道院中自我禁闭的方式抗议佛朗哥独裁统治的朋友们的支持。他不仅公开朗读了那封信，还希望留下来和那些朋友待在一起，可他最终没能按自己的想法行事，因为"那些自我禁闭的朋友们坚持让他离开，因为担心由于他是个外国人，他会被当局驱逐出境"。（Donoso 1999：175）

加博是玛利亚在文字中提到最多的人。她认为加博在与人相处方面是最复杂、最难以捉摸的，他是胆怯和高傲、和善与无礼、亲近与疏远的混合体。他从来不在大学教书，这一点我们已经提到过了，也不做讲座，不参加研讨会。他"因为工作需要"离开巴塞罗那的次数要少于马里奥。有一次他接受了邀请，到美国去领一个奖，可是他提出的条件是颁奖之后的聚餐人数不能超过4人。他在巴塞罗那定居的那些年中，西班牙电视台开始对最优秀的西班牙语作家进行专访，加博也拒绝了。他也习惯拒绝领取奖项和勋章，尤其是在获得诺贝尔文学奖后。玛利亚·比拉尔评价说，在《百年孤独》获得巨大成功、一家人搬到巴塞罗那定居后，加博受到了惊吓，他不愿意再读那些无穷无尽的评论文章了。此外，在1975年出版他的下一本小说之前，他在那许多年中一直保持着那种谦虚又惊慌的态度来对待那两部作品：给他带来最早声望的那本小说和关于族长的小说。有一次，多诺索的妻子给梅塞德斯打电话，接电话的是加博，于是玛利亚和他之间有了下面这场对话：

> 我吃惊地问为什么是他接的电话，因为我知道他每天早上都会穿上那件蓝色工作服闭门写作，甚至连找他的电话也不接。他对我说："因为我昨天才从马德里回来，我还没开始写东西。我跑出去是因为我发现我在写的新书就是一坨屎……我希望回来的时候能改变想法……可我现在依然觉得它是一坨屎。我也没从书中感受到热度，我希望它能发光发热，然而并没有……"显而易见，后来那本书确实发光发热了，而且那本书也不是一坨屎，而是本异常精彩的小说。他本人和一些评论家都认为那是他最好的一本书。加西亚·马尔克斯有很严重的疑心病，卡洛斯·富恩特斯也有，我的丈夫贝贝也有，其他很多作家都有这种病。（Donoso 1999：178）

还有一次，梅塞德斯给玛利亚·比拉尔打去电话，她问玛利亚最近怎么样，后者回答说很好，但是贝贝得了白血病，梅塞德斯没有表现出难过，反而对她说："你别太担心，加比托不久前头上长了个瘤子，最近也好多了……"（Donoso 1999：179）恐惧未知、夸大邪恶、预知未来，这些都是加博人生中使用最多的"货币"，举个例子，有一年夏天卡达盖斯[1]（Cadaqués）风很大，加博感觉如果继续待在那里或是在类似的天气条件下回到那里的话，风就会把他吹死。于是他们立刻中止了假期：加博一家因为哥伦比亚作家对死亡的恐惧而回到了巴塞罗那。那个时代只有一个作家的疑心病比加博更严重：阿尔弗雷多·布里塞·埃切尼克。刚好是我们在格拉纳达组织的一场关于"'文学爆炸'与幽默"的研讨会期间，有一天秘鲁作家对我们说他忧心忡忡，因为前一天晚上他感觉胳膊肘有一股强烈的痛感，像是奇怪的鞭打感，他担心下午轮到他发言时这状况再度发作。于是我们联系了一位医生朋友，请他照应一下阿尔弗雷多，让他平静下来。在把阿尔弗雷多送去医院之前我们就向哈维尔解释了他要照顾的病人是谁。他大笑着让我们不要担心，说他一定会根治阿尔弗雷多的病。我们到达了创伤科，询问莫拉塔医生在不在，他们立刻就把我们带到了医生的诊室。哈维尔检查了阿尔弗雷多的整条胳膊，小心翼翼地转动它，倾听病人讲述发生的事情，然后用十分肯定且专业的口气讲了一堆阿尔弗雷多和我们都没听懂的话，因为实际上哈维尔的话本身也没什么逻辑可言，他快速地开了处方，签了字，后来他偷偷对我们说，那些"药"只是起到个心理安慰的作用罢了。于是我们离开医院，买了"药"，

---

〔1〕　西班牙加泰罗尼亚自治区内的一个小城。

阿尔弗雷多吃了"药"，这下他感觉自己全好了。那次研讨会非常成功，会后大家还一起在圣山核心区的华尼略酒馆聚餐到很晚，大家打开酒馆窗户，探出身去欣赏灯光照耀下的阿尔罕布拉宫。

另一样加博在巴塞罗那居住期间不停抱怨的东西是"腋疖"，这些小疖子长在腋下，非常疼痛。每年春天加博都会犯这个病。在墨西哥写《百年孤独》时就是这样，日益严重的疼痛感甚至让他无法写作，有一天他说道："我要让布恩迪亚家的某个人倒霉，让他在马孔多刚开始炎热的时候得上腋疖。咱们瞧瞧会发生什么……"（Donoso 1999：179）。效果十分显著：加博成功地把墨西哥腋疖转移到了笔下的布恩迪亚身上，那个角色帮了他，承受了他的痛苦。但是在巴塞罗那病又复发了，可是在那儿他已经没有布恩迪亚家的人可以用来转移疾病了……

多诺索的妻子和加博的妻子也是好朋友。有一次两家人聚在一起，玛利亚说自己要卖掉一副漂亮的白金耳坠，因为她需要钱来生活，贝贝还没写完他的小说，美国的下一份邀约也还没到。加博给了她建议："让梅塞德斯陪你去，她很擅长做这些事，而且做得很好。"玛利亚·比拉尔说她的朋友非常热情、大度，既直率又真诚。有一天玛利亚提议说两人一起去学加泰罗尼亚语，结果梅塞德斯毫不掩饰地回答说："啊，不行……我一学习就肚子疼。"（Donoso 1999：181）

玛利亚最后写到了"文学爆炸"主将中年纪最大的那位：胡里奥·科塔萨尔。她说自己见过科塔萨尔许多次，因为从科塔萨尔在赛尼翁的家到巴塞罗那要比去巴黎近得多，所以几家人经常碰头。科塔萨尔习惯穿那时流行的蓝色衣服，这让他的那双蓝色眼睛更加显眼了，这使他有些不大自在。在玛利亚看来，科塔萨尔是个保守的人，总是躲藏在和善和礼貌构成的屏障后面，比马里奥更甚。至少秘鲁作家接受并愿意和他人建立亲密关系，但是科塔萨尔对此很抗拒。朋友们遇到困难时从来不去向他求援。玛利亚还把科塔萨尔定义成政治上的狂热分子，不过却像是匹戴着眼罩的马，除了眼前的一条道路之外看不到其他的东西。

加博与马里奥：带有巴塞罗那血统的头脑与灵魂

有一点是很清楚的，哪怕是在"文学爆炸"主将之间，加博和马里奥的关系也是最特殊的，不仅是因为玛利亚的上述种种记录，也不仅是因为两人在巴塞罗那住得很近，还因为从1967年夏天二人第一次见面起就开始建立的千丝万缕的联系。有一次，在两人住在巴塞罗那期间，一位意大利评论家路经巴塞罗那，参加了一场加博和马里奥也出席了的会议。他看到两人在鸡尾酒会上聊着天、一起大笑。这位评论家后来说道：

> 在意大利，一个像巴尔加斯·略萨写一本关于像加西亚·马尔克斯这样的另一位作家作品的书是绝无可能的。而且两人还出席同一场会议，并且没有在彼此的咖啡中下毒，好了，这些情节已经属于科幻小说的范畴了。（Donoso 1999：75）

加博和马里奥都经常出现在公众面前，很多时候人们还会把二者搞混。何塞·米格尔·奥维多给我们讲述了马里奥曾经告诉他的一则逸事：有一次秘鲁作家搭乘飞机，他坐在头等舱里，一个空姐走了过来，向他提出一个请求：一位经济舱的乘客正在读他最有名的那本小说，他非常喜欢那部作品，那位乘客刚才看到马里奥也上了飞机。他特别希望能获得作家的亲笔签名，但是却不能随意到头等舱来。不过，马里奥却是可以到经济舱去的。马里奥毫不迟疑地站起身子，在空姐的引领下走到了那位书迷跟前。那位热情的读者在看到他的偶像到来之后，幸福感溢于言表，他对马里奥说道："非常感谢您愿意来此在这本小说上签名。您的《百年孤独》是我这辈子读过的最棒的小说。"我们的秘鲁作家依然保持着一贯的风度，丝毫没有不快。他在书上签了名，对那位读者微笑了一下，感谢了那位读者的热情，然后回到了自己的头等舱座位上。何塞·多诺索在巴塞罗那居住期间讲了下面这个故事，完全可以被视作同一枚硬币的另一面：

> 有一次，很害怕坐飞机的加西亚·马尔克斯不得不乘飞机出行，他一上飞机就立刻缩在了自己的座位上。突然，坐在他身边的人对他说："能坐在您的身边真是太荣幸了！您是美洲最伟大的作家，请允许我请您喝一杯！"加博接受了，还表达了谢意，他喝了邻座请的几杯威士忌，这让那趟旅途的耗时显得短了许多。在到达目的地机场，二人准备分别的时候，那位邻座乘客动情地握着他的手说道："能认识您我感到非常开心，巴尔加斯·略萨先生！再见。"（Donoso 1999：140）

同样的事情还发生在阿根廷作家里卡多·巴达（Ricardo Bada）身上，他是在德国索要作家签名的。在 1976 年 4 月 22 日写给马里奥·巴尔加斯·略萨的信中，他提及了那段往事："我记得我们唯一一次见面是在科隆一家酒店的宴会厅里，在一场大家喝着鸡尾酒聊天的活动中，我记得您很不情愿地给我在加夫列尔·加西亚·马尔克斯的一本书上签了名，应该是德语版的《百年孤独》，您告诉我说站在墙角的那位先生才是加博；但是我坚持让您而非作家本人在那本书上签名，您肯定觉得我喝醉了，所以也就签了名。几个小时后，加博也在书上签了名，签在了巴尔加斯·略萨的名字下方，加博没有做过多的评论，只是说了句'我也签一下吧'。"（Princeton C.0641，III，Box 3）

在巴塞罗那居住期间，在多诺索身上也发生过一次类似的事。那是在卡斯特伊翁省的莫雷亚小镇发生的事，那里离加泰罗尼亚边境很近。当时智利作家一家到那儿度假，到酒店时已经晚了，餐厅里全是人，已经没有空位子了，连周末加桌也满了。一家人很失望，因为时间已经挺晚了，大家都很饿，他们开始挨个桌子张望，看看是不是有人准备结账或者已经在喝餐后咖啡了。就在那时，从一个座位上站起了一个男人，他走向作家，问道："您是何塞·多诺索吗？"在得到了肯定答复后，他请他们来到了他和他儿子的那一桌，然后对服务员说道："服务员，麻烦您给加三把椅子，再上一瓶好酒，这是何塞·多诺索先生及他的家人，我很荣幸能请他们吃饭。"大家都很开心，于是坐了下来，谈话开始了，直到那位好客的先生说道："您写了那本伟大的小说……《英雄与坟墓》[1]……"（Donoso 1999：142）。很难对这样热情的读者澄清这种误会，而且那可能会使众人陷入尴尬的境地。于是谈话继续，尽管有点误会，可他们还是成为了好朋友。

类似的事情也在胡里奥·拉蒙·里维罗身上发生过。里维罗是秘鲁短篇小说家，是阿尔弗雷多·布里塞的密友，在很多年里也是马里奥的好朋友。里维罗本人在他的《没有国界的文字》（*Prosas apátridas*）一书中记录了那件事。当时他在秘鲁安第斯山区的万塔参加书展活动。同时在场的还有一位教士，也是一所学

---

〔1〕《英雄与坟墓》的作者是埃内斯托·萨瓦托。

校的老师。两人一起在农家小店吃了午饭，还喝了啤酒。"胡里奥·拉蒙·里维罗！"教士突然惊讶地大喊了一声，"谁能想到呢！"在分别时，教士激动地紧握着里维罗的手，补充道："我竟然和《城市与狗》的作者一起吃了饭！"里维罗惊呆了，但是他不好意思解释这个误会。后来，那位教士自己发现了这个错误，他认为里维罗是个骗子。

马里奥的离开使巴塞罗那冰冷刺骨

1974 年，马里奥·巴尔加斯·略萨做出决定，要重新踏上那座跨大西洋的桥梁，回到利马去。同年 7 月，他的朋友们在卡门·巴塞尔斯家为他准备了一场盛大的告别聚会。那天的聚会留下了一份无与伦比的材料，一张加西亚·马尔克斯、爱德华兹、巴尔加斯·略萨、多诺索和穆尼奥斯·苏亚伊的合影。在那之后，五人再也没有聚到一起，他们的友谊桥梁就像纸糊的城堡或是盐山一样逐渐垮塌了。停留在时光中的最后一点带有盐分的东西就是在巴尔加斯·略萨一家离去时卡门·巴塞尔斯流的眼泪了。这位文学代理人在 1974 年 7 月 5 日写的信中表达了自己的难过心情：

> 自从船离开码头之后，在你离开的前几天一直有的那种紧张情绪得到了一点缓解，然后我又在超过半个月的时间里感觉十分失落。我不是说造成那种失落的唯一原因就是你的离去，但我可以向你保证那使我整个人都处在伤心的状态下，我就是带着这样的状态生活的。
>
> 我希望你到达利马之后就给我打电话，可能这封信还没寄到，

你的电话就先来了。

在向你表达我对你的姐弟般的情谊之前我不想结束这封信，感谢你这么多年对我无条件的支持，正是因为那种支持，在你走后，我才更感觉无比孤独和难过。（Princeton C.0641，III，Box 1）

几个月后，1974 年 10 月 28 日，在另一封信中，卡门又一次提到了马里奥的离去带来的伤感，还给他讲述了在那之后发生的事情。那位加泰罗尼亚女士的伤感之情溢于言表："我很高兴收到并阅读了你的来信，然后又是难过，难过。我想按你写信的水平写回信，但是我那可怜的加泰罗尼亚语句法水平、语言的贫乏让我无法如愿……我本想做一番对人生、死亡、青春和喜悦的思考，你不知道我有多羡慕那些有能力把自己所想的东西都写下来的人。不要只谈你了，最好还是一步一步来讲讲其他事情吧。"（Princeton C.0641，III，Box 1）秘鲁作家一家在加泰罗尼亚首府留下了难以抹去的印迹。玛利亚·比拉尔·赛拉诺也认为那些朋友的离去标志着她人生中一个重要阶段的结束。在 10 月 7 日的信中，她这样对帕特丽西娅说道："我在巴塞罗那总是会想起你来；这座城市就是我们之间友谊的见证。……加博一家还没（从夏日度假中）回来。卡门会在月末（现在是 9 月，当然了）的时候等他们回来，我的话就不知道了。我收到了她从墨西哥寄来的一张明信片，上面说她更喜欢当面跟我聊。"（Princeton C.0641，III，Box 7）对马里奥在巴塞罗那的最后时光的最后几份见证之一是在他走前大概两个月的时候收到的一封信。可能是想阻止他回到自己的那个小国家，阿尔弗雷多在信中给他讲了利马当时的情况。和往常一样，信里也必然提到了加博。信上标明的日期是 1974 年 3 月 24 日：

利马这边就和 300 年前一个样子，不管诗歌里怎么写，花园里的花依然不会开放。"海盗"也像 300 年前一样侵扰着海岸线。我们刚刚在幻想中的神圣·费利佩围墙那边打赢了一场对抗盗版的闪击战，一切都发生得太快了，让我们既烦恼又兴奋。我刚刚在《新观察家》上读完了加夫列尔·加西亚·马尔克斯写智利的东西，我提议何塞·米格尔给他写信，让他把那些文字发表出来。《特快日报》，那份杂糅了雅各宾主义和奥德里亚主义思想的报纸，已经准备登上海盗船，把它们抢先发表出来了。何塞·米格尔·奥维多和卡门·巴塞尔斯在电话里已经说过这个事情了，我们也通过鲁乔·帕萨拉警告了鲁伊斯·卡罗不要把文章发表出来，鲁乔虽然已经从《特快日报》跳槽去了《备注》，但是他在原来的单位里还是有些朋友的。（最后，在《特快日报》和《备注》之间起了争执，后者把那篇文章发表了。）……周四我接到了一通奇克拉约打来的电话，说是那边的媒体也把文章登出来了。我把他们寄来的剪报都保存好了，咱们看看后面应该做些什么。据说印数达到了 1 万份（尽管那篇文章写得不如加博的其他报刊文章），希望那会有助于我们解决这个问题。（Princeton C.0641，III，Box 4）

在"文学爆炸"作家们的谈话中总是缺少不了对政治问题的讨论。加博那篇关于智利的文章实际上是对被皮诺切特军事政变推翻的阿连德政府的捍卫。不过显而易见的是，文章中不可能不提到古巴。在那封信接下来的内容中，阿尔弗雷多，在那个时期曾经和马里奥一样是左翼分子，或者可能比马里奥还要更左，讽刺了其他一些秘鲁作家的态度，在帕迪利亚事件过去 3 年之后，那些作家依然对古巴充满热情，或者他们刚刚才体会到了共产主义革命带来的喜悦感，然而那时"文学爆炸"的作家们除了加西亚·马尔克斯之外都已经走了回头路。一个有趣的例子就是贡萨雷斯·比亚尼亚（González Viaña）给一篇颂扬古巴革命的文章起了和豪尔赫·爱德华兹讲述自己在高压古巴的不愉快经历的书同样的标题：

> 贡萨雷斯·比亚尼亚有一天突然出现在了我的办公室前。我当时正和卡洛斯·费兰德在一起。贡萨雷斯·比亚尼亚刚刚从古巴回来。他走进来，用他那一贯的谨慎小心、结结巴巴的说话方式说道："真是太棒了……是……是（我当时不知道他是在开玩笑还是说达到了某种神秘学上的或是性方面的高潮）……是共产主义人类（他像是在说宗教用语一般一个字一个字地说出了下面这句话：新-人-类-站-了-起-来-开-始-向-前-迈-步……）。"好了……我问他见到莱萨玛没有，他回答说那边有比见莱萨玛更重要的事。当然，他没有继续说下去。我一直在想他当时是不是在戏弄我，可是并非如此，上周日他在《纪事报》上发表了题为"古巴：不受欢迎的人"的文章，公开表达了对古巴革命的支持。不过好吧，这位喜欢写政治/八卦新闻的利马记者肯定影响你享用巴塞罗那午餐的心情了吧，不管是哪个阶级的作家，都有安静吃饭的权利，那么就说到这儿吧。（Princeton C.0641，III，Box 4）

巴塞罗那是阿尔弗雷多结识加博的地方，正是在"黑手党"齐聚巴塞罗那的那些年里，而且恰恰是通过马里奥的介绍两人才成为好友的。当两人中的一位把某人介绍给另一位的时候，通常意味着那人已经成为那个朋友圈子里的人了。后来，阿尔弗雷多和马里奥的关系因为政治立场而逐渐疏远了，但是和加博的关系则一直很好。他在《反回忆录》一书中关于古巴的章节里对此有所记录，在那个章节里他讲述了自己和哥伦比亚作家一起在古巴首都的冒险经历，当时他住的房子还是菲德尔帮忙联系的。布里塞在《跌跌撞撞》（*A trancas y barrancas*）一书中则记录了自己在巴塞罗那的经历：

> 马里奥·巴尔加斯·略萨在巴塞罗那把我介绍给了加博。我们在一家酒店里聊了一阵子，我感觉加博有点不自在。
>
> "我不喜欢打领带的作家。"他终于说出了心中所想。
>
> "太遗憾了，"我回答说，"可是我有 77 条领带，当然有一些是别人送我的，但是……"
>
> "我请你去匕首餐厅吃饭，"他开心地笑了，对我说道，"那是我在巴塞罗那最喜欢的餐厅了。"（Bryce 1996：225）

马里奥离开了巴塞罗那，从此再也没有去过匕首餐厅，更没有和加博或是阿尔弗雷多一起去过，但他也承认那些日子是他一生中最美妙的时期之一。那时巴塞罗那的文化氛围甚至要好于巴黎或伦敦，马里奥曾在 60 年代分别在这两座城市居住过。语言，习惯，居民，艺术家，文化，莫尔嘉娜的出生，那时无论是马里奥还是加博都已经成了知名作家，等等，所有这些都使得那段时光显得格外美好。3 年之后，1977 年 11 月 2 日，马里奥给阿隆索·奎托[1]回了封信，后者向他寻求关于欧洲理想的定居和开启文学生涯的地点的建议。阿隆索至今依然是马里奥要好的朋友之一，近些年已经获得了国际声望，他的作品在大出版社出版，还获了不少奖，在上世纪末这种情况还没出

---

[1] 阿隆索·奎托（Alonso Cueto，1954— ），秘鲁作家。

现。马里奥在回信中说：

你的信让我想起了 1958 年我在马德里度过的日子，那时的马德里比你了解的要更加阴暗和封闭。你说你缺乏激情，且不用意志消沉这个词，也很像我最开始到那儿时的感觉。那时和我有接触的西班牙作家都让我觉得很平庸，大学里的课程也让我很失望，就像我在圣马科斯大学上的那些课一样。不过，尽管如此，在那一年里我还是投入了很多，我认为那对我而言是最重要的事情，因为在那种孤独中我发现了自己真正想做的事情。我给你说这些是因为你的信唤醒了一些我对那个年代的尘封起来的回忆。

我不知道有什么好的建议可以给你，因为我和你有同样的疑惑，我也想知道欧洲最适合居住的地方是哪里。我唯一不建议你居住的城市是巴黎，那里的拉美人太多了，而且那里的文学有些死气沉沉。我认为无论从什么角度看，今时今日的西班牙都是更让人振奋的国家，文化领域也是一样。我确信你肯定会喜欢英国的，在这里你能学到无数好东西。如果你能来的话，我可以给你安排个住处，尽管可能并不算特别舒适。不过如果你能来住些日子的话，帕特丽西娅和我都会很开心的，这样我们就可以好好聊一聊了。

我认为去巴塞罗那定居也是个特别好的想法。我很喜欢那座城市，至少在我住在那里的那些年里，它是个很适合写作的地方。你喜欢做翻译吗？我知道那活儿的报酬不高，但不管怎么说能帮你赚点钱，而且如果他们让你翻译的书足够有趣的话，也会成为一个很好的练笔机会。如果你愿意的话，我可以和赛伊克斯·巴拉尔出版社或是其他我有朋友在的出版社打个招呼。（Princeton C.0641, III, Box 6）

加博后来也离开了巴塞罗那。1982 年，在哥伦比亚作家离开加泰罗尼亚多年之后，多诺索说道："我没办法让自己不怀念那时的加博、那时的巴塞罗那，下午 4 点时他会把家里的窗帘全部拉上，'因为要喝威士忌的话，那时候还太早，我喜欢天黑了再喝'，听着贝拉·巴托克（Béla Bartók）——在匈牙利，人们对巴托克和对英雄科苏特（Kossuth）的崇敬是和哥伦比亚人热爱加博、古巴人热爱菲德尔·卡斯特罗的程度一样的——他摆弄着那套高保真音响设备，像对待珍宝一样保存他的碟片和唱片机。他想显得自己从来就没读过书，就好像他既不是文学家也不是知识分子，尽管他可以大段大段地引用福克纳。"（Donoso 1999：203）

　　在"文学爆炸"的"黑手党"时代过去之后，加博几乎一直住在墨西哥，那里也是发生那次悲剧性的拳击事件的地方，此外，加博的心里还保留有对加泰罗尼亚生活的记忆，从马里奥后来对自己的这位老朋友的评论中也能看出这一点。1982 年 1 月 13 日，在离开伯爵城多年之后，加博写了一篇文章，动情地回忆了在萨里亚区卡波纳塔路上居住的那几年中发生的事情："20 年前，在墨西哥，我去看了好几次《最后一首歌谣》（El último cuplé）这部电影，它勾起了我对外婆唱的许多歌曲的回忆。上周，在巴塞罗那，我和一群朋友去看萨拉·蒙铁儿（Sara Montiel）的现场演出，但这次已经不再是为了回忆外婆唱的歌了，而是为了回忆那段在墨西哥度过的时光。我 6 岁听外婆唱那些歌时，觉得它们特别伤感。30 年后我在电影里听到那些歌时，觉得它们更加伤感了。现在，在巴塞罗那，我伤感到了难以忍受的程度，因为我是个极为念旧的人。从剧院出来后，夜空清澈温柔，空气中弥漫着海边玫瑰的芳香，而那时欧洲其他地方还是大雪纷飞呢。那座美丽的城市总会让我动情，这实在难以解释清楚，我在那里度过了生命中的许多年，我的孩子们也是一样，我那时感觉到的不是寻常的乡愁，而是内心深处的某种让人心碎的感觉：乡愁中的乡愁。"（García Márquez 1991：209）因此，他总结说自己的 7 年加泰罗尼亚生活："从某种层面上来看是很难解释的，连我自己也没想清楚，也可能我永远都不会想清楚。"（García Márquez 1991：210）

巴塞罗那是乡愁中的乡愁。在那里，"列侬"和"麦卡特尼"扬名立万，诗人和建筑师写出了伟大的作品，他们和"文学爆炸"的其他朋友们、和"神圣左翼"运动的朋友们一起度过了难忘的日日夜夜，他们看着自己的孩子们逐渐成长起来，但也是在那里，分歧的种子被埋下。"黑手党"，连同他们搭建起的所有桥梁，都出现了裂痕。永久性的裂痕。

12. "文学爆炸"的加泰罗尼亚婚礼：
教父、教母与证婚人

　　那场盛大的"文学爆炸"婚礼中的教父级人物无疑是加泰罗尼亚人卡洛斯·巴拉尔，巴拉尔编辑生涯的顶峰就是 20 世纪 60 到 70 年代。他投资的赛伊克斯·巴拉尔出版社，在文学图书的出版和传播方面做出了为人称道的贡献。那家出版社书写了我们这个国家的文化史上最精彩的一个篇章，最终成了那个时代的典范和象征。巴斯克斯·蒙塔尔万曾这样评价道："我们很清楚，在这许多年中，在西班牙第一次出现了真正的出版社，它是工业社会的产物，它是进步文化进行斗争的武器。"（Prats 1995：123）不过在半岛上那一文化时期真正扛起领军大旗的人物还得算是卡洛斯，他同时还承担起了在拉美大陆也引发回响的重任：

　　　　因此他被指责、批评、热爱和憎恨，他受到过指控，也获得过掌声，他受人尊敬，也受人蔑视；大家都在关注着他、追随着他，好像他是个萨满法师一般。是他发现了马里奥·巴尔加斯·略萨，并出版了《城市与狗》，他和欧洲最重要的出版商们保持着良好的关系，他在他们中间也有足够的影响力，他负责组织颁发简明丛书奖，是反佛朗哥阵营的排头兵，在福门托奖评选中"掌控着"西班牙势力。他住在巴塞罗那，在当时那是工业之城、反抗之城。（Armas 2002：100）

卡洛斯·巴拉尔是巴尔加斯·略萨的第一个编辑，也是他的好友和捍卫者。他和加博的关系则很难讲清楚。他们不是敌人，但也并不互相钦慕。所有人都知道在小说领域巴拉尔更钟爱的作家是巴尔加斯·略萨，但这种偏爱并不是他拒绝加西亚·马尔克斯寄到出版社的《百年孤独》手稿的原因。对于此事有诸多猜测，尽管巴拉尔坚持说他从来就没有拒绝出版《百年孤独》，因为出版社从来就没收到过那部书的手稿，因此他从来没读过它。达索·萨尔迪瓦尔也认可这种说法，他指出加西亚·马尔克斯也确认过巴拉尔的话：一切都是一场"误会"，都是那些爱造谣的人编造出来的谎言。然而，阿尔玛斯·马塞洛给出了另一种说法：卡洛斯·巴拉尔身边的某人读了手稿，但只是粗略看了一下，就断定那本小说质量不高。萨尔迪瓦尔并不认同这种说法，但是他也重申了那位编辑并没有参与到这次事件中来。在这件事上，达索给了我们更多的信息：诗人加夫列尔·菲拉特尔（Gabriel Ferrater）告诉了他一些情况——可能是完整的信息，也可能比较片面——诗人从他在巴塞尔斯公司工作的女友那里获知，卡门对那部作品异常喜爱：

菲拉特尔立刻做出了反应：他对卡门说如果送这本小说去参评赛伊克斯·巴拉尔出版社的简明丛书奖的话，它肯定能获奖。那位代理人询问了加西亚·马尔克斯，但是作家拒绝了这个提议，不

304

仅因为他当时已经和阿根廷出版社签署了出版合同，还因为他不希望自己的这本小说顶着某个奖项的名头出版，更不想去掺和评奖的事情，尽管当时简明丛书奖是整个西班牙语文学界最重要的奖项。（Saldívar 1997：448）

然而，卡洛斯·巴拉尔不加掩饰地说他并不觉得《百年孤独》是那个时代最好的小说。对他而言，加西亚·马尔克斯就像"非洲北部的口头叙事者"。自然，他更偏爱巴尔加斯·略萨，"不仅因为巴尔加斯·略萨很懂文学，还因为他比其他任何人都清楚应该怎样写出优秀的作品来"。（Armas 2002：106）不过在回忆录里，尽管显得有点厚颜无耻，可那也算是巴拉尔的行事风格，他讲述了自己和加博之间的交往，包括一起度过的夏天、哥伦比亚作家参加他的出版社组织的文学奖评奖活动等：

> 他从来都没有参加评奖，也没有把任何手稿交给我们社，但他是我们评奖委员会的成员，而且他的点评和建议要比看上去的更加精准和严格，我们会认真考虑他说的话。他当时住在巴塞罗那，有的夏天会到我临海的家乡小镇去度假，不过按他的话说，那里的"巫师"总是会把他逼走，实际上那都是些很和善的邻居，他们打招呼的时候喜欢鞠躬，加博觉得那是种可怕的仪式，会让他被盛满邪恶羽毛的大罐子绊倒，被他描绘成行巫术道具的大罐子，实际上只是善良的人们摆在楼梯上的装饰物罢了，那楼梯是作家的必经之路，它迫使作家不得不经常用混着衣物染色剂和黄色花朵的水洗澡，以此来净化自己。（Barral 2001：576）

可能巴拉尔是故意把这些事情写出来的，目的就是缓和对他的攻击，迫使许多人把嘴闭上。不管怎么说，加西亚·马尔克斯最终还是在巴拉尔出版集团出版了一部包含 7 个短篇小说的集子：《纯真的埃伦蒂拉与残忍的祖母：一个令人难以置信的悲惨故事》（1972）；不管是顾及到巴尔加斯·略萨的推动，还是出于专业、经济和影响方面的考虑，巴拉尔都不能不出版 20 世纪最重要的小说家之一加博的作品。尽管如此，那本书的出版之路也并非一帆风顺，因为加博是出了名的对编辑不够友好的作家，一头真正的黑色猛兽。他对文学商业化持极为负面的看法，他觉得那是滥权、不公、不道德的事情。在一次接受访谈时，哥伦比亚作家对此有清晰的描述：

> 　　不止如此。除了记者的迫害，我现在还遇到了之前从未遇到过的迫害：来自编辑们的迫害。曾经有个编辑来到这儿问我老婆要我的私人信件，一个女孩出现在这儿，想让我回答她 250 个问题，因为她想出一本叫《向加西亚·马尔克斯提出的 250 个问题》的书。我把她带到楼下的一个咖啡馆里，对她解释说如果我回答了 250 个问题的话那就变成我写的书了，而且实际上编辑才是赚到钱的那个人。于是我对自己说好吧，我想的没错，那么我应该怎样去跟那个同样在剥削着这个女孩的编辑做斗争呢。最后我发现那不算什么难事：昨天来了一个编辑，他想让我给切·格瓦拉在马埃斯特腊山战斗时写下的日记写个序，我对他说我很愿意写，但是我需要 8 年的时间来写它，因为我想交给他一篇佳作。
>
> 　　如果要说极端事件的话，我这里有封某西班牙编辑写给我的信，他说可以送给我一套马略卡岛上的别墅，我在岛上住多久都行，生活费他来出，条件是我要把下一本小说交给他来出版。于是我给他回了信，我说他可能把信寄错人了，因为我不是妓女。这事

还让我想起了一位纽约上了年纪的女编辑，她给我写了封信夸赞我写的书，在信的最后她说，如果我愿意的话，她可以给我寄一张她的全身裸照。梅塞德斯愤怒地把信撕了。我很严肃地跟您说：我只想平静且亲密地告诉那些编辑，他们可以去吃屎了。（Vargas Llosa 2007：180-181）

但是卡洛斯·巴拉尔本人也身处出版商业网络之中，一直要面对残酷的竞争，这也使他和出版社高层之间出现了问题，双方的分歧主要出现在经济方面。这家文学出版社在维克托·赛伊克斯（Víctor Seix）死于一场悲剧性的交通事故之后就陷入了困境：赛伊克斯家族中的其他成员进入管理层后打破了出版社内部的平衡，最终导致了出版社在 1970 年的分裂。出版社得以继续使用赛伊克斯·巴拉尔的名字，还得到了一大笔经济补偿，但是作家们都跟着他们的文学保护人、"文学爆炸"的教父一起走了。巴尔加斯·略萨在那场争斗中表现得很积极，他希望扮演和事佬的角色，尽量避免双方决裂，这也是从西班牙语文学整体发展的角度考虑的；因为西语文学与这家出版社之间有异常紧密的联系：团体中几乎所有人的书都是在这里出版的，巴尔加斯·略萨本人也从多年之前开始就成了简明丛书奖的评委。巴斯克斯·蒙塔尔万在 1970 年一篇题为"胜利"的文章中描写了那一艰难的过程，他总结说作家和知识分子都是站在卡洛斯·巴拉尔这边的：马尔塞、加西亚·奥特拉诺[1]和巴尔加斯·略萨向赛伊克斯家族表达了如果卡洛斯·巴拉尔从出版社离职的话，他们希望终止已出版及将出版的作品的出版合同的意愿。秘鲁作家（和其他

〔1〕 加西亚·奥特拉诺（García Hortelano，1928—1992），西班牙作家。

人一样）站在了巴拉尔这边，他支持和帮助巴拉尔的工作，建议他出版当时最重要的拉丁美洲作家的作品。就这样，卡洛斯的团队一起转到了他新建立的出版社旗下，这家新公司叫巴拉尔出版集团。甚至连简明丛书奖评奖委员会的成员们都摇身一变成了巴拉尔出版集团新设立的文学奖的评奖委员。刚好是在此时，加博在一封信中告诉马里奥说他收到了赛伊克斯·巴拉尔出版社的邀请：

> 赛伊克斯·巴拉尔出版社请我代替你做简明丛书奖的评委。我回复他们说我很愿意，但是他们必须做严格的初选，我最多只能读5份或6份书稿。其实我没什么干劲儿，因为我觉得在接下来的几年时间里都不会再出第二个巴尔加斯·略萨了，来参评的作品基本都是些垃圾。不过让我有点安慰的是，我觉得至少评委会开会的时候会挺有意思的。（Princeton C.0641，III，Box 10）

尽管巴拉尔的团队在新公司里找到了两个坚实的台柱：胡安·费拉特（Juan Ferraté）和佩雷·金费雷尔，而且他们也试图延续在上一个出版社中贯彻的出版方针，继续以文化为关注点，然而公司的经营还是失败了。巴拉尔出版集团一点点失去了名望，进而被收购，最后彻底消失了。

最好的婚礼礼物：文学奖

出版社，尤其是西班牙的出版社，经常组织、举办奖品诱人的国际性文学竞赛，来让那些高质量的文学作品与读者见面，大众读者也很关注那些竞赛，尤其是评奖委员会中的成员全都声名显赫的时候。这样看来，在推出了《城市与狗》之后，赛伊克斯·巴拉尔成为了这一领域最成功的出版社，于是他们决定继续出版拉丁美洲作家的作品。就这样，陆续有拉丁美洲作品获得了有名的简明丛书奖，例如卡布雷拉·因凡特的《三只忧伤的老虎》、卡洛斯·富恩特斯的《换皮》和何塞·多诺索的《淫秽的夜鸟》。简明丛书奖是 1958 年设立的。最初 10 年只提供经济方面的奖励，然而后来增加了更诱人的奖品：获奖作品将带着简明丛书奖标签获得出版。政策的改变与出版社商业化引发的争议有关：为了突出该社纯粹的文学追求，和商业性保持距离，他们决定不再提供经济奖励。毫无疑问，简明丛书奖给获奖者带来了意料之外的声望，也坚定了出版社用新作家打开文学市场的想法。卡洛斯·巴拉尔在他的回忆录里强调说："当时没人能预料到，简明丛书奖在那些年里会成为一座横跨大西洋两岸的文学桥梁，按我的设想，它本是用来推动带有国际性质的先锋文学的发展的。"（Barral 2001：572）

　　不过当时还颁发了其他许多重要的文学奖，例如批评奖，巴尔加斯·略萨也是获奖者之一，他是西班牙语美洲唯一获得该奖的作家，而且得过两次。1964 年，他凭借长篇小说处女作《城市与狗》获奖，1967 年又以《绿房子》再次获奖。努丽娅·普拉茨提醒我们注意在这两次把奖颁给拉丁美洲作家的时候，评委会里占多数的是加泰罗尼亚团体。同样是在巴塞罗那，拉丁美洲新叙事文学第一次得到了持久而热情的推广；马德里则相反，那里的人们对于把这个奖项颁给非西班牙籍作家始终抱有疑虑。再晚些时候，在 1969 年评奖时，大家看好《百年孤独》，然而这本书不符合基本的参评条件：首版不是在该年度出版的，而且也不是在西班牙出版的。但实际上《百年孤独》未能获奖还有其他原因：

> 阿桑科特（Azancot）是给哥伦比亚作家获奖设置最多障碍的
> 评论家，他认为加西亚·马尔克斯"不能够也不应该获奖"……这
> 种态度背后隐藏着一些算计，基本是政治方面的，这些人希望更有
> 政治宣传性的作品获奖。一方面，必须针对"出于无知或自虐式的
> 赶时髦心态而盲目地对拉丁美洲来的作家过分推崇"的现象做出回
> 应，他们认为那种过高评价会伤害到西班牙作家的利益。另一方
> 面，尽管《百年孤独》获得了成功，但是在阿桑科特看来，从美学
> 标准来看那本小说不足以获得批评奖。（Prats 1995：219）

那个时期第三个重要的文学奖是福门托奖，1961 年，博尔
赫斯曾经在国际编辑大会上与塞缪尔·贝克特一起获奖。国际
编辑大会曾经在多年时间里在巴利阿里群岛举办，直到佛朗哥
独裁政府将其禁止，推动大会举办的主要人物就是卡洛斯·巴
拉尔。参加大会的包括欧洲、拉丁美洲、北美洲和亚洲所有
知名编辑。卡洛斯·巴拉尔本人在他的回忆录里也提到了福门
托奖，还提到了由于佛朗哥独裁而导致的西班牙文化发展迟缓
问题，"尽管我们并非从一开始就预料到了这一点，可是福门
托奖在叙事文学领域和出版圈子里，在几年的时间里减轻了种
种阻碍对文化的影响，扩大了我们的文学的可能性"。（Barral
1982：244）同样还不应该忽略当时出版社并没有获得（佛朗
哥政府的）管理部门的支持，只是受巴拉尔个人的反叛态度的
引领。不过让巴拉尔感兴趣的不是西班牙文学，在出版西班牙
语美洲小说家的作品前，只有少数几个西班牙小说家入得了巴
拉尔的法眼。出版社的支持和文学奖的刺激大大激励了大西洋

彼岸的作家们，拉丁美洲作家逐渐成为了西班牙语文学中最耀眼的明星。就这样，欧洲文学界以及更晚些时候的美国文学界，都把目光投向了拉丁美洲，似乎出现了"第二次发现新大陆"的现象。可是这种现象引发了部分西班牙作家的"负面"情绪，他们认为自己受到了半岛上的出版社的不公正对待，也因此引发了大洋两岸某些作家之间的多场论战及冲突。在西班牙国内也出现了这种情况。甚至出现了一种阴谋论，说加泰罗尼亚人希望借此对抗半岛作家：把赛伊克斯·巴拉尔出版社主办的10次文学奖中的5次颁发给拉丁美洲作家的评奖委员会中的成员确实大多是加泰罗尼亚人：卡斯特莱特、克罗塔斯（Clotas）、巴拉尔和菲利克斯·德阿苏亚（Félix de Azúa）。有人说这些人希望以这种方式来贬低在伊比利亚半岛写出的西班牙语小说，以此作为对"卡斯蒂利亚人"或"半岛人"的复仇，来终结从塞万提斯起持续了数百年的卡斯蒂利亚文学统治。获得成功的拉丁美洲作家群体就这样遭受到了其他作家和知识分子的嫉妒，这种嫉妒的顶点就是路易斯·吉列莫·比亚萨（Luis Guillermo Piazza）那本很有名的书的出版，那本书的书名中就透着股酸味：《黑手党》（La mafia），书中搜集了关于拉美作家群体以及卡洛斯·富恩特斯在墨西哥的朋友圈子中的八卦传闻。实际上，富恩特斯对那本书的出版感到非常不满，在1970年11月24日写给马里奥的信中他就表达了这种情绪，在同一封信中他还充满激情地描述了在读完秘鲁作家最新一本小说后自己的感觉：

> 祝贺你写出了《酒吧长谈》这样的小说，我对此充满敬意。我认为它不仅是你最好的小说，还是西班牙语文学中唯一伟大的政治小说。我想出版一本关于小说的文学评论集，把我写的关于你这本

小说的长篇评论放进去，也把我写的"62"[1]和多诺索的文章收进去。在这边，就像在大陆的其他地方一样，攻击愈演愈烈。当然了，文学是个很好的借口，可以被那些人用来攻击具有批判精神和独立性的作家。可怜的卡瓦略（Carballo），从他在墨西哥最反动的报纸杂志里描绘出的想象中的马埃斯特腊山出发，指责奥克塔维奥、胡里奥乃至半个世界的作家都是保守主义者，那个肮脏的路易斯·吉列莫·比亚萨也是这样指责你的（他姓名的首字母揭示出了他的真正身份：大婊子[2]）。那些庸才打着革命的旗号为权力摇旗呐喊：真是个骗子横行的大陆。（Princeton C.0641，III，Box 9）

板上钉钉的是"文学爆炸"的教父，卡洛斯·巴拉尔，给他的作家们的"婚礼"献上了大礼，这些礼物就是文学奖，再加上众多出版社的携手努力，终于促成了在那几十年中在西班牙深入的文学革新的进行。

"奢华的"教母：卡门·巴塞尔斯

卡门·巴塞尔斯也住在巴塞罗那，她是"文学爆炸"的教母、"大妈妈"，那群伟大作家中大部分人的文学代理人。"她的建议、才华、和善、专业直觉、友谊，当然还要加上那伟大的天赋——有时是魔幻式的，帮助西班牙语美洲和西班牙本土（但主要是西班牙语美洲）的小说家们获得了成功，她做到了每一个出版人都想做的事情。卡门·巴塞尔斯最开始是和伊芙妮

---

〔1〕 指胡里奥·科塔萨尔的小说《装配用的62型》（62 Modelo para armar）。

〔2〕 路易斯·吉列莫·比亚萨（Luis Guillermo Piazza）姓名的首字母连起来为 "LGP"，与"大婊子"（La Gran Puta）首字母相连的形式一致。

（Ivonne）与卡洛斯·巴拉尔一起工作的，后来在 60 年代文学大发展时期出去单干了，最后变身成文学代理人，成了最重要的'文学爆炸'作家们职业生涯得以顺利发展的'人类因素'，那些作家包括加夫列尔·加西亚·马尔克斯和马里奥·巴尔加斯·略萨。"（Armas 2002：100-101）。这些都是毫无争议的，尽管也有人把她描绘成西班牙语文学出版界的女暴君，巴拉尔也说过类似的话，而他刚刚认识卡门时，她还是一个"害羞、多愁善感、容易流泪的女孩"。（Barral 1982：246）但是随着时光的流逝，这位教母成长了起来，一改原先的脆弱性格，变得坚强，她有了更强的决断力，富有战斗精神。如果没有卡门的话，"文学爆炸"作家们和文学世界之间的幸福婚礼，那些庆典活动和婚礼礼物，就都会变得不一样了。卡洛斯·巴拉尔在他那部有名的回忆录里对卡门·巴塞尔斯和住在巴塞罗那的拉美作家们的动态有详细的描写：

> 在出版社中谦和地工作过一段时间之后，既慷慨又聪明的卡门正在变成欧洲最重要的文学代理人。世界上另一块文学版图中的作家们终于开始阐释他们那古老而丰富的文学中包含的意义了，很快那就会进一步变成对那片最多灾多难的大陆上严重的社会问题的见证……正如布里塞·埃切尼克所言，那是一种夸张的文学……可是那种文学在此之前一直对平庸之事和日常生活有过度的关注，这么一看的话，那种夸张也就变得可以理解了。另一方面，那群年轻作家中的大部分都支持伊比利亚美洲那不具体、还未有定论的第二场革命，他们就像欧洲左翼分子一样，展示出了对卡斯特罗领导的革命的绝对信仰。（Barral 2001：557-558）

她迎着风浪，为她旗下的作家们的利益奔走，比较看来，她对巴尔加斯·略萨和加西亚·马尔克斯的作品倾注了更多的心血。我们已经看到了她对秘鲁作家及其家人的亲切态度，这种关系也体现在专业领域，她总是为秘鲁作家谋求最大利益。例如，在1969年，卡门曾试图说服秘鲁作家终止与赛伊克斯·巴拉尔出版社的合作，转而在普拉内塔出版社出版他的作品，因为这家出版社给出的费用更高。巴塞尔斯自然是清楚巴尔加斯·略萨和巴拉尔之间的友谊的，尽管如此，她还是做出了尝试：

亲爱的马里奥：

你的文学代理人唯一的作用就是替你解决管理上的问题，因为大部分作家本人都无力解决那些问题。现在我在处理你的事务的时候，在西班牙语国家面临的唯一难题就是一方面要和赛伊克斯·巴拉尔出版社达成对你最有益的协议，另一方面还要照顾与此相关的私人关系。也就是说，他们允许你直接和卡洛斯讨论关于你的事情，我很爱卡洛斯，你也一样，等等，等等……

很难给你解释我是怎么和卡洛斯聊的，一切都很直接、清楚，毫不拐弯抹角。所以我没法理解，也不能接受你的立场，你对卡洛斯的感激之情与此事毫无关系。

做生意是件很严肃的事情，出版社也是做生意的，他们唯一的原材料就是作家。在"市场"里要客观地去看待巴尔加斯·略萨、加西亚·马尔克斯、卡洛斯·富恩特斯等人的名字代表着什么。编辑手中的名单上的名字就意味着财富，尤其是未来的财富。……

毫无疑问，卡洛斯是个很棒的人，说他出色的原因有很多，但那些都不应该是你出于感性做出决定的原因，因为卡洛斯付给你的钱比其他任何一个希望把你的名字写在自己出版书目上的编辑出的

钱都要少。（Princeton C.0641，III，Box 1）

不久之后，同年的 7 月 30 日，她再次坚持希望马里奥能按照她的建议来行事：让最优秀的出版社出版他的作品，同时搬到巴塞罗那去住。作为交换，她会给他一份非常特殊的"爱"："亲爱的马里奥：我昨天给你写的那封信没什么意义。是的，是的，我是很爱你的。事实是我习惯了以特殊的方式来工作，而那种'工作'应该按我的意愿来进行，所以我发现自己无法应对新的局面时有些紧张了。处理你的事情时我就是这种感觉。"那是一封非常长的信；在几乎快到结尾的时候，卡门说道："我不知道为何自己有种预感，我觉得你可能会留在秘鲁搞政治……！"（Princeton C.0641，III，Box 1）实际上，无论是在搬去巴塞罗那定居方面，还是在换出版社方面，甚至于在从政方面，卡门都没想错……尽管就像我们知道的那样，这最后一件事并没有立刻发生，而是发生在 80 年代。

她的立场十分强硬，有种要压倒一切的气势。"若君钱包鼓鼓，巴塞即为天堂"，这句话就像是专门对秘鲁作家说的。"大妈妈"也是用同样的方式来对待加博的。举个例子，当布宜诺斯艾利斯的南美出版社向加西亚·马尔克斯提出要出版《百年孤独》的时候，就像达索说的那样："卡门·巴塞尔斯当时已经有 10 年的出版工作经验了，很清楚应该怎样在作家版权问题上进行操作……她最终搞到了一份更好的出版合同。但是加西亚·马尔克斯很紧张，可能是担心失去由他梦想中的出版社来出版自己作品的机会，他把自己的想法告诉了那位文学代理人：'别因为 500 美元的事情纠缠了，我想要的就是由他们来出我的书，而且现在就要出。'"（Saldívar 1997：447-448）那时的加博最希望看到的就是自己的作品出版，后来美梦成真，他的那本小说在世界范围内取得了巨大的成功，那时他才开始操心经济收入问题和他的作品在全世界的传播问题，后者换句话说就是他的作品被译成其他语言出版的问题。在 1967 年 3 月 20 号写给巴尔加斯·略萨的信中，加博说道："罗杰·柯林（Roger Kelin）对我说他想把咱们的书给康沃德·麦卡恩（Coward McCann）带去。我给卡门·巴塞尔斯说了我这边没有问题，她告诉我说这事近期会在伦敦拍板。咱们看看会发生什么。《百年孤独》应该要出法语版了。这让我觉得在为朋友们写了 20 年故事之后，事情可能要起变化了。"（Princeton C.0641，III，Box 4）

在《百年孤独》风靡整个大陆的时候，"文学爆炸"的"奢华"教母卡门·巴塞尔斯"继续像只小蚂蚁一样默默开展她的工作，努力让那本小说被译成世界上最主要的几门语言。事实上，她在小说名声远播之前就着手进行相关工作了，不仅是因为她知道书的作者的迫切意愿，还因为她和所有人一样，立刻就明白这样质量的作品压根不需要什么庆典和宣传就值得被译成其他语言"。（Saldívar 1997：457）她的文学嗅觉确实无可比拟，她的商业头脑和谈判技巧更是让人难以超越——她是天才的文学代理人。她为那些作品谋取到的商业价值直到 40 多年后的今天依然可以被我们观察到。托马斯·埃洛伊·马丁内斯曾经为第一版《百年孤独》在阿根廷的出版做过很多努力，他在许多年前的一次访谈中对我们说他在几个月前刚刚在加博位于卡塔赫纳的家中和他见过面，在他们亲切地进行交谈期间，哥伦比亚作家的传真机里不停有传真传来，所有传真都是巴塞尔斯的公司发来的，当时已经成为"大外婆"的卡门给他发来的是他的每部作品的最新出版信息：版次、翻译情况、销售量以及每部作品有多少美元的收益。

冷血判官：佛朗哥的审查

不仅西班牙本土作家要面临佛朗哥独裁政权的审查，西语美洲作家也是一样。审查制度运行的方式在每个具体的案例中都不一样，因此西班牙以外的作家都没有形成进行自我审查的想法。尽管如此，就像巴拉尔描述的那样，审查还是给出版事业带来了很多千奇百怪的困难："一本书能不能出版，一个新作家的命运如何，都取决于那些无知的审查官员的心情，而他们的反应是没办法预料的，那是我们在做出版时持续面临的问题。"（Barral 1982：244）这位加泰罗尼亚人将难以避免的佛朗哥西班牙的审查制度命名为"日常噩梦"，他还不停地抱怨在推广先锋文学时遭受到的诸多阻碍，无论是西班牙语的还是其他语言的先锋文学，都会面临这些阻碍。当然了，巴拉尔的工作是值得尊敬的，他要与严格的监控体系做斗争，在那样的社会中，有的人会因此被抓走，进而送上法庭。而他做这一切都是为了在西班牙发起文学革新的运动。

佛朗哥和他的高压政权监控每一本出版物的行为是通过审查机关实现的，然而该机关的运作方式是让人难以接受的，既荒谬，又没有道理可言——"缺乏标准，专断独行，提出的解决方案往往十分荒唐，那种肮脏的审查活动不断灼烧着每一个人。要知道，自然的书写、情节的安排、文字的韵律不仅定义了一个人物，还影响着整篇故事"。（Barral 2001：401-402）很多时候他们只能加上"一个耻辱性的注释"，或者被迫完全接受审查机关给出的修改意见，因为有的决定是"不可更改的"。

出于这些原因，"在 1960 年，240位西班牙知识分子给国家教育部部长、信息部部长和旅游部部长写了封联名信，请求对审核制度进行调整，批评现行制度的武断和独断，那封信中举了个例子，有的作品被禁止以某种形式（图书）出版，却被允许以另一种形式（登载在杂志上）出版，或者前一天还禁止出版，第二天又允许出版。第一个例子很好解释，因为审查机关在做出判断时考虑的不仅是作品的内容，也会考虑到——如果要出版的话——传播的媒介、印数、单册价格、是否出口等因素。因此禁止或允许出版某作品的决定有时也是在考虑了它可能会引发的社会反响之后做出的"。（Prats 1995：289-290）

由于审查机关对拉丁美洲作家的作品审查并不严格，有的不怀好意的西班牙评论家和作家就坚持认为，拉丁美洲文学在出版领域的成功只不过是因为它避开了审查，因为拉美作家在这方面面临的困难比本土作家小，因为"重现与西班牙社会相去甚远的其他社会状况时，审查人员自然认为那些作品只是在抨击各自国家本国的问题。但是只要发现疑似与佛朗哥政权相关的文字就会封禁，例如对西班牙语国家文化'教条式'的统一化的描写，或是对自地理大发现以来西班牙人在拉丁美洲的所作所为进行批评的话语"。（Prats 1995：300）事实上，许多拉丁美洲文学作品都曾遭受过审查机关的拒绝：1955 年是《佩德罗·巴拉莫》，1965 年轮到了萨瓦托的《地道》，1971 年是多诺索的《这个星期天》，1973 年则是科塔萨尔的《曼努埃尔之书》。但是最有意思的案例还得算博尔赫斯的《虚构集》，那本书由艾达萨出版社（Edhasa）送审，当时审查机构没有提出否定意见。1956 年，两位审查官都拒绝该书出版，可书还是出版了，不过事先经过了一位神学家不可思议的检查和修改，可就算如此做出的修改也比审查官原本提出的需要修改的地方要少。其中一份审读报告是这样写的："这样一本书如果落到对相关知识不甚了解的读者手上，那些疯狂的寓言式的幻想会伤害他们，这种伤害要比其他任何种类的伤害都更严重。总而言之，如果就和这家出版社的其他多本作品一样，这本书也被允许在神智学的分类下出版的话——当然我个人并不建议出版此书——也一定要删除我在前面标注的部分。"（Prats 1995：306-307）

审查最严格的是性方面的描写、政治言论、宗教言论以及语言风格。语言风格和政治问题是《城市与狗》在被审查时面临的难题。审查官员做出的删改和评论对于巴尔加斯·略萨而言是难以接受的，因此他决定和审查官之一罗布莱斯（Robles）会面，试图和他达成一致。卡洛斯·巴拉尔记录下了这则逸事：

> 巴尔加斯生动地朗读了被指出有问题的几个长长的段落，效果出人意料：罗布莱斯表示所有之前给出的修改意见都可以取消，但只有一处是他不能让步的。那是书中出现的军衔最高的一个角色……是个上校，而且是莱昂西奥·普拉多军事学校的校长，他出场时书中的描写是他长着"如鲸般的肚子"，这种描写，在一个"不幸"（他开始假想未来了）被军人统治的国家，是不可接受的，因为带有影射性。"如鲸般"听上去像是带有辱骂的意思。要是在马德里街头有人骂别人长着"如鲸般"的肚子，大家会怎么想呢？可能换成"就像鲸鱼的肚子"，情况就不一样了。巴尔加斯解释说因为书中有些人物，当然不是所有人，有和动物相关的绰号，所以"如鲸般的肚子"只是士官生们对上校的一种调侃罢了。当然，但是，为什么不能换成"就像鲸鱼的肚子"呢？好吧，就这么改。作

家让步了，那是他做出的唯一一处让步。（Barral 2001：401）

但是努丽娅·普拉茨指出巴拉尔的回忆并不准确，当时的情况不是那样的：

> 赛伊克斯·巴拉尔出版社在 1963 年 2 月 16 日请求授权出版那本小说，书名是《骗子们》（*Los impostores*）。同月 27 日请求遭到了拒绝。3 月 25 日在对书稿进行修订后他们再次提出申请，然而结果依然不如人意，于是他们被迫进入"官方审定"程序，也就是和文化娱乐事务总负责人卡洛斯·罗布莱斯·皮克尔（Carlos Robles Piquer）会面。在那次会面中他们得知，想要出版这部小说就必须对书稿做出一系列修改……可以确定作家必须进行修改的地方不止巴拉尔记忆中的那一处[1]。（Prats 1995：311）

另一方面，大众文化部门负责人还要求赛伊克斯·巴拉尔出版社在巴尔加斯·略萨那本小说的正式出版版本中附上知名作家署名的解读文章。巴拉尔服从了这项命令，他提交了萨拉萨尔·邦迪、罗杰·凯洛伊斯（Roger Callois）、阿拉斯泰尔·里德（Alastair Reid）、何塞·玛利亚·巴尔韦德（José María Valverde）、乌夫·哈德（Uff Harder）和胡里奥·科塔萨尔等人写的赞美文章。唯一不被允许出版的就是科塔萨尔的那篇文章，因为他不仅赞扬了巴尔加斯·略萨使用的新颖写作技巧、结构布局和语言风格等，还在言语之间夹杂具体的意识形态和政治观点，审查机关

---

〔1〕 在 2017 年出版的《普林斯顿文学课》（*Conversación en Princeton con Rubén Gallo*）一书中，巴尔加斯·略萨对此事的回忆与巴拉尔在回忆录中的记录基本一致。

认为那些文字"意图不明"，甚至带有破坏性，"地狱的直观见证者，他们那些超凡的经历也可以被视作拯救我们拉美民族的公式，等到人们理解什么是真正的自由的时候，他们会亲手把广场上的骑马雕像埋入黄土"。也许正是因为有审查引发的种种困难，才使得那本小说最后把书名从"骗子们"改成了"城市与狗"。因为当时对一部被拒的书稿进行改名是常见的做法，这种推测的可信度应该是较高的。最后，小说终于在1963年9月28日获得了出版许可，那时时间已经过去了6个月，出版的版本肯定也不是完整的原稿，不过佛朗哥政府对那些影射军人的情节的删改实际上对全书的质量并没有产生太大影响。

另一个引人注意的例子也和赛伊克斯·巴拉尔出版社有关，这次是古巴作家吉列莫·卡布雷拉·因凡特的作品《热带地区的日出景观》（*Vista del amanecer en el trópico*），这本小说在1964年获得了简明丛书奖，后来书名改成了"三只忧伤的老虎"。直到3年之后的1967年，这本小说才被编辑出版，因为审查机关坚决拒绝授权这部获奖小说出版，作者只好对原书进行了大量的删改，希望作品能最终过审并出版。胡里奥·科塔萨尔在1966年12月8日给古巴作家写了封信，当时二人还是朋友，在信中，科塔萨尔对曾经发生在巴尔加斯·略萨身上，彼时又在吉列莫身上发生的事情做了一番评论：

> 西班牙审查的事情真是在浪费时间，这和马里奥·巴尔加斯·略萨经历过的事情简直一模一样，那次他们把"长着如鲸般的肚子的将军"改成了"长着就像鲸鱼一样肚子的将军"，都是些类似的玩意。我很高兴你的书（《三只忧伤的老虎》）已经翻过了那面狗屎之墙，终于能出版了；你提到的删减和改动不会影响那本小说

的价值。也许等我从古巴回来的时候已经有一册在等着我了呢；又也许我可以见到你，我去伦敦也行，这样咱们就可以一起待几天了。（Princeton C.0272，II，A，Box 1）

几天后，1966年12月29日，卡布雷拉·因凡特给马里奥·巴尔加斯·略萨写了封信，告诉他自己的小说改了名字，还做了许多删改，他觉得自己"感觉十分沉重"，尤其是西班牙贫穷、封闭、远离自由的状态，至少在西班牙首都是这样的：

> 我知道你觉得马德里就像是座修道院的花园（现在我觉得你说的很对），而且是一家不富裕、很凄凉的修道院，那里的修女都长着小胡子，大嬷嬷只要一坐下来就会浑身散发出让人恶心的臭味……君度酒公司给我在巴塞罗那提供了一个工作机会，是做广告推广方面的事情，不过在西班牙，伊比利亚半岛和非洲的粉尘已经落满了我的双眼，让我越来越不喜欢那个国家了……我抓紧时间修改我的书，删掉很多东西……我找到了最原始的写作计划，几乎完全重写了最后一个部分，还把修改稿中的一些东西又加了进去，现在它们已经成为书的一部分了，我还把我之前很喜欢的一个书名也用上了，不过我觉得你可能不喜欢。现在那本小说叫"三只忧伤的老虎"……现在咱们等着瞧这本要了我老命的书会有怎样的命运吧。（Princeton C.0641，III，Box 6）

为什么古巴作家要反复修改他的作品呢？是出于过分的文学追求还是由于审查让他变得疯狂起来？也许这一切都是造成吉列莫做出此举动的原因。我们知道吉列莫是个很钻牛角尖的人，对文学作品更甚。他的修改思路是减轻小说的重量，也就是把他认为无用的内容删掉。（Cremades y Esteban 2002：156）还是在 1966 年，除了创作方面的责任之外，又出现了西班牙审查问题，而那个国家始终都没能让吉列莫喜欢上它。

在他去世前不久我们对他做了最后一次访谈，地点是他位于伦敦格洛斯特路（Gloucester Road）的家中，他在访谈中对我们说他在离开古巴时，除了像路易斯·阿吉雷（Luis Aguilé）一样"关闭了心房"之外，还认为西班牙会是个适合定居的好地方，他向西班牙申请了政治避难，但是西班牙方面没有同意，因为他们认为他是卡斯特罗的间谍，古巴是故意把他打造成异见分子的。这也是为什么他最后住到了伦敦。他还对我们讲了关于他对西班牙的双重失望（怀疑他是间谍和对他作品的审查）的事情，其中有则逸事很有意思，事情就发生在他和审查官员做斗争、想出版那本获奖小说的同一个夏天。那是在托雷莫利诺斯[1]（Torremolinos），当时那里正在进行旅游推广，搞了许多和西班牙电影有关的活动，这种习惯也延续到了今天。实际上，《对西班牙女人的爱》（Amor a la española）就是在那里拍摄的，在电影里，一些西班牙小伙子在托雷莫利诺斯追求一位外国姑娘。后来的《裸体周末》（Fin de semana al desnudo）（1974）等电影也是在那里拍摄的，最近几年，还有一些喜剧片也是在那儿取景的，尽管现在的喜剧电影质量是一日不如一日了，那些片子有《托雷莫利诺斯 73》（Torremolinos 73）（2000）、《托雷莫利诺斯的空手道死斗》（Kárate a muerte en Torremolinos）（2003）等。

在那里，在托雷莫利诺斯，卡布雷拉·因凡特遇到了他的爱

---

〔1〕 西班牙南部安达卢西亚自治区城市。

323

人米利亚姆，他们在沙滩上一处几乎没人的地方共度了平静的一天。两人来到那里不久，来了几个穿着绿色制服的治安警察，尽管他们戴着三角帽，却还是被夏日艳阳照得满头大汗。他们走到两人身边，告诉他们不能待在沙滩上，因为那位女士穿着比基尼，这在那里是被禁止的：露太多肉了。两个古巴人不想惹麻烦，于是收好东西，走到一个米利亚姆可以换上全身泳装的地方。换完衣服后，他们又回到了刚才的地方，但是治安警察又走了过来，对他们说这位女士不能这个样子留在沙滩上。

"'这个样子'是什么意思？"他们再次感到十分吃惊，于是这样问道。

"不能穿着肉色的泳装，因为那会让人觉得她没穿衣服。"

这次两人哈哈大笑了起来。但他们还是得离开，无可奈何地提前结束了他们在佛朗哥西班牙的"宁静的"沙滩度假日。

但是在拉美作家身上发生的审查故事还没有结束。《绿房子》也碰到了审查问题，巴尔加斯·略萨又要对自己的作品进行删改了，这次审查机关指出的问题是这本书有伤风化。相反，《酒吧长谈》遇到的则是审查官员的另一种态度：所谓的"沉默管理"，有相似经历的还包括奥内蒂的《守尸人》（*Juntacadáveres*）和卡彭铁尔的《庇护权》（*El derecho de asilo*）。尽管遇到过诸多困难，"文学爆炸"作家们和西班牙出版界的关系却保持得非常好，并没有受佛朗哥独裁的影响，"文学爆炸"的婚礼将在教父巴拉尔和教母巴塞尔斯面前，在巴塞罗那这座城市举行。他们知道审查制度这个冷血判官也会在场，但这不足以阻止这场婚礼的进行。那么好了，我们的两位主人公，加博和马里奥，没有任何一位参加过佛朗哥政府主办的文化活动。1973 年初，路易斯·罗萨莱斯（Luis Rosales）和菲利克斯·格兰德（Félix Grande）曾试图邀请巴尔加斯·略萨和加西亚·马尔克斯参加西班牙语文化学院组织的活动，但却没有成功：

> 他们和拉丁美洲小说界住在西班牙的两位"大师"取得了联系，想让他们参加西班牙语文化学院组织的活动，做一场讲座也行，两人一起出席某场活动也可以，或者两人中的一人参加也可以。实话实说，西班牙语文化学院在佛朗哥统治时期还是为西班牙和拉丁美洲在文化领域的交流做出过巨大贡献的。加西亚·马尔克斯让巴尔加斯·略萨代表两人做了回复，不是因为两人商量出了结果，而是因为在多年之前他们就有过约定：只要是和佛朗哥政府相关的机构，哪怕与政治无关，他们也绝不与其合作。（Armas 2002：4）

佛朗哥独裁统治、审查制度、来自西班牙人的恶毒评论都没能阻止拉丁美洲"文学爆炸"的出现，也没能影响"文学爆炸"作家与西班牙出版社之间的良好关系。正像我们在前面提到过的那样，婚礼在巴塞罗那举行了，"奢华的"教母和非凡的教父都在场，参加典礼的嘉宾还包括新一代读者（大学中的读者），他们无比渴望阅读高质量的文学作品。还不应该忘记古巴革命这首背景音乐，它激发了所有人的好奇心，为拉丁美洲"文学爆炸"之花的绽放提供了巨大的助力。还有那些为将拉丁美洲叙事文学译成别的语言做出巨大贡献的人，在这个领域做出卓越成绩的人是格雷戈里·拉巴萨（Gregory Rabassa）。拉丁美洲新小说能够走向世界靠的不仅是那些作品本身具有的高超的文学性，还因为国际社会对古巴社会主义革命的好奇。因为古巴革命，那种文学上的联系更加紧密了，也得到了升华；但同样是因为古巴革命，对立和分裂的种子也被埋下了。

13. 闰年挥出的"文学勾拳"

　　几乎每年都会有一部文学作品像是带着"钩子"一样连续数月挂在畅销榜首的位置上，凌驾于其他作品之上。从《百年孤独》于1967年首次出版开始，加博就变成了带这种"钩子"的作者，此后他的每部作品都会迅速登上畅销书单，尤其是2007年为纪念作家80周岁、获得诺贝尔文学奖25周年以及原作首版出版40周年而推出的新版《百年孤独》。马里奥也是畅销榜上的常客。获得罗慕洛·加列戈斯文学奖的《绿房子》，后来的《世界末日之战》《潘上尉与劳军女郎》《酒吧长谈》等，还要加上近年的《公羊的节日》。但是每一个年度都会有属于当年的最畅销图书，例如哈维尔·塞尔卡斯[1]的《萨拉米纳的士兵》（*Soldados*

[1]　哈维尔·塞尔卡斯（Javier Cercas，1962— ），西班牙著名作家，巴尔加斯·略萨认为塞尔卡斯是"仍然在世的用西班牙语写作的最棒的作家之一"。以西班牙内战为线索的《萨拉米纳的士兵》（2001）是他最重要的小说作品，出版后迅速成为畅销书，当年就售出12万册，2007年销售量突破百万册，被誉为进入新千年后西班牙出版界的第一件盛事。

de Salamina）和卡洛斯·鲁依斯·萨丰[1]的《风之影》（*La sombra del viento*）。文学是带"钩子"的。

1976 年 2 月 12 日，文学之"钩"有了第二重含义，但更多是肢体上的，而非文学上的。人们总是说月相和天体运行会对人类行为产生影响，但是那天没有任何不祥的征兆。从中国农历的角度来看，那一年是龙年；在拉丁美洲历史上，2 月 12 日这一天发生过许多大事：佩德罗·德巴尔迪维亚（Pedro de Valdivia）建立智利圣地亚哥城（1541）；弗朗西斯科·德奥雷亚纳（Francisco de Orellana）在 1542 年发现亚马孙；1814 年，委内瑞拉独立战争中的维多利亚战役爆发；1818 年，贝尔纳多·奥希金斯（Bernardo O'Higgins）宣读《智利独立宣言》；1891 年，波哥大《观察家报》首发，许多年后，加博在那里工作了很长时间，等等。在欧洲，时间更近一点，在这个日子里也发生过许多大事，例如墨索里尼和佛朗哥在 1941 年的会面；1952 年，伊丽莎白二世即位英国女王；1974 年，在转型期前，阿里亚斯·纳瓦罗（Arias Navarro）宣布西班牙对外开放，那次讲话被命名为"2 月 12 日精神"。两年之后，在墨西哥，加西亚·马尔克斯和马里奥·巴尔加斯·略萨的友谊以一种暴力的方式宣告结束。带有不同特点的另一种精神从阿兹特克城的上空飞越而过，又是在那一天，在那双闰的日子：闰年，6 的双倍日（出自拉丁语"bi-sextus"，6 的双倍，因为罗马人不在闰年二月加上 29 号，而是把 6 号过两遍）。

没什么东西，或者说几乎没有什么东西，是永恒的。实际上

---

[1] 卡洛斯·鲁依斯·萨丰（Carlos Ruiz Zafón），西班牙作家，代表作有《风之影》《天使游戏》等。

也没有必要追求永恒。好的文学是独立于作家私交之外的。更经常出现的情况是，由于作家之间恶语相向而促使了伟大的文学作品面世。我们怎么能不想起克维多那首关于鼻子的诗来呢，那首他写来献给敌人贡戈拉的，他还把自己的诗集抹上猪油，调侃说是为了防止贡戈拉咬它们（他认为如果贡戈拉真的是犹太人的话就不能吃猪肉）；我们又怎么能不想起身边人给博尔赫斯读完《百年孤独》后他做出的点评呢，他说他觉得那本书多写了五十年，我们都知道这位阿根廷作家只写精彩的短篇小说，总是认为长篇小说"废话太多"；我们也不会忘记在对手马特奥·阿莱曼（Mateo Alemán）于17世纪初出版了《古斯曼·德阿尔法拉切的生平》（*Guzmán el Alfarache*）并在西班牙获得了前所未有的成功之后，受到刺激的塞万提斯立志要写出超越该书的作品。剩下的故事大家都知道了：1605年，《堂吉诃德》上部出版。文学死敌们往往有幸福的结局。

还有的时候结局更加让人叹为观止：巴列 - 因克兰[1]因为遭受到小说家曼努埃尔·布埃诺（Manuel Bueno）的杖击而不得不截肢。不过类似争斗中最有名的一场还要数美国作家诺曼·梅勒（Norman Mailer）于1958年向小说家威廉·斯泰伦（William Styron）（这位作家是加西亚·马尔克斯的朋友）发起的挑战，因为斯泰伦曾嘲笑过梅勒的第二任妻子阿德勒·莫拉莱斯（Adele Morales），梅勒和斯泰伦在打斗中甚至动了刀子，但万幸的是没有发生严重的伤害事件。可是鲜血在下一场争吵中汇成了河流，这次的对手换成了戈尔·维达尔（Gore Vidal），时间是1971

---

〔1〕 巴列 - 因克兰（Valle-Inclán，1866—1936），西班牙"九八一代"代表作家。

年，因为后者公开把梅勒和查尔斯·曼森[1]（Charles Manson）相比较。然而梅勒最有名的冲突对象是杜鲁门·卡波特，两人在许多年里针对不同话题进行过多场热火朝天的论战，直到1979年，梅勒在出版《刽子手之歌》后承认自己的那本书受到了包括卡波特在内的诸多有才华的文学家的影响。

来到我们手边的还有弗拉基米尔·纳博科夫和美国评论家埃德蒙·威尔逊，两人在许多年里都是要好的朋友。我们有幸得以查阅了所有关于这一话题的材料（信件、文章、两人带有修改痕迹的作品手稿等），那些材料都被收藏在耶鲁大学的贝尼克珍本图书室（Beinecke Rarebooks Library）中，那里收藏的资料涉及内容十分广泛，例如昆虫学、遗传学、俄语和英语语音学及语法学，以及这两种语言的文学相关材料。尽管威尔逊曾多次称赞纳博科夫，可是自从威尔逊的那本关于马克思主义的历史起源的书[2]出版之后，两人之间就产生了隔阂，因为纳博科夫对于书中对列宁个性的研究部分持有不同看法。矛盾的爆发点是普希金的《叶甫盖尼·奥涅金》英文译本的出版，纳博科夫在翻译那本书的过程中使用了许多过时的、已经被废弃的表达，而且还添加了大量的注释。威尔逊很快就表达了对纳博科夫译文在翻译侧重点方面的不满，这成为了两位知识分子之间论战爆发的导火索，最后两人的关系日渐疏远，友谊冷却了下来。

不过，在巴尔加斯·略萨所熟知的知识分子之间的矛盾中，最有名的应该算是加缪和萨特之间的论战，而这两位作家又是对于年轻的秘鲁作家知识结构的形成产生最重要影响的人物。在文

---

[1] 美国连环杀手。
[2] 指《到芬兰车站》。

论集《顶风破浪》(Contra viento y marea)中，巴尔加斯·略萨已经详细描述了两位作家间的论战，他还分别引用了两人写的与之相关的文章。马里奥在那本书的前言里说道："现在是时候回忆一下发生在 1952 年夏天的那场著名的论战了，论战的主战场是《现代》杂志，论战双方是《恶心》的作者和《鼠疫》的作者，在那之前两人是朋友也是盟友，是彼时欧洲从战争的废墟中崛起的最有影响力的两个人物。那是一场精彩的演出，要说那种似绚烂烟花般的舌战传统，没有哪个民族能超越法国人，两人的表现都堪称完美，绝佳的修辞、戏剧般的用语、精准的攻击、佯攻与诱敌、大量让人头晕目眩的思想。我是在论战发生的几个月后才在《南方》杂志的一篇纪实文章中得知此事的，又过了一年或两年，借助词典的帮助和我的法语老师索拉尔夫人的耐心指点，我才能读完那场论战的内容，这对我有非凡的意义。"

加博和马里奥从 1967 年开始就成了亲密好友。后来，在政治和意识形态上选择的不同道路使他们在志趣方面的距离越来越远，然而并没有体现在友谊方面。毕竟他们在四年的时间里在巴塞罗那比邻而居，一起度过了许多难忘的时光，聚会、冒险、旅行、家庭琐事等，这一切都是他们欢乐的源泉。

但是在 1976 年双闰 2 月那个不祥的日子里，两人间的一切联系都断裂了。至少两人之间的友谊和交流不复存在了。从那时开始，两人走上了截然不同的道路。1976 年 2 月 12 日，雷内·卡多纳(René Cardona)的电影《安第斯的奥德赛》(La Odisea de los Andes)准备进行一场私人放映会，电影讲述的是对一段四年之前发生之事的记忆，一架满载乌拉圭橄榄球运动员的飞机在飞越安第斯山的时候坠机了。12 名乘客死亡，其他人被困在了一个很荒凉的地方，到处都是雪，气温低于零度，他们在步行穿越了72 天后幸存了下来，其间靠吃自己同伴的尸体来填肚子。

在放映开始前，在墨西哥城美术宫放映厅，加博站起身子，张开双臂，迎向他的朋友马里奥。这是合情合理、自然而然的事情，因为他们已经不当邻居很久了。1974 年，马里奥带着家人回到了利马，不久之后加西亚·马尔克斯也做了同样的事情，回到墨西哥城定居了。从那时起，两人之间的交往就不像之前那么持续和频繁了，现在隔开他们的不再是一个街角，而是半个大陆。

加博走到马里奥所在的位置的时候，后者用一记勾拳把哥伦比亚作家击倒在地。既没有更多的肢体接触，也没有报警。既没有预告，也没有声明。一切都毫无预兆地发生在一秒钟的时间里，如电光火石一般。加博坐在地上，有点恍惚，左眼和下巴之间的某个地方在流血。现场有很多观众，都是文化、艺术和文学圈里的人，所有人都惊呆了。胡安乔·阿尔玛斯讲述说，马里奥转过身子，对着陪他一起参加活动的夫人说："咱们走，帕特丽西娅。"（Armas 2002：110）有的媒体记录了拳击加博后马里奥说的一句话是"这一拳是因为你在巴塞罗那对帕特丽西娅做的事情而打的"[1]，另一些版本的记录把"做"字换成了"说"字。（Gutiérrez 2007：9）2007 年 3 月 9 日的阿根廷《号角报》给出的版本是这样的："在巴塞罗那对帕特丽西娅做了那样的事之后，你怎么还敢过来跟我打招呼！"不过在最近的一个版本中，胡安乔·阿尔玛斯推翻了自己之前的说法，他说帕特丽西娅亲口对他说她当时并不在场。（Armas 2002：111）墨西哥女作

---

〔1〕 消息源自塞萨尔·可卡（César Coca），他在马德里为西班牙博森托报业集团（Vocento）工作。这段描述出自文章《"文学"勾拳》（Un "gancho" literario），2006 年 8 月 27 日《理想》（Ideal）杂志，生活版，第 59 页。——原注

家埃莱娜·波尼亚托夫斯卡说她本人当时就在拳击事件发生的地点："当时加西亚·马尔克斯走了过来，巴尔加斯·略萨给了他一拳，我后来也没留下继续看电影。我也不记得还有谁在场了，我没有写关于那件事的东西，因为那不是我的风格，不过我后来确实去买来一块里脊肉给马尔克斯（好让他敷在眼睛上，缓解肿胀症状），因为旁边不远就有一家叫'汉堡天空'的店。就这样，后来我们再也没谈论那事，因为它太让人难过了。"（Aguilar 2007：1）

当时在美术宫里没人对这种状况有心理准备。实际上事情发生得太快，没人来得及做出反应。也没人知道后来电影有没有正常放映。谁还在乎呢？

罪　证

在接下来的三十多年的时间里，各方对那次事件始终保持绝对沉默，打破沉默的是一位摄影师，罗德里戈·莫亚（Rodrigo Moya）。2007年3月6日，正巧是加博80周岁生日的日子，莫亚在墨西哥《劳动报》发表了一篇文章，还配上了几张之前从未发表过的照片，立刻吸引了全世界的注意。莫亚说他的母亲出生在麦德林，是个地道的哥伦比亚人，他和加博就是在他母亲家的一次聚会上相识的，那时住在墨西哥的哥伦比亚知识分子经常到那里聚会：

> 老实说，加博当时给我的印象并不好。当时聚会正进行得如火如荼，他却躺在一张长沙发上，脑袋靠着沙发扶手，他就保持着那种不羁的姿势，偶尔参与一下大家的对话，有时发表一些不容置

疑的断言，有时说些夹杂着戏谑和嘲讽的话。当时他还没写出《百年孤独》，更没获得诺贝尔文学奖，不过我母亲的这位同胞当时已经显得有些傲慢了，这种态度让很多人心生反感。不久之后我读了《枯枝败叶》，然后是《一个海难幸存者的故事》《没有人给他写信的上校》，以及几乎所有他在 50 年代写的东西。那时我终于明白了那个留着小胡子、表情惹人讨厌的家伙说的话都是饱含智慧的，他有资格在喧闹的聚会中躺在沙发上，把自己想说的话毫无顾忌地说出来。（Moya 2007：1）

尽管第一印象并不好，可在加博接下来几次到莫亚母亲家来的过程中，两人还是成了好友，莫亚和梅塞德斯以及两个小家伙罗德里戈和贡萨洛也交了朋友。莫亚交了好运，1966 年 11 月 29日，加博出现在他的住处，希望他给自己拍几张照片用来附在自己刚写完的一本书的衬页上，那本书是他在将近两年的时间里没日没夜埋头写作的成果。加博来的时候穿着件古怪的外套，莫亚很不喜欢，他甚至提出借给加博某件自己的衣服来拍照。最后那本书带着莫亚拍的照片出版了，书名是《百年孤独》。在进行"摄影环节"时，他们中没人能想到那张照片和那本书会改变文学史的走向。

10 年之后，加博又一次出现在了莫亚家门前。这次没有穿外套，也没有带书来。但是一只眼睛却带着黑圈，状况很不好，鼻子上也有伤。加博希望把伤势记录下来，莫亚是摄影师，也是他的好友，是最适合做这件事的人。当然了，莫亚做的第一件事是询问加博到底发生了什么。

加博含糊其辞，他说挨了这一拳是因为他和《世界末日之战》

的作者之间的分歧已经不可挽回了，后者在右翼思想的道路上越走越远了，而这位将在 10 年后领取诺贝尔文学奖的作家则始终坚定地支持左翼事业。他的妻子梅塞德斯·巴尔查那次是陪着他一起来的，她戴着大框深色眼镜，就好像真正在眼睛上挨了一拳的人是她，她话不多，但是表现得很愤怒，给我讲述了发生的事情：在一场私人电影放映会上，加西亚·马尔克斯在电影开始前不久遇见了秘鲁作家。他冲后者走了过去，张开双臂想拥抱他。"马里奥……！"这是他唯一说出口的话，因为紧接着巴尔加斯·略萨的拳头就把他打倒在了地毯上，他的面部开始流血。血流了不少，他闭着眼睛，还没能从震惊的状态中缓过神来。梅塞德斯和加博的朋友们把他带回了位于佩德雷加尔路的家中。大家尽力避免让这事被当成丑闻报道出来，所以没有选择住院。梅塞德斯给我提到了用牛肉敷眼的疗法，她说她一整晚都在用那种方法帮助她被打的丈夫吸流出来的血。"因为马里奥是个爱吃醋的蠢货"，在照相时，我们开始交谈和开玩笑，而梅塞德斯则把这句话重复了很多遍。（Moya 2007：1）

文章最后用那些照片作为结尾，它们已经被锁在抽屉里 30 年了。"你把照片保管着，寄给我点洗印版就行，加博临走前这样对我说道。我保存了它们 30 年，现在他 80 岁了，距离《百年孤独》首版的出版也有 40 年了，我认为是时候写一篇关于两位伟大作家——一个属于左翼，另一个则属于右翼——之间那场可怕冲突的文章了。"（Moya 2007：1）

这份献给加博 80 岁生日和那场持续了 140 年的孤独的回忆大拌菜引发了各种各样的评论、推测和对这位诺贝尔文学奖得主的人生的回顾，有的还来自加博身边的人。有的人甚至认为，有迹象表明这两位文学天才，诗人和建筑师，突厥人和印第安人，列侬和麦卡特尼，又要言归于好了。首先，马里奥·巴尔加斯·略萨在时隔近 30 年后，第一次允许他研究哥伦比亚作家的那部巨著《弑神者的历史》推出新版，而这是他的编辑们、他的文学代理人、他的读者、加博的读者强烈呼吁了很多年的事情。你很难找到那本书，除非是到某个刚好在那些年里购入过那本书的某个图书馆里借阅，那些图书馆当年肯定也没想到有一天那本书会像圣骨一样珍贵。2005 年起，加拉西亚·古登堡出版社（Galaxia Gutenberg）开始推出巴尔加斯·略萨的作品全集，其中的一卷，第六卷，收入的是他的文学评论作品，研究加博的那本书也在其中，同一卷中收入的其他作品是对苏亚诺·马托雷尔[1]、福楼拜等作家的研究图书。读者和研究者们都松了口气，因为全集中的每一卷都会加上精彩的导读前言，可能由马里奥本人来写，也可能出自某个重要评论家之手，但无论如何，这都是两位作家关系缓和的标志。然而实际情况并非如此。巴尔加斯·略萨在《国家报》文化副刊《巴别塔》2006 年 5 月 20 日刊的一篇访谈中，在回答玛利亚·路易莎·布兰科（María Luisa Blanco）的一个关于秘鲁作家作品全集的问题时是这样回答的：

> "您把《弑神者的历史》也收入到了全集之中。"
>
> "当然了。我之前没有重新出版《加西亚·马尔克斯：弑神者的历史》的原因很简单，因为那本书还需要续写，那就需要我付出相关的努力。那本书只分析到了加西亚·马尔克斯在《百年孤独》

---

[1] 苏亚诺·马托雷尔（Joanot Martorell，1413—1468），骑士小说《骑士蒂朗》的作者，巴尔加斯·略萨对这本小说十分推崇。

之后出版的一部短篇小说集，换句话说，加西亚·马尔克斯超过一半的作品我都没有进行研究。不过既然是我的作品全集，那么那本书理应被收入进去。"

"这会缓和您和加西亚·马尔克斯之间的疏远关系吗？"

"我们不谈这个话题。"

"我是从心理的角度提出这个问题的，因为让一个人怀着冷漠的态度去面对带有冲突性的、让他心里不痛快的事物是很难的。"

"你瞧，有些东西换成今时今日的我的话是不会用同样的方式去写的，这是很自然的事情，我想每个作家、每个人都会遇到这种情况。你在回顾自己人生的时候，会发现有很多事情你宁愿自己没有做过，或者是更想用其他的方式做。但我认为如果你要出版作品全集的话，你就没有权力删改，而且那样做又有什么意义呢？因此我认为真正重要的是把作品按照年份顺序出版出来，那样可以把你人生中的矛盾、低落、奋起和文学及艺术生活中出现的失误都展示出来。"（Zapata 2007：125-126）

另一件更加重要，或者说具有特殊意义的事情是，在那部伟大的马孔多小说出版40周年的纪念版中，马里奥和其他几位身份各异的人士一样，也写了一篇向阿拉卡塔卡作家致敬的前言文章。那个纪念版由西班牙皇家语言学院推出，得到了各国的西班牙语语言学院的协助，共计出版了100万册，如今可能只在个别几家书店还有存货了。这个版本的《百年孤独》非常棒，附有一份长达55页的生僻词汇表，由哥伦比亚西班牙语语言学院编写，还附有一张布恩迪亚家族谱系表，另外作家本人还对全书进行了校订，修改了多处错误。在前言之前的研究文章中包括巴尔加斯·略萨所写的《〈百年孤独〉：全景现实，全景小说》，实际

337

上是他的《弑神者的历史》的核心部分；此外还有加博在"文学爆炸"圈子里此时最好的朋友卡洛斯·富恩特斯的文章，墨西哥早期生活结交的好友之一阿尔瓦罗·穆蒂斯的文章；维克托·加西亚·德拉孔查（Víctor García de la Concha）的文章——他是西班牙皇家语言学院代表，这可能是他与加博之间仅有的联系，因为这个纪念版本就是皇家语言学院推出的；此外还有优秀的文学理论家克劳迪奥·纪廉（Claudio Guillén）的文章。全书的收尾工作则交给了三位优秀的拉丁美洲评论家：古斯塔沃·塞洛里奥（Gustavo Celorio）、佩德罗·路易斯·巴尔西亚（Pedro Luis Barcia）和胡安·古斯塔沃·科博·博尔达（Juan Gustavo Cobo Borda），这最后一位是研究他的哥伦比亚同胞的人生及作品最多的专家之一。

可能真实情况是，由于有这么多家语言学院和如此多的评论家及朋友的建议，马里奥被气氛感染，同意发表自己的文章，可是那些关于两人和好的传言最终也只是传言而已。两人从来没有出现在同一场合，也没有一起就此事发表声明，公开的或私下的都没有。有些媒体提到过此事：2007年1月10日，玻利维亚的《时光报》（Los Tiempos）援引英国《卫报》（The Guardian）的话说，两位作家一致同意把秘鲁作家写的前言收入《百年孤独》纪念版的做法本身就证明了两人之间关系的缓和。从60年代起就是两人的共同好友，同时还是马里奥的密友之一的何塞·米格尔·奥维多在接受我们的专访时则表示，不能从那个角度去进行解读：皇家语言学院和他们的文学代理人（依然是卡门·巴塞尔斯）在中间进行了斡旋，最终说服了双方都接受这一提议。《世界报》戳穿了两人和解的谎言，而波哥大的《时代报》则表示那是个"误会"。还有的报纸则分别引用了疑似来自两位作家的话；加博可能说过"我不反对发表（马里奥的文章），但是我也不会去要求这么做"，马里奥说"我不反对那篇文章发表出来，但我也不会主动要求这么做"。（Gutiérrez 2007：8）这些话是哥伦比亚前总统贝利萨里奥·贝坦库尔在以向加博致敬为主题的卡塔赫纳语言大会开幕式上首先提到的，不过他也表示这些话可能会造成"他们的关系正趋于缓和"的误会。可无论真相如何，那篇前言还是丰富了纪念版《百年孤独》的内容，帮助它成为该书的经典版本，那个版本将在很长时间里被人们铭记。

　　阿根廷记者、作家托马斯·埃洛伊·马丁内斯是两人共同的朋友，曾为《百年孤独》在 1967 年取得巨大成功做出过贡献，他于 2000 年 4 月 26 日在布宜诺斯艾利斯的《民族报》（*La Nación*）上发表的文章中这样写道："他们并不互相憎恨。事实上他们曾经拥有的友谊是十分真挚的。加西亚·马尔克斯 35 岁后交的朋友才是他真正的朋友。这样看来，巴尔加斯·略萨无疑是其中之一。"在那些日子里，马里奥·巴尔加斯·略萨正在满世界宣传他的《公羊的节日》，加博则因为淋巴癌而刚刚到鬼门关前走了一遭，当时正在逐步恢复中。人们经常会向秘鲁作家提问关于哥伦比亚作家的问题，而他总是习惯回答说："不，我们再也没有说过话，但是我很高兴他一切安好。"（塞萨尔·可卡的报道，第 59 页）

　　还有一种可能，如果说两人的关系没能缓和，有部分原因可能是加博的妻子在不同场合表达过她的反对立场。在上世纪 90 年代初的一场电视访谈中，播音员问加西亚·马尔克斯谁是他的朋友。哥伦比亚作家变了脸色，沉默了几秒钟，然后说他不想谈论那个话题，他无疑想起了某些朋友。不久之后，巴塞罗那《先锋报》创办的周末刊物《杂志》（*Magazine*）的记者哈维·阿延

（Xavi Ayén）在对加博进行的访谈中问道："您认为你们之间可能达成和解吗？"就在那时，加博的妻子梅塞德斯·巴尔查闯入了对话，她斩钉截铁地说道："我认为不可能了，事情已经过去30年了。""已经过去那么久了？"加博吃惊地问道。"没有他的这30年我们过得很好，我们没什么需要他的地方，"梅塞德斯强调道，然后她又补充了一句，"加博更喜欢说些外交辞令，所以这句话只能从我嘴里说出来。"（Zapata 2007：126）甚至有人确信在某个时刻两人曾经希望修复他们的关系，但是梅塞德斯对帕特丽西娅说的下面这句话阻止了那一切的发生：

"¡#äx…&??@x% #äx…&??@x%!"[1]（Zapata 2007：125）

事后声明

不幸的拳击事件发生后，没有任何一方试图寻求过和解，我们唯一能够获得的与之相关的情报就是两人在接受采访时说的只言片语。两人从来没有利用通信工具直接和对方取得联系，不过在记者询问与对方相关的观点的时候，他们大多乐于回答。不过那些回答，无论是哥伦比亚作家做出的还是秘鲁作家做出的，都只与文学、政治或历史相关，丝毫不涉及个人层面，更不会提到那次具体事件。后来两人最亲近的举动就是分别在一个哥伦比亚人拥有的同一本书上签名。还记得马里奥和加博1967年在利马做的那场关于小说的对谈吗？还记得在何塞·米格尔·奥维多的推动下，由米亚·巴特莱斯出版社出版的，后来被疯狂盗版的那本小书吗？好了，一位叫作阿尔瓦罗·卡斯蒂略·格拉纳

---

〔1〕 原文即是如此，应该是指梅塞德斯骂的脏话。

达（Álvaro Castillo Granada）的哥伦比亚书商有一册那本书，是最早几个版本中的一版，他成功让两位作家分别在上面签了名，当然，签名是在不同的时间搞到的。先签名的是马里奥，他写的是：

> 这本出版界的（盗版）古物，赠予：阿尔瓦罗·卡斯蒂略。来自马里奥·巴尔加斯·略萨的诚挚问候，2000 年。

一年后书到了加博手中，他写下了下面的赠言：

> 问候也来自另一位。
> （Zapata 2007：127）

而在加博于 1982 年获得诺贝尔文学奖时，马里奥表示如果自己在评委会中的话，"我会把票投给博尔赫斯"。（Zapata 2007：121）如果抛开任何背景因素的话，这句话应该也是所有人的心声。在国际文化界有一个共识，大家都认为诺贝尔文学奖由于政治原因没有颁给博尔赫斯是一次严重的犯罪。博尔赫斯的遗孀玛利亚·儿玉（María Kodama）在接受我们的私人采访时表示，就在智利皮诺切特政府宣布要给博尔赫斯颁发勋章的同一年，他接到了阿图尔·隆德奎斯特（Artur Lundkvist）打来的电话。阿图尔是瑞典学院常务秘书长（一直担任此职到他去世，死神连诺贝尔文学奖评委会的秘书长也不会放过），而且是该机构唯——个懂西班牙语的人，他有提名西班牙语作家作为诺贝尔文学奖候选人的权力，他在电话中表示希望博尔赫斯不要到智利领取勋章，因为那是由高压独裁政权颁发的荣誉，而且他还威胁博尔赫斯说如果后者去领奖的话,那么诺贝尔文学奖就永远都不会颁发给他。玛利亚·儿玉补充说博尔赫斯在某个时刻也有过不去领取勋章的想法,但是接完那通电话之后他反而不再犹豫了。他去了,领了奖,他赢了,但是却永远失去了诺贝尔文学奖。

好了,在加博正在欢庆获得诺贝尔文学奖的时刻,马里奥做出那样的声明,从私人的角度来看,无疑是把自己和加博获奖的消息之间的距离拉开了,而在几年之前,马里奥还曾声称加博是这个时代最伟大的作家之一,他还专门带着颂扬的心态对加博早期的文学作品进行了细致的研究。不久之前,巴尔加斯·略萨向国际新闻社(Inter Press Service)记者埃斯特雷亚·古铁雷斯承认了两人之间依旧保持着距离,但不是因为政治原因(Zapata 2007:121),从目前已有的证据来看,这种说法很难令人相信。在一档名为"深度"(*A fondo*)的西班牙电视节目中,马里奥对索莱尔·赛拉诺(Soler Serrano)一笔带过式地说道:"我们曾经是朋友,在巴塞罗那还当过四年邻居";至于拳击事件,他解释说,"好吧,记者们的想象力有时候比小说家还要丰富",他紧接着补充说,"中间确实出现过一个问题,但不像记者描述的那么富有文学和政治色彩"。(Zapata 2007:122-123)看来事件的诱因更像是某个私人问题,然而在 32 年的时间里两人对待这个话题时都选择了保守秘密的克制态度。这种态度一直持续到现在。事实上,在 2007 年 6 月 20 日,基多的报纸 *Mienlace.com* 对马里奥进行了专访,因为秘鲁作家那段时间正在那个安第斯国家做讲座,在访谈中马里奥说道:"加西亚·马尔克斯和我之间达成了默契:我们都不谈论我们自己,而是把这个工作交给传记作家去完成,当然前提是如果我们值得拥有属于自己的传记的话",然后他又补充道,"希望传记作家们去调查、去发现,然后告诉人们发生了什么"。

毫无疑问，我们都认为这两位世界文坛的巨匠应该有属于自己的传记作家，这也是我们写这本书的原因，我们也确信会有成千上万的人和我们持相同的看法。那么好了，隐藏在那些托词之后的真相是什么呢？可能就是马里奥在刚才那段话中提到的默契。我们得到了一条信息，提供信息者不希望我们把他的名字写出来，通过那条信息两位当代文学大师之间是保持着某种程度上的私人联系的，当然，只是偶发性的联系，这种联系从很久之前就开始了，不过这种情况从来没有被公开过，其中原因很可能是梅塞德斯的态度。所有这一切中最重要的一点是，尽管那种无比亲密的关系永远都回不来了，可我们这些读者并没有失去他们的作品。在1976年拳击事件发生之后，我们能够读到两人所写的将近20部长篇小说、短篇小说集和文论作品，一些是这一位写的，还有一些是另一位写的，可如果要算上两人在报刊上发表的文章（纪实报道、游记、调查报告、发表观点的文章）、回忆录、文学评论等作品的话，那么数量肯定要超过20部。因此，那次事件也只是变成了在世界文坛重要作家之间发生的众多逸事中的一件。

令我们更加感兴趣的还有1976年之后两人发表的关于文学和思想的，而非个人问题的言论，因为后者属于本书两位主人公私生活的范畴，不应该在公众面前对其刨根问底。还有件事情是很清楚的，那就是在1976年之后，两人之间的距离就已经开始拉远了。胡安乔·阿尔玛斯从很久之前开始就是马里奥的好朋友了，他说在马里奥和加博还在巴塞罗那做邻居的时候，有一天他想认识一下加博，那是在1973年，这位加纳利记者兼作家某次在伯爵城逗留的过程中，向马里奥建议请加博一起到马里奥家里来。当时在场的还有诗人胡斯托·豪尔赫·巴德隆（Justo Jorge Padrón）和小说家莱昂·巴雷托（León Barreto）。四人在马里奥家中攀谈了大约半小时后，加博也到了，他面带微笑，嘴里还开着玩笑，穿着那个时期经常穿的蓝色外套，看上去有点怪怪的。三位客人都带着《百年孤独》，希望加博在上面签名。阿尔玛斯记录道：

> 加西亚·马尔克斯把每本书都拿在手里仔细看了看，准备给我们签名。胡斯托·豪尔赫·巴德隆把自己的那本递过去的时候，加西亚·马尔克斯观察得尤为仔细。"这本是新书，是刚买的。"他盯着豪尔赫·巴德隆的那本书的书脊说道。没错，那位诗人是在来到马里奥·巴尔加斯·略萨家的半小时前刚刚买的那本小说。连这也没能逃过加夫列尔·加西亚·马尔克斯的法眼，他是个特别关注细节的人。（Armas 2002：107）

但是接下来的一个细节引起了胡安乔更大的注意。他说在那次聚会中，马里奥很少开口说话，他望着哥伦比亚作家的眼神中有一种距离感，好像秘鲁作家不喜欢加博说出的很多放肆的话语和玩笑话，而那又恰恰是加博的说话风格：

> "现在我要去看电影了。"加西亚·马尔克斯在告别时说道。"穿成这样去看电影？"我有点挑衅式地问道。"当然，"他对我说道，"这样可以吓到那些资产阶级分子。"马里奥·巴尔加斯·略萨再次有些轻蔑地望着他们。那时我又留意到，加西亚·马尔克斯还穿了不同颜色的袜子，看上去他是个丝毫不注重自己外表的人。（Armas 2002：107-108）

此外，还可以确定的是，尽管当时两人在政治上也已经有了巨大的分歧，私人生活方面的问题才是决裂的起点。在塞蒂对马里奥进行的访谈中，这位记者问到了马里奥和加博之间在政治上和私人生活方面的差异，马里奥回答说："你瞧，我不会和与我政治观点不一致的人打架。我和乌拉圭作家马里奥·贝内德蒂在政治上的立场差异很大，我和他还进行过论战，可是我很欣赏他。我们已经很久没见面了，但我还是很尊敬他，因为他是个表里如一的人，他只是根据自己的信念来行动。我和加西亚·马尔克斯在私人问题上有分歧，我现在不想谈具体是哪些事情。"塞蒂继续毫无顾忌地发问："不是政治方面的原因？"马里奥答道："是私人原因。我反对把政治分歧转化为私人矛盾，我认为那是种很野蛮的做法。"（Setti 1989：17-35）也就是说，两人之间的核心问题是私人问题，而非意识形态方面的分歧，因为若非如此的话，巴尔加斯·略萨岂不就变成了自己口中的野蛮人。很明显这不是事实。

一涉及文学，情况就变了。在几年之前，当时已经进入新千年了，有人问马里奥觉得"文学爆炸"对当代文学有怎样的贡献。他在回答那个问题时一直没有以自己做例子，但是他坚定地说道："我认为它产生的价值不是社会、历史或是地域层面上的。像博尔赫斯、加西亚·马尔克斯或是科塔萨尔这样的作家之所以得到认可，是因为他们是伟大的作家，他们写出了有吸引力和巨大生命力的文学作品，而在他们写出那些作品的时候，欧洲文学正处在形式主义和实验主义的泥淖中难以自拔。"（Coaguila 2004：266）具体到加博，马里奥说道："也许《百年孤独》最大的成就之一是，在本身具有极高的文学价值的前提下，它还能被所有层次的读者接受，哪怕是喜欢读最通俗作品的读者也喜欢读它，同时它还具有最精巧的叙事结构。"（Coaguila 2004：267）那确实是一种巨大的称赞，马里奥提到的那种才华只有很少的小说家拥有（马里奥·巴尔加斯·略萨本人也拥有这种才华，他的多部小说以精妙复杂的设计著称）：以多种层次进行写作，每个读者都能找到适合自己的阅读切入点，让所有读者都能享受到阅读小说带来的快乐。

在文学方面，加博也说过许多称赞巴尔加斯·略萨的话。在1981年7月15日发表的题为"来个访谈？不了，谢谢"（*¿Una entrevista? No, gracias*）的文章中，他对马里奥·巴尔加斯·略萨在那之前对《百年孤独》的称赞话语做出了正面的回应。他说道：

> 在写完前面的东西之后我看到了发表在波哥大《克罗莫斯》杂志上的一篇对马里奥·巴尔加斯·略萨的采访，题目是："'加博出版了《百年孤独》残渣般的作品'"。那句话上面加了引号，意思是那是引用的巴尔加斯·略萨说的话。然而，巴尔加斯·略萨在他的回答里的原话是："像《百年孤独》这样的书确实让我印象深刻，它是文学性和生命力完美融合的体现。加西亚·马尔克斯没有重现神迹是因为类似的成就是很难复制的。他在之后写的东西是一种追忆，是他幻想出来的那个世界的遗漏之物。可是我认为因此而批评他是不公平的。如果说《一桩事先张扬的凶杀案》不如《百年孤独》精彩，所以它不是部好作品，这种说法是不恰当的。你不可能每天都写出《百年孤独》那个级别的小说。"实际上，那次访谈中的提问者故意问了个挑衅性的问题，巴尔加斯·略萨则给他好好上了一课，让他懂得了文学究竟意味着什么。至于那个给访谈起标题的人，他也用实际行动给我们上了一课，给我们示范了媒体报道可

以糟糕到什么地步。（García Márquez 1991：127-128）

毫无疑问，那个标题是有欺骗性的，让人感觉马里奥在访谈中说的话是带有批评性质的，而实际上那些话却是对哥伦比亚作家巅峰之作的赞美，同时还捍卫了加博在《百年孤独》之后写出的作品，那些作品依然依存于马孔多的世界，但却不是对《百年孤独》的简单重复。因此，加博说马里奥在访谈中发表的某些观点不仅十分精彩，而且相当准确，他本人的经历帮助他印证了那些观点。再如，在1983年2月9日发表的题为"好吧，咱们聊聊文学"（*Está bien，hablemos de literatura*）的文章中——这个标题取自博尔赫斯说过的一句话（"现在，作家们心里想着的是失败和成功"）——加博提到他发现有些年轻作家，只想着为了赶上某个文学奖的评奖截止日期而赶紧写完小说，却不好好打磨自己的文字。在那篇文章中，加博恰当地引用了马里奥的话，并进行了拓展评论：

> 有一次我听马里奥·巴尔加斯·略萨说了句话，我迷惑了半天，他说的是："坐下写作的那一刻，就是所有作家决定自己当个好作家还是坏作家的那一刻。"不过，多年之后，一个23岁的小伙子来到我位于墨西哥的家里，6个月前他刚刚出版了自己的第一部长篇小说，那天晚上他感觉自己好像打了场胜仗，因为他刚把自己第二部小说的稿子交给了编辑。我向他表达了我的疑惑，我不明白为什么他能写得那么快。尽管我不想记那么久，可是他厚颜无耻的回答我确实直到现在都还记得："你在动手写作之前要考虑很久，因为全世界都在等着读你的作品。我就不一样了，我可以写得很快，因为根本没几个人读我写的东西。"那时我就像开了窍一样，

终于明白了巴尔加斯·略萨那句话的意思：那个小伙子决定当一个坏作家，实际上在他在一家二手车公司找到一份不错的工作之前他一直都是坏作家，在那之后他再也没有浪费时间在写作上。（García Márquez 1991：371）

让我们回到 2007 年 3 月。加博在那一整个月里都在庆祝自己的 80 大寿。我们看见他坐在一列黄色火车里，那辆火车很像他的母亲带他去卖"大房子"时搭乘的那列（有人说就是同一列）。后来我们还在哈瓦那看到了他，他和那位族长漫步在漫长的秋天里，族长没有穿橄榄绿军装，穿的是运动衣。我们还在美洲之家里发现了他的身影，他在那里给自己的朋友巴勃罗·米拉内斯[1]颁发艾蒂·桑塔马里亚奖，并宣称"这是我这辈子第一次给年纪比我小的人颁奖"。同月 28 日，我们看到他很愉快、开心、心满意足地和朋友们、作家们、政治家们、文学评论家们相聚在多国语言学院共同举办的一场大会中。同一天，马里奥年满 71 周岁，尽管多家媒体曾经表示他会参会，但是他最终没有出现在会场。允许将《弑神者的历史》收入全集，允许将自己的文章放入《百年孤独》纪念版，马里奥已经做得相当多了。哪怕有很多人试图套问相关的情况，两人却依然坚持避谈 1976 年双闰的 2 月 12 日发生的事情。两位绅士，马孔多公爵和绿房子伯爵，在文学之桌上达成的协议依然有效。试图挖掘其中隐情的文章数不胜数，八卦报刊层出不穷。他们之间的事情，他们的朋友们，他们的政治立场，他们的妻子，都是他们自己的事情。没人有权利侵入那片神圣的区域中去。而且，不管是什么人开口，他

---

〔1〕 巴勃罗·米拉内斯（Pablo Milanés，1943— ），古巴歌手。

给出的都是属于他自己的版本，和其他人给出的版本之间可能千差万别。不过，请不必担心，没人会给出答案的。他们本人不会，他们的传记作者也同样不会，他们全都面临着同样的问题：压根没人知道发生了什么，为什么会发生那样的事情。剩下的就是历史了，属于两位文学巨匠的历史，他们曾经是朋友，后来成了敌人，最后，也许只有上帝知道，在另一个世界他们之间的关系会是怎样的。也许我们的这本书就是用来让他们再次见面、达成和解的。我们希望帮助他们回到1967年的那个夏天。就像比奥伊·卡萨雷斯的小说《英雄梦》（*El sueño de los héroes*）（1954）里所写的那样，在那本小说中，主人公重新度过了对他而言特别重要的一年中完整的三天时光。我们希望再次给他们颁发罗慕洛·加列戈斯文学奖，再次在玛尔塔·特拉巴的书店里组织一场盛大的签售活动，再次给加夫列尔·罗德里戈·贡萨洛做洗礼，再在利马举办一次拉美小说二人谈，那场对谈中一定会满是苦妓与坏女孩[1]。这所有的所有都只有一个目的，让加博和马里奥再一次成为"文学爆炸"血统的缔造者：何塞·阿卡迪奥和乌苏拉，列侬和麦卡特尼，希皮与萨贝[2]，突厥人和印第安人，诗人与建筑师。

---

[1] 分别是加西亚·马尔克斯《苦妓回忆录》、巴尔加斯·略萨《坏女孩的恶作剧》中的人物。

[2] 西班牙漫画《双胞胎历险记》（*Zipi y Zape*）中的两位主人公。

14. "诺贝尔奖"的结尾[1]

安赫尔·埃斯特万

2010 年 10 月 7 日。纽约当地时间早上 8 点。欧洲已经过了中午了。那里所有人都已经得知了那个消息，但在这边的我们才刚刚打开收音机。在往学校走的路上，某个广播电台在放关于奥巴马最新移民政策的消息，还提到说几个小时前一个年轻人死在了布鲁克林闹市区街头，特拉华大学的退休教授于昨日获得了诺贝尔化学奖。播音员的英语伴着杂音，很难听清她在说什么。突然，她提到了"秘鲁作家"马里奥·巴尔加斯·略萨的名字，还列举了几本他的小说。太巧了！3 天前我刚刚和他一同出席了位于公园街 68 号的美洲协会（Americas Society）组织的活动。我们在那儿聊了很多事情，还约好找个日子在新泽西邻近哈德逊河的一家古巴餐厅吃晚饭，那里视野很好，可以欣赏曼哈顿的景色，不过我们压根儿没聊任何和诺贝尔奖有关的事情，尽管那时已经开始陆续揭晓各个奖项的得主了。在其他年份的那些日子里

---

〔1〕 本文写于马里奥·巴尔加斯·略萨获诺贝尔文学奖 3 天后，彼时加西亚·马尔克斯依然健在。——原注

我们倒是聊过这个话题，马里奥总是说诺贝尔文学奖不会让他焦虑，因为他没有把获奖当作目标，在评奖结果揭晓之前几天媒体上讨论得越多的候选人，往往实际得奖的可能性就越小。"看看博尔赫斯吧，不给博尔赫斯颁奖着实是上个世纪的一桩特别不公正的事件。"每次谈到这个话题时马里奥都会这样说："不仅仅是因为他比别人都更配得上得奖，还是因为在我们这个年代，他是唯一一位让其他所有西班牙语作家都从他身上学到东西的作家。"所以马里奥对这位阿根廷作家的评价总是显得斩钉截铁："那是诺贝尔文学奖历史上最大的一片空白。"

我换了频道，上一个电台里关于马里奥的新闻让我感觉奇怪，这么一大早，突然有一条提到他的消息，而且电台里一般很少报道和西班牙语国家相关的信息。我猜那条消息可能和他刚刚在普林斯顿大学开设的课程有关。可是在新的频道信号刚刚稳定下来的时候，我发现这个频道的播音员也在说马里奥的事情，这次我听得更清楚了。播音员突然很清晰地说马里奥获得了诺贝尔文学奖，瑞典方面在三个小时前给出了官方评奖结果。我几乎不能相信这是真的。我当时正在开车，还有 15 分钟才能到我在特拉华大学外语系的办公室。我一到办公室就立刻打开电脑，我浏览报纸官网，发现几乎所有西班牙语日报的头条都是马里奥得奖的消息。我打开邮箱，发现自己收到了近 30 封与此事相关的邮件：朋友们的，想要为次日的报纸搞到更多信息或是写过某篇关于马里奥的文章的记者们的。整个西语世界都沸腾了。我想给马里奥打电话，但是根本不可能，那时压根儿联系不上他。我给他写了封祝贺邮件，想知道那天他在什么位置。晚上 7 点钟的时候在纽约塞万提斯学院会举行一场新闻发布会，我觉得自己赶不上，因为下课时间很晚，结束后还得从那儿往家走，那里离得并不近。过了一会儿，帕特丽西娅给我回了邮件，说一切都太疯狂了。晚上回家后我看了半小时电视报道，许多人做出了各种各样的评论……国王、西班牙首相、秘鲁总统、墨西哥总统、智利总统、欧盟委员会主席、艾塔娜·桑切斯·希洪（Aitana Sánchez Gijón）——秘鲁作家曾和这位女演员一同出演过多部戏剧，有一些是改编自他写的剧本。此外发表评论的还有皇家语言学院院长，作家，政治家，演艺界、艺术节和文化界人士。

加博呢？

2009 年 11 月我在迈阿密书展上为这本书的西班牙和拉丁美洲首版做推广活动。我和杰拉德·马丁（Gerald Martin）有一场活动，当时他刚刚出版了那本加博传记的西班牙语版。那场活动有数百人参加，这首先是因为逛迈阿密书展的人本来就多，每一场活动基本都是爆满的状态，其次还因为与加博相关的活动总是很吸引人，而杰拉德写的关于加博的传记又极为重要，他花了超过 20 年时间来写那本书，多次对哥伦比亚作家进行专访；另外一个原因是马里奥是那届书展的主打作家之一，他的读者数不胜数。

活动结束后，主办方把我们带到了作家区，那里在书展开放期间都有自助餐，还摆了几张桌子。我们在那儿吃了点东西，一起聊了聊加博。杰拉德对我说几个月前他刚见过加博，他感觉很不好。尽管十年前检查出的癌症已经得到了控制，可是加博的记忆力衰退严重，他的思维已经开始走入一条没有出口的地道。阿尔茨海默病？唯一确定的是他不会再写东西了：剩下的两卷回忆录，最后几篇短篇小说，都不会再写了。尽管他始终在努力反抗时间的侵蚀，关于苦妓的那本小说却还是成了这位天才的文学绝唱。在书中，一个老人想要和一个未到青春期的处女过夜，但却做不到。情况不乐观，甚至有些恐怖，加博尝试过去写一个句子，可是写到一半的时候却不知道该怎么写完，因为他已经忘了那个句子的开头部分是怎样的了。在书展作家区里，杰拉德带着悲伤和忧郁向我讲述了这些。

加博呢？诗人得知建筑师也获得了诺贝尔文学奖吗？他能搞明白正在发生的事情吗？他还能够想清楚，如今在世界文学史的范畴里，"文学爆炸"已经借瑞典学院的决定而封神了吗？这已经不是瑞典学院的举动第一次造成类似影响了，在此之前，"迷惘的一代"也曾经历过这些，被归于那个作家团体的作家中有多位被授予了诺贝尔文学奖：1949 年的威廉·福克纳、1954 年的欧内斯特·海明威、1962 年的约翰·斯坦贝克。瑞典学院做出的决定把从加西亚·马尔克斯到巴尔加斯·略萨的圈画成了闭环，它表明"文学爆炸"的血统是存在的，而这两位文学天才就是在拉丁美洲文学史上前无古人的那一代人中的砥柱力量。如果足够慷慨又足够公正的话，瑞典学院本应把诺贝尔文学奖也颁发给胡里奥·科塔萨尔、阿莱霍·卡彭铁尔和卡洛斯·富恩特斯。好了，最后这位还有一点机会[1]，如果能够再现 1989 年和 1990 年的奇迹的话，在那两年中，诺贝尔文学奖被连续授予了两位西班牙语作家，"Ñ"俱乐部中的作家[2]，卡米洛·何塞·塞拉和奥克塔维奥·帕斯。遗憾的是，几个月前，米格尔·德利维斯刚刚停下了他在这条道路上前进的步伐，卡洛斯·富恩特斯可能会想到自己也许会有和那位诗人同胞在 20 年前有过的相同的好运。又也许诺贝尔基金会也愿意让"文学爆炸"作家的获奖人数和"迷

---

[1] 诺贝尔文学奖只能授予在世作家，卡洛斯·富恩特斯于 2012 年去世。

[2] "Ñ"是西班牙语特有的字母，因此常用来作为西班牙语文化的象征，所谓的"Ñ"俱乐部也就是西班牙语作家群体。

惘的一代"持平。这是在还历史遗留的债务，并且保持现实客观的平衡。富恩特斯一得知马里奥获奖就立刻向他表达了祝贺。他本人也在纽约，他对媒体说这个奖意味着"对巴尔加斯·略萨所有作品表现出的巨大创造力的补偿，它们共同汇聚成了一部伟大的作品"。"我非常高兴，"他总结道，"他是我们这门语言的伟大作家，也是位世界性作家。"记者继续问他说这次颁奖是否也意味着富恩特斯本人也有得奖的可能。"不，这和我没有关系，"他坚持答道，"这是对巴尔加斯·略萨文学作品的嘉奖，我感到非常高兴。"

加博呢？我最后一次见到加博恰恰是在卡洛斯·富恩特斯的八十大寿庆祝活动上，那时是 2008 年 12 月。我参加了两场活动：朋友致敬活动和富恩特斯写的关于圣塔·安娜的戏剧首映。朋友致敬活动盛况空前。宽敞的台子上摆了张一直延伸到国旗处的长桌，两位作家都在座，同时在座的还有许多富恩特斯的朋友。每个人都做了简短的发言，富恩特斯则感谢他们的亲密致辞。在轮到加西亚·马尔克斯发言时，出现了很难解释的非常魔幻的一幕。他刚从椅子上站起来，全场就爆发出了响亮的掌声，大家尖叫着，就像是摇滚明星或是好莱坞影星的狂热粉丝一样。加博没有说话，而是直接走到了富恩特斯身边，给了他一个持续了很长时间的有力的拥抱。那就是他的"发言"。他没有说话，他从来就不喜欢在公众面前讲话。但是那个深情的拥抱要比在那一整年中其他针对墨西哥作家所有的献礼和致敬都更加动人。两天后，在戏剧首映式上，我们又见面了。他就坐在观众席中，和普通人坐在一起。在出口处我们又碰了面。他被一群几乎可以用"暴力"这个词来形容的索要签名的书迷团团围住。他耐心地签了十本或十二本书。可以看出他累了。由于前来索要签名的书迷络绎不绝，他只好转向他们，用他一贯的幽默语气说道："各位，卡洛斯·富恩特斯在那儿，找他去吧，他也有手，也会签名。"说完就钻进了来接他的车子里，车子周围站满了保镖。几个礼拜前也发生了一件类似的事情（我从来没去看过甲壳虫乐队或是 U2 乐队的演唱会），地点是纽约自然历史博物馆。我约了住在那附近的几个朋友，可是时间还早。于是我就把车停在了博物馆对面的中央公园的人行道旁，在车里看了会儿书。突然，道路两头来往的车辆都不见了，只有五六辆带深色玻璃的黑色越野车停了下来。其中一辆就停在路中央，其他几辆则围着它停了下来。接下来从每辆车里都开始走出穿着深色西装、举止十分优雅的男人。再然后，比尔·克林顿和他的妻子从中间那辆车里走了出来，由众人护卫着走到了博物馆楼梯处，"黑衣人们"环绕着他们，防止人群接近。我坐在车里，吓了一大跳。我离最近的那位站在人行道上的保镖只有大约一米的距离，但是他没有看见我。谁会想到停在路边的车子里会坐着一个人呢。后来我才知道那是为奥巴马竞选筹款而举办的盛大晚宴，而一个月后，奥巴马将成为美国历史上第一位黑人总统。我觉得加博在瓜达拉哈拉遇到的情况和克林顿这次的场面有点像，可能因为两件事之间只相隔一个月多一点的时间，两次大阵仗都给我留下了很深的印象。

加博呢？这也是两人的许多共同好友以及"文学爆炸"伟大作家们的众多书迷都会想到的问题，也是这段日子里必需且必要的信息。同日，10 月 7 日周四下午，无数媒体在网络上都转载了来自加夫列尔·加西亚·马尔克斯写的一条推特（http：//twitter.com/ElGabo#，有 140 万粉丝），那条推特的主要内容是祝贺马里奥·巴尔加斯·略萨获得诺贝尔文学奖，还带着一个小标题："打成平手"。在这条信息出现的短短几分钟后，数百个在那天采访新科诺贝尔文学奖得主的专业记者之一把它转达给了巴尔加斯·略萨，后者很有礼貌地表示了对哥伦比亚作家的感谢。可是又过了几分钟，拉丁美洲新新闻主义学会（Fundación Nuevo Periodismo Latinoamericano）否认那些内容出自加博之手，该学会是由加夫列尔·加西亚·马尔克斯本人在他的祖国设立的机构，目的是提高拉丁美洲新闻书写的质量。该学会时任负责人海梅·阿贝略（Jaime Abello）表示那个使用了加博名字的推特账号并不是作家本人在使用的，是很久之前他的许多追随者申请的，主要发布与作家相关的消息和评论文字，很多时候使用的是第一人称，让人误以为是作家本人写的东西，但是加博对那个账号发布的信息完全不知情，那些观点也不代表作家本人的想法。"那些替作家做出的发声有时是带有幽默色彩的，不过今天由我来把真实情况告诉大家。"阿贝略斩钉截铁地说道。上面发布的信息全都是伪造的，很多时候甚至会虚构一些加博到某些地方访问的消息，实际上加博从来没有去过那些地方。阿贝略最后指出，如果最终加博决定就马里奥·巴尔加斯·略萨获得诺贝尔文学奖的消息发表看法，可以肯定的是他一定认为那是个"很棒的消息"，他也一定会通过官方渠道把观点表达出来。

同样是在10月7日，阿尔瓦罗·穆蒂斯表示马里奥·巴尔加斯·略萨获得诺贝尔文学奖对世界文坛而言都是个天大的好消息，不过他对两位获奖者的关系是否会改变或改善则持怀疑态度。穆蒂斯是加博的密友，和马里奥也是好朋友，他很清楚那块开放性的伤口已经越来越难以愈合了，因为加博的年龄和身体状况已经使他们很难再次见面了，而两人对这一话题保持的沉默态度也很能说明问题。哥伦比亚作家已经很少出门了，他的身体状况不容乐观。我们不知道加博在10月7日那天都做了什么，也不知道他是否得知了那条消息，更不知道那条消息对他而言是不是有些出乎意料。不过马里奥·巴尔加斯·略萨那天起得很早，他当时正在重读阿莱霍·卡彭铁尔的《人间王国》，为他接下来一周在普林斯顿大学的课程做准备。大概早上 5 点钟，也就是欧洲时间中午 11 点或 12 点的样子，他接到了那通电话。帕特丽西娅和马里奥都不知道电话是谁打来的，也不知道那通电话的目的是什么，他们几乎听不明白电话那头的声音想要传达的信息，因为他们觉得那个时间打来的电话一般都不会是什么好消息。

合理的解释是瑞典学院没有注意到欧洲和美洲之间的时差问题，因为早上 5 点钟显然不是适合给别人打电话的时间，更加不适合在这个时间通知某人获得了一个作家、经济学家、化学家、医学家、物理学家和为了世界和平而奋斗的乌托邦斗士能够获得的最高奖项。当线路另一端的声音说出"瑞典学院"几个字的时候，电话断了。几秒钟后，电话再次响起，这次他们听明白了对方想要表达的意思：马里奥在美洲独立两百周年的时候获得了诺贝尔文学奖，而且是在美洲庆祝"西班牙文化继承"的月份，离"哥伦布日"只有五天的时间。一开始秘鲁作家认为这是一个玩笑，他想起了阿尔贝托·莫拉维亚[1]的例子，多年之前，在一个类似的日子里，某个好事之徒给作家打去电话，对他说他获得了诺贝尔文学奖。莫拉维亚从挂上电话的一刻起就开始了庆祝，几个小时后他才得知那是假消息。因此，马里奥对帕特丽西娅说等一会儿再给孩子们和最亲近的家人通知这个消息，以防这次他们获得的也是假消息。但是一切很快就得到了证实。纽约时间还不到早上 6 点钟，上千家文字和直播媒体就大张旗鼓地对此事进

---

[1] 阿尔贝托·莫拉维亚（Alberto Moravia，1907—1990），意大利当代著名小说家。

行了报道：今年的诺贝尔文学奖颁发给了一位西班牙 / 秘鲁籍作家，因为"他对权力结构进行了细致的描绘，对个人的抵抗、反抗和失败给予了犀利的叙述"，这是瑞典学院评奖委员会主席皮特·恩格伦（Peter Englund）在媒体面前宣读的颁奖词。

"文学爆炸"的血统沸腾了。有的人说语言只是一种交流工具，有的人则把语言推上了高位，不管怎么说，作为热爱西班牙语的人，我们也加入了庆祝的人群。这种庆祝将持续很久，与此同时，加博、马里奥、卡洛斯、胡里奥和其他围绕在"文学爆炸"主将们周围的作家的作品出现在了全世界的书店里，有原版书，也有译本，毕竟他们的作品被翻译成了超过 40 种语言，他们通过自己书写出的文字在时间的长河中得到了永生，只要地球上还有人读他们写的东西，他们就会一直存在下去。我目前的愿望是《凯尔特人之梦》能尽快出版，能摆到纽约书店的书架上去，我能买到它，然后有一个相对自由的周末，例如那些因为下雨、寒冷或是降雪而不能到中央公园散步或和朋友约会见面的周末，这样我就可以一口气把它读完了，就像我读马里奥的其他小说一样，再然后我会在 10 月 7 日引发的疯狂结束后的某一天给作家打去电话，约上他一起去新泽西的那家古巴餐厅吃饭，让他给我在书上签名，告诉他我的读后感，再来张合影，以此庆祝我们相聚在美洲协会那天根本没有想起来谈到的那件事情，最后，我们会配着莫吉托酒，品尝最地道的古巴美食。

派塞克，纽约，2010 年 10 月 10 日

15. 没有加博的世界

安娜·加列戈·奎尼亚斯

我们可以用博尔赫斯著名的短篇小说《阿莱夫》式的文字开始这篇后记：加博去世的那个炎热的早晨，"感伤和恐惧都不能使痛苦缓解片刻"，我们明白那个"永不停歇的广阔宇宙"已经和他分隔开了，这个世界再也不是原来的样子了。因为2014年4月17日，所有时代中最伟大的哥伦比亚作家不仅把拉丁美洲，也把全世界都留给了孤独。我们并不认为对此做出强调是无意义的：他选择在最具文学性的月份中离开了我们，那是属于塞万提斯和莎士比亚的月份，6天之后我们就要度过两位巨匠的逝世纪念日了，每年我们都要这么做，如今它已经变成了世界读书日。现在我们将会在纪念活动中添加另一个名字，这个名字的主人创作出了不朽的文学作品，它进入了我们的生活和思想中，改造着它们。那些伟大的文学作品变成了人类新的自我认知方式，让我们找到了之前词典中没有的词汇来形容我们自己："堂吉诃德式的""罗密欧与朱丽叶式的""马孔多式的"态度，哪怕在21世纪，这些词汇也依旧通用。换句话说，这些"天才人物"滋养和改善了我们的现实生活，用巨大且永恒的文学价值改造着我们的世界。

严格说来，哪怕方式不同，可加西亚·马尔克斯的每一部作品都让我们意识到阅读可以丰富我们的生活。我们有多少次去欣赏"俏姑娘蕾梅黛丝"，多少次感觉我们的爱情将会变成弗洛伦蒂诺·阿里萨和费尔米娜·达萨之间爱情的样子，多少次在新闻中听到类似圣地亚哥·纳萨尔身上发生的那样的事件，我们又看到了多少个族长进入到生命中的秋天。阅读加博的作品时，我们自己也变成了叙事者。哥伦比亚作家笔下的故事，就是对拉丁美洲特有的生活、传统和记忆的再现。就像悖论一样，作家本人在他生命中的最后一段时光中，恰恰失去了记忆。通过对外公讲述的英雄故事的记忆，作家开始了写作生涯：他活着，就是为了讲述（一切）。而就像在他的那部超凡的小说中所写的那样，他也"老死在了孤独之中，没发出一声呻吟，也没做出一点抵抗，更没有任何真情流露的念头，他只是痛苦地回忆着过去，那群黄蝴蝶把他折腾得没有片刻的宁静"。哥伦比亚的一家基金会的名字就叫"黄蝴蝶"，在那里，人们会继续*生生世世地*讲述我们的梦想。实际上，自从有了《百年孤独》，那梦幻般的黄色就不再只属于《绿野仙踪》中的地砖了，它还属于加博笔下的蝴蝶。

毫无疑问，加博的文学让我们每个人都变成了无眠的读者、满足的读者、上瘾的读者、杂食的读者——所有类型的读者，这只是因为他的文字能让我们所有人以任何方式进入梦境。如果不清楚这一点，很可能就无法明白为何在加夫列尔·加西亚·马尔克斯逝世的消息传出后，悼念、致敬和纪念的话语会从世界上每一个角落发出，而他位于墨西哥城的住所门口则堆满了黄色鲜花。在那几天里，无数名人对加博进行了悼念：米兰·昆德拉、胡安·加夫列尔·巴斯克斯[1]、普利尼奥·阿普莱约·门多萨、莱拉·格列罗[2]、杰拉德·马丁等。甚至连马里奥·巴尔加斯·略萨也打破了自 70 年代墨西哥的那次拳击事件后长久保持的沉默。40 年后，诗人的去世终于使得建筑师在《国家报》上写下了这样的文字："一个伟大的作家去世了，他的作品帮助西班牙语文学在全世界范围内得到了广泛的传播和阅读。他的小说将永远流传下去，在各个地方赢得越来越多的读者。我向他的全体家人表达沉痛的哀悼。"我们不禁自问道："马里奥？"没错，马里奥在无人请求的情况下做出了回应。尽管他的话不意味着在加博去世后，两人终于有了迟来的和解——没人相信这会发生——但至少马里奥用真挚的话语给了加博公正的评价：*有字为证*。

　　尽管许多人都曾带有贬低含义地指出过"马尔克斯营销"现象，或是在 90 年代智利作家阿尔贝托·福盖特（Alberto Fuguet）和塞尔希奥·戈麦斯（Sergio Gómez）通过出版选集《卖空多》（*McOndo*）来调侃加博对西班牙语美洲文学产生的"影响"，可马尔克斯依然被所有人尊敬、热爱和崇拜。这位来自阿拉卡塔卡的作家是非典型的大众作家——他是作品被译成外语仅次于塞万提斯的作家，他的文字带有很强的介入性。他的作品既获得了销量上的成功，也收获了批评界的肯定。在今时今日的出版界，这样的成就是不可想象的，因为卖得最好的作品是"娱乐性强的"作品，而只有很少一部分读者愿意花精力去读那些有更大的美学价值和社会价值的作品。但是加博打破了所有这些"艺术规则"，

〔1〕 胡安·加夫列尔·巴斯克斯（Juan Gabriel Vásquez，1973—），哥伦比亚著名小说家，代表作有《坠物之声》《名誉》《告密者》等，小说《废墟之形》入选 2019 年国际布克奖短名单。
〔2〕 莱拉·格列罗（Leila Guerriero，1967—），阿根廷记者、作家。

成功地让自己成为西班牙语当代文学界最知名的作家，他征服世界的武器就是自己独特的叙事语言和风格：魔幻现实主义。在文学史上，不存在某个作家和某种文学风格的固定联系。毫无疑问，这种和"文学爆炸"以及西班牙语美洲文学国际化纠缠在一起的趋势或风潮，只是供东方和西方不同文化相互映照的一面镜子。我们想到了萨尔曼·鲁西迪（Salman Rushdie）或是那些亚洲的诺贝尔文学奖得主，例如日本作家大江健三郎（1994）和中国作家莫言（2012），他们都曾公开表示自己从加西亚·马尔克斯那里学到了很多东西，说加博是自己文学道路上的引路人。最有趣的是，加博获得如此大的成就，却从来没在社交媒体上讨好过任何人，而这种行为如今似乎已成了后现代文学为了销售量而*不得不做*的事情了，作家成了某种消费品，他们要出现在图书推广活动、会议、研讨会和课堂上，诸如此类。我们都记得加博一向排斥抛头露面，甚至有一次拒绝了一场时长仅半小时的访谈，而那场访谈的报酬是 5 万美元。对他而言，真正重要的事情就是写作和靠写作生活。他的作品就是他思想的化身，我们永远都不会忘记他给自己定下的那些原则，每当我们望着伤痕累累的文学，觉得它就要在现实社会中消解了的时候，我们就会看看加博的例子。我们很多人都像记祷告词一样背诵过《百年孤独》的开头，"多年之后，面对行刑队，奥雷良诺·布恩迪亚上校一定会回想起父亲带他见识冰块的那个遥远的下午"，或是《霍乱时期的爱情》那折磨人的第一句话，"确定无疑的是：苦杏仁的气味总能勾起他对爱情失意结局的回忆"。

因此，我们可以毫无疑虑地断定加西亚·马尔克斯是**经典**作家。那两个字要用粗体表示。不只如此，在 1967 年出版了《百年孤独》之后，他已经进入了西方文学正典之中。当我们写到"大理石般的""尊敬的"和"经典的"等形容词的时候，不能不想起伊塔洛·卡尔维诺在《为什么读经典？》或是博尔赫斯在《探讨别集》中的《论古典》一篇中提出的问题。首先要搞清楚的是，时至今日，经典到底是什么。就像读者们心中所想的那样，这个问题的答案并不是唯一的：占主流的看法是，那得是一部*开放的作品*，能够在时间的长河中始终保持生命力，无数充满"热情"的（重新）阅读和解读不仅不会穷尽那部作品的可能，反而会使它在不同的环境中迸发出新的活力，赋予人类个体或群体生活以"新的"意义。我们要提出的第二个问题也许会更加让人震惊和害怕：如今的时代是一个人只会查阅维基百科的时代，没人"有时间"去读经典作品，也不愿意花时间补充新的经典名单，那么经典著作还有什么意义呢？这个问题也没有标准答案。可能，就像博尔赫斯说的，带着"神秘的忠诚"去阅读和重读经典作品是面对迅速但空洞的全球化以及将"现实之物"和"新颖之物"混淆的金融资本主义时做出的抵抗行为，正是这些趋势造成了虚荣的"书脊文化"——正如巴里科所言——它希望构建"另一种"虚假的"我"的形象。也许谈论一部经典作品并不是在说一件人尽皆知的事情，而是对我们所处时代的一种反抗。塞万提斯就曾这样说道："在书中某处藏着一句话，它正等着我们赋予它存在的理由。"这个理由已经足够了：用文学价值来反抗人生的无意义。

* * *

在所有人适应了没有加博的世界的一年半后，另一位"文学爆炸"的主要人物也离开了我们："大妈妈"卡门·巴塞尔斯。2015年9月21日，这位文学代理人因病去世，她曾在60年代代表了作家们在出版领域的地位，代理了300多位西班牙语和葡萄牙语作家的作品——其中不乏诺贝尔文学奖和塞万提斯文学奖得主，她创办的公司里有超过40位员工，仅在2010年就通过卖"纸"（信件、作家作品修改稿、预付款信息等）给西班牙文化部收入300万欧元。尽管不被公众了解，可那些文件正是文学与经济之间紧密联系的象征，就像我们在这本书中讲述的那样，这种联系正是卡门·巴塞尔斯工作的着力点。因此，人们给她的名字前加上了许多形容词，例如"贪财的""有远见的""善经营的"或是"野心勃勃的"，甚至连巴斯克斯·蒙塔尔万等都把她形容为"掌握生杀大权的超级代理人"。很多人认为，如果没有卡门·巴塞尔斯的存在，"文学爆炸"的影响力一定不会像现在这样大。

葬礼那天，她的棺木上盖满了白色玫瑰花，就像加西亚·马尔克斯在一则短篇小说中描绘的那样。超过150位家人和朋友在她的家乡圣塔菲·德塞加拉（Santa Fe de Segarra）陪伴着她，其中作家不多：爱德华多·门多萨、卡门·里埃拉（Carmen Riera）和其他几位。最引人注意的缺席者是马里奥·巴尔加斯·略萨。于是人们又一次提出了那个问题：马里奥呢？根据媒体报道，那天，这位诺贝尔文学奖得主身处马德里，和他的名流女友伊莎贝尔·普瑞斯勒[1]一起公开在皇家剧院参加舞会活动。2015年夏天，马里奥·巴尔加斯·略萨和帕特丽西娅·略萨离婚的消息像一枚重磅炸弹一样震惊了整个世界文坛。但是马里奥并没有被舆论吓倒，他公开宣布自己在79岁的年纪上又一次品尝到了爱情的

---

〔1〕 伊莎贝尔·普瑞斯勒（Isabel Preysler, 1951— ），菲律宾裔，西班牙娱乐时尚圈名流，西班牙拉丁情歌王子胡里奥·伊格莱西亚斯前妻，西班牙流行歌手安立奎·伊格莱西亚斯之母。

滋味。事实上，就在卡门·巴塞尔斯去世的三天前，马里奥去了巴塞罗那，目的就是把伊莎贝尔介绍给卡门。我们不知道在那次会面中发生了什么，也不知道"大妈妈"对此作何感想，更不知道巴尔加斯·略萨为何决定缺席他好友的葬礼。不过秘鲁作家在9月23日的《国家报》上发表了一篇感人至深的文章，题目是"亲爱的卡门，回头见"，在文章里他指出，这位文学代理人留下的空白是无人能填补的。事实上，马里奥的话不无道理，因为文学代理人的职业已经逐渐在文学领域消失了，因为如今文学作品的销量越来越少，已经不需要中间人在作家和出版社之间交涉洽谈了。应运而生的是更多的独立出版社，出版物的印数减少了，作家们被迫放弃依靠作品利润生活的幻想，他们必须更多地与公众接触。文学的前景正在变化。今日的空白已经不能用昨日的方式来填补了。伟大的人物一一离去，留下了不可磨灭的印迹，也造成了文学世界的某种缺失：尽管平时我们不会注意到缺少了什么，可在某个时刻我们一定会发现它，会思念它，也会觉察到我们对此无可奈何的残酷事实。但是，就像《了不起的盖茨比》结尾写的那样："于是我们奋力向前划，逆流而上，不停地向着过去倒退。"不停地向着加博的世界倒退，那里还有卡门·巴塞尔斯帮助我们阅读。就从现在出发，从这个没有加博的世界出发。

格拉纳达，2015 年 11 月 13 日

回头见，巴尔加斯·略萨先生

侯健

"来了！"我和张琼对视了一眼，不约而同地小声说了一句。张琼是我的同学、妻子、"好战友"，多年之前就曾和我一同从西安跑到上海，怀着忐忑的心情想要见马里奥·巴尔加斯·略萨一面，这次她也陪我一起来到了马德里，在作家本人的家中等待他的到来。

我们先是隐约听到了别墅外的大铁门缓缓开启的声音，大约两个小时之前，我们也是从那里进来的。紧接着是汽车发动的声音，没过几秒钟我们就看到那辆黑色轿车缓缓停在了房门前，管家塞萨尔从不知道哪个房间里闪了出来，匆匆跑去开门。我和张琼赶忙从书房/待客室的沙发上站起身子，也往房门处走去，却不知道该站在哪里迎接作家。我的心一阵乱跳，既紧张又兴奋，我又要见到自己的偶像了，又能和他近距离交谈了。我曾经想象过无数次这样的场面，却一直以为那终究永远只能是幻想而已，毕竟对方是诺贝尔文学奖得主，要得到和他见面交流的机会实在难如登天。可这竟然马上就要变成现实了！5秒、10秒或是15秒钟后他就要出现在我的面前了！

现在想来，如果当时时间静止，我一定会再次回想起我和巴尔加斯·略萨的文学世界结缘的点点滴滴。

那是在2008年，当时我还在西安外国语大学西班牙语语言文学专业读大三，精读课的任课老师陶玉平教授在课上提到说前面几年的西班牙语专八考试总喜欢出巴尔加斯·略萨的文章，建议我们有时间去读读他写的东西，熟悉一下他的写作风格，可能会对考试有好处。于是我抱着很功利的目的，一下课就跑去图书馆找巴尔加斯·略萨[1]的书，那时西外图书馆里大概只有一两个书架上是西语文学类图书，可倒真被我找到了一本略萨的小说，书名是《城市与狗》，蓝色封面上画着两个军官模样的人，一个趾高气扬，一个手舞足蹈，背景是白描的城市轮廓。我当时觉得很有意思，因为直觉告诉我书名里的狗肯定不是真的狗。就这样，在功利心和好奇心的驱使下，我把那本小说借走了。

我真的是一口气把那本小说读完的，用一句很俗的话说，那是我第一次发现"小说还可以这么写"。尤其是读到最后的部分，我发现自己被骗了，因为我一直以为小说的叙事者是某个人物，但到最后才发现竟是另一个人物，这样一来，整个小说值得回味的东西就变得更多了。在那之前，我读得最多的是武侠小说和古典名著，早就习惯了章回体小说的写法，习惯了线性叙事，可是《城市与狗》第一章的最后竟然出现了一个长达数页的段落，不同人物的声音和动作交叉在一起，模糊而混乱，似乎在描写某件不合常理的事情，出场人物是谁？他们在干什么？我带着这两个问题反复阅读那个部分，慢慢抽丝剥茧，待到终于明白发生了什么的时候，体验到了前所未有的阅读快感。

说来惭愧，那是我第一次感受到外国文学带来的震撼。在接

---

〔1〕虽不符合西班牙语国家文化习惯，但为行文方便，下文简称作家姓名为"略萨"。

下来的一段日子里，我又读了《绿房子》，再次被震撼了：一部小说竟然可以有这么多条主线齐头并进，最后再汇到一起，这真是太奇妙了！读《潘上尉与劳军女郎》，原来连电报、广播、悼词都可以嵌入到小说里去！读《酒吧长谈》，情节可以由一场场对话引出，读者就像是在做拼图游戏一样，阅读、动脑、娱乐、体验快感……我去查阅略萨的资料，了解到了"文学爆炸"，了解到了许多原本陌生的名字。于是我去读《百年孤独》、《阿尔特米奥·克罗斯之死》、《跳房子》、博尔赫斯的短篇小说……在略萨的引领下，我完全进入了西语文学的世界，我一边疯狂阅读着所有自己能找到的西语文学书，一边不断寻找着未曾读过的略萨作品。那时，西班牙语专业的毕业生，尤其是男生，是很容易找到极好的工作的，而我的学长也大都选择了进入企业做外派的工作。大学前两年，我对未来很迷茫，我依然记得大一时，老师问大家毕业后想做什么工作，我当时说自己想开家旅行社，但其实那是假话，很可能只是受到了西安旅游氛围的感染。阅读略萨改变了一切，我想继续阅读略萨、了解略萨、研究略萨，想做些和西班牙语文学有更密切关联的事情。于是后来我选择继续读书，继而进入高校成为了西语教师，同时也做起了文学翻译。

　　2011年上半年，也就是在略萨获得诺奖之后不久，我得知略萨要来华做交流活动了，地点是上海和北京。于是当时正在读研究生的我和张琼立刻向系里请了假，老师们也都很支持我们的想法。我把略萨的书塞满了整个书包，还准备了西班牙语版的《红楼梦》作为礼物，并且写了一封信讲述他对我的影响，然后心怀志忐地搭火车赶到了上海。

　　上外的讲座现场人山人海，我虽然找到机会把礼物和信一起交给了略萨当时的妻子帕特丽西娅，但却一直没有办法和略萨本人有近距离接触。讲座结束后，人群疯了似的向略萨涌去，保安努力进行着拦截，我们手里拿着略萨的书，好不容易挤到了非常靠前的地方，可终究是无法近身。种种尝试最终以失败告终，略萨的身影消失在了报告厅后门。我有些失落，但也无可奈何，只好随着人群离开了报告厅。

走出报告厅后，我想碰碰运气，便绕到了报告厅后门，果然看到略萨来时乘坐的那辆面包车停在后门的一个隐蔽处，而略萨就坐在靠窗的座位上，周围没有中方人员陪伴，似乎正在休息。我们那时也顾不了太多，立刻飞快地跑了过去，敲了敲车窗玻璃。略萨看到了我，没有因为疲惫而感到厌烦，反而做了个不要着急的手势，开始从车里试着打开窗子，那扇窗子是推拉式的，似乎有段时间没打开过了，略萨试了一阵子，终于把窗子拉了开来。我很激动，伸出手去，略萨也很配合地和站在车外的我握了手。

"我是您的忠实读者，您写的所有小说我都读过！"

"啊，是吗？"略萨的微笑很有亲和力。

"我给您带了份小礼物，已经托帕特丽西娅交给您了。"

"啊，真的吗？她已经拿到了是吗？"

"是的，在她那儿了。我还带来本您的小说，能给我签个名吗？"

"当然没问题！"

略萨显然经验丰富，立刻从衬衫兜里抽出了一支签字笔，在我从书包里抽出的第一本书（西语版的《凯尔特人之梦》）上写下了这样一句话："来自马里奥·巴尔加斯·略萨的诚挚问候"，紧跟着又签了名。

这时天空飘起了小雨，我心满意足地向略萨道了别，高兴地离开了，回到宾馆后我给老师们发去报喜的短信，他们让我不要洗手，说回西安后要和大家轮流握一遍。我呆呆地回味着刚才发生的一切，突然反应过来自己没有和略萨合影，这成为我之后很长时间的遗憾之一，因为略萨之于我实在是太特殊了。

2013年硕士毕业后，我如愿成为了高校教师，继续追随着巴尔加斯·略萨文学创作的脚步。我在西班牙维尔瓦大学的导师罗莎早就知道我的喜好，于是建议我博士论文做巴尔加斯·略萨作品在中国的汉译传播方面的研究，我自然立刻表示了同意，我对这个主题简直再熟悉不过了，毕竟那些书籍已经陪伴我度过了五个年头。可是这依旧不算是个轻松的任务，我搜寻着略萨在中国的一切"印迹"：图书、报纸、杂志、访谈、简讯……那着实是一段"痛并快乐着"的时光。2015年夏天我去西班牙进行博士论文的撰写工作，这样可以和导师保持近距离的高效沟通，也正是在那段时间中的某一天，我惊讶地在网上看到了略萨和帕特丽西娅分手的消息。帕特丽西娅是略萨的第二任妻子，是作家的表妹，两人在不久前刚刚庆祝过金婚。文中提到说略萨的新女友叫伊莎贝尔·普瑞斯勒，这对当时的我而言是个陌生的名字。

没过几天，我在约定的时间到学校去见罗莎，还没走到办公室，我俩就在走廊上遇到了。她一把拉住我说："你知道了吗？你知道那事了吗？"

西班牙人的好奇心比较强，这时已经有几个老师从办公室里探出头来了，似乎是想看看有没有什么热闹可以参与。

我知道罗莎说的不可能是别的事情，于是点了点头，答道："我知道了，真是不可思议。"

罗莎是个很有气质的女性，她的父亲是位画家，在佛朗哥统治时期受过迫害，这也使得她有很强的正义感。那是我第一次看到她有些失态。她继续说道："那是个什么样的'神奇的女人'啊，好像一切男人都逃不出她的手心。歌手、贵族、部长……这次轮到了诺贝尔文学奖得主！"

原先只是探身观察的老师们纷纷走出办公室，大家围在一起，七嘴八舌地议论了起来，那无疑是个所有人都感兴趣的话题。听了他们的讨论，我才知道菲律宾裔的伊莎贝尔在西班牙是个家喻户晓的社交名媛，曾经有过三段婚姻，已经有了五个孩子、两个孙子，她的第一任丈夫是情歌王子胡里奥·伊格莱西亚斯，她还是流行歌手安立奎的母亲！我回想起四年前帮我代交礼物的帕特丽西娅，心中多了一丝不平和不解。

2017 年，我顺利进行了博士论文答辩，实际上从本科到硕士再到博士，我的学位论文做的全都是针对略萨的研究。同年，出版社的朋友们送给了我一份大礼，我接受委托，开始翻译当时略萨的最新小说《五个街角》，我认为翻译偶像的作品是一个文学翻译所能收到的最好的礼物了。小说不长，我译得很快，它让我感觉既熟悉又陌生，熟悉的是作家的文笔风格，陌生的是那本小说表现出了作家之前很少流露的对秘鲁和拉丁美洲未来的乐观态度。2018 年，我又翻译了略萨的《普林斯顿文学课》一书，那是他在美国普林斯顿大学和鲁文·加略教授一起开展文学课的内容实录，我很喜欢这本书，因为它就和略萨其他的文论作品一样，可以激发我们对许多问题的思考，我想这也是能支持我持续关注略萨、研究略萨的最大动力之一。

进入到 2019 年，距离我上一次跑到上海去见作家本人已经过去将近 8 个年头了，我从略萨作品的读者、粉丝，慢慢变成了研究者、译者，不过其实这几种身份并不矛盾，而且实际上是交织在一起的。所以再次见到作家、能和他再更深入地交流一次的想法越来越浓烈，我认为是做出更进一步努力的时候了。在朋友们的热心帮助下，我得到了略萨作品外国版权方负责人特蕾莎女士的联系方式，我写了封邮件过去，介绍了自己，表示希望能对作家做一次专访，如果作家愿意，我可以飞到西班牙或是秘鲁去，我同时在邮件里附上了自己的简历和博士论文。

在经过几周无果的等待后，我几乎已经不抱什么希望了，不过这也是意料之中的事情。我曾经读过一本记录略萨士官生生涯的专著，那本书的作者在书里详细描写了见到作家本人的不易，他在遭受到无数次拒绝之后才最终在一次研讨会期间得到了见面机会。这么看来，我怎么可能仅凭一封邮件就得以见到如今已贵为诺贝尔文学奖得主的略萨呢？可是转念一想，我做出的努力似乎也不仅仅是一封邮件那么简单，这 10 年的坚持，人生道路的改变，之前提及的身份的变化，其实都是寄出这封邮件的基础。我就是在这种矛盾的心情中等待着那封不知会不会到来的邮件的。

2019 年 5 月 23 日周四晚 23 点 55 分，我刚躺下准备要睡觉，手机就震动了一声，提示有新邮件到了，我有种奇怪的预感，于是拿起手机，打开邮箱，发现邮件正是特蕾莎女士发来的。在预览状态下，我只能看到"尊敬的侯健，我们有个好消息要告诉您……"几个字。我几乎不敢相信自己的眼睛，立刻点开了邮件："尊敬的侯健，我们有个好消息要告诉您。马里奥·巴尔加斯·略萨将在 10 月 29 日在他位于马德里的家中接受您的专访。请给他的秘书菲奥莱娅女士写信，以确认具体事宜，她的邮箱是……"我大叫着从床上跳了下来，跑到了书房里，还在工作的张琼一脸惊恐地看着我，她可能觉得发生了什么不好的事情，可实际上那是我人生中最奇妙的时刻之一。

第二天，我立刻给略萨的秘书菲奥莱娅女士发去了邮件，再次介绍了自己，并对略萨同意我的请求表示了感谢，请她告知我具体的时间和地点。此后又是漫长的等待。我担心上一封邮件没有发送成功，于是又重写了一封。6月24日晚21点11分，我终于收到了菲奥莱娅的回复邮件："尊敬的侯健，很感谢您的来信，很抱歉回信有些晚。马里奥·巴尔加斯·略萨非常高兴能在10月29日17点在下面的地址与您见面……"后面写着马德里的一处地址。我悬着的心终于放了下来，梦想成真啦！

接下来的4个月是极为忙碌的，我在重读略萨的作品、准备采访问题的同时，还在筹办8月份的全国西葡拉美文学研讨会，我成功邀请到了和略萨一起在普林斯顿大学授课的鲁文·加略（Rubén Gallo）教授前来参会，他也是《普林斯顿文学课》一书内容的整理者。鲁文是墨西哥人，在美国学习工作已经接近20年了，他为人乐观幽默，好奇心很强，曾经在90年代初独自游历了大半个中国。我跟他说了我即将在10月份去马德里和略萨见面的事情，他问我是不是在太阳门广场附近的一个地点，说那里是作家的办公室，我说不是，然后给他念了一下邮件中的地址。他说："哦，那是普瑞斯勒的家。"天啊，那个"神奇的女人"的家！我突然回想起了罗莎的话，想起了一堆文学教授聚在走廊上谈论巴尔加斯·略萨和伊莎贝尔·普瑞斯勒恋情的场景，不禁又生出一些好奇。

10月24日，我们从上海浦东机场出发，搭乘东方航空公司的航班抵达了马德里。朋友们把我们从机场接到了酒店，并表示愿意在29号当天把我们送到略萨的住处，因为那里是富人区，公共交通并不方便。接下来的几天时间里，我们买了不少略萨的西语原版书，准备替朋友们请他签名，我们把这些书和我们带来的礼物装到了一个大折叠袋里，袋子被撑得鼓鼓的。我准备的礼物有：包含略萨所有汉译本作品封面的自制画册、数本上世纪80年代的略萨译本、牡丹国画、我的博士论文、送给伊莎贝尔和菲奥莱娅的常州梳篦以及北京手工艺特产兔儿爷等。严格说来，兔儿爷是我代送的礼物，在得知我要和略萨见面后，一位同样崇拜略萨的年轻作家托我把兔儿爷和她刻的版画送给略萨，我们因此交上了朋友，我也不辱使命地把这两份礼物都带到了马德里，交到了作家手上。

29日中午，我收到了菲奥莱娅的又一封邮件，她说由于作家下午要看医生，希望把见面时间推迟到17点30分，我立刻回信表示同意。为避免迟到，我们16点半就从酒店出发，可实际上作家住处离酒店并不远，我们17点就来到了邮件里写的地址。一分钟前我们经过了一个转盘，在那之前车窗外还是一片常见的景象，住宅小区、小商店、加油站、大商场……可经过转盘拐到作家住处所在的街道上后，就完全是另一番天地了：道路两旁是一幢幢独立的别墅，都被大铁门和外界隔开，到处是郁郁葱葱的树木，就像是回到了我的故乡青岛的八大关一样，一种既熟悉又陌生的感觉在我心底油然而生。时间还早，朋友先把车开到了附近的一家商场，我们喝了点东西，又赶在约定的时间来到了略萨家门口，朋友祝我们好运，还让我们在结束之前给他发微信，他可以再来接我们，然后就开车走了。

我和张琼拎着那一大包礼物和书来到了略萨家的大铁门前，门右侧的石墙上有一个对讲机，左侧斜上方则是监控探头。礼物包装得满满的，我的肩膀上还背着三脚架，张琼则背着那幅国画，我觉得我们两人在监控镜头中一定就像是两个劫匪。我按了一下对讲机，短暂的音乐声后，一个男声传了出来："您好"，我答道："您好，我和马里奥·巴尔加斯·略萨先生有约"，"当然，当然"，对方话音未落，大铁门就缓缓开启了。

门内是一条大约不到百米的石板路步行道，道路两边是高高的树木，我们走到道路尽头就看到了位于左手边的别墅，管家站在门口迎接我们，他叫塞萨尔，一看就是拉美人，我想很可能是秘鲁人。一同出来迎接我们的还有一条金毛犬，它嗅了嗅我，大概发现不是主人，而且我手里没有食物，就转身悻悻地钻回到屋里去了。塞萨尔把我们引到了进门左手边的书房/待客室中，他说作家还没有看完医生，请我们在那里等他一会儿。我们把手上的东西放下，塞萨尔给我们端来两杯水，然后又消失不见了。

那里空间很大，摆着略萨的写字桌，桌上有纸、笔、电脑，还摆着一些书。书桌下面铺着一张地毯，地毯下有电线露出，我想应该是取暖装置。整个房间的四面墙壁全都做成了书柜，一开始我们有些拘束，在把摄影设备调试好后就呆坐了下来，可随着时间的流逝，有些无聊的我们逐渐"大胆"了起来，我走到书柜跟前，浏览着上面摆放的书籍，有西语书，也有英语书，还有法语书，内容则不仅局限在文学上，还有许多关于艺术、哲学、政治之类的图书。此外，房间里壁炉的上方还挂着一幅很大的肖像画，画中人是年轻时的伊莎贝尔·普瑞斯勒，优雅端庄。我们把准备好的礼物摆在茶几上，又拍了些照片，透过窗户能看到花园中的景色，那里还有一个巨大的游泳池。

在这期间，我又收到了菲奥莱娅发来的两封邮件，分别把见面时间改成了 18 点和 18 点半，我表示我们正在略萨家里耐心等待，请他们不必着急。我们就在那间巨大的书房里观察着、聊着，正对着写字桌的会客区摆着个茶几，那正是我们摆放礼物的地方，茶几旁边摆着长沙发，再旁边还有一张单独的沙发椅，按我的设想，我应该坐在长沙发靠近单独座椅的一边，而略萨则坐在单独的沙发椅上，我们的摄像镜头也是这样摆的。在等待的时候，我突然对略萨的身体状况有了些担心，因为在前一天，我们受邀在马德里美洲之家出席了略萨新书的发布会活动，当时作家是拄着拐杖走上发言台的，此时又因为就医而接连推迟见面的时间，不由得使我把这两件事情联系到了一起。

当那辆黑色轿车停在房门前时，时间已经接近 19 点了。我和张琼最终在书房和门厅的交界处停下了脚步。作家出现了，这次没有拄拐。10 月末的马德里日夜温差很大，他穿着件粉色衬衫，衬衫外套了件大红色毛衫，最外面还有一件浅棕色外套，脚上穿着一双黑皮鞋，裤子则是白色的。没有客套和寒暄，作家就像对待多年的老朋友一样和我握着手，一个劲儿地道歉："我从来都没有让别人等过我，更别说等这么久了。"他表示自己每周都会到诊所打针，但通常只需要很短的时间，可是今天医生出乎意料给他做了全身检查，因此耽误了时间。实际上我丝毫没有不快，反而喜滋滋的，因为自己成了等待他的独一无二的那个人。和我设想的不一样，进屋之后，略萨坐到了长沙发上，还招呼我坐到了他旁边，他还是和几年前给那两个学生拉车窗时一样亲切，没有任何架子。

我和张琼开始给他送礼物，他对每样礼物都充满好奇，可最感兴趣的似乎还是与自己作品的汉译本相关的东西，他捧着那本画册，一页一页翻看，我则在旁边做着解说，在听说自己的作品在中国曾以"世界十大禁书"的名头出版的时候还哈哈大笑了起来。他说他知道自己的作品有汉译本，但没想到有这么多。"您的小说全都被译成中文了。"我补充道。"全部吗？你瞧瞧，我之前完全没有想到！"略萨感到十分惊讶，可是那惊讶之中也透着

379

一股喜悦。专访就在这样一种轻松的氛围中开始了，我的第一个问题就是他为何决定接受我们的来访，因为我知道他的行程是很满的。他没有丝毫犹豫，答道："是这样：中国是个幅员辽阔的国家，有着非常重要的地位。还很少有来自中国的文学翻译到我家做客。所以我想接受这次访谈最主要的目的就是认识一下你们，我也想听你们讲讲我的文学、我的作品在中国的传播和接受的情况。"我给他说我带来的博士论文也是关于这个主题的，他把论文捧在手里，点头说道："我看到了，我想我肯定能从中知道很多有趣的事情。"

在接下来的两个多小时时间里，我们聊了他本人的文学创作、西班牙和拉美文学、文学批评、文学翻译、教学生涯、世界政治等诸多方面的话题。其间，在询问过我们的意愿后，他请塞萨尔端来两杯红酒和一杯橙汁，我们碰了杯，互相祝贺，然后继续进行访谈。那只金毛也在中途进来转了一圈，略萨和我一起摸了摸它的头，却没有停止攀谈。有时我们会跳出我准备好的问题，即兴聊起其他话题，例如鲁文·加略的两次中国之旅，巴尔加斯·略萨自己的中国之旅和对中国文学的看法，我们甚至聊到了中国的红酒，因为略萨说他现在除了红酒之外已经不喝其他饮料了。

拉美文学最吸引我的就是"文学爆炸"，《从马尔克斯到略萨：追溯"文学爆炸"》中描写的作家间，尤其是巴尔加斯·略萨和加西亚·马尔克斯间的恩怨情仇，对于所有拉美文学爱好者而言都是最难以忘怀的东西。我曾经想过询问略萨挥拳击向马尔克斯的原因，但我知道自己不会得到明确的回答。多年之前，曾经有记者问过略萨同样的问题，略萨表示不愿回答，认为"那可能是传记作家的任务"，还曾表示双方分道扬镳不是出于政治原因。那么也许是私人原因？又或者是原因过于复杂，很难用三言两语说清楚。所以我克制住了自己的好奇心，转而问出了另一个与之相关，但更加温和的问题："在您创作的诸多文学评论作品中，有一本很特殊：《加西亚·马尔克斯：弑神者的历史》。众所周知，您后来和加西亚·马尔克斯的关系并不好，那么您会允许这本书被翻译成中文吗？"尽管相对温和，但这个问题依然令我忐忑，因为在1971年出版之后，略萨曾经在长达30多年的时间里禁止该书再版，直到2006年读者们才惊喜地发现该书被收入了《略萨全集》的第六卷中。略萨会不高兴吗？他会拒绝回答我的问题吗？他会中断这场对话吗？

出乎我意料的是，略萨依然保持着微笑，也保持着他那一贯的亲切态度，他非常自然地回答道："当然，没有任何问题。不过那本书并没写完，因为我只分析到了加西亚·马尔克斯在《百年孤独》之后出版的第一本短篇小说集。后来他还写了许多书。"看到曙光的我试图打消他的顾虑："尽管如此，您的这部作品仍然具有很高的价值。"略萨答道："我希望它有价值，不过自从我们的关系破裂后我就再也没读过这本书了。"我决定步步紧逼："所以我提出了刚才的问题，因为你们两人之间的关系问题，使得外界揣测不到您是否在意那本书被翻译成其他语言。"这次略萨再次给出了肯定的回答："不，不，不。我对此完全不介意，毕竟那本书已经出版了。不过就像我说的，那本书并没有分析完加西亚·马尔克斯的所有作品，我曾经想过要把它写完，但很显然我不会去写了。"我总算确信此书有机会和中国读者见面了。在禁止此书再版多年之后，略萨不仅同意将其收入全集，还表示愿意让此书被译成中文，这意味着什么呢？是如略萨所言，作品出版后的命运不由作者决定，应该允许它以当年的样子被阅读，还是说实际上两人之间的恩怨早就随着时间而化解了？在那一拳挥出近40年后，略萨是否想通了一些曾经困扰他的事情？我没把这些困惑问出口，因为也许这种凄美的结局才更适合"文学爆炸"。

时光飞逝，就在我把准备好的问题基本问完的时候，门口有一阵响声传来。略萨反应很快，说道："应该是伊莎贝尔回来了，我来让她和你们打个招呼。""神奇的女人"回来了，我心里想道。于是我们一起起身，略萨先走了出去，不一会儿就带着伊莎贝尔回来了，"看啊，两位中国的西班牙语学者到咱们家做客了。你瞧瞧他们给我带来的礼物！"略萨介绍道。伊莎贝尔和略萨一样，有一股天然的亲切感，说话时一直面带笑容，尽管已经过去了几十年，可她依然和画像中那位女子一样高雅、有气质。我观察着他们，我想我已经从他们望向彼此的眼神中得到了那个问题的答案，空气中弥漫着爱情的味道。

我也和张琼交换了一个眼神，时候不早了，他们应该也要开始享用晚餐了，已经到了离别的时刻。不过我一直记着自己要弥补那个持续了八年的遗憾，于是提出可否四人一起合影。伊莎贝尔赶忙摆手："不不不，我刚做完美容，脸上还敷着东西，也没化妆，绝对不能拍照。"可是她又坏坏地一笑，说道："不过我可以给你们拍！"她给我们三人拍了很多张照片，"马里奥，笑一个"，看来她对拍照很在行。三人合影结束后，张琼又给我和略萨拍了多张合影，那个遗憾终于彻底消散了。

我们没有再让朋友来接我们，因为略萨让塞萨尔给我们叫了辆出租车，在等待出租车到来的时候，虽然想到作家应该有些疲惫了，但我还是很不好意思地从包里掏出了一摞书，问他能否给我签名，因为"知道我来见您的朋友实在太多了"。出乎我意料的是，作家非但没有表现出不悦，反而极为耐心地一一问我要赠书的朋友们的名字，我给他念着朋友们名字的西语拼法，他则一笔一画地写着，显得对汉语名字十分感兴趣，后来我实在有些过意不去，对他说只需要签名即可。最后，我递过去一本西语原版的《五个街角》，我对他说那是我做翻译时用的书，他想了片刻，写下了这样的赠言："向本书的中国译者、我的好朋友侯健献上我最诚挚的问候，马里奥·巴尔加斯·略萨，2019 年 10 月于马德里"。

这时塞萨尔出现了，他表示车已经在门口等待我们了，于是我们一起往外走去。令我意外的是，略萨一直把我们送到了车跟前，我们再次握手道别。我说："再见。"作家却回了一句："下回见。"我若有所悟，立刻答道："下回见！在中国见！"略萨则应道："在中国见！为什么不呢？"

车子发动了，缓缓地朝那扇大铁门开去，大门也在慢慢开启。我转头从车后窗望去，意外地发现略萨依旧站在原地，挥着手。我有些感动，也挥了挥手，我知道我们谁也看不到谁，却也知道这并不重要。

"回头见，巴尔加斯·略萨先生。"我想道。

侯健
2020 年 5 月于西安

2020 年 5 月初新冠肺炎疫情期间，我给略萨写去邮件，致以问候。5 月初，我收到了他的回信，现一并翻译附录于此。

尊敬的朋友：

很感谢你热情洋溢的来信，也感谢你慷慨又亲切地给我讲述了如此多的事情。实际上，在我最近一次到访中国的时候，也就是2010年[1]，我非常惊讶地发现我的许多书已经来到了中国读者手中，而我曾经认为自己在中国只是个默默无闻的作家。读过你的信，我了解到你和你的妻子为我的作品在中国的传播做过许多努力，我要向你们表达真挚的谢意。

由于疫情，我不得不进行居家隔离。这次疫情对西班牙造成了巨大伤害，这个国家没有准备好应对这种规模的疫病带来的挑战，在这里，因为疫情导致死亡的人数很多，主要是在马德里。在居家隔离期间，我进行了大量的阅读，也做了许多工作，我还会有很多自由的时间。我主要读的是贝尼托·佩雷斯·加尔多斯的作品，他可能是19世纪西班牙最好的作家，是个非常出色的小说家，他的《民族轶事》囊括了19世纪所有重大的历史事件，很明显受到了巴尔扎克的影响，他曾读过《人间喜剧》，并希望对其加以模仿。最近在一些西班牙作家中间发生过一场论战，有的作家挺身捍卫加尔多斯，因为另一些作家对他进行了抨击。也许有一天你们能再回到这里，咱们可以再继续之前那场有趣的谈话。

看到你对我的作品如此了解，我真的感到十分惊讶，我觉得你可能比我本人更了解它们。通过你的信我看出你和我的中国编辑们关系很好。上次我到中国去的时候也曾去过那家出版社，还和社长有过非常愉快的交流。得知那家出版社依然有兴趣继续出版我的作品，我感到很高兴。

此外，如果你在翻译我的作品时碰到什么问题的话，我随时都

---

〔1〕 略萨记忆有误，他上一次到访中国是在2011年，即获得诺贝尔文学奖次年。

愿意为你答疑解惑。虽然你的西班牙语水平很高，可如果突然有哪个"秘鲁土话"让你感到困惑的话，我可以帮你揭开谜底。

　　向你的妻子表达我诚挚的问候，同时请你接受来自朋友的深情拥抱。

马里奥·巴尔加斯·略萨

2020 年 5 月 7 日

个人创作与西班牙语文学
——与诺奖得主马里奥·巴尔加斯·略萨访谈

马里奥·巴尔加斯·略萨是西班牙/秘鲁小说家、文学评论家、剧作家、知识分子，2010年获诺贝尔文学奖。2019年10月29日，本文作者在巴尔加斯·略萨位于西班牙首都马德里的家中对他进行了专访。在访谈中，巴尔加斯·略萨就自己的文学创作、新小说《艰辛时刻》、文学理论、文学批评、文学翻译、西班牙语文学现状等几个方面分享了他的见解，体现了巴尔加斯·略萨对西方文学的深入理解以及他创作和研究理念中的问题意识、批判意识以及不断积极思考的人生态度。巴尔加斯·略萨在访谈中表述的一些观点可以对从事西班牙语文学研究、中西文学比较研究、巴尔加斯·略萨文学创作研究的学者带来启示及参考。

侯健（下文简称"侯"）：我之前读过塞尔希奥·比莱拉（Sergio Vilera）写的《士官生巴尔加斯·略萨》（*El cadete Vargas Llosa*，2011），他在书中说自己费尽周折、在经历过多次被拒后才终于找到了和您单独对话的机会。我们的第一个问题就有关于

本书译者侯健（左）与略萨（右）对谈

此，也可能是出于我个人的好奇：您为什么会接受这样一次访谈呢？

马里奥·巴尔加斯·略萨（下文简称"略"）：是这样：中国是个幅员辽阔的国家，有着非常重要的地位。还很少有来自中国的文学翻译到我家做客。所以我想接受这次访谈最主要的目的就是认识一下你们，我也想听你们讲讲我的文学、我的作品在中国的传播和接受情况。

侯：当然。您所有的小说都被译成中文了，其他文体的著作也有一些译介。

略：对，你刚才给我讲过相关的情况。我之前只知道我有部分作品有中译本，但没想到竟然有这么多，我的小说竟然全都有了中译本。说实话，我有些吃惊，不过我真的非常高兴。

一、永恒的创作主题：政治、历史、英雄与死亡

侯：在和里卡多·卡诺·加维里亚（Ricardo Cano Gaviria）的对谈中您曾经说过："政治题材的小说是最难写的，历史小说也同样难写。"然而您写得最多的却也恰恰是这两种题材，您是怎么应对这一困境的呢？

略：和里卡多的对谈已经过去很多年了，我们当时是在巴塞罗那做的对谈。写政治和历史题材的小说难度确实很高，作者必须十分谨慎，因为如果你在历史材料面前过度自由的话，就很容易引发读者的不信任感，毕竟他们对那些材料也很熟悉。如果读者不相信作家写的东西，那么这本小说就失去了生命力。所以我认为在这种情况下，谨慎是第一位的，作家必须找到一种恰当的讲故事的方式，这可以帮助他在读者的监视下偷偷前进，而当读者发现的时候已经晚了，他们已经沉浸到故事中去了。

侯：从政治立场的层面上来看，许多评论家认为和之前的作品相比，您在最近几部小说中表现出了更加乐观的态度，您同意这种看法吗？

略：是的，确实有很多人这样说。事实是我也不知道是否真的是这样。不过如果确实如此，我认为原因可能是比起我年轻时的那个时代，如今在拉丁美洲出现了更多的可能性。拉丁美洲各国正在向着真正的民主社会迈进，工业在发展，人民的生活水平也在提高，尤其是出现了不以掠夺和贪腐为业的真正意义上的政府。我认为今时今日出现的这种种可能性使得拉丁美洲在不断进步。所以，如果真的在我的作品中出现了某种形式的乐观主义态度的话，我认为是因为我对拉丁美洲有了之前没有的信心。

侯：卡洛斯·富恩特斯在《伟大的拉丁美洲小说》（*La gran novela latinoamericana*，2011）一书中给写您的章节起了一个很有趣的标题："没有英雄的时代"。而在您早期的小说中，似乎确实缺乏传统意义上的英雄式的角色，书中更多是些受挫者、悲剧性人物。不过近几年，似乎这种情况有了改变，您的作品中出现了一些"英雄"，例如《凯尔特人之梦》（*El sueño del celta*，2010）中的罗杰·凯瑟门特或是《五个街角》（*Cinco esquinas*，2016）里的胡丽叶塔，尽管后者并没有当英雄的打算。那么您如何定义英雄的概念呢？

略：对，当然，还有《卑微的英雄》（*El héroe discreto*，2013）里的企业家也是个例子，他很勇敢。实际上，我认为真正的英雄并不一定是部队里的战斗英雄。真正的英雄应该是普通人，是从黑暗、整齐划一的世界里走出来的人。他们敢于和不正确的主流价值做对抗，敢于捍卫某些原则和思想，尽管他们能够得到的回馈可能很小，甚至不会起到什么立竿见影的效果。我们还以《卑微的英雄》为例，书中的英雄就是那位小企业家，他凭借不断的努力终于在事业上取得了一定的成绩，但是突然有一天挑战出现了，那种挑战不仅威胁着他的公司，也威胁着他的整个人生。他没有屈服，他选择了抵抗，最后他赢了。他赢得了那场战斗，不是吗？这就是我心中英雄该有的样子。这样的英雄对社会的进步和发展会起到重要作用。而军事上的英雄……他们可能会影响战斗的成败。不过我认为前者才是对社会发展真正有助力的群体，因为他们使得公平、法制和自由变成了可能。真正的英雄是从普通大众中走出来的，不是吗？

侯：您的解答让我想起了我译成中文的一本小说：《萨拉米纳的士兵》（*Soldados de Salamina*，2001），书中真正的英雄不是在战争中杀死敌人的人，而恰恰是放走敌人的人。

略：没错。你翻译了《萨拉米纳的士兵》？那是本很棒的小说，非常精彩。我还专门写过一篇文章来评论它，我非常喜欢那本小说。我认为哈维尔·塞尔卡斯是仍然在世的用西班牙语写作的最棒的作家之一。

侯：我们来聊聊您作品中的另一个永恒的主题：死亡。死亡在您的作品中有许多重要的作用，有时是推动故事发展的关键要素，例如在《谁是杀人犯？》（*¿Quién mató a Palomino Molero?*，1986）、《城市与狗》（*La ciudad y los perros*，1963）、《酒吧长谈》（*Conversación en la Catedral*，1969）、《潘上尉与劳军女郎》（*Pantaleón y las visitadoras*，1973）、《五个街角》等作品中都是如此。在有的作品中，死亡却有着更复杂的作用。例如在《坏女孩的恶作剧》（*Travesurás de la niña mala*，2006）中，引发里卡多的朋友们，甚至是坏女孩本人的死亡的原因各有不同：对革命的痴迷、骄奢放纵的生活、无望的爱情……您是怎么看待死亡的呢？

略：我认为恰恰是死亡让我们的人生更加紧凑、丰富、与众不同。如果没有死亡，我们的生活就太无趣了，人们会失去想象力，生活会变成常规性的不断重复，我们每个人都能体验所有的经历。我认为人生之所以紧凑而丰富，原因就在于我们知道自己终有故去的一日。所以我认为死亡也是有优点的。我们每个人都知道自己会死，这当然会让人感到失落和恐惧，但同时也会激励我们去追求更加丰富多彩的人生。没有死亡的人生会既无聊又单调，人们会失去奋斗的重要动力，我指的是和死亡对抗。还好有死亡的存在，我们才能紧凑且充满激情地安排我们的生活。和死亡对抗的感觉并不赖，不是吗？只不过这场战斗的结果早已注定罢了。

侯：您曾经不止一次强调小说的可信性，但是我认为您的作品中有一个人物非常神秘，比起有血有肉的人来，他更像是个神话人物，也因此会显得有些不真实。我指的是《继母颂》（*Elogio de la madrastra*，1988）和《情爱笔记》（*Los cuadernos de don Rigoberto*，1997）中的主要人物之一丰奇托。在《卑微的英雄》中他又一次出场了，似乎时间在他身上压根儿没留下什么印记。您会给我们讲讲这个人物吗？他更像是天使还是魔鬼呢？

略：丰奇托是个很特殊的小男孩。他的爸爸和继母永远也不知道他说的话是真的还是只是源自他的想象。他很擅长加工、编造和篡改现实。我认为在《继母颂》中，也就是说他的年纪还很小的时候，他可能更像是魔鬼。当然了，这可能恰恰是因为他年纪小，我们知道小孩子的想象力总是很丰富的。那时他讲的话着实让人难以判断真假，可能一切都是他想象出来的，他是个编故事的好手。说实话，连我自己也说不准丰奇托到底是怎样的。真正的丰奇托是什么样子呢？我想象不出来。因为他总是戴着各种面具生活，那些面具包括天真、无辜、幻想甚至是虚构，这些都是他用得很好的东西。

侯：丰奇托和利图马是为数不多的在您的作品中反复出现的角色，他们还会在您接下来的小说中出现吗？

略：我不知道。谁知道呢？也许吧，也许丰奇托会突然再次出现。至于利图马，我也说不准。可是这位警长总是会出现在我的各本小说之中。也许他也会突然在某本书的某个场景里再次出现。

二、新小说《艰辛时刻》

侯：能跟我们聊聊您的最新小说《艰辛时刻》（*Tiempos*

recios, 2019）吗？您为什么会在多年之后再写一部历史小说、一个发生在秘鲁之外的故事呢？

略：写这样一本小说的想法大概出现在三年前，我那时在多米尼加共和国参加了一场大型宴会，我坐在靠近门的位子上，准备找个合适的机会离开。可是我的朋友托尼·拉夫尔（Tony Raful）来到我身边，他是记者、历史学家、诗人，他对我说："马里奥，我有个故事想让你写。"而我则回答说："天啊！但是别人想让我写的故事我是绝对不会写的。"后来他给我讲了特鲁希略（Rafael Trujillo）在卡斯蒂略·阿尔玛斯（Carlos Castillo Armas）政变以及之后卡斯蒂略遇刺事件中的所作所为，我对此很感兴趣，你知道特鲁希略也是我的小说《公羊的节日》（*La fiesta del Chivo*, 2000）中的重要人物。我后来搜集了许多资料，对于卡斯蒂略遇刺有许多种不同的说法，其中之一就是特鲁希略手下的情报局长阿贝斯·加西亚（Johnny Abbes García）亲自实施了暗杀计划，有趣的是，在暗杀行动进行的同一天，阿贝斯·加西亚还成功地把卡斯蒂略的情人带出了危地马拉。这本小说的另一个主要线索就是卡斯蒂略发动政变推翻阿本斯政府。阿本斯（Jacobo Árbenz）本想效仿美国在危地马拉进行资本主义改革，但是却触犯了联合果品公司的利益，后者在美国国内制造舆论，成功地让美国政府相信阿本斯政府得到了苏联的支持，所以在卡斯蒂略政变的背后也有美国中情局的影子。实际上，阿本斯政府的垮台在当年对我们这一代年轻人的打击很大，很多人觉得在拉美国家进行和平改革是行不通的，后来拉美人民对古巴革命模式的热情支持可能也与此相关。

侯：《五个街角》中的八卦媒体和《艰辛时刻》中的假新闻在小说里起到了非常重要的作用，对此您有什么看法？

略：没错！这是同一事物的两副面孔，不是吗？媒体很多时候会通过编造故事或是歪曲事实的方式来操纵大众舆论。如今，不仅发展中国家面临这个问题，发达国家也同样有此困扰，这是个普遍性问题。假新闻在所有国家盛行，因此有时谎言会战胜真实。所以说在当今时代，很多信息报道非但不能答疑解惑，反而会给人们带来更大的困惑，而且是非常巨大的困惑。我认为这是我们这个时代必须面对的最主要的问题之一。

侯：另一个关于《艰辛时刻》的问题：冷战对于拉丁美洲的历史和文学产生了怎样的影响呢？

略：这个问题很难回答。实际上我不记得有哪部拉美小说和冷战有紧密联系，当然肯定是有的，不过我一时回忆不起来。就《艰辛时刻》而言，毫无疑问冷战的影响是巨大的。在阿本斯政府身上发生的一切都只能用冷战背景来解释，这是决定性因素。艾森豪威尔的前任杜鲁门从来没想过要入侵危地马拉。当时的局势也很紧张，但他从来没有入侵危地马拉的想法。在艾森豪威尔之后，肯尼迪也没有入侵他国的计划。恰恰是因为冷战时期在美国盛行的反共产主义倾向导致了入侵危地马拉事件的发生，而且那些年也正是麦卡锡主义大行其道的时候。所以在我看来，冷战背景是美国政府制定针对阿本斯政府的军事行动的决定性因素。

侯：我们前面提到的假新闻也是如此。在《艰辛时刻》中，美国政府相信了假新闻，他们认为阿本斯政府是苏联在拉丁美洲地区的桥头堡。

略：没错，那些假新闻也是冷战背景下的产物。它们对于入侵危地马拉计划的制订起了根本性的作用。假新闻营造出了一种氛围，人们受其感染，罔顾事实：美国政府相信危地马拉背后站着苏联，事实并非如此，当时在危地马拉境内甚至连一个苏联人都没有。

侯：您目前已经有新的写作计划了吗？

略：我总是有数不清的写作计划。因为我每次写一部小说都要用两年或三年时间，在这段时间里新的计划就不断积累起来了。所以当我写完一部小说，把它出版之后，我就会转入到下一个写作计划中，因此我面临的始终是选择问题，我要在诸多可以选择的计划中挑出我要实际推进的那一个。如今我就处于这种两难的境地中。我有好几个写作计划，一部戏剧、一部小说，还有一部文论作品……我还没决定要先写哪一个。咱们再等等看。不过我从来都没有很多作家都曾遇到过的那个问题，我指的是面对一张白纸却没有写作灵感。我总是有许多个写作计划，我不缺少写作计划，我真正缺少的是时间。

侯：对于作家而言，这也算是种好运。

略：是的，这是种好运，毫无疑问。

三、文学理论与文学评论

侯：您读文学理论方面的著作吗？您认为文学理论有怎样的作用呢？

略：我读文学理论最多的时期是在上学的时候，而且是因为学业要求而不得不读，因为当年我读的是语言与哲学方向的博士。我当学生的时候，人人都在谈文学理论。我当时读了许多结构主义的东西。不过自从我离开高校之后，我就没有再读文学理论方面的东西了。我读很多文学评论。我对文学评论非常感兴趣，不过我更喜欢那种自由的文学评论，而非学术型的评论，因为后者过于专业化，有时会丢掉许多抽象层面上的东西。

侯：针对您的作品而写的文学评论您也读吗？

略：我不仅读，而且几乎出一本就读一本。不过有时候我可能会中途放弃，因为并非所有的书写得都好。不过我总能在那些评论中找到些新的视角，它们往往会令我感到惊讶，因为我之前并没意识到在我的作品的某些片段中会隐藏着那些东西。我对评论很感兴趣，我认为它相当重要，尤其在这样一个充满迷惑的时代，我们似乎所有人都生活在某种象牙塔里。

侯：一个娱乐文明的时代。

略：娱乐文明的时代，没错。因此评论家可以建立起某种秩序，树起某种标杆，不是吗？我认为他们可以在读者挑选阅读书目时做出巨大的帮助。

侯：哪些文学评论家对您的文学创作产生过影响呢？

略：拉丁美洲本身就是个盛产优秀文学评论家的地方，在一段时期里，涌现出了多位优秀的乌拉圭文学评论家，安赫尔·拉玛（Ángel Rama）和埃米尔·罗德里格斯·莫内加尔（Emir Rodríguez Monegal）就是其中的代表人物。我后来在美国读了许多埃德蒙·威尔逊（Edmund Wilson）写的书，我很尊敬他，我认为他既是优秀的散文家，又是杰出的文学评论家。

侯：您经常提到他的《到芬兰车站》（*To the Finland Station*，1940）。

略：当然了，《到芬兰车站》可真是令我大开眼界，在我看来它是本伟大的文学评论著作。我的《部落的召唤》（*La llamada de la tribu*，2018）就受到了埃德蒙·威尔逊这本书的启发，他写的是社会主义发展史，而我学习了他的写法，写了自由主义的发展史。我到现在依然记得初读《到芬兰车站》时的震撼，那时我还年轻，我记得自己当时甚至把那本书连续读了两遍，我很喜欢

《到芬兰车站》，而埃德蒙·威尔逊也配得上伟大的文学评论家的称号。

侯： 能给我们讲讲《普林斯顿文学课》（*Conversación en Princeton*，2017）这本书吗？很快它的中译本就要和中国读者见面了，这本书也被归入了您的文学评论作品之中。

略： 当然，《普林斯顿文学课》的成书过程很有趣。我当时和鲁文·加略一起工作，我们在普林斯顿大学开设了文学课。我最初并不知道他把整个课程都录了下来。后来他整理出了一个版本，删掉了重复的地方，还对老师和同学们打断对话的地方进行了修订。最后呈现出来的是一本非常有趣的书。我们也许可以说这本书是个"意外之喜"，因为我们两人在教课的过程中谁也没想过自己是在写一本书。我猜哪怕是在他记录下与学生们的所有对谈之后，他也没想过那些材料最后会变成一本书。可就像我刚才说的，最后的结果是书不仅出来了，而且内容十分有趣。一个例证就是书被翻译成了其他许多种语言，而且在各个国家的销量都很好。

侯： 您不仅在普林斯顿大学教过课，还曾在英国、波多黎各等许多国家的高校中有过教学经历。您为什么这么喜爱教书呢？

略： 因为我认为一个人在教文学课时的阅读方式和单纯为了娱乐进行阅读时所用的方式完全不同。只是为了图乐而去读书的话，读者会完全丢掉文字的美和语言的丰富性，更别说体会作者奇妙的想象力了。可是如果一个人是为了教书而进行阅读的话，他就必须停止娱乐、享受、激情式的阅读，而去追求更深层次的东西，只有这样他才能对文本进行解读。文学的机制和模式是隐藏在深处的，一个为了娱乐进行阅读的人是不会对它们感兴趣的，不是吗？可当你要去教书时，那些机制和模式就很重要了，你得依靠它们去解释作者达成写作目的的方式。所以说，我在教书的过程中学到了很多和我自己的职业相关的东西，或者说学到了很多和文学相关的东西。文学教师的阅读方式和普通读者是完全不同的。尤其当一个老师遇到一群水平和素养很高的好学生时，那种体验就更加妙不可言了，因为在课堂上会出现老师们和同学们的一场场有趣对谈。总而言之，就我本人而言，我从教书中学到了许多东西。

侯：作为小说家、文论家和报刊专栏作家的马里奥·巴尔加斯·略萨有什么不同呢？

略：不知道这样回答准不准确：我记得自己在写一篇文章，或者一部文论作品时，我能感到自己对笔下的文字有十足的掌控力。我有把握自己写出来的东西可以真正反映出我的想法和信仰。相反，我在写小说或是戏剧的时候就没有这种十足的掌控力，或者说那种根本性的掌控力会弱很多。写作过程中会夹杂着许多激情和其他情感，它们会影响到我的思想，甚至故事最终往哪个方向发展也都是由它们参与决定的。我在写小说和戏剧时会感觉心底有某种隐秘的东西在参与创作，它甚至会凌驾于理智之上，我所说的决定故事走向的因素就是它。

侯：您写出了许多精彩的文学评论作品，您本人提倡创造性批评的写法，那么该如何在创造性地进行文学评论的同时避免过度主观化的问题呢？

略：首先，所有的评论作品都有主观因素在里面，这是毫无疑问的。我认为主观性不是一个问题。人们针对我的作品写的评论性文字数不胜数，每一篇都各有特点，也就是说，都有主观化的东西蕴藏其中。不过接下来我们应该承认，纯主观化的评论作品毫无价值，读者根本不会接受它们。所以我认为评论家身上最重要的一种品质就是懂得如何超越写作时的主观性，注意：是超越而非摒弃。如果你希望你的评论作品能被大量读者接受，同时希望自己作品的立场更中性，更独立，那么你就必须学会这一点。

侯：您的评论作品读者很多，您精湛的笔法无疑是原因之一。您评论过福楼拜、雨果、胡安·卡洛斯·奥内蒂（Juan Carlos Onetti）等作家，都是您很喜欢的作家，那么您有朝一日是否会写关于博尔赫斯或是福克纳的文学评论作品呢？毕竟您曾多次表达过对这两位作家的喜爱。另一个问题是：在文学上，您和其中哪位走得更近呢，或者说时至今日您对哪位兴趣更深呢？

略：这不在我的写作计划之中。我已经写过许多关于福克纳和博尔赫斯的文章了。他们两位都是我非常钦佩的作家，而且我不仅读过他们的作品，还会经常重读它们。至于第二个问题，我认为我在文学上和福克纳更为接近。我很尊敬博尔赫斯，但是在福克纳身上我学习到了许多文学技巧：叙述视角、叙事者的作用、在不同时空之间进行跳跃……我是拿着笔和纸阅读福克纳的，我记得我只有在读福克纳时是拿着笔和纸的，因为我需要通过写写画画来解读福克纳那极具原创性的时间结构。博尔赫斯是个伟大的作家。我认为博尔赫斯可能是用我们这门语言写作的现当代作家中唯一一位可以和那些经典作家媲美的：克维多（Francisco Quevedo）、贡戈拉（Luis de Góngora）、塞万提斯……他是杰出的散文家。他革新了西班牙语，赋予了它细腻和精确，博尔赫斯出现之前的西班牙语并不经常具备这两种特点。此外，博尔赫斯的文学世界是极具原创性的，非常丰富多彩，和其他所有拉丁美洲作家的文学世界都不一样。这么说吧，如果我们这个时代只能有一个作家的作品流传到后世的话，我认为很可能是博尔赫斯。

侯：您特别喜爱《骑士蒂朗》（*Tirant lo Blanc*，1490），还曾专门为之写过评论作品。那么您认为在当下，骑士小说还有价值吗？还有必要把它们翻译给中国读者来阅读吗？

略：这是个好问题，只不过我不知道该如何回答。我是从大学时期开始读骑士小说的。我当时很喜欢读骑士小说，尤其喜欢《骑士蒂朗》，那是我读的第一本骑士小说。我至今仍然认为它是本伟大的小说。不过我感觉现在已经很少有人读骑士小说了，只在大学里还有人读它们，而且基本都是专家、学者或是评论家。但是大众读者已经不读骑士小说了。可能很重要的一个原因是骑士小说大多很厚重，都是大部头。如今读者喜欢读有质感的、短篇幅的作品，不是吗？可我对自己如饥似渴地阅读骑士小说的那段日子仍然记忆犹新，它们给我带来了许多乐趣，我读骑士小说时总是能感到很放松开心。

侯：在您创作的诸多文学评论作品中，有一本很特殊：《加西亚·马尔克斯：弑神者的历史》（*García Márquez: historia de un deicidio*，1971）。众所周知，您后来和加西亚·马尔克斯的关系并不好，那么您会允许这本书被翻译成中文吗？

略：当然，没有任何问题。不过那本书并没写完，因为我只分析到了加西亚·马尔克斯在《百年孤独》之后出版的第一本短篇小说集。后来他还写了许多书。

侯：尽管如此，您的这部作品仍然具有很高的价值。

略：我希望它有价值，不过自从我们的关系破裂后我就再也没读过这本书了。

侯：所以我提出了刚才的问题，因为你们两人之间的关系问题，使得外界揣测不到您是否在意那本书被翻译成其他语言。

略：不，不，不。我对此完全不介意，毕竟那本书已经出版了。不过就像我说的，那本书并没有分析完加西亚·马尔克斯的所有作品，我曾经想过要把它写完，但很显然我不会去写了。

四、关于中国

侯：您读过中国作家的作品吗？

略：我已经很久没有读中国作家的作品了。上次读中国文学还是在我的中国之旅途中，那是 2011 年的事了，对吗？我当时随身带了一些关于中国的书，基本都是短篇小说集。事实上在那之后我就再也没读过中国作家的作品了。实话说这让我感到有些惭愧，因为我知道肯定有许多中国作家写出了优秀的、独特的文学作品。我没有读中国文学的另一个原因可能是最近几年我读新书的频率降低了，我更多的是重读以前读过的作品，那些曾经带给我震撼的作品。举个例子，不久之前我重读了乔伊斯的《尤利西斯》（*Ulysses*，1922）。我之前已经读过这本书两遍了，先是读的西班牙语译本，后来又读了英文原文。最近我又重读了它，我认为所有的现代小说都脱胎自《尤利西斯》。事实上所有的小说写作模式，技巧也好，视角也罢，所有那些现代小说不断实验的东西，都已经被乔伊斯写在《尤利西斯》里了。这部小说是现代小说的奠基之作。

侯：继续关于中国的话题：秘鲁有许多中国移民。

略：是的，他们大多是从广东移民到秘鲁的。

侯：有件很有趣的事我想和您分享。您知道中国球迷一直梦想着中国男足能闯进世界杯，中国国家队只在 2002 年闯入过世界杯决赛圈，可实际上华裔球员早在第一届世界杯时就出现在了赛场上，他代表的恰好是秘鲁国家队。

略：代表秘鲁国家队的华裔球员，他叫什么名字？

侯：乔治·古凯·萨米恩托（Jorge Koochoi Sarmiento）。

略：太有趣了！秘鲁是个多元文化国家。我们有中国移民，也有日本移民，都是很重要的族群。秘鲁文化本身就是一种混合文化，文化、血缘、信仰……秘鲁非常多元化。

侯：我同意，可尽管如此，在您的小说里却很少有华裔角色出场。举个例子，在《城市与狗》中，莱昂西奥·普拉多军校是作为微缩的秘鲁社会出现的，可小说中的士官生却没有一个是亚裔。

略：亚裔士官生……事实上有很多，啊，确实有很多亚裔士官生。这很有趣，因为我从来都没想过《城市与狗》有这样一个缺陷。不管怎么说，这都是无心之失，并不是我刻意设计的。

侯：在您的作品中，日本人或日裔移民出现的频率更高一些，例如《绿房子》（*La casa verde*，1967）中的伏屋和《坏女孩的恶作剧》中的福田先生，而且在后一本书中一个重要的故事发生地就是东京。

略：伏屋是有真人作为原型的，伏屋是真实存在的。我本人不认识他，但他确实存在。我第一次到秘鲁的雨林区考察时，当地人全都在谈论伏屋，他成了一个传奇人物。于是我以之为原型创作了小说中的伏屋。至于福田先生，我对这个人物印象很深，但他完全是虚构出来的。我把《坏女孩的恶作剧》中的一个场景设置在日本也是为了反映秘鲁社会的多样性。

五、西班牙语文学

侯：如今似乎许多拉丁美洲年轻作家已经不再写在这片大陆

上发生的故事了。

略：而且他们喜欢写纯虚构的、实验性很强的作品。对于如今的年轻作家而言，纯虚构的世界非常重要。而我们这些属于之前几代的作家则更看重现实主义的写作风格。如今文坛发生了许多变化。不过文学的发展就是这样，总是处于不断变化之中，有时作家们会倾向于回归某个时代的写作风格，后来的作家则又远离这种风格。在文学的世界里，起主导作用的是自由，或者说是文学本身。

侯：我想起了一位作家，哥伦比亚的胡安·加夫列尔·巴斯克斯（Juan Gabriel Vásquez），我正在翻译他的小说《废墟之形》（*La forma de las ruinas*，2015）。他一直坚持写和哥伦比亚历史紧密相关的主题。

略：啊，他是个非常好的作家。我读过那本小说，写得很棒，讲的是哥伦比亚历史上的两次重要的暗杀事件，准确地说暗杀的对象是哥伦比亚总统。没错，没错，那本小说非常精彩，我很喜欢。巴斯克斯喜欢写哥伦比亚的历史，他是约瑟夫·康拉德（Joseph Conrad）的追随者。我认识他，我们是朋友，现在他搬到纽约去了，之前他住在巴塞罗那，后来回到了哥伦比亚，然后去了纽约。我不知道他是在某所大学教书还是获得了某项写作奖金，但是他现在在纽约，他的妻子和女儿们也去了，他们已经搬去几个月了。巴斯克斯为人和善，他和他的妻子都是多元文化主义者，他们在法国、巴塞罗那、纽约都待过。

侯：您能评价一下罗贝托·波拉尼奥（Roberto Bolaño）吗？他目前是在中国非常火的西语作家。

略：我认为在新生代作家中，罗贝托·波拉尼奥是最具原创性、创造力和雄心壮志的一个。至少他写出了一本伟大的小说：

《荒野侦探》（*Los detectives salvajes*，1998）。我非常喜欢这本小说。我认为这本小说内容非常丰富，其中的一部分是很现实主义的描写，到了另一部分突然多了许多幻想色彩，故事也越来越精彩了。我还没有读过《2666》（*2666*，2004），他的那本大部头的遗作。他如此年轻就去世了，我觉得很遗憾，因为他确实是一位伟大的作家。

侯：那么还有其他您认为值得推荐给中国读者的西班牙语作家吗？

略：我认为有许多作家写得很好，最近西语文坛也涌现出了不少优秀的女作家。不过我认为目前在西班牙语文学界，最重要的作家是我们刚才提到过的西班牙作家哈维尔·塞尔卡斯。我认为塞尔卡斯写出了许多创造性十足的小说，例如《萨拉米纳的士兵》，那是本伟大的小说，原创性很强。塞尔卡斯讲述那段故事的方式也很巧妙。后来他还写了一本让人钦佩的书，书名是"瞬间的解剖"（*Anatomía de un instante*，2009），是部政治题材的作品。那本书写得实在是太棒了！非常棒！它想讲的不仅是西班牙历史上的一个重要时期，也就是转型期，还在试图剖析从独裁向民主和自由转变过程中面临的诸多艰难险阻。西班牙的民主转型实际上是很艰难的，面临着诸多挑战。我认为塞尔卡斯把这些都写进了那本无与伦比的书里。

侯：您谈到塞尔卡斯让我既意外又兴奋，他的作品也在逐渐被译成中文。那么您认为文学翻译的作用是什么呢？

略：你刚才提到说你翻译了《萨拉米纳的士兵》，我很高兴，真是太好了。我认为文学翻译非常重要，因为它决定了一种文学是民族性的还是世界性的。没有任何一个作家可以用世界上的所有语言进行写作，所以译者的作用就是根本性的了，他们承担着赋予很多时候用很小的语种写成的作品以世界性的重任，如果这些作品没有译本的话，那么就只有很少的人能读到它们。我一向对译者怀有极大的敬意，那些优秀译者奉献出的精彩译著更是令人钦佩，他们在翻译的过程中隐去了身形，始终和文字保持一定的距离，努力使译本更多地展现出原来的风貌。

侯：多年之前，在接受鲁文·罗萨·阿吉雷贝莱（Rubén Loza Aguerrebere）的访谈时，您曾说希望有朝一日自己可以翻译福楼拜的作品。您现在还有这个打算吗？

略：鲁文·罗萨·阿吉雷贝莱，当然，我还记得他。不过翻译福楼拜的打算已经没有了，完全没了。我曾经有过这个想法，不过……实际上我翻译的东西很少。我曾经翻译过兰波（Arthur Rimbaud）的《长袍下的心》（*Un coeur sous une soutane*），那是篇很离经叛道的故事。我不太做文学翻译，不过我当年在法国生活时当过记者，那段时期我翻译了不少东西，要么是从西班牙语译成法语，要么是从法语译成西班牙语。

参考书目

Aguilar Sosa, Yanet (2007). "Pesaron más trenita años de enemistad que 100 de soledad". *El Universal.* www.eluniversal.com.mx/cultura/51166.html.

ArmasMarcelo, Juan José (2002). *Vargas Llosa. El vicio de escribir.* Madrid, Alfaguara.

Barral, Carlos(1982). *Los años sin excusa. Memorias II.* Barcelona, Alianza.

Barral, Carlos(2001). *Memorias.* Barcelona, Península.

Benedetti, Mario (1967). "Las dentelladas del prójimo". *Marcha,* 137, 27 de octubre.

Bryce, Alfredo (1993). *Permiso para vivir. Antimemorias.* Lima, Peisa.

Bryce, Alfredo (1996). *A trancas y barrancas.* Madrid, Espasa-Calpe.

Casal, Lourdes(1971). *El caso Padilla. Literatura y revolución en Cuba. Documentos.* Nueva York, Nueva Atlántida.

Centeno Maldonado, Daniel (2007). *Periodismo a ras de boom. Otra pasión latinoamericana de contar.* Mérida, Universidad de Los Andes.

Coaguila, Jorge(ed.) (2004). M*ario Vargas Llosa. Entrevistas escogidas.* Lima, F. E. Cultura Peruana.

Cortázar, Julio (1994). *Obra crítica.* Madrid: Alfaguara, 3 vols.

Cortázar, Julio (1999). *Todos los fuegos el fuego.* Barcelona, Edhasa.

Cremades, Raúl y Esteban, Ángel (2002). *Cuando llegan las musas. Cómo trabajan los grandes maestros de la literatura.* Madrid, Espasa-Calpe.

Díaz Martínez, Manuel (1997). "El caso Padilla: Crimen y castigo (Recuerdos de un condenado)". *Encuentro de la Cultura Cubana,* 4-5, pp. 88-96.

Diego, Eliseo (1996-97), "Cartas cruzadas Gastón Baquero/Eliseo Diego", *Encuentro de la Cultura Cubana,* 3, pp. 9-12.

Dillon, Alfredo (2006). "Beckett y Joyce: dublineses en parís". www.myriades1.com.

Donoso, José (1999). *Historia personal del boom*. Madrid, Alfaguara.

Edwards, Jorge(1989). "Enredos cubanos (dieciocho años después del 'caso Padilla')". *Vuelta*, XIII, 154, pp. 35-38.

Edwards, Jorge(1990). *Adiós, poeta*. Barcelona, Tusquets.

Esteban, Ángel y Panichelli, Stéphanie(2004). *Gabo y Fidel. El paisaje de una amistad*. Madrid, Espasa-Calpe.

Esteban, Ángel y Gallego Cuiñas, Ana (2008). *Juegos de manos. Antología de la poesía hispanoamericana de mitad del siglo XX*. Madrid, Visor.

Ette, Ottmar (1995). *José Martí. Apóstol, poeta revolucionario: una historia de su recepción*. México, UNAM.

Fernández Retamar, Roberto (1980). "Calibán". En VVAA. *Revolución, Letras, Arte*. La Habana, Letras Cubanas, pp. 221-276.

Fuentes, Carlos(1972). *La nueva novela hispanoamericana*. México, Joaquín Mortiz.

García Márquez, Eligio (2002). *Son así. Reportaje a nueve escritores latinoamericanos*. Bogotá, El Áncora Editores/Panamericana Editorial.

García Márquez, Gabriel (1991). *Notas de prensa (1980-1984)*. Madrid, Mondadori.

Gilman, Claudia (2003). *Entre la pluma y el fusil. Debates y dilemas del escritor revolucionario en América Latina*. Buenos Aires, Siglo XXI Editores Argentina.

Goytisolo, Juan (1983). "El gato negro que atravesó nuestras oficinas de la Rue de Biévre", *Quimera*. 29, pp. 12-25.

Gutiérrez, José Luis(2007). "Vargas Llosa vs García Márquez: Historia de un puñetazo". *Leer*, XXIII, 182, pp.8-9.

Herrero-Olaizola, Alejandro (2007). *Latin American Writers and Franco's Spain*. Albany, State University of New York Press.

Mendoza, Plinio Apuleyo (1984). *El caso perdido. La llama y el hielo*. Bogotá, Planeta/Seix Barral.

Mendoza, Plinio Apuleyo (1994). *El olor de la guayaba*. Barcelona, Mondadori.

Mendoza, Plinio Apuleyo (2000). *Aquellos tiempos con Gabo*. Barcelona, Plaza y Janés.

Morejón Arnaiz, Idalia (2004). "El crítico como estratega: Rama & Retamar vs.

Monegal". www.cubistamagazine.com.

Morin, Edgar (1960). "Intellectuels: critique du mythe et mythe de la critique". *Arguments* (XX) cuarto trimestre.

Moya, Rodrigo (2007). "La terrífica historia de un ojo morado". *La Jornada*, 6 de marzo. www.jornada.unam.mx/2007/03/06/index. php?section=cultura&article.

Oviedo, José Miguel (2007). *Dossier Vargas Llosa*. Lima, Taurus.

Palencia-Roth, Michael (1990). "The Art of Memory in García Márquez and Vargas Llosa". *Language Notes*, 105, pp. 351-367.

PratsFons, Nuria (1995). *La novela hispanoamericana en España 1962-1975*. Granada, Universidad de Granada. Tesis doctoral.

Rama, Ángel y Vargas Llosa, Mario (1972). *García Márquez y la problemática de la novela*. Buenos Aires, Corregidor.

Rama, Ángel (1984). «El «boom» en perspectiva». VV. AA. *Más allá del boom: literatura y mercado*. Buenos Aires, Folios Ediciones, pp. 51-110.

Rama, Ángel (1986). *La novela en América Latina*. México, Universidad Veracruzana/ Fundación Ángel Rama.

Rentería, Alfonso (1979). *García Márquez habla de García Márquez*. Bogotá, Rentería Editores.

Sáenz Hayes, Ricardo (1952). *La amistad en la vida y en los libros*. Buenos Aires, Espasa Calpe.

Sáenz Hayes, Ricardo (2007). "Amistades históricas: Goethe y Schiller". www. enfocarte.com.

Saldívar, Dasso (1997). *García Márquez. El viaje a la semilla*. Madrid, Alfaguara.

Setti, Ricardo A. (1989). *Diálogo con Mario Vargas Llosa*. Buenos Aires, Editorial Intermundo.

Sierra, Ernesto (2006). «Mundo Nuevo y las máscaras de la cultura». *Hipertextz*, 3, pp. 3-13.

Vargas Llosa, Mario (1983). *Contra viento y marea (1962-1982)*. Barcelona, Seix Barral.

Vargas Llosa, Mario (1993). *El pez en el agua. Memorias*. Barcelona, Seix Barral.

Vargas Llosa, Mario (2007). *Obras completas VI. Ensayos literarios I*. Barcelona: Galaxia Gutenberg.

Vargas Llosa, Mario (2008). "París, entre unicornios y quimeras". http://elviajero. elpais.com/articulo/viajes/unicornios/quimeras/Paris/Vargas/Llosa/ elpviavia/20080628elpviavje_3/Tes.

Vázquez Montalbán, Manuel (1998). *Y Dios entró en La Habana*. Madrid, El País/ Aguilar.

Viñas, David (1971). "Viñas o la otra alternativa en el debate acerca del caso Padilla". *La Opinión*, 11 de junio, p. 23.

Verdecia, Carlos(1992). *Conversación con Heberto Padilla*. Costa Rica, Kosmos.

VV.AA. (1971). "El caso Padilla. Documentos". *Libre*. IX/XI.

VV.AA. (1971b). *Panorama actual de la literatura latinoamericana*. Madrid: Fundamentos.

Williams, Raymond L. (2001). *Otra historia de un deicidio*. México, Taurus.

Yurkievich, Saúl (1972). "Cuba: política cultural. Reseña de una conferencia de prensa". *Libre*, 4.

Zapata, Juan Carlos(2007). *Gabo nació en Caracas, no en Aracataca*. Caracas, Editorial Alfa.